Lisa Scottoline

Rudern ist kein Alibi

Roman

Aus dem Amerikanischen
von Dagmar Roth

GOLDMANN

Die Originalausgabe erschien 1996 unter dem Titel
»Legal Tender«
bei HarperCollins Publishers Inc., New York

Umwelthinweis:
Alle bedruckten Materialien dieses Taschenbuches
sind chlorfrei und umweltschonend.

Der Goldmann Verlag
ist ein Unternehmen der Verlagsgruppe Bertelsmann GmbH

Genehmigte Taschenbuchausgabe 10/99

Umschlaggestaltung: Design Team München
Umschlagmotiv: Zefa/Cooper
Satz: IBV Satz- und Datentechnik GmbH, Berlin
Druck: Elsnerdruck, Berlin
Titelnummer: 43918
BH · Herstellung: Sebastian Strohmaier
Made in Germany
ISBN 3-442-43918-3

1 3 5 7 9 10 8 6 4 2

Für meine Lektorin, Carolyn Marino,
die mich stets dazu ermutigt hat, Größe zu zeigen.
Und für Kiki und Peter.

I

Ich rutschte auf der Bank im Zuschauerraum, so weit es ging, vor, damit ich kein einziges Wort verpaßte. Der ehrenwerte Edward J. Thompson war gerade dabei, Eve Eberlein, die neue Freundin meines Exfreundes, öffentlich zu demütigen. Am liebsten hätte ich gleich hier im Gerichtssaal einen Freudentanz vollführt.

»Ich möchte Sie an etwas erinnern, das Sie offenbar vergessen haben, Ms. Eberlein«, stieß Richter Thompson diskret zwischen zusammengebissenen Zähnen hervor. Die legendäre Geduld des kahlköpfigen Richters, eines Kavaliers alter Schule, war von Eves Attacken auf die ältere Zeugin hart auf die Probe gestellt worden. »Dies hier ist ein Gerichtssaal. Hier gelten Verhaltensregeln. Höflichkeit, Anstand. In meinem Gerichtssaal gibt man gute Umgangsformen nicht an der Garderobe ab.«

»Euer Ehren, diese Zeugin ist dem Gericht gegenüber nicht aufrichtig«, erwiderte Eve. Ihre brünette Stachelfrisur schien sich trotzig zu sträuben, wie sie so – makellos geschminkt und in einem roten Strickkostüm, das ihre Kurven wie eine strammsitzende Bandage umschloß – vor dem Richterpult stand. Nicht, daß ich eifersüchtig gewesen wäre.

»Kompletter Unsinn, Ms. Eberlein!« fuhr ihr Richter Thompson in die Parade und starrte durch eine zu seiner Robe passende Lesebrille vom Podium herab. »Ich dulde nicht, daß Sie den Charakter einer Zeugin verunglimpfen. Sie haben ihr dieselbe Frage wieder und wieder gestellt, und sie hat Ihnen gesagt, daß sie sich nicht erinnert, wo sich die Cetor-

Dokumente befinden. Sie ist vor zwei Jahren in den Ruhestand gegangen, falls Sie sich erinnern. Gehen Sie zu Ihrer nächsten Frage über, Frau Anwältin.«

»Bei allem gebührenden Respekt, Euer Ehren, Mrs. Debs war bei der Firma Wellroth Chemical für die Verwaltung der Unterlagen zuständig, und sie erinnert sich ganz genau, wo die Cetor-Dokumente sind. Ich sage Ihnen, die Zeugin *belügt* das Gericht!« Wie ein manikürter Zola deutete Eve anklagend auf Mrs. Debs, deren gepuderter Teint sich dunkelrosa verfärbte.

»Du meine Güte!« stieß sie hervor, und ihre Hände flatterten zu der Perlenkette auf ihrer Brust hinauf. Mrs. Debs hatte einen Heiligenschein aus krausen grauen Haaren und ein so ehrliches Gesicht wie eine liebe alte Tante. »Nie, niemals würde ich ein Gericht belügen!« brachte sie heraus, und jedem, der über ein bißchen gesunden Menschenverstand verfügte, war klar, daß sie die Wahrheit sprach. »Mein Gott, ich habe auf die Bibel geschworen!«

»Ms. Eberlein!« Richter Thompson explodierte. »Ihr Verhalten ist ungebührlich!« Er griff nach seinem Hammer und schlug damit fest auf das Pult. *Kräck! Kräck! Kräck!*

Unterdessen saß Mark Biscardi, mein Exgeliebter und Immer-noch-Kanzleipartner, am Anwaltstisch und gab vor, Prozeßunterlagen zu studieren. Er versuchte, das Debakel herunterzuspielen, damit sich die Geschworenen möglichst wenig davon beeindrucken ließen, aber zweifellos entging ihm kein Sterbenswörtchen. Ich hoffte, er erinnerte sich an meine Voraussage, daß Eve heute mit Pauken und Trompeten untergehen würde, damit ich nachher sagen konnte, ich habe es dir ja gesagt.

»Ich erhebe Einspruch, Euer Ehren!« rief der Anwalt des Klägers, Gerry McIllvaine. »Ms. Eberleins Benehmen gegenüber der Zeugin ist empörend! Empörend!« McIllvaine, ein Prozeßveteran, hatte sich bislang aus dem Kreuzfeuer herausgehalten und keine Silbe geäußert, bis er die Zeit für gekommen hielt, sich vor den Geschworenen in Szene zu setzen. Der Gerichtssaal ist eine Bühne und alle mitwirkenden Männer und Frauen eben Anwälte.

Ich wandte meine Aufmerksamkeit den Geschworenen zu. Während Richter Thompsons Standpauke musterten die meisten Eve mit finsteren Blicken. Zwei Geschworene in der hinteren Reihe, Rentner wie Mrs. Debs, verfolgten Eves wohlverdiente Strafe mit beifälligem Lächeln. Eve hatte zu hoch gepokert, und das würde sich auf die Meinung der Jury über den Beklagten verheerend auswirken. Leider war dies ein Prozeß, bei dem es um viel Geld ging, und der Beklagte ein wichtiger Mandant meiner Anwaltskanzlei, Rosato & Biscardi, alias R & B.

Verdammt. Ich richtete mich ein wenig auf und sah besorgt zu Mark hinüber, aber der beschäftigte sich scheinbar immer noch mit seinen Unterlagen. Er und ich hatten R & B vor sieben Jahren gegründet und die Kanzlei zu einer der führenden kleinen Anwaltsfirmen Philadelphias gemacht. Mir lag so sehr an der Firma, daß ich nicht einmal genußvoll zusehen konnte, wie Eve noch etwas anderes als mein Liebesleben vermasselte. Ich mußte etwas unternehmen.

Mitten in der Verhandlung stand ich auf. Ich brauchte kein Wort zu sagen, allein aufgrund meiner Größe, satten einsdreiundachtzig, lenkte ich die Aufmerksamkeit auf mich. Für eine Prozeßanwältin ist diese Größe famos. Als Teenager stand ich allerdings wie bestellt und nicht abgeholt an so vielen Punschbowlen herum, daß mir von den Schwaden richtig schlecht geworden ist. Inzwischen bin ich noch größer, blonder und kräftiger geworden und sehe aus wie eine Amazone mit Juraexamen.

»Autsch!« entfuhr es dem neben mir sitzenden Anwalt, als ich ihm voll auf die Zehen stieg.

»Oh, entschuldigen Sie bitte«, röhrte ich fast so laut wie

Richter Thompson, der immer noch Eve in der Mangel hatte. Die Geschworenen lauschten hingerissen seiner Predigt.

»Pst«, zischte ein anderer Anwalt.

»Tut mir leid«, flötete ich und kämpfte mich rücksichtslos durch die überfüllte Bankreihe wie ein Baseballfan, der sich im Stadion durch die Menge drängt, weil er nach einem Budweiser lechzt. Aus dem Augenwinkel registrierte ich, daß sich einer der Geschworenen, der Latino am Ende der Bank, ablenken ließ. »Hoppla! Tut mir leid«, brüllte ich fast.

Als ich mich durch die Reihe gezwängt hatte, schritt ich an der Schranke vorbei zum Anwaltstisch, wo mein Exherzblatt Schweißränder in seine englischen Nadelstreifen schwitzte. Mark drehte sich um, um die Ursache des hinter ihm herrschenden Tumults zu ergründen. Ich beugte mich dicht über seine dunklen, gewellten Haare und atmete den Duft seiner teuren Cremespülung ein. »Du bist am Arsch, Hombre«, flüsterte ich mit einigem Vergnügen.

»Sie steht das erste Mal da vorn«, zischte er. »Sie hat einen Fehler gemacht.«

»Nein, *du* hast einen Fehler gemacht. Ich habe dir gesagt, sie ist keine Prozeßanwältin. Sie kann nicht auf Menschen eingehen, sie ist zu kalt. Jetzt halte mal ein Blatt hoch, damit wir in Ruhe streiten können.«

Mark nahm ein Dokument und duckte sich dahinter. »Was machen die Geschworenen? Das bricht uns das Genick.«

Ich schielte zur Seite. Die meisten Geschworenen beobachteten inzwischen Mark und mich. Ich fragte mich, ob einer von ihnen mich, die berüchtigte Anwältin Bennie Rosato, die jede Menge Radikale verteidigte, erkannte. Ich konnte nur hoffen, daß meine Haare weniger aufsässig aussahen als gewöhnlich. »Die Geschworenen fragen sich, ob wir immer noch miteinander schlafen. Wo ist der Mandant, Haupt? Auf ihn kommt's an, oder?«

»Ja, Dr. Otto Haupt. Der Typ mit der Silberbrille in der ersten Reihe. Wie nimmt er's auf?«

Ein prüfender Blick auf den betreffenden Herrn ergab nichts, seine Miene zeigte lediglich zweireihige Ausdruckslosigkeit. »Das ist ein Anzug, kein Gesicht. Und keine weiteren Entschuldigungen für deine neue Freundin. Befaß dich mit ihr.«

»Was soll ich deiner Meinung nach tun, ihr den Hintern versohlen?«

»Wie du willst.« Er hatte es einmal mit mir versucht, aber ich hatte mich nur dumm und dämlich gelacht. »Setz sie wieder auf den Assistentenstuhl. Erlaub nicht, daß sie weitere Zeugen befragt.«

»Sie muß nur lernen, geschickter mit Menschen umzugehen, das ist alles.«

»Ich hasse dieses ›geschickter mit Menschen umgehen‹. Entweder man hat ein Herz oder man hat keins.«

Er sah mich an und ließ ein fotogenes Lächeln aufblitzen. »Warum bist du hier, Bennie? Muß ich mir diesen Mist anhören, ausgerechnet jetzt? Mitten in der Verhandlung?«

»Das ist das mindeste, was du tun kannst, schließlich bin ich dabei, deinen Arsch zu retten. Nimm das Glas dort, gleich neben der Akte.« Ich nahm eine Karaffe vom Anwaltstisch. Sie war schwer und kalt, sogar ein paar Eiswürfel schwammen darin. Perfekt.

»Warum tue ich das?« Er griff nach dem Glas.

»Erinnerst du dich nicht mehr an Leo Melly, den Transvestiten, der bei der Parade am Kolumbustag mitmarschieren wollte? In der guten alten Zeit, als du dich noch für Dinge eingesetzt hast, die wirklich zählten, wie das Recht, am hellichten Tag Fummel zu tragen?«

Ein Funke Erinnerung blitzte in Marks glänzenden braunen Augen auf, und er hob das Glas. »Bravo, Bennie. Aber paß auf die Patentanmeldung auf, es ist ein Original.«

»Beherrsch dich.« Ich griff nach dem Glas, aber es entfiel meiner ausgestreckten Hand und eierte wie ein schlecht getroffener Fußball über den Tisch. *»Huch!«* quiekte ich, hechtete nach dem Glas, verfehlte es aber fachmännisch, so daß ich bei dieser Übung gleich noch den Krug umwarf. Eiswürfel und eiskaltes Wasser schossen heraus wie ein Gebirgswasserfall. Der eisige Sturzbach strudelte über das ziellos herumrollende Glas hinweg und landete mit einem geräuschvollen Platsch mitten auf Marks Schoß.

»Ha!« schrie Mark und sprang auf. »Himmel! Ist das kalt!« Die Augen weit aufgerissen, hüpfte er vom Anwaltstisch weg und zermalmte bei seinem hektischen Tanz die Eiswürfel.

»O nein!« kreischte ich und ließ den Glaskrug auf seinen Fuß fallen. »Oh, er ist mir rausgerutscht!«

»Aaahhh!« Mark packte seinen Zeh. »Du lieber Gott!«

»Oh, tut mir leid! Es tut mir so leid!« Ich schlug mit den Armen wie ein junger Seehund mit den Flossen und gab mir Mühe, hilflos auszusehen, was mir nicht leichtfiel. Ich bin in meinem ganzen Leben noch keinen Tag hilflos gewesen.

Unterdessen brach vorn im Gerichtssaal das Chaos aus. Ein Geschworener in der ersten Reihe deutete überrascht auf uns. In der hinteren Reihe, in der hauptsächlich ältere Frauen saßen, erklang Gekicher. Eve hatte sich umgewandt, ihr rotgeschminkter Mund stand offen. Richter Thompson riß sich die Brille von der Nase und vergaß seine Standpauke. »Gerichtsdiener! Deputy!« bellte er. »Bringen Sie Papiertücher! Ich will nicht, daß meine Tische Flecken bekommen!«

»Ja, Euer Ehren«, antwortete der Deputy, der bereits mit ein paar Papiertüchern herbeieilte. Während er das Wasser aufwischte, das sich auf dem Anwaltstisch sammelte und von dort auf den dunkelblauen Teppich tropfte, warf er mir einen bitterbösen Blick zu.

»Kann ich ein paar haben?« fragte Mark. Er schnappte sich

eine Handvoll Papiertücher und betupfte damit den Schritt seiner Hose, was eine erneute Kicherwelle in der hinteren Reihe der Geschworenen auslöste.

Richter Thompson seufzte hörbar. »Unterbrechen wir die Verhandlung und machen eine Pause, meine Damen und Herren. Ms. Howard, bitte geleiten Sie die Geschworenen hinaus, da der Deputy anderweitig beschäftigt ist.« *Kräck!* Er erhob sich von seinem Stuhl und verließ kopfschüttelnd das Podium.

»Sie haben die Schweinerei angerichtet, also wischen Sie das auch auf«, fauchte der Deputy. »Und passen Sie auf, daß es keine Wasserflecken gibt.« Er ließ den Haufen Papiertücher auf den Tisch fallen und marschierte zu der Gerichtsstenographin hinüber, die zur Entspannung ihre Finger streckte.

Der Gerichtssaal leerte sich rasch, die Anwälte unterhielten sich lachend beim Hinausgehen. Der Anwalt des Klägers ließ seinen Aktenkoffer zuschnappen und ging ebenfalls, vorbei an Dr. Haupt, der an der Tür verharrte. Seine teutonischen Gesichtszüge verrieten einen winzigen Hauch von Ärger. Ich hatte so gut gespielt, daß ich sogar ihn getäuscht hatte. Was soll's. Es wäre nicht das erste Mal, daß ich der guten Sache wegen als Idiotin dastand.

»Verbindlichsten Dank, Bennie«, bemerkte Mark. Er tupfte auf dem riesigen feuchten Fleck herum, der sich so rasch wie schlechte Nachrichten über seinen Schritt verbreitet hatte.

»Tut mir leid, Partner«, antwortete ich und registrierte überrascht einen Anflug von Bedauern. Schmelzende Eiswürfel versickerten im Teppich, und Eve stieg elegant darüber hinweg, als sie zu uns trat.

»Alles okay, Liebling?« fragte sie sanft und rieb Marks Rücken so rührend besorgt, daß ich fast erstickte.

»Das ist Wasser«, betonte ich. »Er wird es überleben.«

»Sie hätten besser aufpassen sollen«, sagte sie vorwurfsvoll. »Ich wollte gerade richtig ins Kreuzverhör.«

Fast hätte ich herausgelacht. »Glauben Sie tatsächlich, das war Ungeschicklichkeit, Kindchen? Ich habe das Wasser verschüttet, weil ...«

»Das reicht, Bennie«, unterbrach mich Mark und hielt ein Papiertuch in die Höhe. »Ich werde das regeln.«

»Oh, wirklich.«

»Ich regle das.«

»Das würde ich dir auch raten. Ich muß jetzt weg, ich habe einen neuen Mandanten. Viel Glück, Kinder.« Ich wich einer Pfütze aus und ging türenschlagend meiner Wege. Als sich die schweren Mahagonitüren hinter mir schlossen, hörte ich Eves Lachen, gefolgt von Marks. Männlich, herzlicher. Ich erinnerte mich an sein Lachen, ich erinnerte mich an alles. Was ich jetzt tun mußte, war, alles zu vergessen.

2

Die durch den entscheidenden Schlag entstandene gänseeigroße Beule schillerte bösartig rosarot verfärbt, durch die eine rotblonde Augenbraue des Teenagers zog sich eine klaffende Wunde. Sein linkes Augenlid war blutunterlaufen, das Weiße leuchtete hochrot, und Prellungen und Verletzungen marmorierten diese Gesichtshälfte. Zum Glück war die Stirnhaut nicht aufgeplatzt, so daß ich vermutete, bei der Waffe hatte es sich um einen Schlagstock und nicht um einen Dienstrevolver gehandelt. Jemand von der Polizei muß den kleinen Bill Kleeb sehr ins Herz geschlossen haben.

Der Richter hatte mir den Fall zugewiesen, weil Kleeb und seine Freundin, Eileen Jennings, Klage wegen Körperverletzung gegen die Polizei eingereicht hatten, mein Spezialgebiet. In den letzten zwei Jahren hatte Philadelphia im Zuge von Verfahren im Zusammenhang mit Amtsvergehen durch die Polizei zwanzig Millionen Dollar herausrücken müssen, und der Großteil dieser Summe ging an Mandanten von mir. Meine Fälle deckten die gesamte Skala polizeilicher Verfehlungen ab, von tätlichen Übergriffen über unangemessene Gewaltanwendung und Freiheitsberaubung bis hin zu »irrtümlichem Schußwaffengebrauch«, wie es offiziell hieß, beispielsweise im Falle des Studenten, der von einem Polizisten außer Dienst erschossen wurde, weil er eine gestrickte Eagles-Kappe getragen hatte, die gleiche wie der Täter bei einem Überfall, der in die gleiche Gegend geflüchtet war, in der sich auch der Student aufgehalten hatte. Der Bulle, der getrunken hatte, hatte leider kurzzeitig vergessen, daß in Philadelphia jeder Mützen der Eagles trägt, besonders, wenn die Mannschaft in der Endrunde spielt.

Der Fall hatte Schlagzeilen gemacht, ebenso die Klagen, die ich gegen den 39. Distrikt eingereicht hatte, wo ein Kader von Philadelphias besten Jungs gestand, gestohlene Waren an Hehler verhökert und Beweise in Drogenfällen gefälscht zu haben, was dazu geführt hatte, daß über hundert Leute, darunter ein sechzig Jahre alter Schneider, für zwölf Jahre ins Gefängnis geschickt wurden. Keine Frage, der Schneider war unschuldig. Er holte von der Stadt zwei Mille heraus, dafür bezahlte er mein nicht ins Gewicht fallendes Honorar und schneiderte mir ein Maßkostüm. Ich liebte meine Arbeit, sie hatte einen Sinn. Meiner Ansicht nach wußte meine Heimatstadt im Grunde über die Mißstände in den Polizeidienststellen Bescheid, sie brauchte mich lediglich dazu, daß ich sie ab und zu daran erinnerte. Deshalb berechnete ich lediglich ein Honorar für Belästigung. Mein Honorar dafür, andere zu belästigen.

»Jetzt noch einmal, Bill. Warum haben Sie die Polizei nicht um einen Arzt gebeten?« Ich machte mir während der Befragung sinnlose Notizen, damit ich nicht in sein lädiertes Gesicht blicken mußte, ein Aspekt meines Berufes, an den ich mich nie gewöhnt habe. Ich kritzelte auf meinen Block, DOKTOR, DOKTOR, SAGEN SIE MIR DIE WAHRHEIT.

»Ich sagte doch, daß ich keinen Arzt gebraucht habe. Sie taten Eis drauf. Das hat gereicht.« Seine Haare glänzten fettigblond, und Sommersprossen übersäten seine kleine Nase und breiteten sich bis zu der geschwollenen Oberlippe aus. Bill hatte Zähne, wie man sie heute nur noch bei armen Kindern sieht, unregelmäßig groß, mit Lücken dazwischen. Erstaunlicherweise hatte er bei dem Handgemenge keinen einzigen Zahn eingebüßt.

»Sie hätten sich untersuchen lassen sollen. Das muß man unbedingt, wenn man das Bewußtsein verliert.«

»Ich werde es mir merken.«

Ich schrieb, MEIN PECH, DASS ICH DICH LIEBE. »Wie sieht's mit den Rippen aus? Nichts gebrochen?«

»Nichts.«

»Schmerzt es nicht beim Atmen?«

»Nee. Sehen Sie?« Er blies eine Rauchwolke in die Luft.

»Beeindruckend. Keine Tritte in den Magen? Keine Fußtritte, Knüppel, irgendwas dergleichen?«

»Mir fehlt nichts«, knurrte er gereizt, und ich merkte, wie ich langsam auf die Palme ging. Vielleicht lag es am ganzen bisherigen Verlauf dieses Vormittags.

»Wenn es Ihnen so prächtig geht, Bill, warum behaupten Sie dann, die Polizei habe unangemessen Gewalt gegen Sie angewendet? Und warum weigern Sie sich, sich schuldig zu bekennen, obwohl man uns das Angebot gemacht hat, daß Sie dann aus dem Gefängnis kommen?«

»Wegen Eileen, meiner Freundin.« Er rutschte in seinem blauen Gefängnisoverall hin und her. »Sie ... äh ... sie will, daß wir gleiche Anzeigen laufen haben. Gemeinsam eben, irgendwie.«

»Aber es macht keinen Sinn für Sie, sich nicht schuldig zu

bekennen. Eileen ist diejenige, die den Schlamassel angefangen hat, sie ist diejenige mit der Vorstrafe.« Wegen Schmalspur-Prostitution, aber diesen Punkt mußte ich jetzt nicht vertiefen.

»Sie will, daß wir so was sind wie, irgendwie, eine vereinte Front.«

»Schön, aber das seid ihr nicht. Ihr seid zwei verschiedene Menschen, und ihr befindet euch in zwei verschiedenen Situationen. Darum habt ihr zwei verschiedene Anwälte. Eileen steckt in größeren Schwierigkeiten als Sie. Sie hatte die Waffe.«

»Das war doch nur ein Elektroschockgerät.«

»Ein Stromstoß gegen die Brust eines Polizisten bei einer Festnahme. Glauben Sie, das ist nichts?«

Seine Zunge glitt über seine geschwollene Lippe. »Eileen, also sie kann ziemlich in Wut geraten. Sie wird stocksauer, wenn ich nicht bei der Stange bleibe.«

»Und? Wer führt in dieser Familie wen am Nasenring?«

Bill zuckte zusammen und nahm einen Zug von seiner Salem. Zigarettenrauch und billiges Desinfektionsmittel schwängerten die Luft im Vernehmungszimmer. Das Gitter über der Tür hatte einen dichten Staubpelz, und ein angeknabberter Plastikbecher lag umgekippt auf dem schmutzigen Tisch. Den gleichen Plastikbecher habe ich in jedem Polizeirevier in Philadelphia gesehen. Ich glaube, sie halten ihn ständig in Umlauf.

»Gehen Sie auf den Handel ein, Bill. Wenn Sie sich schuldig bekennen, sind Sie frei. Wenn Sie sich nicht schuldig bekennen, wandern Sie direkt ins Gefängnis. Das ist eine der kleinen Ironien unseres Strafrechtssystems.«

Nach wie vor mied er meinen Blick.

»Okay, wechseln wir für einen Augenblick das Thema. Geben Sie mir ein paar Hintergrundinformationen. Sie wurden festgenommen, als Sie für die Rechte der Tiere demonstriert haben. Ihrer Meinung nach darf die Firma Furstmann Dunn ihren Impfstoff nicht an Affen testen, ist das so richtig?«

»Sie haben kein Recht dazu. Wir haben kein Recht dazu. Sie gehören uns nicht, wir sind bloß größer.«

»Verstehe.« Zumindest einige von uns. Ich konnte nicht umhin, festzustellen, daß mein neuester Revolutionär ein kleiner Steppke war. »Sind Sie Mitglied von PETA oder einer anderen Tierschützergruppe?«

»Ich brauche keine Autorität, die mir sagt, wo's langgeht.« Er saugte an seiner Salem wie an einem Lutscher.

»Ich verstehe das als Nein.« Ich schrieb NEIN. »Dann handelt es sich also um Sie und Eileen. Seid ihr verheiratet?«

»Wir brauchen keine Autorität, die ...«

»Abermals ein Nein.« Ich machte mir meine Notiz. NEIN 2. »Also Sie und Eileen gegen den Rest der Welt. Romantisch.« So hatte ich mich mit Mike gefühlt, als ich jünger war und noch Illusionen hatte.

»Glaub' schon«, nuschelte er schwer verständlich. Ich konnte seinen Dialekt nicht unterbringen, obwohl ich jeden Slang in Philadelphia kenne.

»Woher kommen Sie, Bill? Von hier sind Sie jedenfalls nicht.«

»Aus dem Westen von Pennsylvania, von hinter Altoona. Aus der finstersten Provinz. Ich wurde auf einer Farm groß, deshalb kenne ich Tiere. Die Parolen der organisierten Landjugend haben mich geschafft.« Er lachte und stieß eine vorher verschluckte Rauchwolke aus.

»Haben Sie die High-School abgeschlossen?«

»Jawohl. Dann machte ich die Flatter nach York und arbeitete eine Zeitlang bei Harley-Davidson in der Fabrik. In York lernte ich Eileen kennen. Sie arbeitete im Labor, im Labor von Furstmann Dunn. Wo sie den Impfstoff getestet haben. Sie hat Fotos gemacht, wie die Affen gequält wurden. Sie hat gesehen, wie man sie behandelt hat. Sie wurden *mißbraucht*.«

Es hörte sich nicht so an, als gehörte das zu seinem üblichen Wortschatz. »Hat Eileen Ihnen das erzählt?«

»Sie benutzen Elektroden, müssen Sie wissen.«

»Bei den Affen?«

»Bei den Nerzen. Für die Nerzmäntel. Für Kragen und so Zeug.«

»Nerze? Seit wann sprechen wir über Nerze?«

»Keine Ahnung. Sie haben damit angefangen.«

Ich schrieb KEINE KERZE. War er schlicht dämlich, oder gestaltete sich die Unterhaltung mit einem Anarchisten automatisch etwas wirr?

»Das gehört alles zusammen«, setzte er hinzu. »Alles ist falsch.«

»Bill, darf ich Ihnen einen Rat geben?« Ich versuche, immer guten Einfluß auf das Leben meiner Mandanten auszuüben, damit ich meinen Beruf vor meinem Gewissen verantworten kann. »Wenn ich gegen Tierversuche protestieren würde, würde ich mir nicht Furstmann Dunn aussuchen, weil man dort an einem Impfstoff gegen Aids forscht. Die Menschen wollen, daß Aids geheilt werden kann, auch wenn das ein paar Schimpansen mit dem Leben bezahlen müssen. Warum gehen Sie nicht gegen die Pelzindustrie vor? Dann würden die Leute hinter Ihnen stehen, sie wären einer Meinung mit Ihnen.«

Er schüttelte den Kopf. »Eileen ist es egal, ob die Leute das, was wir machen, gut finden oder nicht. Sie will, daß das ein Ende hat. Es war ihre Idee, die Fernsehsender und Rundfunkstationen anzurufen.«

»Ihr habt einen ganz schönen Aufruhr angezettelt, was?« Unerklärlicherweise verspürte ich ein Prickeln des Stolzes. Sie hatten alle auf die Beine gebracht, sogar die nationalen Fernsehnachrichten. Noch größer wurde der Wirbel durch eine spontan zustande gekommene Gegendemonstration einer Gruppe schwuler Männer. Eine heiße Sache, aber ich war unschlagbar, wenn es darum ging, die politischen Ansichten meiner Mandanten nicht zu bewerten. Ich verteidigte nicht das, was sie sagten, sondern nur ihr Recht, es zu sagen, ohne mit dem Gummiknüppel eins übergebraten zu bekommen.

»War jede Menge Presse da. Eileen fand das toll.« Bill nahm wieder einen Zug von seiner Zigarette.

»Ihr hättet euch der Festnahme nicht widersetzen sollen. Die hatten ein ganzes Kommando da, und ihr wart nur zu zweit. Sie sehen mir nicht gerade aus wie ein Raufbold.« Ich schaute mir Bills Arme an: weiß, dünn, schlaff.

»Nee, ich bin Liebhaber, kein Kämpfer.« Er lächelte schief.

Ich hätte wetten können, daß er weder das eine noch das andere war, aber ich stellte fest, daß ich ihn mochte. Ich blätterte die vor mir liegende Akte durch. Sie war fast leer. Bill hatte keine Vorstrafen, auch nicht in einem anderen Bezirk. Aus diesem Grund hatte mir die Staatsanwaltschaft diesen feinen Handel angeboten. Der arme Junge hatte in seinem ganzen Leben einen einzigen Schlag ausgeteilt, und der hatte ihn hierhergebracht. »Ich begreife es nicht«, sagte ich und klappte die Akte zu. »Warum sind Sie auf den Polizisten losgegangen?«

»Weil er auf Eileen eingeschlagen hat. Ich wollte, daß er von ihr abläßt. Er hat ihr den Arm umgedreht, und sie ist zu Boden gegangen, irgendwie.« Seine Augen funkelten. »Sie hat ihn nur angeschrien.«

»Abgesehen von dem Elektroschockgerät, schon vergessen? Sie hat den Polizisten damit bedroht und den Chef der Firma. Sie hielt den Mann in seinem Mercedes fest.«

»Okay, dann hat sie halt versucht, ihm eine Dosis seiner eigenen Medizin zu verpassen. Es hätte schlimmer kommen können. Eigentlich wollte sie ihn mitsamt seinem großkotzigen Wagen hochgehen lassen.«

»Wen wollte sie hochgehen lassen? Den Chef von Furstmann?« Ein Engegefühl schnürte mir die Brust ein. Ich hatte mich nie an Mordfälle gewöhnen können, selbst wenn meine Beweisführung fundiert gewesen war; deshalb hatte ich diese

Arbeit schon vor langer Zeit aufgegeben. »Bill, hat Eileen gesagt, daß sie den Chef von Furstmann umbringen will? Hat sie das so gesagt?«

»Sie hat was drauf, die Eileen.« Er starrte auf seine Zigarette. »Darum will sie nicht, daß wir uns schuldig bekennen. Damit die beweisen müssen, daß wir etwas Falsches gemacht haben. Wir gehen ins Gefängnis, aus Protest. Möglich, daß wir in den Hungerstreik treten.«

Ich legte meinen Kugelschreiber hin. »Bill, antworten Sie mir. Haben Sie mit Eileen darüber gesprochen, den Chef von Furstmann Dunn umzubringen?«

Er wich meinem Blick aus und schaute zur Seite. »Sie hat gesagt, sie will das, und ich habe zu ihr gesagt, sie soll das nicht. Dann hat sie gesagt, sie unternimmt nichts, bevor wir nicht miteinander gesprochen haben.«

»Wird sie ihrem Anwalt sagen, daß sie den Vorsitzenden von Furstmann Dunn eigentlich umbringen wollte?«

»Keine Ahnung.«

Ich beugte mich über den Tisch. »Das genügt nicht, Bill. Nach einem Mord an einem Manager, bei dem Sie als Komplize gelten, erwartet Sie unter Umständen die Todesstrafe. Die Staatsanwältin fordert in jedem Mordfall die Todesstrafe, weil sie ihre Männlichkeit unter Beweis stellen möchte. Begreifen Sie, was ich sage?«

Er klemmte seine Zigarette in die Halterung des Blechaschenbechers.

»Diesen Mann umzubringen würde nicht das geringste ändern, egal, was Ihre Freundin sagt. Zwanzig andere Jungs in Anzügen warten nur darauf, seinen Platz einzunehmen. Sie fahren alle die gleichen Autos, sie haben alle die gleiche Ausbildung. Sie stehen Schlange, man nennt sie Vizepräsidenten. Sie sind klug genug, um das zu wissen, stimmt's, Bill?«

Er nickte und drückte die glimmende Kippe aus.

»Ich möchte, daß Sie mir versprechen, nichts derartig Dummes zu tun, nicht unter meiner Obhut. Sehen Sie mich an, Bill. Sagen Sie mir, daß Sie nicht so dumm sind.«

Sein unverletztes Auge blickte mich an. »Bin ich nicht.«

»Nein. Sprechen Sie mir nach: Ich bin nicht so dumm.«

»Ich bin nicht so dumm.« Er lächelte leicht, und ein gelber Eckzahn lugte hervor.

»Hervorragend. Und wie sieht's nun aus? Gehen Sie heute vormittag gemeinsam mit mir in diesen Gerichtssaal und bekennen sich schuldig? Ich habe den bestmöglichen Handel eingefädelt, und Sie werden sich darauf einlassen.«

»Das kann ich nicht. Eileen ...«

»Vergessen Sie Eileen. Sie wären ein Idiot, wenn Sie auf sie hörten. Sie zieht sie beide runter, nicht nur sich selbst, und Sie unterstehen meiner Obhut. Sie sind es, um den ich mir Sorgen mache.«

Seufzend schüttelte er den Kopf. »Haben Sie Kinder, Lady?«

»Ja, ich habe Kinder, Bill. Sie.«

3

Innen sieht Philadelphias neues Criminal Justice Center keineswegs aus wie ein Gerichtsgebäude. Verspielte Bronzesterne, Schnörkel und Ornamente sind in den Boden der Eingangshalle eingelassen, und durch die Flure vor den Gerichtssälen ziehen sich auf einem fortlaufenden Band Bezeichnungen wie SANDSTRAND – MÖWEN – SALZLUFT – KÜHLE BRISE – LÖWENZAHN – MOOSIGE UFER. BRANDSTIFTUNG – PROSTITUTION – KALTBLÜTIGER MORD wären in einem Strafgericht weit eher am Platz, aber die Realität ist manchmal eben nicht lustig.

In dem protzigen Gerichtssaal, in dem die Anklageerhebung stattfindet, sitzen auf den schwarzen, von Designern gestalteten Bankreihen die Rauschgifthändler neben den Junkies, die Zuhälter neben den Huren und die Rechtsanwälte neben den Mandanten. Niemand außer mir sieht hier irgendwelche Parallelen, da bin ich mir ziemlich sicher. Ich saß am Anwaltstisch neben einem nervösen Bill Kleeb und sah zu, wie Richter John Muranno die paar Stufen zu dem glänzenden Nußbaumpodium hinaufstieg und sich auf seinem Ledersessel zwischen den Flaggen der Vereinigten Staaten und des Commonwealth von Pennsylvania niederließ. Muranno, ein kleiner, stämmiger Richter mit Knollennase, präsentierte wie immer seinen märtyrerhaften Gesichtsausdruck, dem er den Spitznamen Papst Johannes verdankte.

»Mr. William Seifert Kleeb, sind Sie in diesem Gerichtssaal anwesend?« intonierte Papst Johannes, obwohl Bill ganz offensichtlich vor ihm saß. Es war das Frage-und-Antwort-Spiel der Verhandlungseröffnung, eine Messe, geschrieben von Anwälten und Richtern zum Schutz der verfassungsmäßigen Rechte des Angeklagten, so daß wir ihn entweder rauspauken oder aber verurteilen können, wenn er arm oder schwarz war, insbesondere, wenn er beides war.

»Hier«, antwortete Bill und erhob sich halb. Ich schubste ihn den restlichen Weg bis zu voller Größe hinauf.

»Mr. Kleeb, ist das Ihre Unterschrift?« Papst Johannes wedelte mit der schriftlichen Aussage.

»Mhm. Ja.«

»Sind Sie diese Aussage mit Ihrer Anwältin durchgegangen?«

»Ja.«

»Stehen Sie gegenwärtig unter Drogen- oder Alkoholeinfluß?«

»Ne-ein.«

»Stehen Sie gegenwärtig unter dem Einfluß von Medikamenten?«

»Äh, nein.«

»Haben Sie diese Aussagen unter Drohungen oder nach Versprechungen unterschrieben?«

»Nein.«

Anschließend verlas Papst Johannes die Anklagepunkte gegen Bill, und ich beobachtete die Reaktion der zunehmend unruhiger werdenden Eileen Jenkins. Sie war einssiebenundfünfzig groß, hatte lange verfilzte schwarze Haare und wirkte sogar mit einem Arm in der Schlinge wie ein Killer. Sie zappelte auf ihrem Stuhl am anderen Anwaltstisch herum. Der Blick ihrer dunklen, runden Augen ruhte nie lange auf etwas, sondern schweifte unstet umher. Als Bill die abschließenden Fragen von Papst Johannes beantwortete, wurden ihre Augen schmal. Sie besaß genügend Gerichtserfahrung, um zu wissen, was als nächstes kam.

»Verstehe ich Sie recht, Mr. Kleeb, daß Sie sich im Sinne der gegen Sie erhobenen Anklage schuldig bekennen?«

»Ja, Sir«, antwortete Bill.

»Nein, das ist er nicht!« kreischte Eileen schrill und sprang von ihrem Stuhl auf. Ihr Pflichtverteidiger, ein verlebt aussehender junger Mann mit Dreitagebart, zog sie ruckartig an ihrem gesunden Arm zurück auf den Stuhl und versuchte, sie zu beruhigen. Ich berührte Bill am Ellenbogen, um ihm Unterstützung zu vermitteln, und er blickte stur geradeaus, wie ich es ihm eingetrichtert hatte. Die Zuschauer begannen miteinander zu reden, irgendwo ertönte Gelächter.

Papst Johannes fuhr fort, als hätte sich nichts Ungebührliches ereignet, denn so etwas stand nicht im Meßbuch. »Mr. Kleeb, legen Sie dieses Schuldbekenntnis ohne Zwang, freiwillig und aus freiem Entschluß ab?«

»Äh ja«, erklärte Bill, ruhiger als vorher, und wieder sprang Eileen auf. Sie wand sich im Griff ihres Anwalts, die Adern an ihrem Hals schwollen an.

»Bill, was, zum Teufel, tust du?« schrie sie. Zwei Deputies

eilten zu ihr, und nur mit vereinten Kräften gelang es den drei Männern, sie auf ihren Stuhl zurückzudrängen. Sie fluchte, als einer gegen ihren gebrochenen Arm stieß. Die Zuschauer wurden lauter, und derselbe Mann wie vorhin lachte irre hinten im Raum.

Papst Johannes räusperte sich. »Sollte es erneut eine Unterbrechung dieser Verhandlung geben, sieht sich das Gericht gezwungen, die Angeklagte in Gewahrsam zu nehmen.«

»Das wird nicht nötig sein, Euer Ehren«, beschwichtigte der Pflichtverteidiger. Eileen begann trotz der sie flankierenden Deputies im Bühnenflüsterton hektisch auf ihren Anwalt einzureden.

»Mr. Kleeb«, fuhr der Richter, den Lärm übertönend, fort, »das Gericht nimmt Ihre Schuldanerkenntnis an. Aufgrund dieser Anerkenntnis sind Sie entlassen. Aus Ihrer Akte ersehe ich, daß Sie vorher noch nicht hier waren, und ich erwarte, daß das Gericht Sie nie wiedersieht. Vielen Dank, Mr. Kleeb.«

»Ja. Sir.« Bill sank auf seinen Stuhl, ohne Eileen oder mich eines Blickes zu würdigen. Seine Stirn war feucht, und er krallte die Hände ineinander, als hätte er immer noch Handschellen an.

»Miss Eileen Jennings, sind Sie in diesem Gerichtssaal anwesend?« fragte Richter Muranno.

»Ich bekenne mich nicht schuldig!« brüllte Eileen. Erneut stand sie auf, und dieses Mal ließ ihr Anwalt sie gewähren. Sie hatten offensichtlich nicht den besten Draht, deshalb ging ich davon aus, daß sie ihm nichts von ihrem Plan, den Manager betreffend, erzählt hatte. »Der Protest gegen die Quälerei dieser Tiere war mein gutes Recht, und diese *Dreckschweine* haben mich geschlagen, Euer Ehren! Sie haben mir meinen Scheißarm gebrochen und mich zusammengeschlagen! Sie haben sich einen Spaß daraus gemacht!«

Die Gesichter der an der Festnahme beteiligten Uniformen,

die mit ihren blauen Hemden und Chromabzeichen neben Chromabzeichen in der Reihe hinter uns saßen, blieben gleichmütig. Ich kannte die meisten, nur zwei von ihnen hätten Eileen rein zum Spaß brutal in die Mangel genommen. Der Polizist, dem sie mit einem Stromstoß zu einem Krankenhausaufenthalt verholfen hatte, fehlte. Ich wußte, daß er am nächsten Tag entlassen werden würde und Widerklage erwog.

»Miss Jennings«, fragte Richter Muranno, »werden Sie von einem Anwalt vertreten?«

»Nein, ich habe einen Pflichtverteidiger«, antwortete sie, und ihr Anwalt zuckte zusammen. Er sah aus wie dreiundzwanzig, das Büro der Pflichtverteidiger holte die Leute direkt von der Universität und verschliß sie schnell. Jeder Pflichtverteidiger verhandelte an die fünfunddreißig Fälle pro Tag und bekam nicht selten die jeweilige Akte erst zur Verhandlung.

»Sie werden von einem Anwalt vertreten«, sagte Papst Johannes und verlas die Punkte der Anklage. Er unterzog Eileen dem Prozedere des Meßbuchs und hielt bei jeder unverschämten Antwort die andere Wange hin. Er nahm Eileens »Nicht schuldig« an, setzte einen Verhandlungstermin fest, der, wie alle wußten, illusorisch war, schlug mit dem Hammer auf das Pult, *Amen,* und veranlaßte die Deputies, Eileen in die State Road zu bringen.

Eileen blickte nicht zurück, aber Bill beobachtete ihren Abgang, und kaum hatte sich die Tür hinter ihr geschlossen, schoß er hoch wie der Blitz. »Ich muß gehen.« Seine Stimme zitterte. Als er mir die Hand schüttelte, hielt er das Gesicht abgewandt.

»Sie haben das Richtige gemacht«, versicherte ich ihm, aber er reagierte nicht darauf, sondern drehte sich um und eilte hinter die Schranke des Gerichts. »Bill?« rief ich ihm nach, aber er stürmte noch vor Eileens Anwalt, der unter seinem nadelgestreiften Arm einen Stapel roter Aktenschnellhefter schleppte, aus dem Gerichtssaal. Rasch griff ich nach meinem Aktenkoffer und hetzte hinter dem Pflichtverteidiger her. Ich erwischte ihn auf dem Flur, in dem sich Menschen drängten, denen das Bürgerrecht entzogen worden war und die nun auf ihre Vernehmung zur Anklage warteten. SANDSTRAND, du lieber Gott.

»Sind Sie wirklich Bennie Rosato?« fragte der Pflichtverteidiger, während ich neben ihm in Gleichschritt fiel.

»Nein, die ist noch größer. Sie hatten da drin ganz schön was auszustehen.«

»Kann man wohl sagen.« Mit seitwärts gedrehten Schultern schlängelte er sich durch die Menge. »Übrigens, Glückwunsch zu dem Urteil, ich habe die Sache in den Zeitungen verfolgt. Mann, zehn Bullen gegen einen, oben im Nordosten. Die Polizeiberatungsstelle ist ein Witz, nicht wahr?«

»Hören Sie, wegen Jennings ...«

»Ich wollte Sie immer schon mal kennenlernen. Ich weiß noch, wie Sie bei uns an der Fakultät einen Vortrag gehalten haben. Letztes Jahr, in Seton Hall.«

Ich hastete an einer wohlriechenden Versammlung von Huren vorbei. »Haben Sie überhaupt mit Jennings gesprochen?«

»Jennings?«

»Eileen Jennings, Ihre Mandantin.«

»Sie ist nicht mein Fall, ich bin nur eingesprungen.«

»Wessen Fall ist sie?«

»Abrams, er hat gerade eine Verhandlung.« Er warf einen Blick auf seine Uhr. »Mist. Ich hätte vor zehn Minuten oben sein sollen.«

»Ich möchte, daß Sie zur Kenntnis nehmen, daß ich Eileen Jennings für gefährlich halte.«

»Machen Sie Witze?« Geschickt wich er einer Horde Polizisten aus. »Sie redet nur, da steckt nichts Handfestes dahinter.«

»Und was ist mit diesem Elektroschockgerät?«

»Ha! Mein Chef will, daß ich das Ding für die Weihnachtsparty aus der Asservatenkammer klaue.«

Eine Familie mit Kleinkindern im Schlepptau zwängte sich zwischen uns durch, und ich wartete, bis ich meine nächste Frage stellte: »Wissen Sie, ob sie im Besitz einer Schußwaffe oder von Sprengstoff irgendwelcher Art ist?«

»Das ist nicht mein Fall.«

Ich ergriff seinen Arm. »Sie haben die *Akte* übernommen, also übernehmen Sie ein bißchen Verantwortung. Sie müssen feststellen, ob Sie tatsächlich gefährlich ist. Haben Sie verstanden?«

»Ich mache einen Vermerk, okay?« Er entzog mir seinen Arm, eilte desillusioniert davon und tauchte zwischen dem Gesindel vor den Aufzügen unter.

Ich blieb stehen und ließ die Menge an mir vorüberfluten. Der Pflichtverteidiger machte sicher keinen Vermerk. Und selbst wenn, würde dieser im Meer von Vermerken, im Meer von Akten untergehen. Aber die Akten waren Menschen. Schwarze und Weiße, Verrückte und Gesunde, Große und Kleine, auch die, die in eben diesem Moment an mir vorbeidrängten. Die meisten von ihnen standen auf du und du mit Feuerwaffen, Kindesmißbrauch, Messern, Drogenabhängigkeit und Einbruchswerkzeug. Sie strömten herein, verstopften Eingänge und Flure – zu Akten und schließlich zu Statistiken degradierte Menschen, aus denen das Leben und die Menschlichkeit gezapft worden war.

Einen Augenblick lang fühlte ich mich überwältigt und dachte, es gäbe nichts, was ich dagegen tun könnte, egal, wie sehr ich mich auch anstrengte. Nicht einmal, wenn ich in bezug auf Eileen recht behalten, nicht einmal, wenn ich mich täuschen sollte. Denn tausend andere warteten darauf, ihren Platz einzunehmen, brannten darauf, die Waffe anzulegen. Sie stehen Schlange wie die Vizepräsidenten. Und man würde ihnen ebenfalls mit Gewalt begegnen, mit einer Gewalt, die sowohl das Gesetz als auch Waffen einsetzte. Ein Krieg tobte, wahrhaftig, eine regelrechte Schlacht. So klar und deutlich ich das empfand, ich wußte trotzdem nicht, auf welcher Seite ich stand. Ich befand mich in der Mitte, auf hoher See.

Ruderte wie wild und sah kein Land.

4

Ich ging zu Fuß, um einen klaren Kopf zu bekommen, und schlenderte unter den farbenfrohen, überdimensionalen Flaggen, die von den Straßenlaternen herabhingen, den Benjamin Franklin Parkway hinunter. In der steifen Brise, die vom keine zehn Blocks entfernten Schuylkill River herüberwehte, blähten sie sich wie Spinnaker, und die Ketten, mit denen sie an den Masten befestigt waren, klirrten. In mir erwachte der Wunsch, draußen auf dem Fluß zu sein und zu rudern. Bei diesem Wind war das Wasser bestimmt kabbelig, und die Wellen trugen kleine weiße Schaumkronen, die für ein bißchen Aufregung sorgten. Vielleicht heute abend, versprach ich mir, als ich auf den Monolithen aus Chrom, die Silberkugel genannt, zuschritt, um meinen besten Freund Sam Freminet zu besuchen und zum Mittagessen hinauszulotsen.

Ich betrat das marmorne Foyer des Gebäudes, nahm den ersten Fahrstuhl und verspürte wieder das vertraute Ziehen im Bauch, als ich himmelwärts zu meiner ehemaligen Firma fuhr, der riesigen und irrsinnig konservativen Kanzlei Grun & Chase. Als junge Mitarbeiter nannten wir sie Ächz & Stöhn, doch ich schob die damit verbundenen unangenehmen Erinnerungen beiseite. Ich gehörte nicht mehr Ächz & Stöhn. Ich gehörte niemandem. »Wo ist der Comic-Held? Ist er da?« fragte ich die junge Empfangsdame, nachdem sich die Türen auf Sams Stockwerk geöffnet hatten. Sie hatte keine Ahnung, wer ich war, aber sie wußte genau, wen ich meinte.

»Er ist da. Soll ich Sie anmelden?« Sie griff nach dem Telefon und schien zu schwanken, ob ich Anwältin oder Unruhestifterin war, und in Wahrheit war ich von beidem etwas.

»Bennie Rosato, seine Lieblingsitalienerin«, stellte ich mich vor und tänzelte an ihrem fragenden Blick vorbei. Ich habe mir diesen Blick ebensooft eingefangen wie die Frage, wie das Wetter da oben sei, denn ich sehe kein bißchen italienisch aus. Aus gutem Grund.

Ich stürmte an den die Wände zierenden kostspieligen Quilts der Amischen und den großformatigen Ölgemälden vorbei, vorbei an Sekretärinnen, die Akten in den Händen hielten, um ihrem konspirativen Gekicher einen geschäftlichen Touch zu verleihen. Ich kannte nicht eine von ihnen; alle Sekretärinnen, die ich hier gekannt habe, waren klug genug gewesen zu kündigen. »Hallo, meine Damen«, grüßte ich trotzdem, weil ich eine Schwäche für Sekretärinnen habe. Meine Mutter war mal eine, jedenfalls behauptet sie das.

»Hallo«, antwortete eine aus der Gruppe, die anderen lächelten. Sie nahmen an, ich sei eine Mandantin, denn keine Anwältin, die bei Grun arbeitete, grüßte eine Sekretärin.

Ein Mitarbeiter hastete mit wichtiger Miene vorbei, ihn kannte ich ebenfalls nicht. Von den fünfzehn Mitarbeitern zu meiner Zeit war nur Sam geblieben und Partner geworden. Inzwischen war er die Rangstufen bis zum höchsten Gipfel der Firma emporgestiegen. Er war der jüngste Partner aller Zeiten mit einem Drei-Fenster-Büro, von der Steuerklasse her gleichbedeutend mit einem Fünf-Sterne-General. Hätten die anderen gewußt, daß Sam schwul und nicht nur exzentrisch war, hätten sie ihn zum Abschuß freigegeben und das noch jemandem in Rechnung gestellt.

Ich betrat Sams sonniges Büro und schloß die Tür hinter mir. »Schätzchen, ich bin Homo!« rief ich aus.

»Benniieeee!« Sam schaute auf, und hinter einer eleganten

randlosen Brille blickten mich seine leuchtendblauen Augen an. Er war groß und schlank, und sein feingeschnittenes Gesicht mit der geraden Nase und den ausgeprägten Wangenknochen wurde eingerahmt von rötlichbraunen Haaren, die alle vier Wochen geschnitten wurden. »Wie geht es dir?« Er kam um seinen Schreibtisch herum und umarmte mich herzlich.

»Ich brauche Aufheiterung. Wie geht es dir?«

»Ich bin gut drauf wie immer, Aufheitern ist meine Spezialität. Setz dich.« Er dirigierte mich zu einem Schwingsessel aus Leder und schlich übertrieben komisch auf Zehenspitzen zurück zu seinem Schreibtisch. »Sei danz, danz still. Wi'dun Häschen jagen.«

Lachend ließ ich mich in den Sessel fallen.

»Siehst du? Es funktioniert bereits.«

»Ich wußte es. Darum bin ich gekommen.« Mein Blick wanderte über die gerahmten Cartoon-Berühmtheiten, die mitten zwischen den Duplikaten von Sams Yale-Diplomen hingen. Auf einem Glastisch vor dem Fenster am anderen Ende des Zimmers lagen Plüschfiguren von Kater Sylvester, Foghorn Leghorn und Schweinchen Dick. Pepe Le Pew war in eine pornographische Umarmung mit dem Tasmanischen Teufel gefallen. »Wie ich sehe, hat Pepe mal wieder die Kontrolle verloren.«

»Wie üblich. Dieses Ferkel ist ein regelrechter JFK.«

»Sag so was nicht über meinen Pepe.«

»Pepe hat keine Ahnung, worauf es im Leben ankommt. Dagobert schon. Er ist eine Ente mit Prioritäten.«

»Und die wären?« fragte ich, obwohl mir die Antwort ins Gesicht sah. Eine Figur von Dagobert stand auf dem Schreibtisch, er hockte über einem Berg von Dollarscheinen auf einem Schild, auf dem GRÖSSER BESSER SCHNELLER BILLIGER stand. »Geld?«

»Ja, Geld, und sprich es nicht so aus. Dagobert ist geil, Bennie. Dagobert ist Gott.«

»Er ist zu gierig.«

»Man kann gar nicht zu gierig sein, *chica*. Weißt du, warum ich der beste Konkursanwalt weit und breit bin?«

»Weil du moralischen Konkurs angemeldet hast?«

»Nur zum Teil. Der wahre Grund ist, ich verstehe Geld. Wohin es ging, wo es hätte sein sollen, wie man es zurückbekommt. Ich habe einen sechsten Sinn dafür. Du wiederum hängst der absurden Überzeugung an, Liebe sei wichtiger als Geld. Was bist du bloß für eine Anwältin?«

»Ein Dinosaurier.«

»Ausgestorben.«

»Auch gut. Aber Pepe Le Pew ist mein Mann.«

»›Ah, ze l'amour. Ah, ze toujour. Ah, le grand illusion‹«, sagte Sam. »Scent-imental Romeo, 1951. Du bist auch käuflich, weißt du.«

»Blödsinn.«

»*Si,* meine kleine Liberale. Du bist verrückt nach Verlierern, nach jeder Art von Verlierern. Je verlorener, verletzter, eingeschüchterter und ausgestoßener, desto besser. Bei mir entsteht der gleiche Effekt, wenn ich einen Konkurs wittere. Wir sind die Hundefänger des Berufsstandes.«

»Vielen Dank.«

Sam schob die Unterlippe vor und zog einen Flunsch. »Das heitert dich nicht mehr auf, stimmt's?«

»Schon gut.«

»Was ist los, Doc? Fühlst du dich immer noch mies wegen Mark?«

Ich seufzte resigniert. »Es nervt, nicht wahr? Es ist jetzt schon einen Monat her. Ich sollte langsam darüber hinwegsein.« Am liebsten hätte ich gegen etwas getreten, aber die Möbel im Büro bestanden größtenteils aus Glas.

»Das ist noch keine Zeit, Bennie. Ihr wart wie lange zusammen, sechs Jahre?«

»Sieben.«

»Du bist noch eine Weile angeschlagen, mach dich darauf gefaßt. Diese verfluchte Eve ist so fade. Letzte Woche war sie mit Mark hier und hat mich zu Tode gelangweilt. So glatt und plastikartig. Barbie als Anwältin.«

Ich wollte mich nicht länger mit diesem Thema befassen. »Warum hast du mich gestern abend angerufen, Samuel? Ich bin zu spät nach Hause gekommen, um noch zurückzurufen.«

Er beugte sich über seinen Schreibtisch. »Ich mache mir Sorgen. Mir kam ein häßliches Gerücht zu Ohren. Es ist von Überläufern unter den Mitarbeitern die Rede, wußtest du das?«

»Bei Grun, da begibt sich jemand aufs Glatteis?«

»Nein, bei R & B.«

»Was? In *meiner Kanzlei*?«

»Das habe ich jedenfalls gehört.« Er nickte. »Einer meiner Partner, ein Prozeßanwalt, erhielt einen Anruf von einem deiner Mitarbeiter. Der Junge sagte, er suche einen Job, und einer seiner Kollegen befände sich ebenfalls auf der Suche.«

»Wer? Wer sind die beiden?«

»Das wurde nicht gesagt. Was geht bei euch vor, Bennie? Kannst du es dir leisten, zwei Mitarbeiter zu verlieren?«

»Nein, nicht bei den Fällen, die anstehen. Verdammt.« Wir hatten nur sieben Mitarbeiter, und Mark und ich waren die einzigen Partner. »Das kann nicht wahr sein.«

»Warum nicht? Du weißt, wie das läuft, besonders in letzter Zeit. Die Hälfte der Kanzleien in der Innenstadt lösen sich auf. Denk nur an Wolf oder Dilworth. Das ist eine richtige Welle.«

»Warum sollte ein Mitarbeiter von R & B wegwollen? Du lieber Gott, sie verdienen fast soviel wie ich.«

»Sie sind undankbar. Der Sozialismus funktioniert nicht, sondern die Autokratie. Frag Bill Gates. Frag Dagobert Duck.«

Ich fuhr mir mit der Hand über die Stirn. »Wir haben versucht, es anders zu machen. Anders als bei Grun.«

»Alles Mist. Du hättest hierbleiben sollen. Wir hätten zusammenarbeiten und Spaß haben können. Du hättest hier im Hause meine Alibi-Freundin gemimt. Du brauchtest nichts weiter zu tun, als ›helle Schokolade‹ zu sagen, und alles wäre anders gelaufen.«

Ich dachte zurück an jenen Tag. Der Ruf vom Großen und Mächtigen Grun. Wie eine schnatternde Gänseherde waren die Mitarbeiter in mein Büro geflattert, um mich auf das entscheidende Gespräch vorzubereiten und mich für die Frage aller Fragen zu präparieren, die er unweigerlich stellen würde und deren Antwort immer gleich lauten mußte. »Sagen Sie ›helle Schokolade‹«, sagte ich laut in der Erinnerung. »Helle.«

»Du wußtest, er würde dir eine Godiva-Praline anbieten ...«

»Und fragen, ob ich dunkle oder helle haben möchte ...«

»Du hättest ›hell‹ sagen müssen. Seine Lieblingsschokolade. Aber nein, meine Bennie mußte sagen, ›Ich esse keine Schokolade, Mr. Grun.‹« Sam schüttelte mit derart übertriebener Trauermiene den Kopf, daß ich unwillkürlich lachen mußte.

»Na und? Ich *esse* keine Schokolade.«

»Konntest du diese verdammte Praline wirklich nicht essen? Hätte es dich umgebracht, wenn du sie gegessen hättest? Wärst du daran *erstickt*?«

»Genau«, bestätigte ich ohne weitere Erklärung. Sam wußte ohnehin Bescheid über meine Lebensgeschichte. Ich hatte schon so viel Mist geschluckt, daß es mir im Halse steckengeblieben und mir die Luft abgeschnürt hätte, daß ich an dem schrecklichen Bedürfnis, allen alles recht zu machen, zu allem um jeden Preis ja und amen zu sagen, erstickt wäre. Ich stand auf und ging zur Tür. »Ich gehe wohl besser ins Büro zurück. Ich will wissen, was da los ist. Danke für den Hinweis.«

»Warte. Ich habe gehört, du bist in den Mittagsnachrichten, wegen der Verteidigung dieser Tieraktivistengruppe, die einen Aufstand angezettelt hat.«

»Es war kein Aufstand, und es handelt sich um ein Pärchen, nicht um eine Gruppe. Zwei Kinder, eines verwirrt, das andere weniger verwirrt.« Mit letzterem meinte ich Eileen. Um dieses Problem mußte ich mich noch kümmern, aber im Moment saß sie erst einmal im Gefängnis.

»Also dieses Mal stehe ich auf Seite der Bullen. Möglich, daß Furstmann Dunn kurz vor der Entwicklung eines Impfstoffes gegen Aids steht.«

»Ich weiß ...«

»Sage deinen Mandanten, sie sollen mich begleiten, wenn ich Daniel Lebensmittel bringe. Er hat Soor und kann nicht einmal schlucken. Ich muß ihm Babynahrung kaufen. Sag das deinen Mandanten.«

»Meinem Mandanten. Ich habe den guten Jungen gekriegt.«

»Den guten Jungen? Schick ihn zum Teufel!« Sam lief vor Zorn rot an. Er hatte einen niedrigen Siedepunkt, besonders seit er Partner geworden war. Mark pflegte zu sagen, die Partnerschaft sei ihm zu Kopf gestiegen, aber der Meinung war ich nicht. »Soll er sich doch selbst vertreten! Oder noch besser, soll er sich doch von einer der Laborratten vertreten lassen, dann wird er schon sehen, wie weit er kommt. Ich hoffe, die Bullen haben ihm ein bißchen Verstand eingebleut!«

»Beruhige dich, du meinst das gar nicht so.«

»Doch. Und ob. Ich würde diesen Jungen eigenhändig verprügeln, das sage ich dir! Ich und jede Schwuchtel, die ich kenne. Wir werden ihn mit unseren Handtäschchen erschlagen!«

»Tschüs, Schätzchen.« Ich beugte mich über den Schreibtisch und raubte ihm ein Küßchen.

»Ich hoffe, sie haben ihm die Knie gebrochen! Ich hoffe, sie haben ihm den Schwanz ausgerissen!«

»D-dd-ddd-das war's, Leute«, verabschiedete ich mich und schlüpfte aus der Tür.

5

Ich öffnete das Holzportal zum Bürohaus von R & B, und sofort stellte sich ein vertrautes Gefühl ein. Ich war daheim. Mark und ich hatten das Haus mit Geld von seiner Familie als leeres Klinkersteingerippe gekauft, es zu Kanzleibüros umgebaut und den Kredit zurückgezahlt. Ich schmirgelte und polierte die Hartholzböden; Mark zog die Trockenmauer hoch. Die Wände und Fußleisten strichen wir goldgelb, und ich richtete die Büros mit weichen Sesseln, Beistelltischchen aus Kiefernholz und freundlichen Aquarellen gemütlich ein.

»Hallo, Bennie«, grüßte mich Marshall hinter der halbhohen Scheibe am Empfang. Sie hatte ihre dunkelblonden Haare zu einem Zopf geflochten, und ihr Baumwollkleid verhüllte eine so zarte Figur, daß man ihr kaum zutraute, das kleinste bißchen Verantwortung zu tragen. In Wahrheit war Marshall bei R & B Empfangsdame, Verwaltungschefin und Buchhalterin in einer Person und führte das kleine Büro hinter dem Empfangsfenster wie Stalin.

»Warum sind Sie nicht in der Mittagspause, Lady?« fragte ich.

»Zuviel zu tun. Auch für Sie eine Unmenge Anrufe.« Sie reichte mir einen Stapel gelber Zettel. R & B stand in supermoderner Schrift oben auf unserem internen Papier. Für das Moderne war Mark zuständig, ich hielt es mehr mit dem Gemütlichen.

»Dann gehen Sie eher nach Hause, ja? Gehen Sie um vier, ich kümmere mich um alles.« Ich wollte nicht, daß Marshall auch noch zum Feind überlief. Abgesehen davon, daß sie das Büro bestens organisierte, fühlte ich mich in ihrer Gegenwart auf eine Art und Weise wohl, wie es bei den Mitarbeitern nicht der Fall war, zu denen ich professionelle Distanz hielt.

»Wirklich? Könnte gut sein, daß ich von diesem Angebot Gebrauch mache. Ich muß mich nämlich als Brautjungfer ausstaffieren lassen.« Sie verdrehte die blauen Augen.

»Rosa oder türkis?«

»Türkis.«

»So ein Glück.«

»Richtig.«

Das Telefon läutete, sie griff nach dem Hörer, und ich marschierte mit meinen Notizzetteln den Flur entlang und hielt nach Mitarbeitern Ausschau. Der Flur war leer, deshalb machte ich einen Abstecher in die Bibliothek, die gleichzeitig als Besprechungszimmer diente. Niemand da. Der runde, egalitäre Konferenztisch, umgeben von dicken juristischen Büchern, deren aneinandergereihte goldgeprägte Bandnummern schimmernd aufleuchteten, war leer. Vielleicht waren die Mitarbeiter beim Mittagessen. Oder bei Vorstellungsgesprächen.

Ich verließ die Bibliothek, ging den Flur zurück und stieg die Wendeltreppe hoch, um einen Blick in die Büros im oberen Geschoß zu werfen. Alle waren gleich groß, keines war kleiner als das von Mark oder mir, und jeder Mitarbeiter hatte zur Ausgestaltung seines Büros einen Zuschuß von tausend Dollar bekommen. Aufgrund unserer sexy Anzahl von Fällen und unserem liberalen Führungsstil zogen wir die besten und gescheitesten Absolventen der juristischen Fakultäten der Gegend – Penn, Temple, Widener und Villanova – an. Unsere Mitarbeiter waren bereits sämtlich in der *Law Review* erwähnt oder standen kurz davor, und wir bezahlten sie wie die Halbgötter, für die sie sich hielten. Worüber hatten sie sich zu beklagen? Und wo, zum Teufel, steckten sie?

Ich ging den Flur entlang und schaute in ein verlassenes Büro nach dem anderen. Sie hatten allen möglichen Mist an die Wände gehängt, und ich hatte keinen Piep dazu gesagt. Bob Wingates Büro war eine Gedenkstätte für Jerry Garcia;

Eve Eberleins Büro war neu in femininem Chintz hergerichtet worden. Das einzige sachlich-nüchterne Büro gehörte Grady Wells, einem Fan des Sezessionskrieges. Es war schlicht möbliert, und an den Wänden hingen in Holzrahmen alte Karten von Schlachtfeldern. In der Ecke stand ein Kartenschrank mit schmalen Schubfächern, aber Grady war nicht in seinem Büro.

Niemand war da, nirgends. Ich erwog, herumzuschnüffeln, um festzustellen, ob irgendwo irgendwelche Lebensläufe herumlagen, aber ich verwarf den Gedanken. Ich war der Freiheit des einzelnen verpflichtet. Außerdem hätte man mich ertappen können.

Ich marschierte in mein eigenes unordentliches Büro, schleuderte meine Pumps auf den Dhurrie-Teppich und schob einige Papiere beiseite, damit ich mich in den gemütlichen kastanienbraunen Ohrensessel hinter meinem Schreibtisch kuscheln konnte. Ein Mandant sagte einmal zu mir, meine Schlampigkeit sei das Kennzeichen des echten Gesetzlosen, aber er täuschte sich. Ich war einfach nur schlampig, da steckte nichts Politisches dahinter.

Ich schloß eine rachitische Schreibtischschublade auf und holte die Computerausdrucke mit den Arbeitsstunden der Mitarbeiter heraus. Wer am härtesten arbeitete, war möglicherweise am unglücklichsten. Ich ging die Liste durch, ignorierte die Verwaltungsstunden und sah mir nur die in Rechnung gestellten Stunden an. Fletcher, Jacobs, Wingate. Die meisten stellten Rechnungen über zweihundert Stunden im Monat aus. Harte Zeiten, allen konnte elend zumute sein. Sogar Eve Eberlein hatte bereits hundertneunzig Stunden. Ich versuchte, nicht daran zu denken, welche Art von Aktivitäten ihr alle anrechenbar erschienen.

Ich blätterte zu den Vormonaten zurück. Die Zeiten waren ähnlich, nur Renee Butler, die im April eine anstrengende Verhandlung vor dem Familiengericht hinter sich gebracht hatte, fiel aus dem Rahmen. Renee war Eves Mitbewohnerin, seit die beiden im selben Jahr wie Wingate von der Penn abgegangen waren, aber die beiden Frauen hätten nicht unterschiedlicher sein können. Renee war schwarz, etwas übergewichtig und widmete sich hingebungsvoll ihrer Arbeit, Fällen von Mißbrauch in der Familie. Sie war der Inhalt von Eves Form. Zählte Renee zu den Mitarbeitern, die uns verlassen wollten? Gab es eine Möglichkeit, das herauszufinden?

Natürlich.

Ich warf die Liste mit den Arbeitsstunden auf den Schreibtisch und ging durch das Zimmer zu den auf ihre Art unvergleichlichen Bücherregalen an der Wand. Darauf lagen Fachzeitschriften und wissenschaftliche Abhandlungen in wildem Durcheinander mit Zeitungsausschnitten und Nachdrucken. Ich hatte keine Ahnung, wo ich das Anwaltshandbuch hingelegt hatte. Mein Blick überflog die vollgestopften Regalfächer.

Hurra! Ich zerrte das Buch aus dem Regal, fand die entsprechende Seite und griff zum Telefon. »Meyers Stellenvermittlung?« fragte ich mit schwacher Stimme, als sich eine Frau meldete. »Ah ... ich brauche wahrscheinlich bald einen neuen Job und würde gern einmal mit jemandem darüber reden.«

»Bleiben Sie bitte dran«, sagte sie, es klickte im Telefon, und eine andere Frau mit professionell säuselnder Stimme war am Apparat. »Kann ich Ihnen helfen?«

»Ja, ich rufe von R & B, Rosato & Biscardi an. Ich glaube, ich muß mich nach einer neuen Stellung umsehen.«

»Mit wem spreche ich?«

»Ich, äh, das kann ich nicht sagen. Ich würde sterben, wenn meine Chefin dahinterkäme. Mit ihr ist nicht gut Kirschen essen.«

Ein überraschtes Lachen. »Gut, Sie können uns vertrauliche Bewerbungsunterlagen schicken. Schicken Sie sie an ...«

»Bin ich die einzige von R & B, die bei Ihnen angerufen hat? Oder haben Sie auch einen Anruf von Renee Butler bekommen?«

»Darüber kann ich Ihnen keine Auskunft geben.«

»Aber ich bin nicht die einzige, nicht wahr? Ich möchte Ihnen meine Unterlagen nicht schicken, wenn ich die einzige bin.« Ich hoffte, sie sah ihr horrendes Honorar in weiter Ferne entschwinden.

»Nein, Sie sind nicht die einzige.«

»Ist es Jeff Jacobs oder Bob Wingate? Ich wette, einer von ihnen ist es.«

»Ich kann keinen dieser Namen bestätigen.«

»Ich weiß, daß auch Jenny Rowland nicht gerne hier ist. Sie sagt, es nervt.«

»Ich kann Ihnen wirklich keine Auskunft über unsere Klienten geben, meine Liebe. Mir liegen drei Bewerbungen von Leuten von R & B vor, aber das heißt nicht, daß wir nicht alle von euch unterbringen.«

Drei Bewerbungen? Drei unserer Mitarbeiter wollten weg? Das war fast die Hälfte der Mannschaft. Mir sank das Herz. Ich hörte nicht auf ihr anpreisendes Verkaufsgespräch, sondern wartete, bis sie aufhörte zu reden, dankte ihr und legte auf *Drei?* Was ging da vor?

Ich war schwer angeschlagen. Sobald Mark zurück war, mußte ich mit ihm sprechen. Eine Firma unserer Größe konnte einen solchen Schlag nicht wegstecken, nicht jetzt. Marks Wirtschaftsfälle hatten Hochkonjunktur; meine Fälle in Verbindung mit dem Ersten Zusatzartikel, die Vertretung von Mandanten aus dem Medienbereich in Verleumdungsklagen, waren endlich so lukrativ, daß sie die Fälle polizeilicher Amtsvergehen subventionierten. Mark und ich schrieben Rechnungen über eine Million Dollar und bezahlten jedem von uns hunderttausend Dollar aus, ganz zu schweigen davon, daß wir dreizehn

Mäuler zu stopfen hatten. Leben und leben lassen, im echten Rock-'n'-Roll-Geist. Bis jetzt.

Mein Blick kehrte zu meinem Schreibtisch zurück, auf dem sich Nachrichtenzettel, Korrespondenz und Schriftsätze türmten. Ich mußte den Berg unbedingt abarbeiten, wenn wir auf eine Krise zusteuerten. Verdammt. Ich verbannte meine Sorgen in den Hinterkopf und machte mich an die Arbeit. Die Geräusche der zurückkehrenden Mitarbeiter ignorierte ich. Ich hörte sie lachen und scherzen, dann das Läuten von Telefonen und den Singsang der Modems, als sie sich wieder an die Arbeit begaben. Zwei, Bob Wingate und Grady Wells, diskutierten auf dem Flur über einen Aspekt der Rechtsprechung des Bundesgerichts, und ich hob den Kopf, um zu lauschen. Gerissene, raffinierte Anwälte, diese beiden. Ich mochte sie, und es tat mir leid, daß drei unserer Leute unglücklich waren. Vielleicht sollte ich versuchen, sie von einer Kündigung abzubringen. Aber zuerst würde ich sie übers Knie legen.

Gegen Feierabend legte ich meine emsige Betriebsamkeit ab und ging die Treppe hinunter. Ich hörte Marks Stimme, er war also wieder im Haus. Normalerweise versammelte sich das ganze Büro am Abend in der Bibliothek, und ich dachte, er würde dort Reden schwingen und die Mitarbeiter mit Kriegsberichten aus dem Wellroth-Prozeß ergötzen. Habt ihr schon von dem Wasserkrug gehört?

Aber unter der offenen Tür zur Bibliothek sah ich, daß es sich nicht um unsere übliche interne Plauderei handelte. Mark saß neben Eve am Konferenztisch, und neben ihr saßen Dr. Haupt von der Firma Wellroth und ein gutmütig-derber älterer Mann, Kurt Williamson, der Justitiar des Unternehmens. Ich schwenkte links um, um nicht in die Besprechung hineinzuplatzen, aber Mark erhob sich und winkte mich herein.

»Bennie, komm rein«, rief er überschwenglich, aber in seiner

Stimme schwang eine Schärfe mit, die mir nicht gefiel. Er hatte sein Sakko ausgezogen und die Seidenkrawatte gelockert. »Ich habe gute Neuigkeiten für dich.«

»Gute Neuigkeiten? Von der Verhandlung?«

»Nein, eine andere Sache. Andere *Sachen,* genauer gesagt. Kurt übergibt uns zwei von Wellroths größten neuen Rechtsangelegenheiten, darunter die Ausarbeitung des Joint-venture-Vertrages mit Healthco Pharma. Eine Riesensache.« Seine Augen übermittelten boshafte Signale, die ich nach dem Debakel von heute morgen als triumphierendes Da-hast-du's deutete.

»Wie schön«, gab ich zur Antwort, obgleich ich eigentlich meinte, wie lukrativ. »Mark ist ein hervorragender Anwalt, Kurt. Ich weiß, er wird hervorragende Arbeit leisten.«

»Bis jetzt hat er das.« Williamson nickte. »Sein Gutachten hat uns eine völlig neue Perspektive im Zusammenhang mit diesem Joint-venture vermittelt. Haben Sie es gelesen?« Er beugte sich über den Tisch und reichte mir ein dickes Unterlagenpaket.

»Gute Arbeit, gewitzte Arbeit«, bestätigte ich und überflog die Stellungnahme noch einmal. Kein Gutachten verließ R & B, ohne von mir überprüft zu werden, weil ich mich nicht der Gefahr der Sorgfaltspflichtverletzung aussetzen wollte; ich hatte das Gutachten gesehen, nachdem es nach vorbereitenden Recherchen von Eve und Renee Butler aufgesetzt worden war. Ich ließ die Seiten zuklappen und reichte ihm die Unterlagen zurück. »Sehr gewitzt.«

Eve lächelte bei diesem Lob verkniffen, ebenso Dr. Haupt, zumindest vermutete ich, daß er lächelte, denn die Spalte in seiner unteren Gesichtshälfte verzog sich wie ein schiefer Strich.

»Der Meinung bin ich auch«, erklärte Williamson. »Ein Problem im Pharmageschäft ist die Kontrolle des Produkts nach seiner Entwicklung, wie Sie an unserer gegenwärtigen Auseinandersetzung mit Cetor sehen. Die Entwicklung eines erfolgreichen Produkts ist kompliziert, oft greifen dabei verschiedene

Patente ineinander. Über ein Dutzend Patente, die voneinander abhängig sind.«

»So viele?« warf ich ein, obwohl er nicht den Eindruck vermittelte, als brauche er Ermunterung, um weiterzureden. Mandanten, die große Unternehmen vertreten, sprechen gern über ihr Geschäft. Hören Sie zu, oder es tut jemand anderer.

»Sogar noch mehr. Der Knackpunkt bei diesem Jointventure: Welches der beiden Unternehmen behält die Kontrolle über die Patente, falls bei der Entwicklung ein erfolgreiches Produkt herauskommt. Mark hatte die Idee, daß jede Partei die Hälfte der Patente bekommen soll. Damit lassen sich sämtliche Patente nur in Verbindung miteinander sinnvoll nutzen.«

»Ah ja«, sagte ich, obwohl ich das bereits aus dem Gutachten wußte. »Das heißt, alle betreffenden Patente greifen ineinander.«

»Wie ein Schlüssel in ein Loch.«

»Verblüffend«, sprudelte ich hervor, obwohl der Vergleich von mir stammte. Im Gutachten waren die Patente mit Schlüsseln zu einer Schatztruhe verglichen worden, aber diese Metapher hatte ich gestrichen. Sie war mir zu bilderbuchmäßig gewesen, denn es sollte vorzugsweise so langweilig formuliert sein, daß sich niemand an genaue Details erinnern und noch viel weniger das Büro haftbar machen konnte.

Williamson erhob sich und strich sein zerknautschtes Sakko glatt. »Tja, für mich wird es wirklich Zeit. Der Zug ruft und meine Frau auch.«

Mark und ich lachten pflichtschuldigst in freudlosem Unisono. Wir machen uns in Wirklichkeit immer über die Scherze unserer Mandanten lustig, aber wir geben uns Mühe, daß das nicht so offensichtlich wird. »Ich bringe Sie hinaus.« Mark stand auf, um Williamson beim Einsammeln der Papiere zu helfen. Dr. Haupt erhob sich ebenfalls, und Eve schob die Unterlagen geschickt zu einem Stoß zusammen.

»Nochmals vielen Dank, Kurt«, sagte ich zu Williamson. Ich schüttelte ihm zum Abschied die Hand, und er tat so, als würde er in meinem Griff zu Boden gehen.

»Sie rudern immer noch, stimmt's?« fragte er lächelnd. »Ich habe seit Jahren nicht mehr gerudert. Ich werde älter.«

»Sie auch? So ein Zufall.«

Williamson lachte, und Mark ergriff seinen Ellenbogen mit einer dieser vertraulichen Berührungen, die unter die Rubrik geschäftliche Vertrautheit fallen, und Williamson ließ sich willig hinausbugsieren. Dr. Haupt folgte den beiden schweigend, und Eve und ich blieben allein im Besprechungszimmer zurück. Ich beschloß, nett zu ihr zu sein. »Gratulation zum neuen Auftrag, Eve.«

Sie sammelte weiter die Unterlagen zusammen, machte aber ein finsteres Gesicht. »Das sind alle beide Sexisten, sogar Dr. Haupt. Er hat mich nicht einmal zur Kenntnis genommen.«

»He, Eve«, rief eine jungenhafte Stimme von der Tür her. Sie gehörte Bob Wingate, dem Grateful-Dead-Fan mit den ausgezehrten Wangen, den tiefliegenden braunen Augen und der alternativen Blässe. In einem Jerry-T-Shirt und Khakihose stiefelte er in die Bibliothek und setzte sich auf das Fensterbrett. »Wie läuft die Wellroth-Verhandlung?«

Eve verbarg ihre Gereiztheit. »Großartig, einfach großartig«, antwortete sie, und ich beschloß, ihr nicht zu widersprechen.

»Toll.« Wingate nickte. »Hat Mark dir erlaubt, eine Zeugenbefragung zu machen?«

»Sicher. Ich hatte zwei Zeugen im Kreuzverhör, und gegen Ende habe ich für einen Antrag argumentiert. Einen Beweisantrag.«

»Scheiße.« Wingate strich sich durch die langen Haare. »Und ich hocke den ganzen Tag an einem Schriftsatz für den Prozeßanwalt. Wann läßt er mich mal eine Verhandlung führen? In zwei Jahren habe ich fast fünfzig beeidigte Aussagen vorgenommen. Ich denke doch, langsam wäre ich dazu imstande, ihr nicht?« Er stieß mit den schwarzen Stiefelabsätzen gegen die Wand und hinterließ abgestoßene Stellen auf meiner künstlerischen Malerarbeit.

»Wingate, lassen Sie das mit den Absätzen«, befahl ich.

Er sah mich an wie ein verletztes Kind. »Wann darf ich endlich ein bißchen Prozeßerfahrung sammeln, Bennie? Ich bin soweit. Ich kann es.«

»Fragen Sie Mark. Für mich wollten Sie ja nicht arbeiten, erinnern Sie sich?«

»Das lag nicht an Ihnen, das lag an Ihren Fällen. Und er vertröstet mich andauernd.«

»Dann bleiben Sie an ihm dran.«

Wingate schmollte auf dem Fensterbrett, Eve setzte sich und spielte mit den Anhängern ihres Talismanarmbands: einem goldenen Medaillon, einem silbernen Schlüssel, einem winzigen Herzen. Ich fragte mich, ob sie das Armband von Mark bekommen hatte; etwas so Kostbares hatte er mir nie geschenkt.

»Ich glaube, das lief sehr gut, ihr nicht?« Strahlend wie der siegreiche Held kehrte Mark zurück. »Eve?«

»Sehr gut«, bestätigte sie lächelnd. »Es lief großartig.«

»Was lief großartig?« erkundigte sich Grady Wells, der in einem grauen Anzug und mit Liberty-Schlips in die Bibliothek schlenderte. Über seinen breiten Schultern saßen ein unbeschwertes Lächeln, eine Brille mit goldener Metallfassung und ein Schopf lockiger blonder Haare, die kein Wasser der Welt je würde bändigen können. Die Haare waren das einzig Widerspenstige an Grady, einem hochgewachsenen Mann aus North Carolina mit den Manieren eines Südstaatlers und einem Akzent, der den gegnerischen Anwalt oft dazu verleitete zu glauben, Grady sei etwas schwer von Begriff. Nichts hätte weiter von der Wahrheit entfernt sein können.

»Wir sprechen gerade vom Wellroth-Prozeß«, erklärte Wingate. »Eve hat zwei Zeugenvernehmungen gemacht. Übrigens, als was bist du heute verkleidet, Wells?«

Grady blickte an seinem Anzug hinunter. »Als Rechtsanwalt, glaube ich.«

»Aber ist heute nicht dein ultimativer Frisbee-Abend? Saisonabschluß? Die Riesenfete?«

»Ich kann nicht hin. Ich habe einen Termin mit einem Mandanten.«

Wingate schnaubte. »Vielleicht gibt es gar keinen ultimativen Abend mit ultimativem Frisbee. Vielleicht ist jeder Abend ultimativ. Du bist beneidenswert, Wells. Was soll's.«

»Renee!« Bei Renee Butlers Eintritt, die ein lose fallendes hemdartiges Kleid trug, strahlte Mark. »Kommen Sie und feiern Sie mit uns. Wellroth hat uns mit ein paar wichtigen neuen Aufträgen betraut, darunter einem Antitrust-Fall. Ich möchte, daß Sie und Wells daran arbeiten. Das Ding ist ein Koloß.«

»Wenn Sie mich brauchen«, antwortete Renee.

Mark wandte sich an Grady. »Wells, wie sieht's aus?«

»Nein, danke«, lehnte dieser mit einem Selbstvertrauen ab, das er sich aufgrund seiner Referenzen leisten konnte. Er hatte sein Examen an der Duke gemacht, seine Referendarzeit beim Obersten Bundesgericht abgeleistet, und davor war er Redakteur bei der *Harvard Law Review* gewesen. R & B landete einen Coup, als wir ihn bekamen; er entschied sich für uns, weil er damals eine Freundin in Philadelphia hatte.

»Sie wollen nicht einmal ein Stück vom Kuchen?« wunderte sich Mark, aber Grady schüttelte den Kopf.

»Antitrust bringt sowieso nichts«, brummelte Wingate. »Seit den achtziger Jahren geht da nichts mehr.«

»Hallo, allesamt!« rief Jennifer Rowland von der Tür her. Rowland, eine zierliche Villanova-Absolventin, sprudelte ständig über wie ein großer Becher 7-Up-Limonade.

»Immer herein, Jen«, ermunterte ich sie und rückte beiseite, damit sie und die letzten beiden Mitarbeiter, Amy Fletcher und Jeff Jacobs, die hinter ihr auftauchten, sich noch dazuquetschen konnten. Die Bibliothek war so klein, daß sie gegen Ende der meisten Arbeitstage an eine Kabine aus einem Film mit den Marx-Brothers erinnerte, aber mich störte das nicht. Ich genoß es, mir die tagsüber angefallenen juristischen Probleme anzuhören, und die Mitarbeiter genossen es, sie zur Sprache zu bringen. Aber jetzt hatten wir ein echtes Problem. »Wißt ihr, Leute, ich bin froh, daß ihr alle da seid, denn wir müssen über etwas reden. Mir sind da ein paar Gerüchte zu Ohren gekommen.«

Marks Kopf fuhr herum. »Gerüchte? Worüber?«

»Über Wells?« fragte Wingate. »Ist er tatsächlich Republikaner?«

Mark schnitt ihm mit einer Handbewegung das Wort ab. »Wingate, wenn Sie spaßig wären, wäre es etwas anderes. Aber das sind Sie nicht, also halten Sie den Mund.«

Wingate lief rot an. Ich räusperte mich. »Die Gerüchte besagen, ein paar von euch hätten ihre Bewerbungsunterlagen in Umlauf gebracht.«

»Bewerbungen? Du machst Witze!« Mark wirkte ebenso überrascht wie ich. Zweifellos war er sauer, daß ich vorher nicht mit ihm unter vier Augen gesprochen hatte, aber ich wollte einfach nicht mehr warten. Forschend blickten seine dunklen Augen in die um den Tisch versammelten Gesichter. »Wer sucht einen neuen Job?« fragte er. »Wer?«

»Mark, das ist nicht der Punkt. Es spielt keine Rolle, wer sucht. Ich bringe das Thema nicht deshalb zur Sprache, weil ich ohnehin davon ausgehe, daß sich keiner dazu bekennt.«

»Sie meinen, Sie versuchen nicht, jemanden zu outen«, erkundigte sich Wingate angespannt.

»Nein, tu ich nicht. Aber ich möchte euch allen sagen, und ich spreche auch für Mark, daß wir höchst ungern einen von euch verlieren würden. Ihr arbeitet alle sehr schwer, und das fordert Tribut. Wenn ihr also unglücklich seid wegen eurer Arbeitsstunden oder aus sonst einem Grund, kommt zu uns, dann sprechen wir unter vier Augen darüber. Vielleicht können wir die Sache in Ordnung bringen, und niemand braucht R & B zu verlassen. Tja, weiter habe ich nichts dazu zu sagen, es sei denn, Sie hätten noch Fragen.«

Zögernd hob Jennifer Rowland die Hand. »Bennie? Ich hätte eine Frage.«

»Natürlich. Fragen Sie, was immer Sie wollen.«

»Wir haben Gerüchte gehört, daß Sie und Mark ... Sie wissen schon.« Verlegen blickte sie von Mark zu mir, und da es zu meiner Rolle gehörte, in der Niederlage Würde zu bewahren, sprach ich. »Na ja, Jenny, es stimmt tatsächlich, Daddy und ich haben uns getrennt. Aber Kinder, es war nicht eure Schuld, wir lieben euch immer noch genausosehr wie vorher.« Die Mitarbeiter lachten und ich auch, obwohl es mich fast umbrachte. Mark wurde rot und schielte zu Eve hinüber.

Doch Jenny hob noch einmal die Hand, um alle zum Schweigen zu bringen. »Nein, das meinte ich nicht, ich wußte, daß Sie und Mark sich getrennt haben. Ich habe gehört, daß die Firma aufgelöst wird. Daß Sie und Mark die Kanzlei auflösen.«

Mark wurde weiß und ich auch. »Jenny, das stimmt natürlich nicht«, erklärte ich betont, aber Mark sprang bereits auf.

»Leute, ich glaube, das reicht an Therapiestunde für einen Abend. Alles raus aus dem Schwimmbecken.« Er klatschte in die Hände, um alle auf Trab zu bringen. »Los, los, allesamt raus aus dem Wasser.«

»Einen Moment, Mark«, widersprach ich. »Sie haben ein Recht zu fragen, ein Recht zu wissen, wie es weitergeht. Es geht um ihre Jobs.«

»Bennie, laß gut sein. Ich weiß, was ich tue.«

Die anderen waren bereits dabei hinauszugehen. Amy Fletcher und Jeff Jacobs gingen gemeinsam mit Jennifer. Wingate hüpfte vom Fensterbrett und schob sich hinter Eve und Renee Butler zur Tür. Grady ging als letzter und warf einen raschen Blick zurück. Seine großen grauen Augen waren voller Intelligenz auf mich gerichtet, aber da war noch etwas anderes. Eine Spur Mitgefühl. Kurz aufgeblitzt, gleich wieder verschwunden.

Ich schloß die Tür zur Bibliothek und sah Mark an.

6

»Es ist aus, Bennie«, sagte Mark.

»Ich weiß, es ist mir aufgefallen, daß wir nicht mehr miteinander schlafen.«

»Nicht mit uns. Mit R & B. Mit der Kanzlei. Es stimmt.«

»Was?« Ich traute meinen Ohren nicht. Mein Gesicht fühlte sich heiß an, meine Kehle war wie zugeschnürt. In meiner Brust formte sich eine harte Faust aus Schmerz und Zorn. »Wovon sprichst du?«

»Ich möchte mich selbständig machen.«

Ich befahl mir, ruhig zu bleiben und nicht die Beherrschung zu verlieren. Ich wollte nicht, daß wir anfingen, einander anzuschreien. Es hatte uns nicht weitergebracht, nur auseinander. »Du bist bereits selbständig.«

»Ich möchte von vorn anfangen, eine neue Firma gründen. Ich brauche einen neuen Anfang.« Er schob die Hände in die Taschen seiner Anzughose. »Es ist zu aufreibend mit dir und Eve im selben Büro.«

»Nun mal langsam. Du sprichst von meiner Arbeit, meinem Lebensunterhalt. Die Sache mit Eve ist persönlich. Ich kenne den Unterschied.«

»Und was ist heute passiert, mit dem Wasserkrug? Eve glaubt, du hättest es getan, weil du eifersüchtig auf sie bist. Sie sieht keine Möglichkeit, hierzubleiben, solange du da bist.«

Ich biß die Zähne zusammen. »Dann laß sie gehen, es ist meine Kanzlei. Du weißt und ich weiß, daß das heute eine rein berufliche Angelegenheit war.«

Er stand auf der anderen Seite des Besprechungstisches und verschränkte die Arme. »In ein paar Jahren steht ihre Partnerschaft an. Wirst du sie zum Partner machen?«

»Darüber werde ich zu gegebener Zeit entscheiden, aber ich bezweifle es. Nach allem, was ich heute erlebt habe, glaube ich nicht, daß sie dafür qualifiziert ist.«

Er lachte kurz auf. »Bennie und ihre Prinzipien. Daran hältst du eisern fest.«

»Absolut, und warum auch nicht?« Es kostete mich Mühe, mich zu beherrschen. »Eve ist prima als Angestellte einer großen Firma, aber sie kann keinen Fall vor Gericht verhandeln, und wenn es um ihr Leben ginge. Sie ist keine so gute Prozeßanwältin wie die anderen aus ihrem Abschlußsemester – Butler, Wells oder Wingate.«

»*Wingate?* Das ist ein Lahmarsch. Und er hat nicht genug Grips, selbst wenn er die nötige Energie hätte! Ich kann ihn nicht einmal mit einem Mandanten aus der Großindustrie zusammenbringen ...«

»Sprich leiser«, bat ich für den Fall, daß die Mitarbeiter uns hören konnten.

»Eve hat Köpfchen, Bennie. Diese Idee für das Joint-venture stammt von ihr. Du hast das Gutachten gelesen.«

»Und? Wir haben viele kluge Kinder abgelehnt, wenn es um die Partnerschaft ging.«

»Ich sage dir, sie ist gut.«

»Im Bett vielleicht.«

Verächtlich schützte er die Lippen. »Das war überflüssig.«

»Aber darum möchtest du sie doch bevorzugen, oder? Wo bleiben denn da die anderen? Sie hat nicht das Talent dazu, Punkt. Egal, mit wem sie schläft.«

Er schüttelte den Kopf. Ich schüttelte meinen. Schweigen senkte sich zwischen uns. Wir kochten beide vor Wut.

»Ich behalte meine Mandanten«, erklärte Mark mit ruhiger Stimme. »Wellroth und die anderen Pharmakonzerne. Du behältst deine Fälle, die Verleumdungssachen und die Polizeiübergriffe. Wir halbieren die Aktiva und die Außenstände. Ich habe die Computerdateien auf Disketten kopiert. Auch das Standardprogramm, das wir gemeinsam entwickelt haben, und das Abrechnungsprogramm. Eve hat die Akten der Pharmamandanten fotokopiert.«

Er hatte alles geplant. Zusammen mit Eve, hinter meinem Rücken.

»Wir teilen die Mitarbeiter auf. Wer mit mir und Eve kommen möchte, bleibt bei uns, und wer bei dir bleiben möchte, okay. Ich habe neue Büroräume an der Twentieth Street gefunden. Sie sind sonnig und hell. Der Mietvertrag beginnt in zwei Wochen.«

»Du ziehst in zwei Wochen aus? Gut. *Geh.*«

Mark rührte sich nicht. Plötzlich stand mir alles glasklar vor Augen, und ich ging hoch wie eine Rakete.

»Nein, *ich* ziehe aus? *Du wirfst mich hinaus?* Der Teufel soll dich holen, Mark! Dir gehört das Haus, und deshalb übernimmst du einfach meine Firma! Ich habe diese Böden geschmirgelt, du Arschloch!«

»Bennie ...«

»Noch etwas, was ich wissen müßte? Sonst noch was, was du mir mitteilen möchtest?«

»Du selbst hast es herbeigeführt.«

»Scheißkerl!« schrie ich und scherte mich nicht darum, ob die Mitarbeiter mich hörten oder nicht. »Was, zum *Teufel,* bildest du dir ein?«

»Was *ich* mir einbilde? Okay, seit wann vertrittst du Tierschutzaktivisten, Bennie?«

»Was hat das damit zu tun? Du hast das seit Monaten geplant, du Heuchler!«

»Das heute war der Tropfen, der das Faß zum Überlaufen gebracht hat. Kümmert es dich, daß Furstmann Dunn und Wellroth derselben Mutterfirma gehören? Du hast dich nicht um den Interessenkonflikt geschert, bevor du auszogst, die Retterin zu spielen!«

Ich war derart außer mir, daß ich hätte schreien können, und ich schrie. »Ich habe diesen Jungen in einer Strafsache verteidigt! Die Klage läuft gegen die Polizei und die Stadt! Da besteht kein Interessenkonflikt, Furstmann ist nur der Schauplatz!«

»Natürlich hast du es nicht nachgeprüft, es hat dich nicht gekümmert. Dr. Haupt sagte mir nach dem Mittagessen, er habe während der Verhandlung ein Fax bekommen. Sie haben es ihm verdammt noch mal mit reitendem Boten mitgeteilt, Bennie! Du vertrittst die Gruppe, die gegen *sein* Unternehmen vorgegangen ist! *Mein Partner!* Was glaubst du, wie das aussieht?« Wütend fuhr sich Mark mit den Fingern durch die Haare. »Es ist ein verdammtes Wunder, daß sie uns mit neuen Aufträgen betraut haben! Ob du es glaubst oder nicht, der Grund dafür war, daß sie Eve sympathisch finden!«

»Aber wo ist der Konflikt? Mein Mandant hat kein Interesse zum Nachteil des Konzerns!«

»Sei nicht so verdammt theoretisch, ja? Er ruiniert ihr Image! Das ist der Alptraum jeder Public-Relations-Abteilung. Es handelt sich um ein möglichst unauffällig tätiges deutsches Unternehmen. Zurückhaltung lautet ihr oberstes Gebot. Sie wollen kein Aufsehen.«

»Herrgott noch mal, darum ist das doch noch lange kein Konflikt! Tust du immer, was sie sagen, egal, ob es richtig oder falsch ist? Marschierst du nach ihrer Melodie?«

»Da haben wir's! Das ist deine Einstellung! Und ich soll dich behalten?«

Mich *behalten?* Mir blieb die Luft weg wie nach einem Tritt mit einem schweren Stiefel in den Bauch. »Mich *behalten?*« brachte ich mit ersterbender Stimme heraus. »Ich trage meinen Teil zu dieser Firma bei. Ich bringe soviel ein wie du mit deinen Klienten. *Mehr,* letztes Jahr.«

Seufzend rieb er sich das Kinn. »Ich muß an die Zukunft denken, Bennie. Ich möchte das Geschäft mit den Pharmakonzernen ausbauen. Bedenke, was mit Wellroth und ihrem Jointventure abläuft. Da steckt Geld drin.«

»Geld. Wieder mal.«

»Ist Geld ein schmutziges Wort? Darf ich nicht mehr als hunderttausend verdienen?«

»Du hast immer gesagt, du bräuchtest nicht mal fünfzig Riesen.«

»Das war gestern, heute ist heut. Dir liegt vielleicht nichts an der Zukunft, mir schon. Du willst vielleicht keine Kinder, ich schon.«

Ich holte noch einmal tief Luft. Diese Auseinandersetzung kannte ich, jeden Schlag und jeden Gegenschlag. Ich wollte Kinder, aber nicht jetzt. Ich konnte nicht, nicht, solange es mit meiner Mutter immer weiter abwärtsging. Ich wandte den Blick ab und sah aus dem Fenster. Die Sonne ging gerade unter. Die Menschen gingen nach der Arbeit nach Hause. Der Tag war zu Ende. R & B war zu Ende. Ich dachte an den Fluß, der keine zwei Meilen von der Stelle entfernt, an der ich stand, durch die Stadt strömte.

»Bennie?«

Ich wandte mich um und ging zur Tür. Ich wollte nicht mehr kämpfen. Alles, was zwischen Mark und mir noch bestand, war eine geschäftliche Abmachung, und er hatte das Recht, diese zu beenden. Laß ihn gehen, laß alles zurück. Mach es allein. Ich verließ die Bibliothek und schloß die Tür hinter mir.

Meine Ruder durchschnitten das Wasser. Ich streckte die Arme und zog die Ruder mit einem langsamen, gleichmäßigen Schlag an meinen Magen heran, so kontrolliert und stetig, wie ich konnte. Glitt auf dem harten Holzsitz mit den geschmierten Rollen nach hinten, die Knie nach vorn gegen die öligen Schienen gedrückt.

Das dunkle Wasser leistete nur leichten Widerstand. Es tanzten keine weißen Schaumkronen. Der Wind hatte sich gelegt, alles war ruhig. Ich ruderte wie auf einem Spiegel aus Rauchglas.

Während ich mich von der Zivilisation entfernte, reflektierte die Wasseroberfläche die Lichterketten, die die Umrisse der Bootshäuser am Ostufer nachzeichneten, und die leuchtenden Straßenlampen entlang der Zufahrtsstraßen. In der Mitte des Flusses gab es keine Lichter, dort war es stockdunkel.

Klatschend schlugen die Ruder ins Wasser, und ich zog sie durch und stellte mir vor, die geschmeidige Schwärze sei Teer, so daß ich jeden Schlag verlangsamte und mich darauf konzentrierte. Ich spürte, wie das Skullboot mit jedem Schlag leicht ruckend nach vorn zog. Langsam und schleppend, im Dunkel. Auf dem dunklen Wasser schwebend. Das einzige, was mich mit dem Fluß verband, mich mit irgend etwas verband, war der Griff des Ruders, der sich unter meinen schwieligen Händen rauh und splittrig anfühlte. Ich hielt mich an diesem Holz fest, das die Verbindung zur Welt aufrechterhielt.

Ich drehte die Riemen flach und machte einen weiteren langen Schlag. Zog unter dem Bogen der schroffen Steinbrücke durch, wo es kühler zu sein schien, schattiger, sogar jetzt um Mitternacht. Befand mich auf dem breitesten Teil inmitten des Flusses, und die wenigen Autos auf beiden Seiten schienen weit weg, ihre Scheinwerfer winzige Punkte, nicht stark genug, die Straße auch nur ein bißchen zu erhellen.

Ein weiteres Klatschen, und ich spürte einen Regen kalten

Wassers auf meinem Unterarm. Der Schlag war zu hart gewesen. Sachte, Mädchen. Für den nächsten Schlag beugte ich mich weit vor, über meine Zehen hinweg, streckte mich und spannte jeden Zentimeter meines Körpers. Ein kraftvoller Schlag, trotzdem kontrolliert, stets kontrolliert. Ich versuchte, das die nächsten zehn Schläge lang durchzuhalten.

Eins, zwei, drei, keine besonders kraftvollen Schläge, einfach nur Technik. An nichts anderes denken als an die Technik. Der Schlag, die Kontrolle, das Timing. Die Geschwindigkeit des Bootes und das Gleitgeräusch, mit dem es durch das Wasser zog. Das Knarzen der Skulls. Die leicht nach Fisch riechende Kühle des Wassers und die grüne Frische der Bäume. Der Schock vom kalten Spritzwasser, der Ruck beim Vorwärtsziehen. Die Stadt war weit weg. Die Stadt war verschwunden. Vier, fünf, sechs Schläge.

Schon bald ging mein Atem in kurzen Stößen, und mir rann der Schweiß in Strömen zwischen den Brüsten und unter den Armen. Ich strengte mich sehr an, ich war kein Collegemädchen mehr. Schweißperlen benetzten meine Knie, verflüchtigten sich jedoch, als das Boot Geschwindigkeit aufnahm und über das Wasser flog, als der Schlag exakt kam. Endlich hatte ich den Rhythmus gefunden, ich konnte nichts mehr falsch machen. Sieben, acht, neun, zehn.

In der Mitte des Flusses, in der Mitte der Nacht.

7

Ich entschied, nicht zu weinen, als ich nach Hause kam. Es hat mir noch nie gutgetan, nur meine Augen quollen auf und erinnerten an Goldfische im Zoogeschäft. Ich duschte lieber, trocknete mich ab und machte mich bettfertig. Bear, meine Golden-Retriever-Hündin, lag auf dem Boden und beobachtete, wie ich vom Badezimmer ins Schlafzimmer und wieder zurücktrottete. Ihr welliges Fell hatte exakt die Farbe eines hellen Karamelbonbons, und sie war grobknochig wie ich.

»Schlafenszeit, Mädchen«, verkündete ich, und sie sprang auf die Matratze, drehte sich zweimal im Kreis und machte es sich in der Mitte bequem. Mark hatte das immer wahnsinnig gemacht. Vorbei. Die Lage besserte sich.

Ich kletterte neben Bear, schubste sie weg und löschte das Licht. Sie ließ ein ungeheures Gähnen los, und ich kraulte lächelnd das üppige weiche Fell an ihrem Hals. Fast sofort schlummerte sie ein, was sie durch geräuschvolles Schnarchen kundtat, aber ich kraulte unverdrossen weiter. Es würde noch eine ganze Weile dauern, bis ich schlafen konnte.

Im Schlafzimmer unter dem meinen, in der Wohnung unter mir, lag meine Mutter im Bett und schlief ebenfalls nicht. Ich hatte bei ihr vorbeigeschaut, bevor ich die Treppe hinaufging, und sie hatte sich unruhig hin und her geworfen. Ich hatte ihr vorgelesen, bis sie eingeschlafen war, aber als ich aus der Dusche kam, war sie bereits wieder wach. Ich hörte sie durch die Fußbodendielen. Sie führte Selbstgespräche oder sprach mit anderen, die sie sich einbildete.

Aber darüber dachte ich jetzt nicht nach. Etwas mußte geschehen. Ich mußte etwas in die Wege leiten.

Aber nicht heute nacht.

»Sie ißt überhaupt nichts?« fragte ich Hattie, als sie uns am nächsten Morgen eine Tasse frischen Kaffee eingoß. Hattie Williams war die schwarze Pflegerin, die bei meiner Mutter wohnte und sich um sie kümmerte. Sie stand früh auf, und schon um diese Zeit trug sie schwarze Steghosen und ein Tadsch-Mahal-T-Shirt mit glitzernden Moscheen auf der Brust. Hattie war sehr klein und sehr breit, und ihre entkrausten Haare hatten eine unglaubliche Orange-Tönung, was mich aber keineswegs störte.

»Gestern weder Mittag- noch Abendessen«, berichtete sie. »Nicht einmal ihre Suppe.«

»Hat sie etwas getrunken?«

»Nur ein bißchen Wasser. Und sie wollte sich nicht beruhigen.« Hattie schüttelte den Kopf. »Die Angstzustände waren wieder zu groß, um zu ihrem Spaziergang hinauszugehen. Drei Monate hat sie jetzt keine Sonne mehr gesehen, und sie führt immer mehr Selbstgespräche. Haben Sie sie gehört heute nacht?«

»Ihr kleines Schwätzchen mit Satan? Wann fängt der Junge endlich ein anständiges Leben an und macht hier die Flatter?«

Aber Hattie lächelte nicht, was sie normalerweise getan hätte. Die für ihr Alter auffallend faltenlose Haut um ihre Augen war eine Schattierung dunkler als ihr übriger Teint, und heute morgen sah sie sogar noch dunkler aus als sonst. Ich wollte sie zum Lachen bringen, wenigstens für einen Augenblick.

»Zumindest wird sie nicht mehr vom Fernsehen herumkommandiert. Ich hatte angefangen, mir echte Sorgen zu machen. Was, wenn wir den Fernseher abschaffen müßten. Dann könnten Sie Ihre Lieblingsserie nicht mehr angucken.«

»Jetzt reicht's aber. Jetzt reicht's wirklich, seien Sie still.« Sie winkte mit dem gezwungensten Lächeln, das man sich vorstellen kann, ab, und ich stellte die Kaffeekanne hin und setzte mich in der mit Trödel vollgestopften Wohnung meiner Mutter an den Küchentisch. Der Tisch war imitierter Pionierstil, der Serviettenspender aus trübem Acryl und die Tassen und Untertassen aus tanningefärbtem Melamin. Der ganze Krempel stammte aus unserem alten Haus. Meine Mutter hatte hartnäckig darauf bestanden, das Zeug mitzunehmen. Der Umzug für Sachen im Wert von zweihundert Dollar hatte mich zweitausend Dollar gekostet.

Ich trank einen Schluck Kaffee und schüttelte den Kopf.

»Warum kriege ich bloß keine anständige Tasse Kaffee hin? Jeden Morgen das gleiche. Was mache ich falsch?«

Hattie nahm ebenfalls einen Schluck und hielt kurz inne. »Zuviel Wasser.«

»Was? Am Montag sagten Sie, ich hätte zuviel Kaffee genommen.«

Sie lachte geschmeichelt. »Sie können vor Geschworenen brillieren, Sie können im Fernsehen in den Nachrichten auftreten. Sie dürfen sogar vor dem Obersten Bundesgericht der Vereinigten Staaten ein Plädoyer halten. Ich habe die Feder, die das beweist.« Sie meinte die weiße Schwungfeder, die das Oberste Bundesgericht an dort zugelassene Anwälte vergab, in meinem Fall eine Art Trostpreis. »Aber Sie können keinen Kaffee kochen, der nicht miserabel schmeckt.«

Wir lachten beide, verstummten aber schlagartig. »Hattie, sehen Sie mich nicht so an. Ich weiß, was Sie denken.«

»Es ist höchste Zeit. Ich kriege sie nicht dazu, ihr Prozac zu nehmen, die halbe Zeit denkt sie, ich wolle sie vergiften. Sie macht einen solchen Aufstand, daß sie fast die ganze Stadt aufweckt. Das Medikament macht sie ängstlich, nervös. Gestern vormittag ist sie ständig hin und her gelaufen. Sie ist andauernd durcheinander wegen diesem verdammten Prozac.«

Auch mir war das aufgefallen. »Versuchen wir es noch eine Zeitlang damit.«

»Keine Ausflüchte mehr.« Mit einem lauten Klacken setzte sie ihre Plastiktasse ab. »Selbst der Doktor sagte, wir dürften nicht mehr warten, und das ist jetzt zwei, drei Monate her. Es geht ihr von Tag zu Tag schlechter.«

Ich sah den Arzt meiner Mutter vor mir, einen leise sprechenden jungen Mann mit einem vorzeitig ergrauten Bart, wie er mir an jenem Tag in seiner Praxis aufmerksam und vernünftig die Elektroschocktherapie erklärte. Er konnte leicht gelassen bleiben, nicht seine Mutter würde am Ende des Kabels hängen.

»Aber die Ärzte wissen nicht einmal, warum es wirkt«, erhob ich Einwände. »Der Arzt selbst hat das gesagt, er hat es zugegeben.«

»Was macht das für einen Unterschied, warum? Wen kümmert das, warum? Es funktioniert.« Hattie beugte sich vor und preßte dabei ihre üppigen Brüste gegen den Tisch. »Der Doktor sagte, jeden zweiten Tag, ein paar Wochen lang, das ist alles. Er sagte, dann würde es ihr schnell bessergehen. Sie hat das Formular schon für mich unterschrieben. Die Therapie wird ihr helfen.«

»*Elektroschock?* Wie soll ihr so was helfen? Wenn man ihr ein paar hundert Volt durch das Gehirn jagt?«

»Es ist nicht so, wie es sich anhört, wenn Sie es sagen.«

»Doch, so ist es, genau so. Der Strom löst im Gehirn einen Anfall aus, einen schlimmen Anfall. Dieser künstlich herbeigeführte Anfall hört manchmal nicht mehr auf. Und manchmal stirbt der Patient.«

Hatties breites Gesicht verzog sich in skeptische Falten. »Ich habe das Formular gelesen. Einer von wie vielen stirbt?«

»Was kommt es darauf an, wie viele es trifft? Was ist, wenn sie eben die eine ist?« Es klang nicht überzeugend, nicht einmal in meinen Ohren, aber hier ging es nicht um Chancen und Zahlen und wissenschaftliche Theorien. Es ging um meine Mutter. »Außerdem kann es sein, daß sie das Gedächtnis verliert.«

»Kind, was hat sie denn schon, woran sie sich gern erinnert? Sie lebt in einer Alptraumwelt. Sie hat ständig Angst. Sie kann nicht so weitermachen. Sie *verhungert.*«

Mir drehte sich fast der Magen um. »Nein. Geben Sie ihr noch einen Tag, dann bringen wir sie ins Krankenhaus, dort wird sie künstlich ernährt. Letztes Mal hat das geklappt.«

»Und wie oft, glauben Sie, kann Ihre Momma das noch mitmachen, dauernd Krankenhaus rein und raus? Sie braucht Schockbehandlungen!«

»Hattie, ich verteidige einen Jungen, der der Ansicht ist, so etwas dürfe man keinem Tier antun. Keinem Affen. Keinem Nerz.« Wem auch immer. »Seiner Meinung nach hat niemand ein Recht dazu.«

»Hier geht es nicht um Rechte, Bennie. Sie ist im Besitz ihrer Rechte, und sie stirbt. Stirbt«, setzte sie leise hinzu, und ich hörte Georgia in ihrer Stimme, eine Melodie, die sich nur durchsetzte, wenn sie müde oder zornig war.

Ich spürte, daß sie beides war, und blickte ihr wieder ins Gesicht. Die dunklen Ringe, die eingesunkenen Augen. Ihre Wangen waren aufgedunsen, sie hatte zugenommen. Ihre Blutdruckprobleme waren wieder da, die große braune Flasche Lopressor auf dem Tisch sprach eine deutliche Sprache. Die Pflege meiner Mutter forderte ihren Tribut von ihr. Ich war innerlich gespalten. Ich hatte die Wahl: Hattie oder meine Mutter.

Ich stand vom Tisch auf, ich konnte nichts anderes tun. Bear, die auf der Seite lag, hob den Kopf von den Pfoten und richtete fragend die runden braunen Augen auf mich. Sie blieb den Tag über bei Hattie, die sich Seifenopern ansah, hausgemachte Suppe zubereitete und die Windeln meiner Mutter wechselte. Am Sonntag fuhr Hattie mit dem Bus nach Atlantic City, stellte sich im Casino an die Spielautomaten, drückte auf den Knopf und sah den rotierenden Bildern zu. Das Scheppern, Klirren und Klappern löschte jeden anderen Gedanken aus. Ich verstand sie sehr gut.

Ich ging zum Zimmer meiner Mutter, das Klacken von Bears Krallen folgte mir dicht auf den Fersen. Ich öffnete die Tür und blieb stehen. Der vertraute Duft nach Teerosen wehte zu mir herüber. Es war das Lieblingsparfüm meiner Mutter, und wir tränkten das Zimmer damit, um ihr eine Freude zu machen und weniger angenehme Gerüche zu überdecken. Sie erlaubte nicht, daß wir das Fenster öffneten, so daß die Luft im Zimmer hinter den zugezogenen Vorhängen drückend und schwer war.

Im gedämpften Licht blickte ich auf meine Mutter herab. Gegen Morgen hatte sie endlich Schlaf gefunden, und nun lag sie unter ihrer alten Chenilledecke. Sie sah winzig aus in ihrem Bett. Ein Figürchen in einem Raum voller Figürchen. Geburtstagsengel aus Keramik, stumme Hummel-Figuren, eine ergatterte Lladro-Figur. Sie hatte die Sachen gesammelt, als sie noch ausging, zu Zeiten, an die ich mich nicht einmal mehr erinnerte.

Ihre schwarzen Haare waren grau geworden, aber immer noch lockig. Ihre knochige Hakennase sah sogar im Schlaf so kampflustig aus wie ihr vorspringendes Kinn. Äußerlich verband mich nur der Nachname mit ihr, was das Aussehen anging, hatte ich nichts von ihr, sondern war ganz der Vater. Nahm ich an, denn ich habe den Mann nie kennengelernt. Nicht einmal ein Bild von ihm gesehen. Meine Mutter mochte ihn nicht sehr und wollte ihn nicht heiraten. Zumindest erzählte sie mir das, als ich noch ein Kind war, inzwischen allerdings hatte ich da so meinen Verdacht. Und solange ich mich erinnern kann, war sie verbittert gewesen, voller Groll. Der Groll verwandelte sich in Wut, und die Wut fraß sie in sich hinein, und die Wut fraß sie auf. So sah ich es als Kind, obwohl man sagte, sie habe »angegriffene Nerven«, dann einen »Nervenzusammenbruch«. Später trat die Wissenschaft auf den Plan, und die Ärzte entschieden, meine Mutter litte an einem »unausgeglichenen Elektrolythaushalt«, als müsse sie lediglich Gatorade trinken. Wir durchliefen die medikamentöse Behandlung, erst Pamelor, dann Elavil, aber sie wollte weder das eine noch das andere nehmen. Sie wurde älter und der Umgang mit ihr schwieriger. Wir beendeten die medikamentöse Behandlung zur gleichen Zeit, als unsere Geduld und unser Geld aufgebraucht waren.

Ein Onkel hatte uns finanziell unterstützt, aber die Verwandten, die uns geholfen hatten, verschwanden still und leise, als ich älter wurde. Aus vielerlei Gründen, die alle auf das gleiche hinausliefen, hatten sie resigniert. Manche starben, und an einem bestimmten Punkt fragte ich mich, ob das der einzige Ausweg war. Aber ohne es recht zu merken, arrangierte ich mich mit der Situation, nahm neben der Schule zwei Jobs an und beantragte Unterstützung für meine Mutter. Verhandelte schon als Siebzehnjährige mit den Ärzten, verzichtete schließlich auf sie, weil sie ihr nicht helfen konnten, und wechselte ihre Windeln selbst.

Schließlich fand ich Hattie und konnte Luft holen, zum ersten Mal. Ich bekam ein Stipendium fürs College, dann ein Teilstipendium für das Jurastudium. Ich machte mein Examen und verdiente genug Geld, um das Figürchen im Bett am Leben zu erhalten. Eine kleine alte italienische Dame, aber zäh; wie eine alternde Henne, unbrauchbar, ausgelaugt, aber immer noch kämpfend. Ich dachte, sie kämpfe gegen den Tod. Bis ich merkte, daß sie gegen das Leben kämpfte.

»Bennie, Bennie, kommen Sie schnell!« Das war Hattie vor dem Fernseher in der Küche. Auch Bear drehte den Kopf und spitzte bei Hatties aufgeregter Stimme die Ohren.

»Was ist denn?« Ich schloß die Tür zum Zimmer meiner Mutter. »Sehen Sie mal, im Fernsehen. Ist das nicht Ihre Firma?«

Ich lief zum Fernsehgerät, ein Blick auf den Schirm ließ mich erstarren. Auf einer stählernen Bahre wurde ein schwarzer Leichensack herausgerollt und in den schwarzen Lieferwagen des Gerichtsmediziners geschoben. Das Bild wechselte, und das Klinkerhaus erschien, dann eine Nahaufnahme des Schildes mit der Aufschrift Rosato & Biscardi. Ich drehte den Ton lauter, aber ich verstand nicht, was die Nachrichten sagten. Erfaßte das Gehörte nicht.

»Mark.« Hattie zeigte mit dem Finger. »Jemand hat ihn umgebracht.«

8

Vor dem Bürohaus parkte der weißblaue Kastenwagen der Polizei. Polizeiabsperrungen und Streifenwagen blockierten die kopfsteingepflasterte Straße. Einige Reporter schoben sich gegen das gelbe Absperrband. Ich duckte mich unter der Absperrung durch und bahnte mir den Weg zur Haustür. Den Bullen, die versuchten, mich von Mark fernzuhalten, hielt ich meinen Ausweis unter die Nase.

Als ich vor dem Haus anlangte, war Mark längst weg, man hatte ihn zur Autopsie in die Gerichtsmedizin gebracht. Die Vorstellung machte mich krank. Als ein uniformierter Polizist mir Fragen zu stellen begann, konnte ich nicht reagieren, ich brachte keinen vernünftigen Satz heraus. Mark. Er hatte mich sitzenlassen. Ich hatte ihn verflucht. Das waren die letzten Worte, die er von mir gehört hatte.

»Kommen Sie, Ms. Rosato«, drängte ein Uniformierter. »Die Detectives von der Mordkommission wollen mit Ihnen reden.« Er zog mich unter dem Klicken der Pressekameras in das Haus.

Es war das reinste Irrenhaus. Neben dem Fenster des Empfangs stand eine weinende Marshall, und Amy Fletcher lag in ihren Armen. Wingate hing in einem Grateful-Dead-T-Shirt blaß auf dem Sofa, neben ihm saß Jennifer Rowland mit Tränenspuren auf den Wangen. Renee Butler unterhielt sich mit Jeff Jacobs in der Bibliothek. Sie bedachte mich mit einem seltsamen Blick, als mich der Bulle über den Flur schleppte. Da hielt mich von hinten ein starker Arm an der Schulter fest.

Grady Wells. »Sind Sie okay, Bennie?« fragte er. Er trug seinen grauen Anzug und die gemusterte Krawatte, seine Augen hinter den Brillengläsern waren leicht gerötet.

»Grady, mein Gott.«

Er versuchte, mich aus dem Griff des Polizisten zu befreien. »Ich möchte eine Minute mit Ms. Rosato sprechen, Officer.«

Der Bulle zerrte ebenfalls an meinem Ellenbogen. »Nicht jetzt. Detective Azzic will sich mit ihr unterhalten.«

»Es geht um etwas Geschäftliches, der Betrieb muß schließlich trotz Ihrer Ermittlungen weiterlaufen.«

»Der Detective wartet ...«

Mit einem Ruck entriß mich Grady dem Bullen und stieß mich an der gramgebeugten Marshall vorbei durch die Tür in ihr Büro hinter dem Empfangspult. Grady schloß die Tür hinter uns ab. »Bennie, hören Sie.« Er sprach eindringlich auf mich ein. »Mark wurde gestern nacht erstochen. An seinem Schreibtisch.«

»Mein Gott.« Ich sank neben der Telefonanlage nieder.

»Hören Sie zu. Die Polizei hat keine Tatwaffe, sie haben gar nichts. Sie haben den ganzen Morgen in Ihrer Wohnung angerufen. Sie wollen Ihre Fingerabdrücke, sie wollen mit Ihnen reden. Wo sind Sie gewesen?«

»Bei meiner Mutter.«

»Und gestern abend, was war da?«

»Ich bin als letzte gegangen. Ich habe abgeschlossen.«

»Die Tatzeit war etwa um zwölf Uhr, das habe ich aufgeschnappt. Wo waren Sie um Mitternacht?«

»Auf dem Fluß, warum?« Ich war verwirrt, mir war fast schwindlig. Ich war rudern, als Mark umgebracht wurde. Ich hätte hier bei ihm sein müssen. Ich hätte den Mörder, wer immer es war, aufhalten müssen. »Wer hat das getan? Wurde eingebrochen?«

»Nein. Kein gewaltsames Eindringen, nichts wurde gestohlen. Die Polizei glaubt, Sie hätten Mark umgebracht, Bennie. Sie sind die Hauptverdächtige.«

»*Was?*« Es versetzte mir einen Schock, ein Gefühl wie bei einem Nachbeben nach dem eigentlichen Erdbeben. »Ich?«

»Die Polizei will Sie vernehmen, aber Sie dürfen sich nicht ohne Anwalt darauf einlassen. Ich würde Sie gern vertreten. Ich kann es.«

Es ging alles zu schnell. Mark tot. Und nun das. »Grady, ich brauche keinen Anwalt. Ich habe Mark nicht umgebracht.«

Bum, bum, bum! hämmerte es an die Tür.

»Bennie, hören Sie. Denken Sie nach.« Grady berührte mich an der Schulter. »Sie waren die letzte, die mit ihm zusammen war. Sie haben abgeschlossen. Wer immer zurückgekommen ist, muß also einen Schlüssel besessen haben oder wurde von Mark hereingelassen.«

»Das heißt nicht, daß ich ...«

»Die Polizei vernimmt sämtliche Mitarbeiter, sie nehmen sie mit aufs Präsidium. Mich hat man bereits befragt, ich war zeitig da. Jeder Mitarbeiter hat der Polizei von Ihrem Streit mit Mark erzählt. Wingate hat alles mit angehört. Die Bullen wissen, daß Mark Sie wegen Eve verlassen hat, und sie wissen auch, daß er R & B auflösen wollte. Bennie, Sie haben ein Motiv, und wenn Sie kein Alibi haben, haben wir ein Problem.«

Ich schloß die Augen. Wie hatte das passieren können? Mein Herz schlug schneller. *Bum, bum, BUM!*

»Noch eine Minute!« rief Grady zur Tür hin. »Bennie, lassen Sie sich von mir vertreten. Sie dürfen sich nicht ohne Anwalt vernehmen lassen.«

»Ich kann mich selbst vertreten.«

»Bei den Bullen? Sind Sie wahnsinnig? Sie haben die Polizei ein Vermögen gekostet, Ihretwegen sind Köpfe gerollt. Nein, die da draußen fahren schwere Geschütze auf. Ich stelle alle meine anderen Mandanten zurück, und wenn Sie unter Anklage stehen ...«

»*Unter Anklage,* ich?« Panik schnürte mir die Kehle zu. »Die können mich nicht anklagen. Welche Beweise haben sie denn? Lieber Gott, ich habe es nicht getan!«

»Bennie, denken Sie nach.« Er faßte mich am Arm. »Sie brauchen Hilfe, Sie stecken in Schwierigkeiten. Ich habe keine große Erfahrung mit Mordfällen, aber ich kenne die Fakten in- und auswendig, und ich finde mich in jedem Gerichtssaal zurecht. Ich stelle mich nicht als Zeuge zur Verfügung, was ich aussagen kann, kann jeder andere Mitarbeiter auch aussagen. Engagieren Sie mich. Ich bin zur Stelle, und ich stehe zur Verfügung.«

Der hin und her ruckelnde Türknauf rüttelte mich auf.

»Wir haben nicht viel Zeit, Bennie. Sagen Sie ja. Sofort.«

Von einer Sekunde zur anderen mutierte ich von der Anwältin zur Mandantin. Ich versuchte mitzubekommen, was Grady mit einem uniformierten Polizisten verhandelte, aber ich war völlig durcheinander, Marks Tod und die Anwesenheit der Polizei hatten mich zu sehr erschüttert. Das letzte Mal war eine Uniform in meinem Büro gewesen, weil ich den Betreffenden unter Eid aussagen ließ. Jetzt waren die Bullen hinter mir her. Alles war verkehrt. Die Welt stand Kopf.

»Es besteht kein Grund, sie auf dem Revier zu verhören«, widersprach Grady gerade. Er versuchte, einen Officer Mullaney, einen Zuchtmeister mit Schnauzbart, zu überreden.

»Das kann ich nicht entscheiden, Mr. Wells. Das ist Sache von Detective Azzic. Er beauftragte mich, bei Miss Rosato zu bleiben, bis er sie mit in die Stadt nimmt.«

»Ms. Rosato hat Mandanten, um die sie sich kümmern muß, viele werden Fragen bezüglich der Kanzlei und ihrer eigenen Fälle haben. Sie kann nicht den ganzen Vormittag außer Haus. Sie ist jetzt die einzige Leiterin von Rosato & Biscardi.«

»Ich habe meine Anweisung. Bringen Sie sie in die Stadt.«

»Richten Sie Detective Azzic aus, er bekommt heute eine Stunde, um sie zu vernehmen. Wir sehen uns im Roundhouse.« Grady nahm meinen Arm und führte mich aus dem Wartezimmer.

»Bennie«, rief Marshall erregt und brach fast in meinen Armen zusammen, als wir an ihr vorbeiwollten.

»Ich weiß.« Ich kämpfte gegen den Kloß in meinem Hals und strich ihr über den Rücken.

»Es ist schrecklich, einfach schrecklich«, schluchzte sie. »In dem Augenblick, als ich die Tür öffnete, wußte ich, daß etwas nicht stimmt.«

»Sie haben Mark gefunden?« fragte ich entsetzt.

»Was ist Ihnen aufgefallen, Marshall? Woran merkten Sie es?« fragte Grady und versuchte, sie aus meinen Armen zu ziehen.

»Die Kaffeemaschine ... war noch eingeschaltet.« Sie fuhr sich mit einem Taschentuch über die Augen und rang um Beherrschung. »Es roch angebrannt. Und der Fotokopierer war an ... und die Computer im Erdgeschoß. Alles. Ich dachte, jemand hat die ganze Nacht durchgearbeitet, deshalb ging ich hinauf.« Sie schneuzte sich. »Mark ... lag über seinem Schreibtisch, das Gesicht zur Seite gewandt, und ich dachte, er sei eingeschlafen. Wissen Sie, an seinem Schreibtisch, wie es manchmal vorkam.«

Ich wußte es. Ich erinnerte mich.

»Ich rief seinen Namen, weil ich ihn aufwecken wollte, aber er rührte sich nicht. Da habe ich ... das Blut gesehen.« Erneut stiegen ihr Tränen in die Augen. »Da war überall Blut hinten auf seinem Hemd!«

Ich versuchte, mir das Bild vorzustellen. Mark über seinem Schreibtisch. Sein weißes Hemd. Das hervorquellende Blut. Mir wurde fast schlecht.

Einer von der Spurensicherung mit einem Kasten zum Abnehmen von Fingerabdrücken rammte mich. Im Flur und in der Bibliothek wimmelte es von Polizisten. Ein Polizeifotograf kam die Wendeltreppe herunter, vielleicht aus Marks Büro. Ich konnte immer noch nicht fassen, daß er ermordet worden war, hier in diesem Haus. »Ich muß mich mit eigenen Augen überzeugen«, sagte ich halblaut.

»Bennie, warten Sie«, befahl Grady, aber ich machte auf dem Absatz kehrt, stürmte an den Mitarbeitern und den Polizisten vorbei die Wendeltreppe hinauf und kämpfte mich gegen die Leute voran, die herunterkamen. Gegen den Strom schwimmen, mein ganzes Leben lang, aber dieses Mal wurde ich getrieben. Oben im ersten Stock bückte ich mich unter dem Absperrband durch und hastete über den Flur.

»Miss!« rief ein Uniformierter hinter mir her, aber ich achtete nicht auf ihn, sondern schlüpfte in Marks Büro.

Der Anblick verschlug mir den Atem. Ich mußte mich haltsuchend an den Türrahmen lehnen. Mitten auf Marks Schreibtisch glänzte eine große schwärzliche Blutlache. Sie tränkte die Papiere und das Notizbuch aus Leder, das wir gemeinsam ausgesucht hatten. Das Blut floß seitlich über den Schreibtisch, den ich als Geschenk restauriert hatte. Es befleckte alles, womit es in Berührung kam, besudelte alles. Marks Lebenssaft.

Hinter mir tauchte Grady auf. »Ist ja gut, Bennie.«

»Nein. Nichts ist gut«, entgegnete ich schärfer, als ich beabsichtigt hatte. Ich starrte auf die Blutlache. Übelkeit stieg in mir auf, und schlagartig sah ich die Tatorte von Morden vor mir, mit denen ich früher in meiner Praxis zu tun gehabt hatte: eine anonyme Gasse, eine durchwühlte Wohnung, das zugige Gerippe eines leerstehenden Hauses. Dieser Tatort war anders. Ein Ort der Arbeit, des Rechts, der Regeln und Gesetze. Marks und meiner.

»Er muß gearbeitet haben.« Grady beugte sich über Marks Schreibtisch, um sich die Papiere anzusehen. »Ein Vertrag, die Auflösung von R & B betreffend. Sieht so aus, als hätte er ihn abgefaßt, als er umgebracht wurde. Da ist eine Ausschlußklausel. Sie verpflichten sich, in den nächsten zwei Jahren für keinen Pharmakonzern innerhalb eines Radius von zehn Meilen tätig zu werden.«

»Das übliche Vertragsblabla. Er wußte, ich würde ihm nie

seine Mandanten abspenstig machen.« Ich konnte meinen Blick nicht von dem Schreibtisch abwenden. Blut wellte die Papiere auf der Schreibtischplatte. Staub zur Abnahme von Fingerabdrücken beschmutzte die Oberfläche, da, wo er sich zu Häufchen angesammelt hatte, war er dunkel wie Gewitterwolken.

»Ich war vorhin schon mal hier oben, und für mich sah es so aus, als sei alles an seinem Platz. Und für Sie? Irgend etwas anders als sonst? Sie kennen sich hier besser aus.«

Ich versuchte, mir das Büro ohne Emotionen anzusehen. Die Sprossenfenster hinter dem glänzenden modernen Sideboard ließen helles Licht herein. An der Wand standen Teakregale, auf denen Marks juristische Bücher und andere Nachschlagewerke übersichtlich aufgereiht waren. Ein dazu passender Aktenschrank aus Teak, auf dem ein CD-Player stand, schloß sich an die Bücherregale an. »Sieht alles aus wie immer«, sagte ich benommen.

Grady blickte aus dem Fenster über die Straße. »Vielleicht hat jemand aus den Häusern da drüben gesehen, was passiert ist.«

»Das überprüfen wir«, sprach eine barsche Stimme.

Ich fuhr herum. In der Tür stand ein Detective, den ich nicht kannte. Er hatte die Figur eines Fußballverteidigers und paßte offensichtlich kaum in den leichten marineblauen Anzug, zu dem er ein weißes Hemd und einen schreiend bunten Polyesterschlips trug. »Ich bin Detective Azzic.« Mit einem verbissenen Bullenlächeln streckte er mir die Hand entgegen. Er hatte ein breitflächiges slawisches Gesicht und braune Augen, die auffallend schräg nach oben liefen. »Frank Azzic.«

Ich schüttelte ihm die Hand. »Bennie Rosato.«

»Ich weiß, wer Sie sind. Das Absperrband wurde aus einem ganz bestimmten Grund angebracht, Ms. Rosato. Das ist mein Tatort.«

»Es ist auch meine Kanzlei.«

Das Bullenlächeln verschwand. »Ich weiß, Sie haben keinen großen Respekt vor den Leuten, die das Gesetz vollziehen, aber wir haben unsere Regeln, und wir haben sie nicht ohne Grund.«

»Nicht so, Detective, nicht jetzt. Ich habe keinerlei Grund zur Klage gegen die Polizei, wenn sie das Gesetz vollstreckt. Nur wenn sie gestohlene Waren an Hehler verschiebt, verliere ich meinen Sinn für Humor.«

»Mein Name ist Grady Wells.« Rasch schob sich Grady zwischen uns. »Ich vertrete Ms. Rosato bei dieser Ermittlung. Es liegt ihr sehr viel daran, Ihnen zu helfen, den Mörder ihres Partners zu finden.«

Azzic schnaubte verächtlich. »Deshalb ist sie in einen abgesperrten Tatort eingedrungen? In den meisten Fällen findet man am Tatort eines Verbrechens handfeste Beweise. Es könnte sein, daß sie die Beweise verwischt, Fasern und Haare verloren oder sogar Beweise vernichtet hat.«

Mir gefiel diese Andeutung nicht. »Kommen wir zum Punkt, Detective. Soweit ich weiß, glaubt die Polizei, ich hätte meinen Partner ermordet. Das ist absurd.«

Ruhig wandte er sich an mich. »Mag sein. Wo waren Sie gestern abend nach elf Uhr?«

»Detective«, mischte sich Grady ein, »ich habe sie angewiesen, diese Frage nicht zu beantworten. Und sollte sie verhaftet sein, so haben Sie sie noch nicht auf ihre Rechte hingewiesen.«

Detective Azzic gluckste in sich hinein. »Immer mit der Ruhe, mein Junge. Ich sehe hier nichts von einer Verhaftung. Ich stelle lediglich ein paar Fragen. Vielleicht können wir uns die Fahrt in die Stadt gleich hier und jetzt ersparen.«

Ich bezweifelte es, antwortete aber trotzdem. »Ich war rudern.«

»Rudern?« Eine seiner schmalen Augenbrauen hob sich, und er sah so überrascht aus, wie es ein Detective der Mordkommission nur sein kann. »So richtig in einem Ruderboot?«

»So richtig in einem Skullboot.«

»In der Nacht? Im Finstern?«

»Ich rudere gern bei Nacht. Sonst habe ich keine Zeit dazu.«

»Hat Sie jemand gesehen?«

»Nicht daß ich wüßte.« Grady neben mir wurde unruhig.

»Wie sind Sie zum Bootshaus gekommen?«

»Zu Fuß.«

»Detective«, mischte sich Grady wieder ein. »Ich halte diese Befragung für überflüssig. Haben Sie nicht bereits alle Informationen, die Sie brauchen?«

Der Detective verschränkte die Arme. »Nein. Ich glaube, wir müssen die Unterhaltung auf dem Revier fortsetzen.«

»Wann?« blaffte Grady zurück, und falls er enttäuscht war, zeigte er es nicht.

»In etwa einer Stunde. Lassen Sie mir etwas Zeit, bis ich meine Unterlagen zusammen habe. Ich muß das Original von Mr. Biscardis Testament noch mitnehmen.«

»Sein Testament?« fragte ich, und Grady warf mir einen schnellen, diskreten Überlassen-Sie-das-mir-Blick zu.

Detective Azzic sah mich mit schräggelegtem Kopf an. »Wußten Sie etwa nicht, daß Mr. Biscardi ein Testament hatte, Ms. Rosato? War er nicht Ihr Freund und Ihr Geschäftspartner?«

Grady schoß mir einen weiteren warnenden Blick zu. »Bitte beantworten Sie diese Frage nicht, Bennie. Ich möchte Einsicht in das Testament, Detective.«

Ich hielt den Mund und zog Bilanz. Mark war ermordet worden. Ich war eine Tatverdächtige. Es erschien logisch, daß Mark ein Testament gemacht hatte, aber wir hatten nie darüber gesprochen. Ich hatte tatsächlich nie daran gedacht, er war ein junger Mann. Plötzlich schrillten meine Alarmglocken.

Detective Azzic schob eine Hand in seine Brusttasche und zog einen Packen bedruckter Seiten hervor, den er Grady reichte.

»Ich habe diese Kopie machen lassen, bevor ich das Original konfiszierte. Das Testament ist auf den 11. Juli vor drei Jahren datiert, aber ich vermute, daß Sie das nicht wußten, Ms. Rosato.«

Ich fiel nicht auf den Köder herein, aber ich sah, daß Gradys Augen hinter den Brillengläsern beim Lesen schmal wurden. Es waren ungefähr zehn Seiten, aber er überflog sie rasch. Als er die Papiere zusammenfaltete und Detective Azzic zurückgab, zeigte seine Miene keine Regung. »Danke«, sagte er lediglich.

»Interessant, was?« meinte der Detective und sah von Grady zu mir.

Grady schob mich zur Tür. »Wir sehen uns im Roundhouse, Detective.«

»Was steht denn drin?« flüsterte ich draußen auf dem Flur. Grady wollte gerade antworten, doch als wir um die Ecke bogen, liefen wir direkt in Eve Eberlein hinein.

»Oh!« Sie wich vor uns zurück, als sei sie entsetzt. Sie hatte offensichtlich geweint, denn ihre Augen waren verschwollen. Sie hatte kein Make-up aufgelegt. Ihre kurzen Haare waren zerzaust und ihr schickes Kleid zerknittert. »Was ist passiert, Bennie? Was ist denn passiert?« Das Leid und die Fassungslosigkeit in ihrer Stimme waren unüberhörbar.

Ich wußte genau, wie sie sich fühlte. Diese Erkenntnis versetzte mir einen furchtbaren Stich. Wir teilten den gleichen Verlust. »Ich weiß es nicht«, antwortete ich, aber da nahm Grady bereits meinen Arm, er hob mich fast hoch und trug mich halb über den Flur.

»Tut mir leid, Eve«, sagte Grady hastig. »Auf Wiedersehen. Paß auf dich auf.«

Ich warf noch einen letzten Blick zurück. Detective Azzic stand vor Marks Büro. Während er sich eine Zigarette anzündete und eine Rauchwolke ausstieß, beobachtete er mich. Seine Augen wurden schmal, seine Miene war hart und wissend.

9

Wir standen auf dem kleinen Parkplatz hinter dem Büro, und Grady kramte in der Tasche seines Anzugs nach dem Schlüssel für sein Motorrad. Das Motorrad, ein älteres schwarz-braunes Modell mit einem altmodischen Ledersitz, hatte mattierte Chromauspuffrohre mit dem Schriftzug *Norton.* Es schmeckte mir nicht, damit zum Roundhouse zu fahren, aber das war das letzte, worüber ich mir im Moment Sorgen machte.

»Was stand im Testament, Grady?«

Er fand seinen Schlüssel, schwang ein Bein über das Motorrad und ließ sich auf dem zerschlissenen Sitz nieder. »Steigen Sie bitte auf.«

»Zuerst sagen Sie mir, was im Testament steht.«

»Seien Sie so nett und steigen Sie auf das Motorrad, Bennie. Ich spreche mit Ihnen darüber, wenn wir vom Büro weg sind. Die Presse steht vorne. Ich will nicht, daß sie uns hier mitten in einer angeregten Unterhaltung entdeckt.«

»Ich kann nicht warten. Sagen Sie mir schon, was im Testament steht.«

»Soll das so laufen?« Er saß bereits mit gespreizten Beinen auf dem Motorrad und warf mir einen vernichtenden Blick zu. »Legen Sie sich wegen allem mit mir an?«

»Sie waren derjenige, der mich im Büro herumgezerrt hat.«

»Ich habe Sie verteidigt. Ich bin Ihr Anwalt.«

Ich konnte mich nicht daran gewöhnen, es hörte sich zu merkwürdig an. »Grady, bleiben Sie auf dem Teppich. Ich bin Ihre Chefin, selbst meine Krähenfüße sind älter als Sie.«

»Ich widerspreche Ihnen nur ungern, aber jetzt bin *ich* der Boß. Ich bin kaum fünf Jahre jünger als Sie, und ich habe hier das Sagen. Und ich rate Ihnen, ein rein anwaltlicher Rat, auf das Motorrad zu steigen. Bevor ich wütend werde.«

»Können Sie überhaupt wütend werden?« Im Büro hatte ich ihn nie wütend erlebt.

»Aber sicher.« Er nickte.

»Was passiert dann? Werfen Sie mit Gegenständen? Fluchen Sie?«

»Nie«, antwortete er ohne weitere Erklärung. Er strich sein Haar zurück und schob den Kopf in einen schwarzen Motorradhelm. Alles, was noch von seinem Gesicht zu sehen war, waren funkelnde graue Augen und sein energisches Kinn. »Sehen Sie hinten den zweiten Helm? Setzen Sie ihn bitte auf.«

Ich sah den Helm an, eine leuchtende weiße Kugel, die an eine große Glühbirne erinnerte. »Wozu brauchen Sie einen zweiten Helm?«

»Für den Fall, daß ich eine Frau kennenlerne, die bessere Manieren hat als Sie.«

Ich verschränkte die Arme. »Ich setze ihn auf, wenn Sie mir von Marks Testament erzählen.«

Seufzend schob er seinen Helm über den Haaransatz hoch und rückte seine Brille zurecht. »Was glauben Sie, stand in dem Testament, Bennie?«

»Ich habe keinen Schimmer. Mark hat keine Familie mehr, nur noch einen Stiefbruder in Kaliformen ...«

»Er stand ihm nicht so nahe wie Sie.« Die Schärfe in Gradys Stimme war nicht zu überhören. »In Testament steht kein Dollarbetrag, aber Mark hat alles, was er besaß, Ihnen hinterlassen. Das Bürohaus, die Firmenkonten, sogar die privaten Konten. Aktien und Kommunalobligationen, Investmentfonds. Ferner steht ausdrücklich im Testament, daß Sie R & B erben und nach seinem Tod fortführen sollen.«

Mir klappte der Mund auf. Marks Großzügigkeit und seine Liebe versetzten mich in Erstaunen. Aber gleich darauf erkannte ich messerscharf, warum mich die Polizei verdächtigte. Hätte ich von dem Testament gewußt, hätte mir der Mord an

Mark vor der Auflösung der Firma die Möglichkeit verschafft, R & B zu behalten. Ich stellte mir vor, wie die Ermittlungen sich konkretisierten und die Fakten sich zusammenballten wie dunkle Wolken vor einem Gewitter. Ermittlungen in einem Mordfall besaßen eine eigene Dynamik, besonders in spektakulären Fällen. Der Druck, einen Verdächtigen zu präsentieren, führte unweigerlich zu einer schnellen Festnahme, möglichst noch rechtzeitig vor den Abendnachrichten. Und bis die Beschuldigung aus der Welt geschafft war, richteten Unterstellungen so großen Schaden an wie eine Anklage.

»Ich stecke tief in der Scheiße, stimmt's?« Ich dachte nur laut.

»Nicht, wenn ich es verhindern kann.« Grady zerrte seinen Helm wieder herunter und ließ das Motorrad mit dem Kickstarter an. Es wurde mit einem kehligen Laut lebendig. »Setzen Sie den Helm auf«, schrie er.

Ich holte tief Luft und stülpte mir die Glühbirne über den Kopf.

Ich betrat den schmuddeligen Wartebereich der Mordkommission im dritten Stock des Roundhouse, dem Polizeipräsidium Philadelphias, und augenblicklich sah ich mich dieser schrecklichen Fotogalerie gegenüber. Es hatte sich nicht viel verändert, nicht einmal im Laufe einiger Jahre. GESUCHT WEGEN MORDES stand an beiden Wänden über ungefähr fünfzig 8-x-10-Porträts. Jeder der Männer hatte diesen schlaffen Gesichtsausdruck, den nur größte Wut, die merkwürdigerweise zu Abstumpfung führte, in einem menschlichen Antlitz hervorrufen konnte. Ob ich wollte oder nicht, mir fiel auf, daß kein Gesicht weiß und keine Frau darunter war. Die einzigen Weißen waren die Detectives, und Frauen traten nirgendwo in Erscheinung.

Abgesehen von mir. Ich stand neben Grady, und trotz meiner auffälligen Statur übersahen mich die mindestens zehn Detectives in dem schäbigen, in einem häßlichen Blau gestrichenen Großraumbüro mit demonstrativer Penetranz. Ein paar kannte ich, sie waren in früheren Prozessen Zeugen gewesen. Mit eisiger Miene liefen sie scheinbar ziellos um ramponierte, in unregelmäßigen Reihen aufgestellte Stahlschreibtische herum. Jalousien mit Wasserflecken schlossen die Sonne aus, ein Fenster war komplett von schmutziggrauen Aktenschränken zugestellt. Ich nahm die Umgebung in mich auf, als hätte ich diesen Raum noch nie gesehen. In gewisser Weise stimmte das sogar, denn zum ersten Mal war ich die Mordverdächtige.

Auf dem Schreibtisch vor uns schrillte das Telefon. »Mordkommission«, bellte ein Detective gereizt, als er abhob. Der Mann, ein untersetzter Rotschopf, trank Kaffee aus einem Becher mit der Aufschrift STUDMUFFIN. »Nein, er ist außer Haus. Hier spricht Meehan.«

Meehan. Der Name kam mir bekannt vor. Plötzlich fiel es mir ein. Er hatte ziemlich abgenommen, aber die Stimme war noch dieselbe. Ich hatte sie letztes Jahr gehört, im Zusammenhang mit einer Körperverletzung im Nordosten. Die Angeklagten waren uniformierte Polizisten, und Meehan war Zeuge der Prügelei gewesen, einer von drei Bullen, die dabeistanden und tatenlos zusahen. Er war nicht angeklagt gewesen und inzwischen offensichtlich befördert worden. Mein Blick traf seinen, während er den Hörer in der Hand hielt und lauschte. Er sah mich nur kalt an. Ich durfte nichts anderes erwarten. Ich hatte ihn im Kreuzverhör ins Schleudern gebracht. Grady hatte recht. Ich hatte hier keine Freunde.

»Ms. Rosato.« Detective Azzic erschien und forderte uns mit einer Handbewegung auf, ihm zu folgen.

»Wir kommen«, antwortete Grady. Ich straffte die Schultern und ging mit ihm quer durch das Großraumbüro vorbei an dem kleinen angrenzenden Zimmer, auf dessen geöffneter Tür FAHNDUNG stand. Drinnen saßen zwei Detectives vor modernsten Computermonitoren. Es war der einzige Raum in der Mordkommission, der aussah wie aus diesem Jahrzehnt.

»Wir haben das Vernehmungszimmer C«, verkündete Detective Azzic und öffnete die Tür.

Vernehmungszimmer C war, soweit ich mich aus den alten Zeiten erinnerte, ebenso klein wie das Wartezimmer und ebenso schmuddelig. Ein doppelseitiger Spiegel hing an der Wand gegenüber des Tisches, unter den ein Bürostuhl geschoben war. Ein weiterer Stuhl, ein schwerer Stahlstuhl, war auf der anderen Seite des Tisches am Boden festgeschraubt.

»Nehmen Sie Platz«, forderte mich der Detective auf und ließ seinen stämmigen Körper vorsichtig auf den Stuhl hinter dem Schreibtisch sinken. Mit einer Handbewegung deutete er auf den Stahlstuhl, und ich gehorchte. Grady blieb neben mir stehen, und ein großer, schmallippiger Detective, dessen braunes Sakko locker um die knochigen Schultern hing, schloß sich uns an. Er stellte sich als Detective Mayron vor und lehnte sich an die Wand, die Kreppsohle seines einen Schuhs flach an die Wand gedrückt. In Mordfällen verhörten die Bullen normalerweise zu zweit; einer beobachtete, der andere übernahm das Reden. Ich sagte meinen Mandanten immer, es seien stets zwei, weil einer den guten und einer den bösen Bullen spielte.

»Stört es Sie, wenn ich rauche?« fragte Detective Azzic und schüttelte eine Merit aus der Packung.

»Ja«, erwiderte Grady, und Azzic zögerte mit dem Anzünden der Zigarette.

»Sie scherzen?«

»Nein. Mir wäre es lieber, Sie würden es lassen.«

Halb lächelnd stopfte Azzic die Packung zurück in die Brusttasche, die eine Zigarette ließ er draußen, unangezündet. »Nun, Ms. Rosato, wir haben Sie hergebeten, weil Sie uns eventuell Informationen geben können, die uns weitere Klarheit verschaffen über das, was Mr. Biscardi zugestoßen ist.«

»Sie wird keinerlei Aussagen machen, Detective«, erklärte Grady bestimmt.

Azzic sah zu ihm auf. »Es wäre hilfreich, wenn sie erklären würde, was gestern abend zwischen ihr und Mr. Biscardi vorgefallen ist.«

»Ich begreife, aber wie gesagt, so geht es nicht. Sie wird keine Aussagen machen. Stellen Sie ihr bitte eine klare Frage.«

Azzic beugte sich so weit zu mir herüber, daß ich das Nikotin, das in seinem Sakko hing, riechen konnte. »Ms. Rosato, viele Zeugen tun sich selbst einen Gefallen, wenn sie einfach die ganze Geschichte erzählen, ohne daß ständig ein Anwalt mitmischt.«

Fast hätte ich laut herausgelacht. »Ich bin Anwältin, Detective, und ich mische bereits mit.«

Gradys Finger gruben sich so fest in meine Jacke, daß ich sie durch das Schulterpolster spürte. »Sie wird von mir vertreten, Detective. Bitte stellen Sie Ihre erste Frage.«

»Gut. Machen wir's eben zunächst auf Ihre Weise.« Azzic schlug die Beine übereinander, und die Stahlkante einer Waffe in einem Knöchelhalfter geriet in Sicht. Er zog das Hosenbein darüber, aber damit machte er keineswegs die einschüchternde Wirkung zunichte, und das wollte er auch nicht. »Ms. Rosato, Sie sind mit dem Strafrecht und dem Vorgehen der Polizei sicherlich vertraut, aber es ist meine Pflicht, Sie auf Ihre Rechte hinzuweisen. Sie werden das schweigend erdulden müssen.«

»Fangen Sie an.«

Er las mir meine Rechte vor. Wenn sie meinen Mandanten vorgelesen wurden, hatte ich das immer für reine Routine gehalten, aber jetzt, da ich auf dem im Boden verankerten Stuhl saß, bekamen sie eine unheimliche Bedeutung. Ich gab mir Mühe, mich zu entspannen, und spielte in Gedanken ein Spiel, indem ich versuchte, hinter Azzics Akzent zu kommen. Er war ungeschliffen, Arbeiterklasse, mit jenem ausgeprägten O, das im Norden Philadelphias heimisch war. Ich tippte auf Juniata Park oder vielleicht Olney.

»Machen wir da weiter, wo wir aufgehört haben«, erklärte Azzic. »Worüber haben Sie mit Mr. Biscardi gestritten?«

»Es war kein Streit«, warf Grady ein. »Es war eine Diskussion.«

Azzic nickte fast huldvoll. »Worum drehte sich Ihre *Diskussion* mit Mr. Biscardi?«

Ich räusperte mich. »Mark wollte die Partnerschaft auflösen.«

»Aber Sie wollten das nicht.«

»Bennie ...«, ging Grady dazwischen, aber ich brachte ihn mit einer Handbewegung zum Schweigen.

»Ich war überrascht, aber ich hatte keine Wahl. Die Partnerschaft konnte auf Wunsch jedes Partners gelöst werden.«

»Sie waren nicht unbedingt froh darüber, nicht wahr? Sie und er haben die Kanzlei gemeinsam gegründet, und Sie waren lange Zeit miteinander befreundet, bis er sich Ms. Eberlein zuwandte.«

Grady quetschte meine Schulter. »Detective, ich verbiete ihr, diese *Frage* zu beantworten. Bitte fahren Sie fort.«

Azzic seufzte. »Sie haben Mr. Biscardi während dieser Diskussion angeschrien, nicht wahr? Sie waren wütend.«

Grady quetschte wieder. »Gefragt und beantwortet, Detective. Es gab eine Diskussion über die Auflösung der Partnerschaft, und sie waren unterschiedlicher Meinung, aber beide Beteiligten entschieden sich für die Trennung. Nächster Punkt, oder ich befürchte, wir müssen gehen.«

Azzic rollte die unangezündete Zigarette zwischen den Fingern hin und her. »Ms. Rosato, wußten Sie, daß Sie laut Mr. Biscardis Testament zwanzig Millionen Dollar erben?«

»Was?« stieß ich hervor. Es war ein Schock. *»Zwanzig Millionen Dollar?«*

»Detective«, sagte Grady gelassen, »wie sie Ihnen bereits gesagt hat, wußte sie nicht, daß Mr. Biscardi ein Testament gemacht hatte.«

In meinem Kopf drehte sich alles. Die Summe war so gewaltig, daß mir angesichts der Lage, in der ich mich befand, übel wurde. Bei so viel Geld war es nahezu unmöglich zu glauben, ich hätte Mark *nicht* umgebracht. Ich geriet in Panik und gab dem Drang nach, alles erklären zu wollen. »Ich wußte, daß Marks Familie Geld hatte, aber nicht *so viel*. Sie haben es nicht zur Schau gestellt. Sie hatten ein Halbgeschoßhaus, einen Kombi ...«

»Bennie, bitte.« Gradys Finger schlugen sich in mich wie Klauen.

Azzic sah mich rundheraus an. »Wollen Sie behaupten, Sie hätten keine Ahnung gehabt, daß Mr. Biscardi den größten Teil des Vermögens seiner Eltern geerbt hatte?«

Mir mußte es die Sprache verschlagen haben, denn Grady antwortete. »Genau das behauptet sie, Detective.«

»Waren Sie nicht zusammen mit Mr. Biscardi auf dem Begräbnis seiner Eltern?«

»Äh, ja.« Die Trauerfeier war sehr förmlich verlaufen, nur sehr wenige Trauernde waren gekommen, die Familie war sehr klein. Mark zeigte so gut wie keine Trauer, nicht einmal auf dem Friedhof. Seine Eltern waren beide bei einem Autounfall ums Leben gekommen. Aber Mark war in katholischen Internaten aufgewachsen, die Familie hatte sich längst auseinandergelebt. »Die Familienmitglieder standen sich nicht sehr nahe.«

»Erwähnte Mr. Biscardi nichts von einer Erbschaft?«

»Nein.« Ich blickte in den doppelseitigen Spiegel und sah zu meiner Bestürzung, daß ich nervös wirkte. Wer befand sich auf der anderen Seite des Spiegels? Meehan? »Nichts.«

»Und Sie haben ihn nicht gefragt?«

»Nein, es kam nie zur Sprache.« Im nachhinein erschien das

tatsächlich seltsam. Aber es war Marks Angelegenheit, und ich respektierte in Familienangelegenheiten stets seine Privatsphäre. Weiß Gott, ich brauchte schließlich meine eigene.

»Eines verstehe ich nicht, Ms. Rosato. Ich weiß, daß Mr. Biscardi im Verlauf Ihrer Diskussion sagte, er wolle mehr Geld verdienen. Warum wollte er mehr Geld, wenn er doch schon so viel hatte? Können Sie mir in diesem Punkt weiterhelfen?«

»Detective«, mahnte Grady, »Sie verlangen von ihr, Spekulationen über Mr. Biscardis Beweggründe anzustellen.«

»Sie war seine Freundin, oder? Vielleicht haben sie darüber gesprochen.«

»Bennie, beantworten Sie diese Frage nicht.«

»Nun, Ms. Rosato?« Azzics durchbohrender Blick richtete sich wieder auf mich.

»Ich verweigere die Antwort, weil ich mich damit belasten könnte«, sprach ich, aber die Worte hinterließen wie jede Lüge einen bitteren Nachgeschmack in meinem Mund. Mark hatte stets mit seinem Vater, einem Selfmademan, konkurriert, er hatte immer so erfolgreich sein wollen wie sein Vater. Trotzdem, ich hatte keine Ahnung gehabt, daß er so erfolgreich sein wollte.

Detective Azzic spielte mit seiner Merit und klopfte abwechselnd mit dem einen, dann mit dem anderen Ende der Zigarette auf den Tisch. »Sie wußten also nichts von dem Testament, obwohl es von einem sehr guten Freund von Ihnen aufgesetzt wurde?«

»Wer hat es aufgesetzt?« fragte ich.

»Bennie!« fuhr Grady auf, aber ich konnte nicht anders.

»Wer war es, Detective?«

»Sam Freminet«, antwortete Azzic.

Sam? Ich konnte es nicht fassen. Sam hatte kein Wort gesagt, nie.

»Sie sind mit Mr. Freminet befreundet, Ms. Rosato, nicht wahr? Eng befreundet?«

Grady trat vor und baute sich in meinem Blickfeld auf. »Ich weise meine Mandantin an, diese Frage nicht zu beantworten.« Er stemmte die Hände in die Hüften und schob seine Jacke mit einer Geste zurück, die so drohend war, wie man es südlich der Grenze Pennsylvania-Maryland, der Grenzlinie zwischen Nord- und Südstaaten, zustande brachte. Und er drohte nicht den Bullen, nein, mir.

»Ich verweigere die Antwort, weil ich mich damit belasten könnte«, sprach ich gehorsam. Aber ich dachte, *Sam?* Er war Konkursanwalt, kein Experte für Erbschaftsangelegenheiten.

Azzic schüttelte den Kopf. »Ist Sam Freminet nicht Anwalt bei Grun & Chase, wo Sie und Mr. Biscardi früher gearbeitet haben?«

»Ich verweigere die Antwort, weil sie mich belasten könnte.«

»Wann haben Sie das letzte Mal mit Mr. Freminet gesprochen?«

Ich hatte Sam vor diesem Verhör vom Roundhouse aus angerufen, ihn aber nicht erreicht. Jetzt würde selbst das gegen mich sprechen. »Ich verweigere die Antwort, weil ...«

»Ms. Rosato.« Azzics Stimme wurde lauter. »Waren Sie nicht eifersüchtig auf Eve Eberlein?«

Ich sagte mein Sprüchlein auf. Ich verweigerte die Antwort, weil ich sonst dastehen würde wie eine Idiotin.

»Haben Sie nicht bei einer öffentlichen Verhandlung im Gericht einen Krug mit Eiswasser nach Mr. Biscardi geworfen? Erst gestern morgen, am Tag seiner Ermordung? Weil Sie auf Ms. Eberlein eifersüchtig waren?«

O Scheiße. »Ich verw ...«

»Detective Azzic, die Befragung ist zu Ende«, fiel mir Grady abrupt ins Wort. »Ich dulde nicht, daß Sie meiner Mandantin derart zusetzen.« Er nahm meinen Arm. Ich stand auf und registrierte erstaunt, daß meine Knie wacklig waren.

Auch Azzic erhob sich. »Verstecken Sie sich hinter dem Fünften Zusatzartikel, Ms. Rosato? Wie der Abschaum, den Sie vertreten?«

»Das reicht!« trompetete Grady. Er versuchte, mich hinauszuschieben, aber wütend wie ich war, rührte ich mich nicht von der Stelle.

»Sie haben nicht den geringsten Beweis gegen mich, Detective, weil ich nämlich meinen Partner nicht umgebracht habe. Das ist simple Logik, aber vielleicht nicht simpel genug für Sie.«

Detective Azzic starrte mich an. »Ich bearbeite diesen Fall persönlich, und sobald ich einen Beweis habe, sehen Sie mich wieder.«

»Ich hoffe, das soll keine Drohung sein, Detective«, ließ sich Grady vernehmen, aber ich entschied mich für eine weniger höfliche Antwort und brachte sie mit meinem üblichen Aplomb an den Mann.

10

Die Pressemeute drängelte auf dem Bürgersteig, flutete über den Bordstein und ergoß sich bis auf den Parkplatz des Polizeipräsidiums. Grady und ich mußten uns mit Gewalt durchschieben, sie keilten uns von allen Seiten ein. Ich habe diesen Spießrutenlauf zigmal mit Mandanten absolviert, es blieb einem nichts anderes übrig, als sich hineinzustürzen und unbeirrt weiterzugehen. Kameras mit Gummilinsen knallten mir ins Gesicht, Videokameras surrten in Stereo neben mir, und Fernsehleute preßten mir Mikrofone gegen die Lippen. Jeder Reporter schrie seine eigene Version meines Namens. »Bernadette, sehen Sie hierher!« tönte es. »Belladonna, nur ein Bild! Benefaci, hier!«

Ich blickte stur geradeaus, meine Gedanken klickten im Takt mit den Kameras. Ich wußte, was sich abspielen würde. Ich war der Aufmacher in den lokalen Mittagsnachrichten, bei CNN und Court-TV. Die Bullen ließen Details über mich und Mark durchsickern, einschließlich des Testaments, und bei Einbruch der Dunkelheit klebte das Etikett »Mörderin« an mir. Meine Mandanten aus dem Medienbereich würden mich so schnell fallenlassen, wie Sie »Kino um elf« sagen können. Meine Mandanten mit den Klagen gegen die Polizei suchten sich einen Anwalt, gegen den nicht ermittelt wurde. Meine Karriere ging in Trümmer. Und Marks Mörder lief frei herum.

Plötzlich fiel mir ein Paar auf, das hinter den Presseleuten am Straßenrand stand. Eine Frau mit einem Arm in der Schlinge, ein rotblonder Mann. Bill Kleeb und Eileen Jennings, alle beide, glücklich vereint. Sie standen neben einem untersetzten Mann mit nach hinten geklatschten Haaren und einem funkelnden geschmacklosen Aktenkoffer, der ein Taxi herbeiwinkte.

»Miss Rosato, haben Sie es getan? Miss Rosato, nur eine Frage! Bitte! Hier drüben!«

Wie war Eileen rausgekommen? Was machte sie da zusammen mit Bill? Sogleich dachte ich wieder an die Morddrohung gegen den Vorsitzenden von Furstmann Dunn. »Bill!« rief ich über das Meer der Kameras hinweg, wozu hatte ich den Vorteil der Größe. »Bill Kleeb! Hier drüben!«

Bill drehte sich ungefähr in meine Richtung, im selben Moment hielt ein Taxi am Straßenrand. Der Mann mit dem Aktenkoffer schob Eileen in das Taxi und kletterte neben sie in das im Innern des Wagens herrschende Dunkel.

»Bill!« brüllte ich in dem vergeblichen Versuch, mir über die Reporter hinweg Gehör zu verschaffen. Ich sah, wie sein Blick die Menge überflog, aber er entdeckte mich nicht. Heftig fuchtelte ich mit den Armen, obwohl die Kameras surrten und ich wußte, welch neckische Filmmeter das ergeben würde. »Bill!«

»Sind Sie verrückt?« fragte Grady mit wildem Blick. »Was tun Sie denn?«

Ich versuchte, ein Leben zu retten. »*BILL!*« schrie ich, aber Bill stieg ins Taxi, schlug die Wagentür zu und war weg.

Vor meiner geschlossenen Bürotür inspizierten, vermaßen und fotografierten uniformierte Polizisten und Leute von der Spurensicherung jeden Zentimeter von R & B und versuchten, Beweise gegen mich zu sammeln. Falls Sie denken, ich hätte die Eingangstür verrammeln können, die Jungs hatten einen Durchsuchungsbefehl und hatten ihn mir und Grady in Anwesenheit der wenigen Mitarbeiter präsentiert, die noch geblieben waren. Daraufhin hatte Wingate beschämt den Blick gesenkt, und Renee Butler war durch die Tür gelaufen und in der Menge der Reporter verschwunden, die so hartnäckig an mir hafteten wie eine leichte Infektion.

»Hier spricht Bennie Rosato, ich war gerade bei ihm. Können Sie mich verbinden?« Ich stand, den Telefonhörer ans Ohr geklemmt, mitten in dem Katastrophengebiet, das sonst mein Büro zu sein pflegte. Die Polizei hatte die meisten Akten meiner Mandanten durchwühlt und beschlagnahmt, und die paar, die sie zurückgelassen hatte, lagen auf dem Boden. Das Durcheinander konnte ich aufräumen, aber ich war machtlos gegen den Bruch des Vertrauensverhältnisses gegenüber meinen Mandanten.

»Bleiben Sie dran, ich suche ihn«, schnarrte eine Stimme, die ich als die von Meehan erkannte. Ich legte ein Buch mit juristischen Kommentaren zurück, das von den Regalen heruntergerissen worden war. Überall auf dem Boden und den Tischen lagen Papiere verstreut. Eine Grünpflanze war umgestoßen worden, und die Erde quoll aus dem Topf. Das staubige Zeug für die Fingerabdrücke haftete auf allen Möbeln. Was erwarteten sie zu finden? Meine und Marks Fingerabdrücke? Was wollten sie damit beweisen?

»Ich weiß nicht, was Sie da treiben«, meldete sich Grady aus dem Ohrensessel vor meinem Schreibtisch. »Wir hatten uns geeinigt, daß ich den Fall leite.«

»Tun Sie auch. Ich sagte Ihnen ja, es geht um eine andere Sache.«

»Eine Strafsache?«

»In etwa.« Ich stellte die Pflanze wieder auf, schaufelte mit der Hand die lockere Erde zusammen und stopfte sie wieder in den Topf.

»Mehr können Sie mir dazu nicht sagen?«

»Nein.« Bevor ich diesen Anruf tätigte, hatte ich die ethischen Grundsätze für Anwälte geprüft, was kein Widerspruch in sich ist. Ich konnte der Polizei mitteilen, was ich wußte, durfte mich aber nicht einem Mitarbeiter, einem Freund oder dem mutmaßlichen Opfer offenbaren. Es würde ohnehin nichts bringen, wenn ich Grady einweihte. Er würde nur versuchen, mich zurückzuhalten. »Geben Sie mir fünf Minuten, okay?«

»Soll das heißen, ich soll gehen?«

»Tut mir leid.« Ich legte eine Hand auf den Hörer. »Ich muß diesen Anruf hinter mich bringen.«

»Bei Azzic? Haben Sie den Verstand verloren?«

»Vertrauen Sie mir einfach, okay? Und jetzt gehen Sie bitte. Den nächsten Machtkampf lasse ich Sie gewinnen, das verspreche ich.« Grady bedachte mich mit einem finsteren Blick und verließ das Zimmer genau in dem Moment, in dem Azzic abhob. Das Wichtigste zuerst. »Detective, hier spricht Bennie Rosato. Ihre Jungs haben in meinem Büro ganze Arbeit geleistet. Warum haben Sie die Akten meiner Mandanten mitgenommen?«

»Das ist mit dem ersten Durchsuchungsbefehl abgedeckt.«

»›Alle Akten von 1980 bis heute‹? Das war reichlich übertrieben. Sollten Sie versuchen, daraus etwas gegen mich oder meine Mandanten zu verwenden, würde ich alles andere als freundlich reagieren.«

»Ach wirklich.«

»Meine Mandanten haben mit dieser Sache nichts zu tun, und es sind vertrauliche Informationen über sie, die Sie an sich genommen haben. Wenn mir zu Ohren kommt, daß meine Mandanten einen Besuch oder einen Anruf von Ihnen oder Ihren Männern erhalten ...«

»Ich habe keine Zeit für dieses Geschwätz, Rosato. Ich muß weg.«

»Warten Sie, ich muß Ihnen etwas sagen, es ist wichtig.«

»Jetzt wollen Sie etwas sagen? Vor zwanzig Minuten warfen Sie mir an den Kopf, ich könne Sie kreuzweise.«

»Es geht nicht um mich.« Ich schob meine juristische Enzyklopädie mit einem satten *Schmatz* an ihren Platz zurück. »Einer meiner Mandanten, Bill Kleeb, wurde gestern verhaftet, weil er vor Furstmann Dunn für die Rechte der Tiere demonstriert hat. Ich habe Grund zu der Annahme, daß seine Mittäterin, Eileen Jennings, die mit ihm verhaftet worden ist ...«

»Davon weiß ich überhaupt nichts, Rosato. Ich bin für Mord und Totschlag zuständig, nicht für Tiere. Wenn Sie mit den Tieren sprechen wollen, die sitzen in den Zellen.« Er lachte und atmete anschließend hörbar aus. Ich vermutete, daß er rauchte, anscheinend hatte das seinen liebenswerten, herzerfrischenden Humor zum Vorschein gebracht.

»Es geht um eine Gewalttat, Detective.«

»Eine, von der Sie etwas wissen, Rosato?«

»Der Vorsitzende von Furstmann Dunn könnte in Lebensgefahr schweben. Eileen Jennings hat ihn gestern mit einem Elektroschockgerät bedroht.«

Er lachte. »Das ist stark. Vielleicht steht er drauf, wer weiß, wer kennt schon die Typen.«

»Ich mache keine Witze. Ich hätte nicht angerufen, wenn ich nicht überzeugt wäre, daß etwas dran ist, ich breche schließlich das Vertrauen meines Mandanten. Holen Sie die Jennings zum

Verhör, und lassen Sie den Mann überwachen. Warnen Sie ihn zumindest.«

»Sagen Sie mir nicht, was ich zu tun habe. Ich habe es satt, daß Sie diese Abteilung herumkommandieren. Sie bilden sich ein, Sie wüßten, was wir tun, aber Sie wissen nichts. Sie wollen uns etwas über polizeiliches Vorgehen erzählen, aber Sie wissen gar nichts darüber. Sie können uns nicht an der Nase herumführen, dieses Mal sind Sie an den Falschen geraten.«

Noch so ein Großer, Starker. Es wimmelte förmlich von ihnen, und ich behandelte sie jedesmal falsch. »Sie haben die Wahl, Detective. Nehmen Sie die Jennings fest, oder Sie müssen später erklären, warum Sie es nicht getan haben, nicht einmal nach meiner Warnung.«

»Warnung? Sie hat doch nichts unternommen, um die Drohung in die Tat umzusetzen, oder?«

»Sie sagte zu ihrem Freund, sie werde diesen Mann umbringen, und der Freund glaubt, daß sie es tut. Die beiden haben inzwischen einen anderen Anwalt. Ich glaube, er hat Kaution gestellt.« Ich sprach von dem Mann mit dem geschmacklosen Aktenkoffer.

Azzic schwieg einen Augenblick und atmete wieder hörbar aus. »Rosato, was führen Sie jetzt im Schilde? Soll das ein Ablenkungsmanöver sein? Wollen Sie mich an der Nase herumführen?«

»Lieber Himmel, ich spreche von Mord! Warum versuchen Sie nicht, Menschen zu schützen und einmal Freund und Helfer zu sein, wenigstens für einen einzigen Moment? Ich verpetze Sie bestimmt nicht bei den anderen Jungs, ich schwöre es.«

»Sagen Sie mir nicht, ich würde meine Arbeit nicht erledigen. Ich spreche ebenfalls von einem Mord! Ich spreche von einer Dame, die ihren Freund wegen zwanzig Millionen um die Ecke gebracht hat. Davon spreche ich, also entschuldigen Sie, wenn ich keine Zeit habe, mir Ihren Mist anzuhören.«

»Das ist kein Mist. Sie könnte zur Mörderin werden!« rief ich, aber Azzic hatte bereits aufgelegt.

11

Eine wahre Armee von Reportern tummelte sich draußen hinter den Polizeiabsperrungen und belagerte mit ihrer technischen Ausrüstung das Haus. Grady und ich ignorierten den Auftrieb oder versuchten es zumindest und brachten die Büros im ersten Stock wieder in Ordnung bis auf das von Mark, das versiegelt worden war. Nicht, daß ich mich hätte dazu überwinden können, hineinzugehen. Es fiel mir schwer genug, halbwegs zu funktionieren, aber ich mußte darüber hinaus versuchen, R & B zu retten.

Abgesehen von Grady war kein Mitarbeiter da, und ich konnte ihnen deswegen keinen Vorwurf machen. Ich fragte mich, wie viele bleiben würden, vorausgesetzt, es gab in Zukunft überhaupt noch eine Kanzlei. Ich setzte einen Brief an unsere Mandanten auf, in dem ich erklärte, ihre Angelegenheiten würden trotz der Tragödie weiterbearbeitet, und rief sie an, um sie zu beruhigen. Nur dreißig nahmen meinen Anruf überhaupt entgegen, mit einigen hatte bereits ein Detective Kontakt aufgenommen, dessen Namen sie mir allerdings nicht nennen wollten. Die meisten sagten offen, sie übergäben ihre rechtlichen Angelegenheiten einem nicht unter Mordverdacht stehenden Anwalt, und auch ihnen konnte ich keinen Vorwurf machen. Von Detective Azzic und der Presse in die Zange genommen, wurde ich zum Paria.

Die Anrufe, die ich am meisten fürchtete, waren die bei den Pharmaunternehmen, die Mark vertreten hatte. Den ganzen Tag hatte ich versucht, Kurt Williamson und Dr. Haupt bei Wellroth Chemical zu erreichen, aber es gelang mir nicht. Ich diktierte einen Antrag auf Vertagung der Wellroth-Verhandlung und versuchte gegen Abend ein letztes Mal, Haupt zu erreichen, nachdem seine Sekretärin Feierabend gemacht hatte.

»Ms. Rosato«, erwiderte Dr. Haupt in genau dem abweisenden Ton, den ich befürchtet hatte. »Ich bin überrascht, von Ihnen zu hören.«

»Ich habe mehrere Nachrichten hinterlassen.«

»Ich habe sie vorgefunden, aber ich hielt einen Rückruf nicht für angebracht. Sie werden des Mordes beschuldigt«, sagte er mit seinem geschraubten Akzent.

»Nein, das ist nicht richtig. Ich werde keines Mordes beschuldigt, und selbstverständlich habe ich Mark nicht umgebracht. Das wollte ich Ihnen sagen.«

»Ich möchte nicht mit Ihnen darüber diskutieren, Ms. Rosato. Ich finde diese Situation ziemlich ... furchtbar. Wir haben Mark erst gestern noch gesehen. Er war mehr als ein Anwalt für mich, er war ein Freund.«

»Das ist mir klar. Der Grund meines Anrufs ist, daß ich Ihnen sagen möchte, daß ich im Cetor-Patent-Prozeß einen Antrag auf Vertagung auf unbestimmte Zeit vorbereitet habe. Mit Ihrem Einverständnis würde ich ihn gerne einreichen.«

»Wir wollen die Verhandlung nicht auf unbestimmte Zeit vertagen, Ms. Rosato.«

»Ich fürchte, wir haben keine andere Möglichkeit. Ich bin nicht in der Lage, gleich jetzt in die Verhandlung einzusteigen.«

Er räusperte sich. »Ms. Eberlein ist absolut vertraut mit der Sachlage und kann den Prozeß fortsetzen. Wir wollen, daß die Sache weitergeht, damit sie endlich abgeschlossen wird. Ms. Eberlein hat den Richter bereits um eine einwöchige Vertagung gebeten, und in Anbetracht der Umstände erklärte er sich damit einverstanden.«

»Bitte? Woher wissen Sie das?«

»Ich habe mit Ms. Eberlein am Telefon gesprochen. Sie ist zu Hause. Verständlicherweise momentan sehr durcheinander, aber sobald es ihr bessergeht, machen wir mit ihr weiter. Jetzt muß ich wirklich weg. Und bitte, rufen Sie mich oder Kurt nicht mehr an.«

»Aber, Dr. Haupt...« Die Leitung war tot. Langsam legte ich auf. Eve, und die Verhandlung in eigener Regie weiterführen? Ich versuchte gerade, die Nachricht zu verdauen, da wurde die Tür zu meinem Büro aufgerissen. Grady stürmte herein, sein gemusterter Schlips flatterte über der Schulter seines blauen Oxford-Hemds. Die Augen hinter dem Drahtgestell funkelten vor Aufregung, er schleppte Kommentare, Schreibblocks und Fotokopien herein.

»Sehen Sie sich das an.« Er schob die Kopien über den Schreibtisch zu mir herüber. »Das ist das Testament, Marks Testament.«

»Woher haben Sie das?«

»Von der Polizei, zusammen mit einer reichlich dünnen Akte. Das sind sämtliche Informationen, die sie uns zum jetzigen Zeitpunkt geben. Aber sehen Sie sich das Testament an! Wissen Sie, wen Mark als Testamentsvollstrecker eingesetzt hat?«

»Wen?« Auf der Suche nach der Antwort blätterte ich die Seiten durch und fand sie im gleichen Moment, in dem Grady trompetete: »Sam Freminet.«

Ich überflog die Klausel, die dem Üblichen zu entsprechen schien. »Und?«

»Und! Als Testamentsvollstrecker bekommt Sam zwei Prozent des Nachlasses als Honorar. Er kann auch die Nachlaßanwälte wählen, das heißt, er kann sich selbst dazu bestimmen. Macht er das, bekommt er zusätzlich zum Honorar des Testamentsvollstreckers noch das Anwaltshonorar, noch einmal zwei Prozent, und das mit sofortiger Fälligkeit, wenn er will.

Der Clou ist, daß das Testament einen Treuhandfonds mit Sam als Treuhänder bestimmt, so daß er noch ein Honorar als Treuhänder kassiert, das macht ein Prozent pro Jahr auf *Lebenszeit*. Das ist eine Art Leibrente. Er braucht nie wieder zu arbeiten.«

»Ich kann nicht ganz folgen.« Ich war in Gedanken immer noch mit dem Gespräch mit Dr. Haupt beschäftigt.

Grady baute sich ungeduldig vor mir auf. »In Anbetracht der Höhe des Nachlasses heißt das, Sam bekommt *eine Million Dollar* Honorar, und das aus dem Treuhandfonds läuft weiter und weiter. Das heißt, er langt zweimal, nein dreimal hin, und dazu kommt noch das Einkommen als verantwortlicher Anwalt bei Grun. Glauben Sie nicht, die geben ihm einen Bonus dafür, daß er einen Nachlaß dieser Größenordnung in die Firma geholt hat?«

»Und?«

»Bennie, können oder wollen Sie mir nicht folgen?« Zwei Falten gruben sich in Gradys normalerweise glatte Stirn. »Marks Tod macht Sam reich. Kommt Ihnen dabei nicht der Gedanke an ein Motiv?«

»Das ist absurd, Grady!« Ich war zornig und fühlte mich stellvertretend für Sam beleidigt. »Das ist schlichtweg absurd.«

»Tatsächlich? Seien Sie bitte objektiv. Ich kenne Sam Fremінet nicht, habe ihn nur einmal getroffen, aber Geld ist ein überaus mächtiger Anreiz.«

»Sam, und Mark umbringen?« Ich schüttelte den Kopf. »Ausgeschlossen. Sam und Mark waren Freunde. Wir haben alle nach dem Studium zusammen bei Grun angefangen. Und Sam braucht das Geld nicht. Er ist Partner bei Grun, er scheffelt wahrscheinlich an die vierhundert Riesen im Jahr.«

»Wissen Sie das genau? Was hat er für Mandanten, wissen sie das?«

»Sam ist Konkursanwalt, und Gott und die Welt geht in Konkurs. Ich bin felsenfest überzeugt, er bekommt seinen Anteil am Geschäft.«

»Sie sind überzeugt, aber wissen Sie es mit Sicherheit? Wie steht's mit seinem Konto? Reiche Leute sind habgierig. Das liegt in der Natur der Sache.«

»Hören Sie auf, Grady. Sam hat sämtliche Spielzeuge, die er braucht. Im wahrsten Sinn des Wortes.« Ich lächelte bei dem Gedanken an die Plüschausführungen des Tasmanischen Teufels und von Pepe Le Pew. Dann fielen mir Dagobert Duck und seine Geldsäcke ein, und mir verging das Lächeln.

»Bennie, überlegen Sie doch.« Grady lud seine Bücher ab, stützte sich auf die Arme und lehnte sich über meinen Schreibtisch. »Sam kannte Marks Testament. So, wie es aussieht, war er der einzige, der Bescheid wußte. Sie behaupten, Sie seien alle drei Freunde gewesen, aber ich habe den Eindruck, Sam hatte zu Mark eher eine geschäftliche und zu Ihnen eher eine persönliche Beziehung. Stimmt das?«

»Ja, vermutlich, seit unserer Trennung.«

»Könnte Sam Mark ermordet haben, um ihm heimzuzahlen, daß er Sie verlassen hat? Und dabei obendrein einen Haufen Geld einsacken?«

»Undenkbar!« Ich lehnte mich in meinem Sessel zurück. »Sam Freminet ist die liebste Seele im ganzen Universum. Sie kennen ihn nicht. Vergessen Sie es. Netter Versuch, lausige Theorie.«

Herausfordernd hob Grady den Kopf. »Haben Sie Sam gesagt, daß Mark R & B auflösen wollte?«

»Sie meinen, nachdem Mark es mir gesagt hatte? Ich bin direkt zum Fluß gegangen.«

»Wissen Sie, wo Sam in jener Nacht war?«

»Ich weiß nie, wo er in der Nacht ist. Er geht häufig aus.«

Ich erinnerte mich an meinen Besuch bei Sam an jenem Tag in dessen Büro. »Aber er erzählte mir, daß einige unserer Mitarbeiter die Firma verlassen wollen. Wußten Sie darüber Bescheid?«

»Nur, daß Wingate unzufrieden ist, aber das haben Sie sicher selbst bemerkt. Glauben Sie, Mark hat Sam davon in Kenntnis gesetzt, daß er vorhatte, R & B aufzulösen?«

»Nein. Das hätte mir Sam gesagt.«

»Wirklich? Er hat Ihnen nichts von dem Testament gesagt, und er hat Ihnen nicht gesagt, daß er Marks Testamentsvollstrecker ist. Vielleicht kennen Sie ihn gar nicht so gut, wie Sie glauben.«

»Gut genug, um zu wissen, daß das alles verrückt ist, diese ganze Unterhaltung.«

Grady focht das nicht an, er setzte sich. »Ich würde Sam gern anrufen und fragen, wo er in jener Nacht gewesen ist.«

»Das werden Sie nicht tun.«

»Bennie, wir führen einen Wettlauf gegen die Uhr, Sie wissen, was Azzic gesagt hat. Er nimmt Sie fest, sobald er etwas gegen Sie in der Hand hat. Und was dann? In Philadelphia kann bei Mord keine Kaution gestellt werden. Sie wandern direkt ins Gefängnis.«

Blitzartig tauchte das Frauengefängnis in Muncy vor mir auf. Ich kannte es von Mandantenbesuchen und war jedesmal erleichtert, wenn ich beim Weggehen das Tor hinter mir zuschlagen konnte. »Wollen Sie mir Angst einjagen, Grady?«

»Gewiß doch.« Er lächelte, aber ich nicht.

»Okay. Gut. Aber wenn jemand mit Sam spricht, dann ich.«

»Ich möchte das gern übernehmen, als Ihr Anwalt.«

»Nein. Sie kennen Sam nicht. Er ist einer der nettesten Männer der Welt. Er arbeitet freiwillig bei der Aids-Hilfe mit. Er war sauer auf mich, weil ich einen Mandanten angenommen habe, der gegen die Aids-Forschung demonstriert hat. Er ...« Mitten im Satz verstummte ich. Bill Kleeb. Eileens Drohung gegen den Manager. Die Sache hatte ich vollkommen vergessen. Ich sah auf die Uhr. Neunzehn Uhr. Ich fragte mich, wo Eileen und Bill jetzt wohl sein mochten, ob sie wieder in ihrer Wohnung waren. Wenn ich bei Detective Azzic nichts erreichte, dann vielleicht bei ihnen. Ich stand auf und eilte zu meiner Tasche, um die Akte zu holen.

»Bennie? Was in Gottes Namen ist denn jetzt los?« fragte Grady verblüfft, als ich hin und her rannte.

»Ich muß noch einen Anruf erledigen.« Ich fand die Telefonnummer, die Bill mir gegeben hatte, und drückte die Tasten.

»*Jetzt?* Wir befinden uns mitten in einer Besprechung.«

Ich hob eine Hand, weil Bill Kleebs Stimme bereits durch die Leitung drang. »Können Sie mich heute abend um acht treffen? Es ist sehr wichtig.« Bill stimmte nur zögernd zu. Ich nannte ihm einen Treffpunkt und legte mit einem unbehaglichen Gefühl auf.

»Wer war das?« erkundigte sich Grady.

»Ein Mandant.« Ich steckte die Akte zurück und zog den Reißverschluß meiner Segeltuchtasche zu. »Ich muß weg. Wollen Sie mich hinausbegleiten?«

»Was für ein Mandant? Wohin gehen Sie?« Er stand auf.

»Zu einer Verabredung mit einem Mandanten, dem Tierschutzaktivisten, okay? Vielleicht kommt auch seine Freundin.«

»Warum?«

»Weil ich muß.«

Grady stemmte die Hände in die Hüften. »Bennie, ich bin Ihr Anwalt. Ich möchte soviel über Sie wissen wie die Polizei und die Presse. Nebenbei bemerkt, Sie sagten, den nächsten Machtkampf ließen Sie mich gewinnen.«

Ein Punkt für ihn. Ich hätte einem Mandanten, der sich so schlecht benommen hätte wie ich, eine Ohrfeige gegeben. »Ich will mich nur vergewissern, was los ist, sehen, wie es ihm geht.

Mehr kann ich Ihnen dazu nicht sagen, es ist vertraulich, und ich möchte Sie da nicht mit hineinziehen.«

»Sie sorgen sich um einen Mandanten, während man gegen Sie wegen Mordes ermittelt?«

Wir sahen einander an, und mir war nicht ganz wohl unter seinem Blick. »Ich sorge mich um alle meine Mandanten. Sie haben ja mitgekriegt, daß ich heute unzählige Anrufe erledigt habe.«

»Warum verdient dieser Mandant einen persönlichen Besuch?«

Weil ich wissen wollte, ob er und Eileen Feuerwerkskörper oder Sprengstoff hervorholen würden, aber das konnte ich Grady nicht sagen. »Er ist jung, noch ein Kind. Er braucht ein bißchen Hilfe. Extrahilfe.«

»Gut. Ich bin ein prima Extrahelfer, ich begleite Sie.« Er zerrte seine Anzugjacke vom Stuhl und warf sie sich, an einem Finger eingehakt, über die Schulter.

»Das geht nicht. Sie müssen die Stellung halten.« Ich öffnete meine Bürotür, aber Grady drückte mit einer Hand dagegen.

»Ich begreife das nicht.« Die grauen Augen hinter der Brille wirkten aufrichtig. »Ich weiß, wieviel Ihnen daran liegt, daß Marks Mörder gefunden wird, aber Sie kümmern sich den ganzen Tag um alles andere, nur nicht darum. Und jetzt laufen Sie weg. Weichen Sie der Sache nicht aus?«

»Ich muß noch einige Dinge in Ordnung bringen«, entgegnete ich, obwohl ich spürte, daß er recht hatte. Irgendwie war die Drohung gegen den Furstmann-Manager für mich zu einer vordringlichen Angelegenheit geworden. Vielleicht konnte ich einen Mord verhindern, im Unterschied zu einem anderen Mord, bei dem ich dazu nicht in der Lage gewesen war. Vielleicht war es auch nur zu schwer für mich, mich mit Marks Tod auseinanderzusetzen.

»Hallo?«

»Grady, wenn heute abend alles gutgeht, machen wir uns gemeinsam an die Lösung der Sache. Sie brauchen meine Hilfe, das kann ich Ihnen sagen.«

Er lachte. »Na sicher, ich brauche Ihre Hilfe. Ich weiß gar nicht, wie ich bisher ohne Sie zurechtgekommen bin. Wollen Sie Sam Freminet anrufen oder soll ich?«

»Ich rufe an.«

»Wären Sie auch so nett, darüber nachzudenken, wer sonst ein Motiv haben könnte, Mark umzubringen? War jemand wütend auf ihn? Eventuell frühere Mandanten, jemand in der Richtung?«

»Jawohl, Sir.«

Er grinste. »Der Ton gefällt mir.«

»Gewöhnen Sie sich bloß nicht zu sehr daran.«

»Keine Bange. Rufen Sie mich nach Ihrem Termin oder jederzeit, wenn Sie etwas brauchen, hier im Büro oder zu Hause an. Ich beschäftige mich mit den Alibis. Ich möchte wissen, wo die anderen Mitarbeiter gestern nacht zur Tatzeit waren.«

Es traf mich unvorbereitet. »Unsere Mitarbeiter? Lieber Gott.«

Plötzlich flutete helles, grelles Licht in mein Büro. Die Lampen der Fernsehleute auf der Suche nach lohnenden Filmmetern. Grady drehte sich zu den Fenstern, die trotz der einbrechenden Dunkelheit so hell erleuchtet waren wie um die Mittagszeit. »Ob sie Teleobjektive auf uns gerichtet haben?«

»Vermutlich. Sagen wir ihnen doch hallo.« Ich marschierte zum Fenster, Grady hinter mir her.

»Zeigen Sie Ihnen diesmal aber nicht den Stinkefinger«, mahnte er.

»Sie sind ein Spielverderber.« Ich schützte mit der Hand meine Augen vor dem gleißenden Licht und sah aus dem Fenster. Nur als schemenhafte Silhouetten vor den runden Lampen erkennbar, drängten sich unten auf der Straße die Reporter.

Gradys Blick überflog prüfend die Menge. »Der Erste Zusatzartikel bei der Arbeit.«

»Richtig. Die Hälfte von ihnen sind meine Mandanten in den Verleumdungsklagen. Ich verteidige ihr Recht auf Menschenhatz.«

»Passen Sie auf, was Sie sagen, ja?«

Ich schaute in das grelle weiße Licht und fragte mich, ob die nächste Szene, die das Scheinwerferlicht einfinge, meine Verhaftung wegen Mordes sein würde.

12

Sie saßen vor Pappbechern mit Wasser aus der Leitung und sahen hungrig aus. Wenn Sie sich mit Vegetariern zum Essen verabreden, dann tunlichst nicht bei McDonald's. Ich weiß nicht, was mir durch den Kopf ging, als ich ausgerechnet auf diese Örtlichkeit verfiel. Vielleicht Marks Tod, Detective Azzic oder das Muncy-Gefängnis. »Ich kann ein paar Pommes holen«, schlug ich etwas schlapp vor.

»Schon gut«, nuschelte Bill, der ein wenig auf Abstand zu Eileen saß. Falls sie sich versöhnt hatten, handelte es sich lediglich um einen halbherzigen Waffenstillstand. Er trug ein schlichtes weißes T-Shirt und Jeans. Seine Verletzungen verheilten nur langsam. Die Schwellung auf seiner Stirn war zwar zurückgegangen, aber die klaffende Wunde war noch deutlich zu sehen, und das Weiße in seinem linken Auge leuchtete immer noch blutrot.

»Wie wär's mit einem Fish Mac? Das ist kein Fleisch.«

Eileen rümpfte die Stupsnase. Sie war ganz nervöse Energie. Ihre Augen schweiften unentwegt durch das Restaurant, ihre Füße in den weißen Sandalen wippten unablässig. »Kein Fisch. Fische haben ein Gesicht.«

»Nicht mehr«, ließ ich mich vernehmen, aber niemand lachte. Lieber Gott, ich vermasselte alles. Ich trank einen Schluck Kaffee. Zumindest war er heiß, aber selbst das würde sich in Zukunft ändern, nachdem man das Unternehmen wegen Verbrennungen durch zu heißen Kaffee verklagt hatte. »Ich esse kein Kalbfleisch«, bemerkte ich, um Entgegenkommen zu demonstrieren, aber wieder wandte Eileen den Blick ab. Sie hatte mich noch kein einziges Mal offen angesehen. Zweifellos verzieh sie mir nicht, daß ich Bill zu seiner Schuldanerkenntnis überredet hatte.

»Sie sollten sich über Massentierhaltung informieren«, sagte sie beiläufig. »Rinder, Schweine, denen geht es keinen Deut besser als den Kälbern. Sie werden in winzigen Verschlägen aufgezogen und mit Antibiotika und Steroiden vollgestopft.«

»Mit Steroiden?« Ich legte meinen halbaufgegessenen Big Mac weg. Sollte ich noch weiterwachsen, wäre ich Alice im Wunderland.

»Das ist Gift, und dann noch die Bakterien. Das Zeug befindet sich im Fleisch und vermehrt sich. Zeug, das man nicht sehen kann.« Sie strich sich blauschwarze Haarsträhnen aus dem Gesicht, das hübsch sein könnte, wenn es nicht so hart wäre. Ihr Augen-Make-up war alles andere als dezent und ihr Stretchkleid ein Blickfang. Den Arm trug sie noch in der Schlinge, doch das war das einzige Souvenir ihres Zusammenstoßes mit der Polizei.

Ich wollte die Unterhaltung auf die Morddrohung lenken, ohne Bills Vertrauen zu mißbrauchen. »Bill erzählte mir alles von den Labors, Eileen. Sie müssen furchtbare Dinge mit angesehen haben.«

»Allerdings.«

»Sind die Labors bei Furstmann schlimmer als andere?«

Sie kratzte sich unter ihrem Gips. »Was geht Sie das an? Sie sind nicht einmal unsere Anwältin.«

Aua. »Ist dieser Typ mit dem albernen Aktenkoffer mein Nachfolger?«

»Was dachten Sie?« Sie lachte überheblich. Ihr Blick schweifte unentwegt durch das Restaurant. Ich wollte wissen, was es zu sehen gab, aber es war leer bis auf einen alten Mann, der in der gegenüberliegenden Ecke kettenrauchte. Der Ansturm zur Essenszeit war vorüber, niemand kam herein. Wonach hielt Eileen Ausschau? Schließlich begriff ich, daß es ihr nicht darum ging, etwas Bestimmtes zu sehen, sie wollte vielmehr gesehen werden.

»Wie sind Sie an diesen Anwalt gekommen, Eileen?«

»Celeste? Er kam auf mich zu. Er hat mich in den Nachrichten gesehen. Ich war auf allen Kanälen, sogar im Kabel.«

»Hat er Sie auf Kaution rausgeholt?«

»Er will die Stadt und die Polizei verklagen. Er sagt, wir könnten fünfhunderttausend rausholen, vielleicht noch mehr, und das allein aus dem Prozeß.«

Bill rutschte auf seinem glatten Stuhl herum. »Er hat gesagt, er hilft uns auch, die Tierversuche zu stoppen. Darum geht es uns.«

Eileen nickte. »Damit das ein für allemal ein Ende hat.«

Eine Gänsehaut überlief mich. Ich beugte mich vor. »Eileen, was Sie auch tun, es gibt nichts, was die Versuche beenden würde. Der Druck zur Entwicklung eines Mittels gegen Aids ist zu groß. Ich sagte zu Bill, ihr sollt euch gegen die Pelzindustrie wenden anstatt gegen die Pharmaunternehmen. Erinnern Sie sich, Bill?«

»Ja.« Bill nickte.

»Ich habe bei Furstmann Dunn gearbeitet. Ich habe gesehen, was sie gemacht haben«, beharrte Eileen.

»Aber die Öffentlichkeit ist im Moment nicht bereit, sich mit Tierversuchen auseinanderzusetzen, Eileen. Geht gegen die Pelze vor. Die Prominenten sind alle dagegen.«

»Die Prominenten? Wer denn?« Langsam rutschte sie auf die Stuhlkante vor, und zum ersten Mal flackerte in ihren Augen Interesse auf.

»Äh, Elle MacPherson.«

»Ich mag Elle. Sie spielt in Filmen mit, wie Rene Russo. Wußten Sie, daß Rene Russo Model war, bevor sie in diesem Film mit John Travolta mitgespielt hat? Sie bekommt viele Filmrollen.«

»Tatsächlich. Sie haben auf sich aufmerksam gemacht, bei all den Fernsehkameras und so weiter. Warum den errungenen Vorteil nicht nutzen und gegen die Pelzindustrie vorgehen? Ich weiß nicht, ob Bill es Ihnen gesagt hat, aber ich vertrete viele Radikale, viele Protestler.«

»Auch Berühmtheiten?«

Du lieber Gott. »Nein. Keine Berühmtheiten. Aber sie, also meine Mandanten, nutzen stets die Presse, wenn sich die Gelegenheit dazu ergibt. Dadurch können sie andere Leute auf ihre Seite ziehen, sich viele Anhänger verschaffen.«

»Anhänger?«

»Natürlich.«

Sie schwieg einen Moment. »Ich muß Sie etwas fragen.«

»Was denn?«

»Haben Sie Ihren Freund wirklich umgebracht?«

Es versetzte mir einen Stich tief in meiner Brust. »Nein.«

»Oh«, sagte sie. Ihr Fuß wippte.

»Sie, eine Mörderin? Wie kommen die bloß auf so was?« Hattie war in ihren Bademantel eingewickelt wie eine Havanna-Zigarre und hatte die Haare auf rosa Schaumstoffwickler gedreht. Sie war aufgeblieben und hatte auf mich gewartet. Sie sah erschöpft aus, ihre Haut glänzte fettig, und ihre dunkelumrandeten Augen lagen tief in den Höhlen. »Wie können die so etwas überhaupt denken?«

»Es sind Bullen. Die können alles denken.« Ich kraulte die schlafend unter dem Tisch liegende Bear und rührte meine x-te Tasse Kaffee um. Ich war müde, aber zufrieden, weil Eileen den Manager vergessen hatte.

»Die Bullen waren oben, müssen Sie wissen. Sie haben Ihre Wohnung auf den Kopf gestellt. Sie hätten die Tür aufgebrochen, wenn ich sie nicht daran gehindert hätte.«

»Tut mir leid. Ich hätte Sie warnen sollen, als ich anrief.«

»Die haben einen richtigen Saustall hinterlassen! Ich hätte versucht, alles wieder in Ordnung zu bringen, aber Ihre Mutter war völlig aus dem Häuschen.«

Mir sank das Herz. »Hat die Polizei sie belästigt? Hat sie die Polizisten zu Gesicht bekommen?«

»Ich habe sie beruhigt.« Hattie schob mir über den Tisch ein paar Papiere zu. »Das ist eine Liste der Dinge, die sie mitgenommen haben. Der Detective sagte, ich soll sie Ihnen geben.«

Ich schob die Liste beiseite. »Welcher Detective?«

»Keine Ahnung. Mieser Vogel, komischer Name.«

»Azzic?«

Sie nickte.

»Was ist mit Mom?«

»Sie ist im Bett, seit zehn Uhr. Sie hat kein Auge zugemacht. Ist denen denn nicht klar, was sie Ihnen antun?«

»Das ist denen egal. Hat sie gegessen?«

»Das sollte denen aber nicht egal sein! Das war heute das reinste Tollhaus hier! Dieser Detective hat andauernd Fragen gestellt. Die Polizei wollte sogar Ihren Wagen durchsuchen. Der Hund hat gebellt, den ganzen Tag hat das Telefon geläutet. Dann kam noch eines der Mädchen aus Ihrem Büro mit einem Karton voller Zeug vorbei und hat ihn hinaufgetragen. Ein schwarzes Mädchen.«

»Renee Butler?«

Wieder nickte sie und rieb sich gereizt die Stirn. »Was für ein

Tag. Zur Essenszeit schwirrten Reporter vor der Tür herum. Ich ging hinaus und machte ihnen Beine! Sie nannten Sie eine Mörderin!«

»Das werden sie weiterhin tun, bis ich das Gegenteil beweisen kann.«

»Sie, mit Ihrer Ruderei! Darum sind Sie in den ganzen Schlamassel hineingeraten!«

»Nicht direkt ...«

»Ich habe Ihnen immer gesagt, Sie sollen das bleibenlassen. Sie hören nicht auf mich, Sie hören auf niemanden. Was gibt es Idiotischeres, als ein idiotisches Boot zu rudern!«

Ich konnte fast zusehen, wie Hatties Blutdruck stieg. »Warum regen Sie sich so auf? Wegen meiner Mutter? Das ist nicht nötig, ich habe ein Treuhandkonto für sie eingerichtet. Falls mir irgend etwas zustößt, ist genug da, damit sie versorgt ist, und Sie ...«

»Ich?« Plötzlich schlug mich Hattie mitten ins Gesicht.

»Hattie, herrje! Warum tun Sie das?« Ich sprang auf, mehr aus Schock denn vor Schmerz, aber Hatties Gesicht sah man an, daß sie tief verletzt war.

»Dummkopf! Wie kann ein so kluges Mädchen nur so verdammt dumm sein?! Ich mache mir Sorgen um *Sie*! Nicht um mich! Nicht um Ihre Momma! Um Sie!«

»Benedetta?« drang eine beunruhigte Stimme aus dem Schlafzimmer meiner Mutter. »Benedetta!«

»Ma?« Ich reagierte automatisch und ging an Hattie vorbei zum Zimmer meiner Mutter. Ich öffnete die Tür, und sofort stieg mir das penetrante Rosenwasser in die Nase. Es war erstickend, ein tätlicher Angriff. Plötzlich packte mich die Angst. Panik. Ich eilte zum Fenster und riß es auf. Die kühle Nachtluft bauschte die leichten Vorhänge.

»Mach das Fenster zu!« jammerte meine Mutter. »Mach das Fenster zu!«

»Schsch, es bleibt offen. Da draußen ist niemand. Leg dich hin.« In der frischen Luft atmete ich leichter. »Hör auf, dich ständig zu beunruhigen. Alles ist in Ordnung.«

»Hast du das Geschirr abgespült? Spül ab, Bennie.«

»Es ist alles gespült.«

»Spül ab. Spül ab.«

»Es ist alles erledigt, Ma. Hattie hat es gemacht.« Ich ging zu ihrem Bett, nahm ihre Hand, die sich in meiner kraftlos und warm anfühlte, und strich ihr eine feuchte Locke aus der Stirn.

»Wasch das Geschirr ab. Das Geschirr steht in der Spüle.«

»Hattie hat abgespült. Sie hat das Geschirr weggeräumt. Es ist alles erledigt. Wie fühlst du dich?«

»Es ist dunkel.« Sie versuchte sich aufzusetzen und ließ sich wieder in die Kissen sinken. »Es ist spät. Du mußt nach Hause. Geh heim. Geh heim.«

»Ich bin zu Hause. Hattie hat mir gesagt, du hättest heute ein bißchen Suppe gegessen. Das ist gut.«

»Es ist dunkel. Es ist dunkel. Spül das Geschirr. Gib mir ein Kleenex.«

»Wie fühlst du dich?« Ich setzte mich auf das alte, unter meinem Gewicht laut quietschende Bett. Noch etwas, was ich auf keinen Fall auswechseln durfte.

»Gib mir ein Kleenex. Ich brauche ein Kleenex.«

»Du brauchst kein Kleenex, vergiß das Kleenex. Hast du heute wirklich zu Mittag gegessen? Ein bißchen Suppe?«

»Ich brauche es, ich brauche es. Es ist dunkel.« Ihre Stimme wurde lauter und dünner vor Angst. »Ich brauche es. Ich brauche es. Ich brauche es.«

»Schon gut, beruhige dich.« Ich zog ein Kleenex aus der Schachtel auf ihrem Nachttisch, und sie riß es mir aus der Hand, knüllte es zusammen und preßte es wie ein pulsierendes Herz. Nicht lange, und sie würde es zerreißen und mit den Fetzen herumspielen und diese in die Taschen ihres Nachthemds schieben. Der Rest wanderte unter die Chenilledecke und in ihren Kissenbezug. »Besser so, Ma? Freust du dich, daß du dein Kleenex bekommen hast?« Ich konnte die Gereiztheit in meiner Stimme nicht unterdrücken. Sie verbrauchte jeden Tag eine Schachtel Kleenex, obwohl Hattie die Familienpackung kaufte. Wir bräuchten eine Sondergröße für verrückte Familien.

»Lies mir vor. Lies mir vor. Lies mir vor. Es ist dunkel.«

»Okay, gut.« Ich zog einen Holzstuhl ans Bett, streifte im Dunkeln die Pumps von den Füßen und steckte meine Füße in den offenen Kasten des Nachttischs.

»Lies mir vor. Lies mir vor. Lies mir vor.«

»Beruhige dich. Es ist alles in Ordnung, Ma. Leg dich hin, dann lese ich dir vor.« Ich machte das Licht nicht an und belastete mich nicht mit einem Buch, dazu bestand kein Anlaß. Ich erzählte ihr jeden Abend einfach von Anfang bis Ende, wie mein Tag verlaufen war. Ich hatte keine Ahnung, warum ich das tat, und bildete mir auch nicht ein, ich würde zu ihr durchdringen. Ich erzählte es ihr, als sei es ein Roman, und mit der Zeit wurde sie müde und döste ein. Das ging jeden Abend so, seit sie komplett übergeschnappt war, das heißt, fast so lange, wie ich mich erinnern kann. Für die seitdem verbrauchten Kleenex hatte man garantiert ein Territorium in der Größe des gesamten pazifischen Nordwestens abholzen müssen.

»Lies mir vor. Lies mir vor. Lies mir vor.« Sie begann das Kleenex zu zerfetzen. »Gleich. Gleich. Gleich.«

»Gut, also heute erfuhr sie, daß der Mann, den sie liebte, umgebracht wurde«, begann ich und erzählte die ganze Geschichte. Sie murmelte ständig vor sich hin und hörte überhaupt nicht zu, und wenn ich ehrlich sein soll, ich hörte ihr auch nicht zu.

Ich dachte an Hattie.

Später stand ich mit Bear mitten in meinem Wohnzimmer und hörte Sams besorgte Stimme auf meinem Anrufbeantworter. Er hatte fünfmal angerufen, um zu hören, wie es mir geht, seine Nachrichten wechselten mit Anrufen von Reportern ab. Ich konnte Sam jetzt nicht zurückrufen. Fassungslos begutachtete ich die von Hurrikan Azzic angerichteten Schäden.

Die Wohnung war unordentlicher, als es selbst mir lieb war. Bücher waren von den Regalen heruntergeworfen und auf dem Teppich verstreut worden. Der Inhalt einer Schublade lag ausgekippt auf dem Couchtisch vor dem Fernseher, und der Stapel CDs war durchwühlt. Die Sofakissen lagen in einem Durcheinander auf dem Boden neben der Fernbedienung. Zumindest war es den Bullen gelungen, die Fernbedienung zu finden. Sie mußte in der Couch gesteckt haben. Sie steckte immer irgendwo in der Couch.

Ich stieg über das Chaos hinweg und ging in die Küche, Bear neben mir. Auf allen Arbeitsflächen stapelten sich Töpfe und Pfannen. Eine offene Schachtel Müsli lag achtlos auf der Seite, und die Küchenschubladen standen offen. Von allen Oberflächen und Schranktüren hatten sie Fingerabdrücke genommen. Wonach haben sie gesucht? Mark hat nie hier gewohnt, er hatte immer seine eigenen vier Wände. Warum haben sie das getan? Weil es in ihrer Macht stand.

Am schlimmsten sah das Schlafzimmer aus. Ich stand in der Tür und verschaffte mir erst einmal einen Überblick. Meine Bettwäsche war abgezogen worden, und auf der Matratze prangte gut sichtbar ein alter Menstruationsfleck von der Größe einer Kalbsleber. Großer Gott. Ich konnte mir vorstellen, wie die Bullen ihre Witze rissen.

Ich ging zu meiner Kommode. Die Schublade mit meiner Unterwäsche war ein totales Chaos, unbefugte Hände hatten sie durchstöbert. Auch sämtliche andere Schubladen waren durchsucht worden. Pullover und T-Shirts lagen durcheinander; Strumpfhosen und Socken hingen ineinander verwickelt halb auf den Boden. Ruderzeug war über Bord geworfen worden. Meine Fotos von Mark waren verschwunden, ebenso seine Liebesbriefe aus der Anfangszeit und die Valentinskarten. Sogar mein Diaphragma blieb unauffindbar. Phantastisch. Beweisstück A.

Ich ging durch die Trümmerlandschaft zum Schrank hinüber, in dem es genauso aussah. Hosenanzüge und Kostüme waren herausgerissen worden, sogar meine Seidenkleider waren auf dem Boden gelandet. Meine Schuhe türmten sich auf einem Haufen. Der absolute Alptraum, selbst für einen schlampigen Menschen.

Seufzend zog ich meine Pumps aus und trottete ins Badezimmer. Ein Glas Lancôme-Feuchtigkeitscreme stand offen, ein neugieriger Finger hatte in der teuren Creme gerührt, und die Zahnpastatube war ausgedrückt, nur noch ein türkisfarbener Schnörkel war übrig. Die Tür zum Medizinschränkchen war angelehnt; die Packungen von Aspirin und anderen Tabletten waren geöffnet und höchstwahrscheinlich inspiziert worden. Ich ließ mich auf den Toilettensitz plumpsen und zog die Papiere aus meiner Jackentasche; ein Durchsuchungsbefehl, eine Liste dessen, was beschlagnahmt worden war, und eine Erklärung über hinreichenden Tatverdacht. An derart lange Affidavits erinnerte ich mich aus der guten alten Zeit. Aber jetzt stand mein Name oben auf der Seite.

Bear ließ sich auf die kalten Bodenfliesen sinken und sah mich fragend an, deshalb las ich laut vor: »Briefe und Korrespondenz, Personal Computer und Disketten, Büromaterial, Ordner mit Haushaltsabrechnungen und ähnlichem, Kleidungsstücke.« Ich nahm an, letzteres bezog sich auf die Sachen, die ich am Tag von Marks Ermordung getragen hatte. Wegen der Faserproben. Dazu noch die Kleidungsstücke aus dem Wäschekorb. Was das angeht, setzt die Polizei sowohl auf

Beweissicherung als auch auf die Schockreaktion. Im wahrsten Sinne des Wortes schmutzige Wäsche durchwühlen.

Die Liste ging weiter. »Schuhe und Turnschuhe, Mäntel und Jacken, Schmuckstücke, im einzelnen nachfolgend aufgeführt«, und dann kam eine Aufzählung jedes Schmuckstücks, das ich besaß, wovon allerdings die meisten meiner Mutter gehörten. Sie hatten sogar ihren Verlobungsring mitgenommen, einen Diamantsplitter von einem Mann, der nicht bis zur Hochzeit geblieben war.

»Verdammt noch mal.« Ich warf die Papiere auf den Badezimmerboden, und sie landeten direkt neben einem großen schwarzen Fleck.

Noch mehr schmieriges Fingerabdruckzeug. Mit den Augen folgte ich der Schmutzspur bis zur Badewanne, wo die Bullen weitere Fingerabdrücke und wahrscheinlich auch Proben meiner Kopf- und Schamhaare genommen hatten. Wundervoll. In diesem Stadium wußte die Polizei besser Bescheid über mein Fortpflanzungssystem als ich. Ich stützte das Kinn in die Hand. Der Denker, auf dem Topf.

Bear trottete herüber, drehte sich um und stieg mit einer ihrer kräftigen Krallen auf meinen Zeh. Dann wandte sie den Kopf und lächelte mich an, fast von rückwärts. Irgendwann wird sie dahinterkommen, daß es einfacher ist, jemanden anzusehen, wenn man ihm von Angesicht zu Angesicht gegenübersteht. Ich kraulte das karamelbonbonfarbene Fellbüschel hinter ihren Ohren, und sie ließ sich träge auf den Boden sinken, bettete den Kopf zwischen die Pfoten und streckte sich aus, so daß sie aussah wie eine Badematte. Ihre Augen hielt sie unverwandt auf mich gerichtet, und diese braunen Murmeln fragten: Also, wirst du nun aufräumen oder in Selbstmitleid versinken?

»Ich räume auf, okay?«

Zufrieden schloß Bear die Augen.

Ich erhob mich von der Toilette, fand im Chaos den CD-

Player, legte Bruce Springsteens größte Hits auf und machte mich an die Arbeit. Ich jaulte im Duett mit Bruce und widmete mich hingebungsvoll meiner Arbeit, doch irgendwann kam ein Song, der mir das Singen verleidete. Ein Song, der mich zwang, mich auf den Boden zu setzen und mit dem zu befassen, was passiert war.

»Murder, Incorporated.«

Mark war tot. Jemand hatte ihn umgebracht. Tief in meinem Innern war Schmerz, aber draußen war sein Mörder. Jemand, der atmete, obwohl Mark nicht mehr atmete. Es war ungerecht. Widerwärtig. Ich wußte, was ich zu tun hatte.

Ich mußte Marks Mörder finden.

13

Früh am nächsten Morgen ging ich in der Wohnung meiner Mutter vorbei und stand, die Aktentasche in der Hand, in der Tür, als wäre ein ganz normaler Tag und als gäbe es immer noch eine Anwaltskanzlei, die ich leiten müßte. Hattie, fertig angezogen, aber noch mit Lockenwicklern in den Haaren, schwenkte die Kaffeekanne in der Spüle aus. Sobald ich weg war, bearbeitete sie ihre Haare mit einer alten Lockenschere, und der beißende Gestank waberte durch die Wohnung und regte meine Mutter auf, was mich wieder zwei Schachteln Kleenex kosten würde. Ich neckte Hattie immer damit, aber nicht an diesem Morgen.

»Hattie, ich habe nachgedacht über das, was Sie gesagt haben. Ich denke, daß Sie, was Mom angeht, recht haben. Soll ich den Arzt anrufen?«

»Nein, das mache ich schon.« Wieder und wieder wusch sie die Kanne aus und hielt mir eisern den Rücken zugekehrt. Auf ihrem Hemd stand I'M A WINNER!, und auf einem Schulterblatt prangten rote Karos. »Ich habe genug Zeit.«

»Ich kann es wirklich machen.«

»Sie haben zuviel zu tun. Sie müssen Ihre Wohnung wieder in Ordnung bringen.«

»Ich habe gestern nacht aufgeräumt.«

»Alles? Ich habe die Musik gehört, aber irgendwann bin ich eingeschlafen.«

»Es ist alles erledigt.«

»Ich rufe wegen Ihrer Momma an. Ich möchte es gern tun.«

»Sind Sie sicher?«

»Ganz sicher.«

Wir sprachen eigentlich nicht über den Anruf, wir versöhnten uns. Zumindest versuchten wir es, so gut es ging, ohne daß wir die entscheidenden Worte aussprechen oder einander in die Augen sehen mußten. »Falls die Termine sehr früh morgens sind, wie wollen Sie das schaffen? Sie müßten enorm früh aufstehen.«

»Ich bin ohnehin auf. Macht gar nichts.«

»Ich werde Ihnen helfen, sie fertigzumachen.«

»Das kann ich schon. Ich habe sie für das Krankenhaus fertiggemacht, ich kann es auch für die Elektroschocks.« Endlich drehte sie den Wasserhahn ab und stellte die Glaskanne in die Kaffeemaschine. Nach wie vor wandte sie mir den Rücken zu, und ich wollte weg sein, bevor sie sich umdrehte. Ich wollte ihr nicht ins Gesicht sehen, denn ich erstickte inzwischen fast daran, ihr nicht sagen zu können, was gesagt werden mußte. Unvermittelt drehte sie sich um. Die dunklen, sorgenvollen Augen auf mich gerichtet, sagte sie: »Einen schönen Tag noch.«

Danke, daß du mich gestern abend geschlagen hast, Hattie. Ich bin noch nie vorher geschlagen worden. Niemand hat gemerkt, wie dumm ich sein kann oder wie unbedacht meine Worte sein können.

»Ihnen auch, Hattie«, erwiderte ich und ging.

Ich war so früh bei Ächz & Stöhn, daß die Empfangsdame auf Sams Stockwerk ihren Dienst noch nicht angetreten hatte. Ich eilte an den verlassenen Arbeitsplätzen der Sekretärinnen vorbei und ignorierte die Mitarbeiter, die seit Tagesanbruch in der Firma waren und sich zeigten, um für ihren Arbeitseifer Anerkennung einzuheimsen. Ich hätte es bei Grun nie zu etwas gebracht. Wenn ich sehr zeitig ins Büro gehe, will ich arbeiten. Sam war genau wie ich, er werkelte bereits mit voller Kraft, als ich in sein Büro platzte. Sein englischer Maßanzug beugte sich über Zahlentabellen.

»*Bennie!* Wo bist du gewesen? Wie geht es dir?« Bei meinem Anblick sprang er auf und kam um den Schreibtisch, um mich zu umarmen.

»Sam.« Ich schlang die Arme um ihn. Seine Umarmung war tröstlich, obwohl er so modisch mager war.

»Ich habe die ganze Nacht kein Auge zugetan.« Noch einmal drückte er mich an sich. Aus der Nähe sah ich, daß seine Augen rotgerändert waren und seine Haut bleich war. Er sah nervös aus, ungesund. »Kannst du glauben, daß Mark tot ist?«

»Nicht wirklich.«

»Warum hast du mich nicht zurückgerufen? Ich habe mir solche Sorgen gemacht. Ich bin zu Hause geblieben und habe gewartet.«

»Tut mir leid, ich mußte aufräumen.«

»Was? Du? Setz dich und erzähl mir, was los ist.« Er drückte mich in den Schwingsessel vor seinem Schreibtisch und zog einen zweiten für sich heran. »Soll ich dir Kaffee bringen?« Er deutete auf den Kater-Sylvester-Becher.

»Nein, danke.« Der Kaffee bei Grun war noch schlechter als meiner.

»Ich kann es einfach nicht glauben.« Sam schüttelte unentwegt sein gepflegtes Haupt. »Mark ermordet, und du unter Verdacht. Aber du brauchst dir keine Sorgen zu machen, ich habe bereits alles organisiert. Ich höre heute schon mittags auf zu arbeiten und nehme mir ein paar Tage frei. Ich sage alle Termine ab, alle. Ich möchte dir helfen.«

»Danke.« Sam war für mich da, er war immer für mich dagewesen. Manchmal dachte ich, wir zwei hätten niemanden außer einander, eine Freundschaft zwischen Außenseitern.

»Du brauchst mir nicht zu danken. Also, hör zu, ich habe bereits mit jemandem gesprochen, der dich vertreten könnte.«

»Ich habe einen Anwalt, Sam. Ich nehme Grady Wells.«

Er blinzelte. »Kenne ich den?«

»Einer unserer Mitarbeiter. Der Referendar vom Obersten Bundesgericht.«

»Der Blonde, der mit dir im Fernsehen war? Er ist niedlich, aber ist er auch ein guter Strafverteidiger?«

»Ja, und vergiß, daß er niedlich ist. Er hat eine Freundin, zumindest hatte er eine.«

»Kapiert. Alle, die was taugen, sind entweder verheiratet oder hetero.«

»Beherrsch dich.« Trotz meiner gegenwärtigen Stimmung lächelte ich, und auch er lächelte.

»Wie kann ich dir helfen? Soll ich dich bei deinen vielen laufenden Fällen unterstützen? Ich glaube, ich kann immer noch Unterlagen für einen Prozeßanwalt zusammenstellen.« Er fuhr sich mit einer seiner kleinen Hände durch den fedrigen Haarschnitt, aber die Haare waren nicht üppig genug, um sich hochzustellen. »Ich habe keine laufenden Fälle. Meine Mandanten möchten keine Mörderin als Rechtsanwältin, in dieser Hinsicht sind sie sehr konservativ. Ich bin raus aus dem Geschäft.«

»Was?« Sam schien zu erschrecken. »Kein R & B mehr?«

»Du hast es erfaßt.«

Ungläubig schüttelte er den Kopf. »Und was ist mit Marks Beerdigung? Was ist damit?«

»Ich glaube nicht, daß ich da viel tun kann angesichts der

Lage, in der ich mich befinde. Vielleicht solltest du dich darum kümmern, falls Eve es nicht schon getan hat. Ich habe gestern daran gedacht.«

»Ich organisiere alles, keine Sorge. Eine schöne Trauerfeier. Glaub mir, ich kann eine Trauerfeier planen.« Er lächelte traurig, seine Schultern sanken herab. »Hast du darüber nachgedacht, wer ... es getan haben könnte?«

»Ich fange gerade damit an.« Mir fiel der Zweck meines Kommens ein. »Die Bullen glauben, ich sei es gewesen. Wegen Marks Testament. Warum hast du mir nicht gesagt, daß er ein Testament hat, Sam?«

»Tut mir leid, das ging nicht. Es war vertraulich.« Er schluckte schwer, und sein Adamsapfel zuckte sichtbar in seinem mageren Hals. »Außerdem dachte ich, Mark würde es dir sagen. Es war seine Sache.«

»Warum hast du Marks Testament aufgesetzt?«

»Er hat mich darum gebeten.« Sam lehnte sich in seinem Sessel zurück. »Als R & B größer wurde, begann Mark, sich Gedanken über die Zukunft zu machen. Gleich nach dem Tod seiner Eltern sagte er, er müsse ein Testament machen. Er sprach von der Größenordnung des Vermögens und fragte mich, ob ich bei Grun einen guten Anwalt für Nachlaßsachen kenne. Ich sagte ihm, ich könne es übernehmen.«

»Ich wußte nicht, daß du dich mit Erbschaftsangelegenheiten befaßt, noch dazu mit solch großen Vermögen.«

»Aber natürlich. Vermögens- und Nachlaßsachen, ein paar Steuersachen, sogar ein paar Unternehmen. Es gefällt mir, ordentlich Umsatz zu machen, und eine so große Erbschaft fällt einem nicht jeden Tag in den Schoß. Warum sollte ich das einem anderen überlassen? Bin ich blöd?«

Gradys Verdacht ging mir durch den Sinn. »Aber hast du dieses Geschäft wirklich gebraucht, Sam? Ich dachte, du hast jede Menge Mandanten.«

»Das schon, aber es können gar nicht genug sein. Ich habe mir meine eigene Praxis aufgebaut. Eine Firma in der Firma, eine kleine Anwaltspraxis. Begleite die Mandanten von der Gründung bis zum Konkurs – von der Wiege bis zur Bahre –, und dann regle die Nachlaßangelegenheiten der Chefs.«

»Ist das ein einträgliches Geschäft?«

»Worauf du dich verlassen kannst. ›Ich bin der härteste, zäheste, machomäßigste *hombre,* der je den Rio Grande überschritten hat – ich bin kein Muttersöhnchen.‹ Bugs Bunny reitet wieder, 1948.«

»Wußtest du, daß Mark dich zum Testamentsvollstrecker bestimmen würde?«

Sein Lächeln verschwand. »Verdammt, Bennie. Wir sind Freunde, deshalb halte ich mich im Zaum und frage dich, worauf du anspielst. Jagen wir Häschen oder was?«

»Ich spiele auf gar nichts an. Ich frage nur.«

»Beschuldigst du mich des Mordes, obwohl wir seit weiß Gott wie lange Kumpel sind?«

Ein wenig Schuldgefühl machte mir zu schaffen. »Nein, natürlich beschuldige ich dich nicht, Sam. Aber ich muß mit dir darüber sprechen.«

»Mit mir? Warum?«

»Grady verdächtigt dich. Er wollte dich anrufen, aber ich hielt es für besser, dich selbst zu fragen.«

Sams Gesicht lief rot an, und sein Mund verzog sich bitter. »Grady glaubt also, ich hätte meinen besten und ältesten Freund umgebracht? Was soll das, lassen sie heute jeden Idioten bei Gericht zu? Bei wem, zum Teufel, war er Referendar? Bei Clarence Thomas?«

»Er verfügt über einen scharfen Verstand, Sam, und er versucht, mir zu helfen.«

»So scharf kann sein Verstand auch wieder nicht sein. Warum, um alles in der Welt, sollte ich Mark umbringen?«

»Wegen des Honorars als Testamentsvollstrecker? Wegen des Anwaltshonorars?« Ich kam mir vor wie ein Trottel, als ich das sagte. Sam wirkte völlig perplex.

»Komm schon, Mädchen! Ich brauche Honorare so dringend wie jeder Anwalt, aber ich würde Mark deshalb nicht *umbringen*. Ich würde *niemanden* deswegen umbringen.«

»Grady meint, es gäbe auch ein Honorar für den Treuhänder. Alles in allem geht es wohl um eine Million Dollar.«

»Und? Fragst du mich das im Ernst?« Seine Augen wurden schmal, aber ich befahl mir, mich nicht vom Kurs abbringen zu lassen.

»Bringen wir das doch einfach hinter uns, Sam. Wenn wir Freunde sind, können wir auch über alles reden.«

»Wir sind Freunde, und deshalb kannst du mich beleidigen? Bennie, hör mal, ich brauche das Geld nicht, ich habe jede Menge Geld. ›Ich bin reich! Ich bin wohlhabend! Es geht mir nicht schlecht‹, würde Dagobert sagen. Ich muß keinen Freund umbringen, um ein Honorar einzustreichen.«

»Das dachte ich mir.« Ich machte einen Rückzieher, aber er beugte sich zornig vor.

»Du willst Einzelheiten wissen, ich gebe dir Einzelheiten. Ich habe meine Eigentumswohnung in der Manchester Street. Mein Erstgeborener, der Porsche Carrera, wird nächste Woche ein Jahr alt, und ich habe ihn bar bezahlt. Ich mache nur einmal im Jahr Urlaub, und zwar in South Beach, und ich muß niemanden unterstützen außer diesen kubanischen Kellner aus dem The Harvest. Nebenbei, in der fraglichen Nacht war ich bei ihm. Falls du das nachprüfen möchtest, gebe ich dir gern seine Nummer.«

»Nein, ich wollte nicht persönlich werden ...«

»Was meine Aktiva angeht, die, wie Ramon sagt, das Beste an mir sind, ich verdiene dieses Jahr fast vierhunderttausend, ohne die Prämie für den First-Federal-Konkurs. Mein Kapital steckt in elf Investmentfonds und ein paar sehr munteren Tech-Aktien.«

»Okay, Sam. Ich bin im Bilde.«

»Ich muß trotzdem ein Geständnis ablegen.« Wie zum Schwur hob er eine Hand. »Ich gestehe, ich stecke zu dick in Microsoft, aber ich stehe so sehr auf Bill Gates, daß ich ihn fressen könnte. Kannst du mir daraus einen Vorwurf machen?«

»Sam ...«

»Bis auf diese Haare. Wenn er die ab und zu mal waschen würde, wäre ich wie der Blitz in Redmond.«

»Sieh mal, es tut mir leid. Wirklich. Genug jetzt. Verklag mich. Erschieß mich.«

»Entschuldigung angenommen«, antwortete er schroff. Er lümmelte in seinem Sessel, aber er sah nicht aus wie sonst. Oder vielleicht sah er mich nicht an wie sonst.

Ich fragte mich, ob er das je wieder tun würde.

14

Grady hatte mir eine erstaunlich gute Tasse Kaffee in die Hand gedrückt und sich mit mir und der großen Tafel, die wir zur Beweisführung in einer Geschworenenverhandlung verwendeten, in meinem Büro verbarrikadiert. Die Tafel ruhte auf einer Staffelei, und auf ihr standen die Namen sämtlicher Mitarbeiter von R & B. Links daneben waren mit Markierstift Kästchen aufgemalt. Auf den ersten Blick sah ich die Ergebnisse von Gradys Recherchen, trotzdem wollte er es sich nicht entgehen lassen, mir alles zu erläutern.

»Hören Sie auch zu, Bennie?« fragte er. Den langen Zeigestock mit der Gummispitze schwingend, erinnerte Grady mit seinem gedeckten violetten Schlips und dem frischen weißen Hemd eher an einen Vorschullehrer denn an einen Anwalt.

»Selbstverständlich höre ich zu«, antwortete ich, aber das entsprach nicht der Wahrheit, denn ich hatte bereits meine eigene Tafel im Kopf. Ich brauchte ihn für das juristische Finale, nicht hierfür. Ich war es, die Marks Mörder finden mußte.

»Sie machen nicht den Eindruck, als ob Sie zuhörten.«

»Doch, doch. Ich werde eine brave Angeklagte sein, das verspreche ich.« Ich lächelte in der Hoffnung, überzeugend zu wirken, und trank noch einen Schluck Kaffee. Ich fühlte mich besser, seit ich Sam als Mordverdächtigen ausklammern konnte. Auch der Kaffee schmeckte mit jedem Schluck besser. »Wer ist dafür verantwortlich? Prima.«

»Ich bin dafür verantwortlich. Ich habe alle am Telefon ins Kreuzverhör genommen. Mein letztes Telefonat, das war das mit Renee Butler, war um halb zwei beendet. Nur zu Wingate bin ich rübergegangen und habe persönlich mit ihm gesprochen. Er ist wirklich völlig durcheinander.«

»Warum? Er konnte Mark nicht einmal leiden. Außerdem habe ich den Kaffee gemeint. Wer hat den gemacht?«

»Ich. Sehen Sie sich das an.« Er zeigte auf Jennifer Rowlands Namen. »Jenny behauptet, sie habe in der Nacht von Marks Ermordung zu Hause den Schriftsatz in der Latorno-Sache überarbeitet. Sie sagte, in Ihrem Auftrag, weil Sie die Unterlagen nächste Woche bräuchten. Stimmt das?«

»Ja. Haben Sie den Maxwell-House-Kaffee genommen?«

»Den, der da war.« Akribisch malte er ein Häkchen in das leere, mit ALIBI überschriebene Kästchen. »Ich will mir noch Jennys Aufzeichnungen über ihre Arbeitszeiten ansehen, obgleich sie da manipulieren könnte.«

»Sie wäre nicht die erste Anwältin, die dichtet.« Ich wollte ihn fragen, wieviel Wasser er genommen hatte, aber es erschien mir sinnlos. Die Kaffeemaschine im Büro war eine Bunn, die zu Hause eine Krups; sie sprachen nicht die gleiche Sprache, die eine englisch, die andere deutsch, sie würden nicht die gleichen

Kommandos verstehen. Zumindest nicht, wenn ich die Sprache spreche.

»Amy hier«, fuhr er fort und deutete auf die Zeile AMY FLETCHER, »war mit Jeff Jacobs zusammen. Beide haben somit ein Alibi. Sie gehen miteinander, wußten Sie das?«

»Ja.«

Entschlossen malte er HÄKCHEN bei FLETCHER und JACOBS. »Sie könnten mich beide angelogen haben, aber das glaube ich nicht. Wingate behauptet, er habe im Internet gesurft und sei im Chatroom von Grateful Dead gelandet. Wußten Sie, daß er mit den Teenagern chattet und denen erzählt, er sei Jon Bon Jovi?«

»Wahnsinn. Und diesen kleinen Jungen bezahle ich?«

»Er behauptet, in der Nacht, in der Mark umgebracht wurde, sei er früh um zwei aus dem Internet. Ich würde mir gern die entsprechenden Daten von AOL ansehen, aber Wingate hat zwei Mitbewohner, und die könnten an seiner Stelle aus dem Internet rausgegangen sein.« Er machte ein Fragezeichen im WINGATE-Kästchen, neben einem »WW« in Renee Butlers Kästchen.

»Was bedeutet das WW da, bei Renee?«

»Weight Watchers. Zuerst wollte sie nicht mit der Sprache heraus. Sie hat Eve mitgenommen, damit sie mal aus dem Haus kommt. Eve leidet sehr unter Marks Tod, müssen Sie wissen. Sie ist überzeugt, daß Sie es getan haben.«

Es versetzte mir einen Stich, doch ich schüttete schnell mein wohlschmeckendes Gebräu hinunter. »Was für einen Filter benutzen Sie, Grady?«

Er seufzte, sein Blick wanderte die Tafel auf und ab. »Das wären alle. Alle haben sie ein Alibi, aber das von Wingate muß ich noch genau überprüfen.«

»Bis auf die Sekretärinnen und Marshall. Haben Sie Marshall angerufen?«

»Marshall? Sie verdächtigen Marshall?« Überrascht funkelte er mich hinter seinen Brillengläsern hervor an.

»Nein, bis jetzt verdächtige ich niemanden. Ich lasse mir Zeit, bis ich mit dem Finger auf jemanden zeige, besonders jetzt. Sagen Sie mir, welche Filter Sie nehmen. Ich wette, Sie haben die braunen genommen.«

Seine Augen weiteten sich frustriert. »Du lieber Gott, Sie sind wirklich die merkwürdigste Frau, die mir je untergekommen ist! Ich konnte die Filtertüten nicht finden, deshalb habe ich ein Papiertuch genommen, okay?«

»Ein *Papiertuch*? Geht das denn überhaupt?«

Er senkte den Zeigestock, und ich zog es vor, den Mund zu halten und nicht mehr über den Kaffee zu reden. Ich ließ ihn weitermachen, alles wiederholen und mit dem Zeigestock zeigen. Als er mit seinem Vortrag zu Ende war, ging er nachsehen, ob Marshall inzwischen da war. Und ich wandte mich dem entscheidenden Punkt zu. Dem Computer.

Er stand direkt vor mir neben meiner traumatisierten Grünpflanze. Sofern ich die Beschlagnahmungen in meiner Wohnung halbwegs richtig deutete, würde die Polizei sicherlich heute wiederkommen und die Computer mitnehmen. Mir blieb nicht viel Zeit.

Schwebend verharrten meine Finger über der weißlichen Tastatur. Ich mußte in Erfahrung bringen, was Mark in letzter Zeit gemacht hatte, um herausfinden zu können, warum ihn jemand hatte umbringen wollen. Ich dachte, ich sei über sein Tun und Lassen im Bilde, aber da hatte ich mich offensichtlich getäuscht, denn ich hatte nichts davon mitbekommen, daß er die Absicht hatte, R & B aufzulösen. Aber der Computer wußte Bescheid.

Ich tippte DATEIEN. Die R-&-B-Dateien – Aufzeichnungen der Arbeitszeit, Korrespondenz, Aktennotizen, Schriftsätze, Mandanteninformationen und persönliche Dateien – erschienen aufgelistet auf dem Monitor. Die Polizei hatte Papierausdrucke von R-&-B-Mandanten- und Arbeitszeitdateien mitgenommen. Aber falls ich sie brauchte, konnte ich sie jederzeit wieder ausdrucken, allerdings brauchte ich sie nicht. Mark führte ein spezielles Computer-Journal in einer geheimen Datei, aus dem er eine bereinigte Version seiner Zeitabrechnungen erstellte. Er versteckte es unter einem Paßwort: Mook. So hatte sein Vater ihn immer genannt. Gedankt sei Gott für Bettgeflüster.

Ich gab das Paßwort ein, und prompt erschienen die verschlüsselten Dateien: TERMINE, JOURNAL und KONTEN. Die gleichen Verzeichnisse wie früher, er hatte sie noch nicht geändert. Unter meinen Fingerspitzen lagen die Enthüllungen über Marks persönlichste Dinge, und ich mußte noch nicht einmal meinen Kaffee stehenlassen. Der Ermittler in unserer früheren Firma pflegte zu sagen, jeder, der glaube, Detektivarbeit beginne mit einer Lupe, sei weit hinter der Zeit zurück. Man sitzt vor Mikroskopen und Computern, tüftelt in Laboratorien und mit Teströhrchen. Heutzutage kann man von Detektivarbeit Cellulitis kriegen.

Ich klickte TERMINE an und drückte die Enter-Taste. Ein Gitter erschien auf dem Monitor, sämtliche Tage eines Monats mit den entsprechenden Terminen. Mark benutzte unsere alten Grun-Abkürzungen; BA stand für Besprechung außer Haus; BI für Besprechung im Haus; MK für Mandantenkontakt; und TA für Telefonanruf. Einträge und Anmerkungen füllten die Tagesspalten und endeten abrupt am Tag von Marks Ermordung. Ich versuchte, nicht daran zu denken, und sah mir die erste Woche dieses Monats an.

Wellroth-Chemical-Verhandlung.

Ich ging eine Woche zurück. Wellroth-Chemical-Verhandlung.

Ich ging in den Vormonat, und das Bild änderte sich. Mein Blick überflog den Monitor. Jede Menge BAs bei Wellroth, jede Menge BIs mit Dr. Haupt und E. Eberlein. Dann ein Haufen

MKs, Mandantenkontakte, mit E. Eberlein und vielen Pharmakonzernen. SmithKline, Wyeth, Rohrer, McNeil Labs und Merck. Alle waren sie hier versammelt, alles Besprechungen, die durchschnittlich eine Stunde dauerten. Anscheinend hatte Mark die für ihn wichtigen Leute der Firmen tagsüber kontaktet und während eines Abendessens einzuwickeln versucht. Eventuell sprangen lukrative Geschäfte dabei heraus, aber diese waren nicht zum Auffüllen der Schatzkammern von R & B gedacht. Sie sollten sich für Marks neue Firma auszahlen.

Ich lehnte mich zurück und versuchte, mich nicht total hintergangen zu fühlen. Er hatte kein Sterbenswörtchen gesagt, er hatte diese Termine auch nicht auf seinen offiziellen Stundenzetteln eingetragen, wo ich sie hätte sehen können. Ich biß mir auf die Unterlippe und ließ die Seite zornig rückwärts laufen.

Ein weiterer Eintrag sprang mir ins Auge, und ich hielt die Seite an. BA G. Wells. Mark hatte außer Haus eine Besprechung mit Grady? Das zumindest stand auf dem Terminplan des letzten Monats. Ich suchte auf den anderen Kalenderseiten nach Gradys Namen. Eine weitere BA mit Grady erschien auf dem Monitor, eine Woche vor Marks Ermordung. Erläuternde Eintragungen fehlten. Ich konnte mir keinen Reim darauf machen, warum Mark sich mit Grady außer Haus hätte treffen sollen. Sie hatten nie zusammengearbeitet. Grady arbeitete für mich, und seine Mandanten aus dem High-Tech-Bereich suchte er sich selbst. Er hatte zunehmend eigene Klienten unter den neuen Software-Firmen in den Außenbezirken an der Route 202.

Mein Kaffee stand unangetastet da und wurde kalt. Warum traf Grady sich mit Mark? Eine Stunde lang, nach Feierabend, außerhalb des Büros? Ich schielte zu Gradys Tafel hinüber. Da stand kein Wells darauf. Wo war er in der Nacht, als Mark ermordet wurde? Ich vertraute Grady, trotzdem beschäftigte mich diese Frage.

Aber ich hatte jetzt keine Zeit, weiter darüber nachzugrübeln. Ich beendete die TERMIN-Datei und druckte sie aus, anschließend ließ ich jede der geheimen Dateien durch den Drucker laufen. Es gefiel mir nicht, Ausdrucke davon zu machen, weil nur ich von der Existenz dieser Dateien wußte, aber ich konnte nicht davon ausgehen, noch lange über den Computer zu verfügen.

Mir kam ein Gedanke. Wie hatte Mark alle diese Mandantenkontakte abgerechnet? Es mußte Tausende gekostet haben, trotzdem waren mir nicht die geringsten Unregelmäßigkeiten in den Büchern oder in irgendwelchen Unterlagen von Marshall aufgefallen, die unsere Buchungen verwaltete.

Ich öffnete Marks Konten-Datei, und auf dem Monitor erschien ein neues Menü; KONTO R & B und PRIVATKONTO. Ich öffnete zuerst R & B. Eine Auflistung von Eintragungen erschien auf dem Monitor, alle Eingänge tadellos übersichtlich. Ich überflog die Abbuchungen. Nichts Ungewöhnliches; DHL, FedEX, Staples, Bell Tel, Biscardi Enterprises, die Holding, der das Gebäude gehörte. Alles war in Ordnung, absolut koscher. Ich dachte an Marks Testament. Er war nicht hinter meinem Geld hergewesen. Ich verdrängte sämtliche Emotionen, beendete die R-&-B-Datei und öffnete PRIVATKONTO.

Die Einträge bezogen sich auf Acme Markets, Bell Mobile und ähnliches. Kleine Beträge, bescheidene Beträge. Mark hat nie Geld für irgendwas ausgegeben, darum hatte ich keine Ahnung gehabt, daß er welches besaß. Da entdeckte ich es. Zahlungen an American Express und Visa, Beträge von drei- und viertausend Dollar, beginnend ungefähr zu der Zeit, als die Mandantenkontakte eingesetzt hatten. Ich hatte also recht, und er hatte die dafür notwendigen Ausgaben aus eigener Tasche bestritten. Neben den Kreditkartenabrechnungen fanden sich Rechnungen einer Druckerei und eines Grafikdesigners, zweifellos für neue Visitenkarten und ein moderneres Firmenlogo.

Ich entdeckte ferner eine Zahlung an das Maklerbüro Philoffice Realty über zwanzigtausend Dollar. Die Anzahlung für meine neuen sonnigen Büroräume.

Ein weiterer Eintrag fiel mir ins Auge. Eine Barabbuchung von letzter Woche über zweitausend Dollar. Als Empfänger Sam Freminet. Für Anwaltshonorar.

Was? Sam? In bar?

Ich ging weiter zurück zum Vormonat. Jede Menge Routineeinträge und erneut eine Zahlung an Sam. Bar, zweitausend Dollar. Drei Wochen vor Marks Ermordung. Wieder mit dem Vermerk: Anwaltshonorar.

Ich lehnte mich zurück, ein schwerer Druck legte sich auf meine Brust. Wofür hatte Mark Sam bezahlt? Um was für ein Anwaltshonorar handelte es sich, und warum in bar? Es ergab keinen Sinn. Ich druckte die Konten-Dateien aus, anschließend aktivierte ich eine andere Taste.

Wollen Sie diese Dateien wirklich löschen? J oder N? fragte der Computer.

Ich drückte *J*. Ich hätte *Aber sofort* gedrückt, wenn ich gekonnt hätte. Die Dateien enthielten die Lösung des Rätsels, und ich wollte sie für mich allein. In vierundzwanzig Stunden würde das System die Sicherungskopien auf der Festplatte automatisch löschen. Dann würde ich die einzigen Kopien besitzen.

Kopien? Scheiße! Das hatte ich total vergessen. Die Kopien, die ich ausgedruckt hatte. Der Laserdrucker im Sekretariat hatte sie ausgespuckt, direkt unter den Augen jedes Bullen, der zufällig dort herumlungerte. Ich sprang vom Stuhl, riß die Tür auf und jagte aus dem Büro.

»Mein Schriftsatz!« brüllte ich zur Schau, aber es war bereits zu spät.

15

Eine Polizistin in der marineblauen Montur des kriminaltechnischen Dienstes kroch neben dem Laserdrucker auf dem Teppich herum und sammelte eben die letzte Seite ein. Einen dicken Packen ausgedruckter Seiten hielt sie an ihre Brust gedrückt, und ich zweifelte keine Sekunde, daß sie beim Aufheben einen Blick darauf geworfen hatte. Verdammt.

»Entschuldigen Sie, das ist mein Schriftsatz«, flötete ich.

Sie richtete sich auf. »Ich habe die Seiten herauskommen sehen und dachte, ich könnte helfen.« Sie trug kaum Make-up und eine praktische Kurzhaarfrisur.

»Danke. Für Ihre Hilfe.« Ich schielte auf die Papiere in ihren Händen, und der Schweiß brach mir aus. Ich hätte mit Nachdruck auf der Herausgabe der Unterlagen bestehen können, aber wenn sie deren Brisanz noch nicht erfaßt hatte, wollte ich sie nicht noch mit der Nase darauf stoßen und mir einen weiteren Durchsuchungsbefehl einhandeln.

»Sie haben vergessen, daß Sie gedruckt haben, stimmt's? Mir passiert das ständig. Man fängt mit irgendeiner anderen Arbeit an und vergißt, daß der Drucker läuft.«

»Genau. Sie müssen Detektivin sein«, antwortete ich, und wir stießen beide ein gekünsteltes Lachen aus.

»Nein, aber eines Tages möchte ich es sein. Ich bin beim kriminaltechnischen Dienst, im zweiten Jahr, irgendwo muß man ja anfangen.« Sie drückte meine Papiere an ein schwarzes Namensschild, PATCHETT, und nickte in Richtung des leeren Papierspeichers. »Sieht so aus, als sei das Papier ausgegangen.«

»Natürlich. Mein sprichwörtliches Glück. Immer, wenn man schnell etwas braucht, geht das Papier aus.« Ich wollte nicht drucken, solange sie zusah, deshalb machte ich keine Anstalten, Papier nachzulegen. Wir standen uns auf beiden Seiten des

Laserdruckers gegenüber und taten so, als bemerkten wir die grünen Blinklichter nicht. Feigheit vor dem Büromaterial.

»Können Sie das auch nicht ausstehen?« fragte sie. »Wenn die Leute sehen, daß das Papier zu Ende geht und kein neues nachlegen?«

»Das ist genauso, wie wenn das Toilettenpapier ausgeht. Niemand will der letzte sein. Ich hasse das.«

»Mir geht's genauso. Wollen Sie kein Papier nachlegen?«

»Wissen Sie, es ist mir peinlich, aber ich habe keine Ahnung, wie man Papier nachlegt.« Das war eine Lüge. Ich könnte das verdammte Gerät reparieren, wenn es sein müßte. »Die Sekretärinnen machen das immer für mich.«

»Ich glaube, im Moment ist keine Sekretärin da, aber ich helfe Ihnen gern. Ich weiß, wie man es macht.« Suchend blickte sie sich nach dem Papiervorrat um, aber ich schob mich weiter nach links, um das auf dem Tisch liegende Papier zu verdecken.

»Ich kann den Rest später ausdrucken«, verkündete ich. Da erklangen hinter mir Schritte. Grady nahte und sah mich mit einem begriffsstutzigen Lächeln an.

»Sie überraschen mich, Bennie. Papier auszuwechseln ist leichter, als es aussieht. Sehen Sie mir einfach zu.«

»Nein, schon gut ...«

»Bitte, das macht überhaupt keine Mühe.« Grady griff hinter mich nach dem Papier, belud den Speicher neu und schob ihn mit einem metallischen Klicken an seinen Platz zurück. »Drücken Sie ›Reset‹, wenn er Schwierigkeiten macht.«

Ich hätte ihn umbringen können. »Wirklich reizend, einen Sexisten im Hause zu haben.«

»Ich bin kein Sexist, ich bin ein Gentleman.« Grady schenkte der Polizistin ein höfliches Lächeln. »Eigentlich sollte ich Ihnen das nicht sagen, aber sie kann auch keinen Kaffee kochen.«

Haha. »Es reicht, Rhett Butler. Ms. Patchett, würden Sie mir jetzt bitte die Unterlagen geben.« Ich entriß meine Ausdrucke dem Griff der Polizistin, während der Drucker einen weiteren Monat von Marks Terminkalender ausspuckte. Sie warf einen kurzen Blick auf die Seiten, die ich mir blitzartig schnappte. »Ganz herzlichen Dank für Ihre Hilfe.«

»Kein Problem.« Sie schürzte die Lippen. »So also sieht der Schriftsatz eines Anwalts aus? Wie ein Terminkalender?«

»Ja, das ist der Anhang.«

»Schriftsatz?« fragte Grady, gleich darauf veränderte sich seine Miene. Endlich kapierte er. »Machen Sie den Schriftsatz für das Third Circuit fertig, Bennie?«

»Alles erledigt. Das ist nur noch der Anhang mit den Terminen.« Der Drucker spuckte weitere Papiere aus, die ich sofort einsammelte. »Ich hoffe, Sie haben kein Wort gelesen, Ms. Patchett. Es handelt sich um vertrauliche Informationen eines Mandanten und fällt unter die anwaltliche Schweigepflicht.«

»Selbstverständlich nicht.« Sie lächelte falsch.

»Gut.« Ich lächelte ebenso falsch zurück. Ich überlegte, wie lange es dauern könnte, bis sie einen Durchsuchungsbefehl bekäme. Und fragte mich, ob es der Fall sein könnte, bevor Marks geheime Dateien ein für allemal gelöscht waren.

»Bei wem waren Sie eigentlich Referendar?« fragte ich Grady, als wir sicher in meinem Büro waren. »Sagen Sie bitte nicht, bei Thomas.«

»Bei Kennedy, und sagen Sie bloß nichts Schlechtes über ihn. Was sollte das alles gerade? Sie setzen keinen Schriftsatz auf. Was haben Sie ausgedruckt?«

»Aufzeichnungen«, antwortete ich kurz. Die BA Wells auf Marks Terminkalender beschäftigte mich immer noch, und ich entschied, Grady nicht blind zu vertrauen, zumindest so lange nicht, bis ich in Erfahrung gebracht hatte, was es mit seinen heimlichen Zusammenkünften mit Mark auf sich hatte. »Und das nächste Mal denken Sie vorher nach, bevor Sie einer in Not geratenen Polizistin helfen.«

»Aufzeichnungen worüber?«

»Über ein paar Fälle eben.« Ich nahm einen roten Faltordner, steckte die Kopien hinein und schob den Ordner hinter meinem Schreibtisch in meine Aktentasche.

»Welche Fälle?«

»Diese Tierschützer, der Fall.« Ich dachte mir alles in der gleichen Sekunde aus, in der ich es aussprach, und nach Gradys Gesichtsausdruck zu schließen, stellte ich mich nicht sonderlich geschickt an.

»Dreißig Seiten über einen Tierschutzaktivisten? Was ist das, ein Manifest?« Er verschränkte die Arme. »Ich frage Sie noch einmal: Was haben Sie ausgedruckt, Bennie?«

»Zuerst sagen Sie mir etwas.«

»Muß denn alles in eine Verhandlung ausarten?«

»Unbedingt.« Ich beschloß, ihn ins Kreuzverhör zu nehmen und seine Reaktionen zu testen. »Grady, wo waren Sie in der Nacht, als Mark ermordet wurde?«

Sein Mund öffnete sich ein wenig, gleich darauf schloß er sich zu einem glatten Lächeln, hinter dem er etwas verbarg. Er war verletzt. »Sie fragen mich das tatsächlich im Ernst.«

»Tut mir leid, ja. Geht nicht anders. Auf Ihrer Tafel stand nichts über Sie.«

»Ich hatte eine Verabredung«, erwiderte er gleichmütig.

»Mit wem?«

»Mit meiner ehemaligen Freundin. Wir treffen uns noch ab und zu.«

»Wann hatten Sie sich verabredet?«

»Um zehn. Ich habe sie in ihrer Wohnung abgeholt. Sie wohnt im Hopkinson House.«

»Wann haben Sie das Büro verlassen?«

»Nachdem wir alle in der Bibliothek zusammengesessen hatten. Ich packte meine Sachen zusammen und ging.« Seine Antworten kamen, ohne zu zögern, und klangen überzeugend, und sollte er verstimmt sein, ließ er sich nichts anmerken. Es sah so aus und hörte sich so an, als sagte er die Wahrheit. Vielleicht stimmte es also tatsächlich. Trotzdem.

»Wann haben Sie die Wohnung Ihrer Freundin verlassen?«

»Ich bin nicht sicher, ob Sie das etwas angeht.«

»Ich glaube schon, wenn Ihnen daran liegt, eine Mandantin zu behalten.«

Er preßte leicht die Lippen aufeinander. »Ich ging früh um sieben in meine Wohnung zurück.«

»In Old City?«

Er nickte. »Ich ging früh ins Büro, weil ich in der Micro-MAXel-Sache noch einiges zu erledigen hatte, und da war die Polizei bereits da. Als ich den deutlichen Eindruck gewann, daß sie hinter Ihnen her waren, versuchte ich, Sie zu erreichen. Weil ich wußte, daß Sie unschuldig sind.«

Ich setzte mich über den Vorwurf in seiner Stimme hinweg. »Grady, woran haben Sie für Mark gearbeitet?«

»Gar nicht. Ich habe in den letzten zwei Jahren nicht für Mark gearbeitet. Nicht mehr nach meinem ersten Jahr in der Firma.«

Hmmmm. »Warum nicht? Haben Sie nicht gern für Mark gearbeitet?«

Gradys Miene veränderte sich ein wenig. Unangenehm berührt runzelte er die Stirn. »Was spielt das für eine Rolle? Der Mann ist tot, Bennie. Ich bearbeite eben lieber meine eigenen Fälle, das ist alles.«

»Das ist nicht alles. Warum?«

»Na gut, na gut. Sie sind unerbittlich.« Wie ein Basketballspieler, der auf die Reservebank verbannt worden ist, ließ er sich langsam auf einen Sessel nieder. »Ich fand Mark egoistisch. Unfreundlich. Es paßte ihm nicht, daß ich meine eigene Praxis ausbaute, besonders nicht, daß ich zunehmend Klienten unter den Software-Firmen hatte. Er fühlte sich dadurch bedroht.«

»Woher wissen Sie das? Hat er Ihnen das gesagt?«

»Nein, aber ich habe seine Botschaft verstanden. Mark arbeitete lieber mit Mitarbeitern zusammen, die sich ihm unterordneten. Wie Eve. Er wollte einen ständigen zweiten Mann, keinen ersten. Er duldete keinen Ebenbürtigen neben sich.«

Mir fehlte immer noch eine Erklärung für die BA Wells. »Haben Sie sich mit ihm getroffen und darüber gesprochen? Habt ihr beide das ausgetragen?«

»In einem Streit? Du lieber Himmel, nein. Ich habe seit einer Ewigkeit nicht mit Mark unter vier Augen gesprochen. Sagen Sie mir jetzt, was Sie ausgedruckt haben? Wir hatten eine Abmachung.«

»Oh, eine persönliche Datei.« Ungeschickt suchte ich nach einer plausiblen Erklärung. Grady log. Der Terminkalender sprach eine andere Sprache. Ich konnte ihm die Wahrheit nicht anvertrauen. Ich durfte ihm nicht mehr trauen. Und er war mein Anwalt.

»Eine persönliche Datei?«

»Liebesbriefe, an Mark. Was in sieben Jahren so anfällt, in einer versteckten Datei. Ich wollte sie nicht mehr im Computer haben.« Ich sprach nervös, und diesen Eindruck zu vermitteln fiel mir nicht schwer. War Grady Marks Mörder? Wollte er mein Anwalt werden, damit er mir leichter etwas anhängen konnte? Draußen auf dem Flur erklangen Stimmen und geschäftiges Hin und Her. Mein Haus, voller Feinde. Jetzt auch Grady. Ich kam mir paranoid vor und hatte ein beklommenes Gefühl im Bauch.

»Die Polizistin meinte, es handele sich um einen Terminkalender.«

»Das war mein Tagebuch. Das habe ich ebenfalls ausgedruckt, weil ich mir darin Notizen gemacht habe. Ich wollte, daß es persönlich bleibt, die Polizei hat schließlich schon meinen Computer von zu Hause mitgenommen.«

Seine Stirn glättete sich, er schien zufrieden. »Haben Sie die Dateien auf der Festplatte gelöscht?«

»Ja.« Mir fiel ein, daß Grady ein Computerfreak war. Wußte er, wie man geheime Dateien sogar im Back-up auffinden kann? »Kann die Polizei gelöschte Dateien wiederherstellen, wenn sie den Computer rechtzeitig in die Finger kriegt?«

»Wenn sie einen Hacker in der Mannschaft haben.«

»Wie gut muß der Hacker sein? So gut wie Sie?«

»So gut wie Marshall.« Sein Gesicht verfinsterte sich. »Sie ist weg, wissen Sie.«

»Weg?«

»Das wollte ich Ihnen vorhin eigentlich sagen. Ich wollte Marshall nach ihrem Alibi fragen, aber sie war nicht da. Also rief ich bei ihr zu Hause an, und eine ihrer Mitbewohnerinnen teilte mir mit, sie sei gestern nacht nicht nach Hause gekommen. Sie ist verschwunden.«

16

Mitten am Vormittag wagte ich mich aus meinem Büro, um nachzusehen, ob Marshall wiederaufgetaucht war. Ich hatte bei ihr angerufen und Nachrichten hinterlassen, denn niemand hatte abgenommen. Ich wußte nicht, was ich von ihrem Verschwinden so kurz nach Marks Ermordung halten sollte. Entweder steckte sie in Schwierigkeiten, oder es handelte sich um eine Flucht. Die Chancen standen fifty-fifty. War es möglich, daß sie mit Marks Mörder unter einer Decke steckte? Wußten die Bullen von ihrem Verschwinden? Es schien unvorstellbar, daß sie die Mörderin sein könnte, und ich wollte ihr keinesfalls etwas anhängen, nur um mich selbst zu entlasten.

Ich hoffte, einer der Mitarbeiter wüßte, wo sie sich aufhielt. Ich ging über den Flur im ersten Stock, ignorierte die aufdringlichen Blicke einer Polizistin und klopfte an Renee Butlers Tür. »Renee? Sind Sie da? Ich bin's, Bennie.«

Einen Augenblick später ging die Tür auf, und Renee, in ausgebeulten Jeans und grauem Sweatshirt, stand vor mir und taxierte mich mit kaltem Blick. »Bitte?«

»Wissen Sie, wo Marshall ist? Ich habe bei ihr angerufen, aber niemand nimmt ab.«

»Nein.« Ohne ein weiteres Wort drehte sie sich um, ging zurück an ihren Schreibtisch und setzte sich. Mit Bestürzung sah ich, daß das Büro fast völlig geräumt war. Auf dem Boden stapelten sich Pappkartons, Ordner und Bücher waren in Einkaufstüten verpackt.

»Ich glaube, wir sollten miteinander reden, finden Sie nicht?« Ich deutete auf den Stuhl vor ihrem Schreibtisch, aber sie schüttelte den Kopf.

»Nein, ich habe nichts mit Ihnen zu besprechen. Die Latorno-Sache ist so gut wie erledigt, ich überprüfe eben noch einmal die Zitate. In einer Stunde liegen die Unterlagen auf Ihrem Schreibtisch. Meine Kündigung liegt bei. Heute ist mein letzter Tag.«

»Heute?« Unaufgefordert setzte ich mich auf das, was von der Büroeinrichtung noch übrig war. Nur ihr Altar für Denzel Washington war noch unangetastet in seiner Ecke; ein Poster des Stars in einem ärmellosen T-Shirt, umgeben von Ausschnitten aus einem Fan-Magazin. Anfänglich war ich gegen diese Ausstellung gewesen, aber Renees Mandanten, Opfer familiären Mißbrauchs, gefiel sie, ihnen tat die Unbekümmertheit gut. Mir auch, im Moment. »Sind Sie sicher, daß Sie wegwollen, Renee?«

»Ja.«

»Was werden Sie machen?«

»Selbständig arbeiten. Ich werde von zu Hause aus arbeiten, in ein, zwei Wochen fange ich an. Es ist Platz genug, das Haus ist mitten in der Stadt, und Eve stört es nicht.« Sie strich ihre Haare zurück, die sie zu einem strengen, die Herzform ihres Gesichts betonenden Knoten geschlungen hatte. Renee hatte ein hübsches Gesicht, und ihre Haut war so braun wie ihre Augen. Mich hatte ihr Übergewicht nie gestört.

»Warum bleiben Sie nicht bei R & B? Ich versuche, die Firma zu halten. Wir könnten Sie brauchen. *Ich* könnte sie brauchen.« Es stimmte. Sie zählte zu unseren klügsten Anwälten. Ihre natürliche Intelligenz hatte sich trotz einer Kindheit in Fürsorgeprojekten und einer Ausbildung an den städtischen Schulen voll entfaltet.

»Es ist mir egal, ob es eine Firma gibt oder nicht, ich möchte nicht mit Ihnen arbeiten. Ich weiß, daß Sie Mark umgebracht haben.«

Es traf mich wie ein Schlag. »Nein, habe ich nicht. Wie kommen Sie darauf, daß ich die Mörderin bin?«

Sie beugte sich vor. »Sie wußten, daß Mark Sie verläßt und daß R & B am Ende ist. Sie liebten ihn und die Kanzlei, und Sie mußten zusehen, wie Ihnen beides entglitt. Das mußten Sie verhindern. Und Sie sind groß und kräftig genug, um die Tat auszuführen, und Sie haben keine vernünftige Erklärung, wo Sie zur fraglichen Zeit waren.«

»Das sind zufällige Umstände. Das beweist gar nichts. Die Polizei hat mich nicht offiziell beschuldigt.«

»Ob das je geschieht oder nicht, spielt für mich keine Rolle. Ich weiß, daß Sie es getan haben. Ich weiß, wie wütend Sie in Ihrem tiefsten Innern sind.«

»Was soll das heißen?«

Sie lehnte sich in ihrem Stuhl zurück. »Was wollen Sie? Ich habe mir vorgenommen, nicht mit Ihnen darüber zu sprechen, und ich tue es auch nicht. Unsere berufliche Zusammenarbeit ist beendet. Die Bücher, die Sie mir geliehen haben, habe ich Ihnen vorbeigebracht. Der Polizei habe ich gesagt, was ich weiß.«

»Sie haben der Polizei was gesagt? Was wissen Sie denn? Da gibt es nichts zu *wissen*!«

»Ich habe ihnen von dem Tag berichtet, an dem wir die Treppen im Franklin-Field-Stadion gelaufen sind.« Die felsenfeste Überzeugung in ihrer Stimme brachte mich in Rage.

»Welchem Tag? Was habe ich da gemacht?«

»Sie haben etwas gesagt.«

»Ich habe etwas *gesagt*? Sie versuchen, mir etwas anzuhängen, weil ich etwas *gesagt* habe? Ich habe Sie eingestellt, ich habe Sie gefördert, und jetzt versuchen Sie, mir etwas anzuhängen? Ist Ihnen denn nicht klar, daß Sie mein Leben aufs Spiel setzen?« Ich stand auf, und auch Renee erhob sich.

»Ich muß nicht für Sie lügen, nur weil Sie mich eingestellt haben!«

»Wer spricht denn von lügen? Wovon reden Sie?«

»Verlassen Sie mein Büro! Ich habe es nicht nötig, mich hier von Ihnen anschreien zu lassen.«

Fast hätte ich herausgelacht, aber es schmerzte zu sehr. »Nein, Renee. Noch gehört dieses Haus mir. *Sie* verlassen es. Legen Sie Ihre Unterlagen auf meinen Schreibtisch. In einer Stunde sind Sie weg.«

Ich verließ ihr Büro, ging steifbeinig den Gang hinunter in mein Büro und schlug die Tür zu. Einen Moment verharrte ich fassungslos. Was hatte Renee den Bullen erzählt? Wovon redete sie überhaupt? Ich konnte mich nur daran erinnern, daß ich sie einmal zum Laufen mitgenommen hatte. Sie hatte gerade wieder eine Diät angefangen und mich um Hilfe gebeten. Was war im Franklin Field vorgefallen? Ich mußte es wissen.

Ich holte tief Luft. Es gab nur eine Möglichkeit, das herauszufinden. Die Sache rekonstruieren. Laufen. Ich mußte sowieso Streß abbauen. Mein Kopf fühlte sich an, als platze er gleich, und ich hatte mich nicht mehr sportlich betätigt, seit die Kacke am Dampfen war. Rasch zog ich Shorts und Sport-Top an, die ich immer im Büro hatte, schob eine 10-Dollar-Note und meine Schlüssel in die kleine Hosentasche und verließ das Haus durch den Hintereingang, ohne auf die Reporter zu achten, die inzwischen die Hintertür entdeckt hatten.

»Irgendein Kommentar, Ms. Rosato?« »Haben Sie es getan?« »Was ist mit dem Testament?« »Gehen Sie joggen?« »Ms. Rosato, Ms. Rosato, bitte!« Ich setzte mich in Trab und ließ die Reporter stehen. Erst als ich um die Ecke der Seitenstraße bog, sah ich ihn.

Detective Azzic. Rauchend saß er in einem auf der Twenty-Second Street parkenden dunkelblauen Wagen. Er hatte sich nicht die Mühe gemacht, sich zu verbergen, wollte also, daß ich wußte, daß er mich beobachtete. Er erwartete, daß mich das einschüchterte. Im Gegenteil. Ich sprintete an der Reihe der parkenden Autos entlang bis zu seinem Zivilfahrzeug.

»He, Süßer«, tönte ich und steckte den Kopf durch das offene Fenster. »Welches Sternzeichen?«

»Leo der Löwe.« Er drückte seine Merit in einem überquellenden Aschenbecher aus. Sein Mund verzerrte sich. »Wenn ich mich mal in was verbissen habe, laß ich nicht mehr los.«

»Klingt sexy. Also, wann haben Sie frei?«

Kieselhart starrten seine Augen durch den im Wagen hängenden Rauch. »Halten Sie das für komisch, Rosato?«

»Nein, ich halte das für Belästigung, Azzic. Haben Sie nichts Besseres zu tun? Verdächtige zusammenschlagen? Bestechungsgelder annehmen?«

»Das ist nur eine kleine Routineüberwachung. Es steht Ihnen frei, zu mir aufs Revier zu kommen und zu reden, wann immer Sie wollen.«

»Ist das eine Einladung? Mit Tanzvergnügen? Und werden Sie diesen ulkigen Schlips tragen?« Ich fuchtelte vor seinem Countess-Mara mit Paisleymuster herum.

»Wenn Sie reden wollen, werde ich zuhören. Und lassen Sie

den Goldjungen zu Hause. Ich glaube, Sie werden selbst damit fertig. Ich war wirklich überrascht, daß Sie Anweisungen entgegennehmen, eine Staranwältin wie Sie.«

Ich lächelte. »Sie versuchen, mein irisches Blut in Wallung zu bringen, Detective, aber ich bin nicht irischer Abstammung. Glaube ich zumindest.«

Als er den schweren Achtzylinder anließ, beugten sich seine breiten Schultern nach vorn. »Wissen Sie, ich habe mich gefragt, warum Anwälte wie Sie das tun, was sie tun. Inzwischen ist es mir schlicht gleichgültig.«

»Bullen wie Sie sorgen dafür, daß mir die Arbeit nicht ausgeht.«

»Oh, *wir* sind die Schuldigen, ja?« Er schnaubte verächtlich. »Nicht die Mörder, die Vergewaltiger, die Ganoven, von denen Sie sich bezahlen lassen.«

»Sie meinen meine Mandanten? Sie haben die gleichen Rechte wie Sie. Das Recht auf eine unbestechliche Polizei. Das Recht auf einen fairen Prozeß. Ich habe das nie besser verstanden als jetzt.«

Der Motor lief, und er trat auf das Gaspedal. »Wissen Sie, was Ihr Problem ist, Rosato? Sie kennen kein Richtig oder Falsch. Wir bekommen keine Geständnisse, Ihretwegen. Wir bekommen keine Verurteilungen, Ihretwegen. Sie reden im Fernsehen und in den Zeitungen und finden für alles Erklärungen und Ausreden. Ich war Priester, bevor ich Polizist wurde.«

»Ich war Kellnerin, bevor ich Anwältin wurde. Und?«

»Ich kann richtig von falsch unterscheiden.«

»Ich verstehe, und jetzt vollstrecken Sie das Gesetz Gottes. Sie haben eine persönliche Beziehung zum Obersten Richter im Himmel. Er hat Sie aus all den ulkigen Schlipsen auserwählt.«

Azzic schüttelte den Kopf. »Sie glauben nicht an Gott, stimmt's, Rosato?«

»Das ist eine persönliche Angelegenheit«, antwortete ich, um ihn zur Weißglut zu bringen, aber die Antwort lautete nein. Ich habe aufgehört zu glauben, als mir bewußt wurde, daß meine Mutter in einem Alptraum lebte, jeden Tag ihres Lebens. Gehetzt, voller Angst, jede einzelne Sekunde lang.

»Gut, behalten Sie es für sich. Es ist mir Wurscht. Nur folgendes. Auf meinem Schreibtisch liegen zwanzig weitere Fälle, aber dieser hier hat absoluten Vorrang.«

»Liegt's an meinem Parfüm?«

»Ich will Ihnen etwas sagen, Sie Komikerin. Die nationale Aufklärungsrate bei Gewaltverbrechen liegt bei etwa fünfundsechzig Prozent. In meinem Revier liegt sie bei etwa siebenundsiebzig Prozent. Und ich persönlich, ich liege noch besser. Ihnen ist klar, was das heißt?«

»Besser sind Sie nicht? Damit hätten Sie nie Jura studieren können, Kumpel.«

»Das heißt, ich bleibe an Ihnen dran, wo auch immer Sie hingehen, bis zu dem Tag, an dem ich Sie hinter Gitter bringe.«

»Oh? Dann fang mich, wenn du kannst, Detective.« Ich zog den Kopf aus dem Wagen und lief los.

Der Motor röhrte auf, als Azzic vom Bordstein losfuhr, aber ich schoß über die Straße und stürmte in der anderen Richtung die Straße hinunter. Zwei Einbahnstraßen später hatte ich den Ortspolizisten abgehängt und konnte ungehindert laufen.

Eins, zwei, drei, atmen. Eins, zwei, drei, atmen. Franklin Field ist ein Footballstadion am östlichen Rand des Universitätsgeländes. Offene Tribünenplätze und eine hohe rote Backsteinmauer umgeben das Spielfeld. Seit dem College rannte ich einmal in der Woche die Stufen hinauf und hinunter, als Kraft- und Atemtraining. Für das Rudern. Um diese Jahreszeit war die elektronische Anzeigetafel dunkel und der stopplige Astroturf-Belag verlassen, aber die Stufen waren jedermann zugänglich, der verrückt genug war, sie hinauf- und hinunterzurennen.

Eins, zwei, drei, atmen. Ich arbeitete mich von Reihe zu Reihe, von Bank zu Bank nach oben. Auf direktem Weg, in einem Winkel von fünfzig Grad. Wir nannten dieses Training »Stufenlaufen«, aber das wäre eine leichte Übung gewesen im Vergleich zu dem tatsächlich praktizierten Über-die-Bänke-Laufen, denn der Abstand zwischen den Bänken war größer. In der Schwüle dieses diesigen Nachmittags brach mir der Schweiß aus. Immer hoch die Knie. Eins, zwei, drei, atmen.

Oben handelte es sich um alte Holzbänke, grau verwittert und geborsten. Hier und da hatte man ein altes gegen ein neues Sperrholzbrett ausgetauscht und mit dicken Schrauben befestigt, die im Laufe der Jahre schwarz angelaufen waren und nicht zu dem neuen Holz paßten. Ich spielte ein Spiel, während ich, den Schrauben ausweichend, mitten über die Bänke sauste und meine Gedanken wandern ließ. Es war die einzige Möglichkeit, mich zu erinnern. Und ich mußte mich erinnern.

Eins, zwei, drei, atmen. Immer auf den Fußballen aufkommen. Ich beschleunigte. Meine Schritte hämmerten, als ich die schwindelerregenden Höhen des Stadions erklomm. Ich rannte aus der Sonne und weiter unter den gestrichenen Eisenträgern, die die obere Ebene des Stadions stützten, auf das zugige Oberdeck zu. Hier oben war es windig, dunkel und kühl. Trotzdem, hinauf, hinauf, hinauf. Schweiß lief mir über die Stirn. Mein Herz pumpte wie ein Kolben. Damals, an jenem Tag mit Renee, bin ich ebenso stramm gelaufen. Ich versuchte, die Vorgänge in meinem Kopf zu rekonstruieren.

Die Sonne brennt ungewöhnlich heiß für die Jahreszeit. Renee trägt marineblaue Turnhosen und ein zu warmes T-Shirt. Sie schwitzt, ihre Brust hebt und senkt sich schwer, und eine silberne Halskette mit einem Schlüssel hüpft beim Laufen auf und ab.

Ich kam zur oberen Bank und verschnaufte kurz. Keuchte, drehte mich um und lief wieder hinunter. Eins, zwei, drei, hinunter. Das Hinunterlaufen ist schwieriger, als es aussieht. Denn man darf in gut dreißig Metern über dem Boden nicht das Gleichgewicht verlieren, obwohl einem vor Anstrengung schwindlig ist. Das rauhe Profil meiner Turnschuhe griff gut auf dem Holz der Bänke. Von einer Bank zur anderen sprang ich hinunter, hinunter, hinunter.

Eins, zwei, drei, atmen. Die untersten fünfzehn Bankreihen bestanden aus grellrotem und blauem Kunststoff, und ich peilte sie schon von oben über die Holzbänke hinweg an. Unten angelangt, verschnaufte ich nur einen Moment, drehte mich um und lief wieder hinauf, ein Sisyphus mit Juraexamen. Eins, zwei. Ich atmete schwer. Versuchte, meinen Rhythmus beizubehalten. Versuchte, mich zu erinnern.

Renee, mit ihren ungefähr dreißig Pfund Übergewicht, kann nicht mithalten. Sie bleibt stehen und verschnauft keuchend unter den Eisenträgern oben im Stadion. Es ist kalt dort, kühl wie unter einem Strandsteg. Vermittelt fast den Eindruck von Ungestörtheit, Verschwiegenheit. Sie bleibt stehen, um Atem zu schöpfen, und ich leiste ihr Gesellschaft. Wir beginnen uns zu unterhalten.

Ich bretterte über die roten und blauen Kunststoffbänke und kam zu den Holzbänken. Wie mit Schablone waren mit weißer Farbe Zahlen darauf gemalt; 2, 4, 6, 8. Damals sah ich sie nur verschwommen, und sie verschwammen mir auch jetzt vor den Augen.

Im Gespräch kommt Renee vom Beruf über Kleider auf Männer. *Ich hatte einen Freund,* sagt sie. *Aber er hat mich sitzenlassen.*

Ich stürmte die Stufen hinauf, vorbei an den undeutlichen weißen Zahlen, die Sonne stach auf Rücken und Schultern. Eins, zwei, drei. Atme, Mädchen. Insgesamt waren es einunddreißig Bankreihen. Oder dreißig. Ich versuchte, sie zu zählen, aber ich kam jedesmal zu einem anderen Ergebnis. Wie bei einem gestörten Funkempfang kam mir mein Gespräch mit Renee bruchstückhaft wieder in Erinnerung.

Kommt mir bekannt vor, sage ich zu ihr. Unsere Blicke treffen sich, und wir wissen beide, daß ich Mark meine.

Er sagte zu mir, ich soll Leine ziehen, einfach so, mitten in einem Schneesturm. Und wir hatten zusammen ein Haus kaufen wollen. Gegen die bröselnde Backsteinmauer gelehnt, sitzen wir im zugigen Schatten unter den Eisenträgern. *Ich war noch nicht einmal so sehr verletzt, wirklich nicht. Hauptsächlich war ich wütend. Mann, war ich wütend.*

Ich auch, sage ich und denke an Mark.

Erinnere dich. Denk nach. Ich kam oben an und blieb im Schatten stehen, meine Brust hob und senkte sich schwer, mein Herz hämmerte. Der Wind wirbelte um mich herum. Meine Muskeln brannten, durch meine Adern strömte fühlbar das Blut. Ich fühlte mich stark, gut. Ich wollte mich erinnern, ich mußte mich erinnern. Ich hob die Arme zum Himmel. Als wollte ich die Erinnerung zurückholen, sie aus dem Blau zu mir herabziehen.

Ich hoffte, er würde sterben, bei einem Autounfall zum Beispiel, erzählt sie mit übermütigem Kichern. *Jeden Tag las ich die Todesanzeigen und betete, er wäre dabei.*

Wirklich?

Und jedesmal, wenn einer gestorben war, der jünger war als er, dachte ich, verdammt. Das wär's gewesen. Sie schnippt mit den Fingern.

Sie hätten ihn einfach umbringen sollen, sage ich. *Das würde ich tun. So was sollte man nicht dem Zufall überlassen.* Wir brachen beide in lautes Gelächter aus, denn wir wußten, daß es ein Scherz war. Aber so würde es sich nicht anhören, wenn man es im nachhinein erzählte. Azzic zum Beispiel.

Oder den Geschworenen.

17

Marshalls Reihenhaus lag in einem sanierten Teil West-Philadelphias, nicht weit vom Franklin Field, und hatte eine Vorderveranda im Zuckerbäckerstil in drei verschiedenen satten Farben. Immer noch in feuchtem Top und Shorts, klopfte ich an die grüngestrichene Eingangstür, die sich schließlich nach einiger Zeit öffnete. Winzige, innen am Knauf befestigte Glöckchen klingelten.

»Ja bitte?« fragte die Frau an der Tür. Sie sah ungepflegt aus mit ihren langen Haaren und dem langen, durchscheinenden Rock. Offensichtlich teilte sie Marshalls politische Ansichten, aber ganz sicher nicht ihre Freundlichkeit.

»Sie müssen eine von Marshalls Mitbewohnerinnen sein. Ich bin ...«

»Ich habe Sie in den Nachrichten gesehen. Sie sind Marshalls Chefin.«

»Ja. Sie ist heute nicht zur Arbeit erschienen.«

»Das weiß ich.«

»Ich würde sie gerne sprechen.«

»Sie ist nicht da.«

»Wo ist sie denn?«

Ihre einzige Antwort bestand in einem Achselzucken, bei dem ihre Schulterknochen durch das Batik-T-Shirt stachen.

»Was heißt das? Wissen Sie es nicht, oder wollen Sie es mir nicht sagen?«

»Also, was wollen Sie?«

»Ich möchte, daß Sie Marshall etwas ausrichten, es ist wichtig. Sagen Sie ihr, ich habe es nicht getan. Und sagen Sie ihr, ich hoffe, sie auch nicht.«

Sie schlug mir die Tür vor der Nase zu, und die Glöckchen bimmelten wie verrückt.

Ich joggte über die South-Street-Brücke zurück zum Büro, lief also zu einer Zeit stadteinwärts, zu der alle anderen die Innenstadt verließen. Lange Autoschlangen schoben sich über den Schuylkill Expressway. Hinter meiner linken Schulter leuchtete orangerot die tiefstehende Sonne. Wenn die Fahrer den Scheitelpunkt der Brücke erreicht hatten, klappten sie die Sonnenblenden herunter.

Ich atmete gleichmäßig und dachte an Renee und Marshall. Ich war machtlos, was Renee anging, und leider auch bei Marshall. Nach der Reaktion ihrer Mitbewohnerin zu schließen, befand sie sich offensichtlich nicht in Gefahr. Damit blieb eine Möglichkeit. Hatte Marshall etwas mit dem Mord an Mark zu tun? Sie war die einzige im Büro, die sich durch die Untiefen des Computers navigieren konnte. Vielleicht hatte sie Marks geheime Dateien entdeckt. Oder steckten weitere Geheimnisse im Computer, von denen ich noch gar keine Ahnung hatte?

Mit federnden Schritten lief ich die Lombard Street hinauf, immer gegen den Hauptverkehr, und bog in die Twenty-Second Street ein, vorbei an der griechischen Pizzeria, einem Videoverleih und schicken Stadthäusern. Ich drosselte mein Tempo und verfiel in rasches Gehen, als ich im Näherkommen den Tumult vor dem Büro bemerkte.

Streifenwagen säumten die Querstraße, ihre roten, weißen und blauen Lichter blitzten in stummer Warnung. Polizeiabsperrungen blockierten den Verkehr, und Polizisten bliesen unentwegt in ihre Pfeifen, damit die Fahrer zügig durchfuhren. Ich war alarmiert, unruhig, und schob mich an den Rand der sich ansammelnden Zuschauermenge neben eine alte Frau, die sich, die fleischigen Arme vor ihrem Hängebusen verschränkt, das Geschehen nicht entgehen lassen wollte.

»Was ist denn los?« erkundigte ich mich. »Ein Unfall?«

»Weiß nicht genau«, antwortete sie und guckte mich durch

die dicken Gläser ihrer Woolworth-Brille an. Die übermäßig vergrößerten Augen starrten mich an wie die einer Geistesgestörten. Neben ihr stand ein Köter mit verfilztem weißem Fell, einem Strick als Leine und den bläulichen Schatten einer Starerkrankung in den Augen.

»Niedlicher Hund«, bemerkte ich. Ich mag alle Hunde, sogar die häßlichen.

»Er heißt Buster. Er ist blind.«

»Blind? Beißt er?«

»Nein.«

Ich bückte mich, um dem Hund den Kopf zu kraulen, aber er ging mit den beiden Zähnen, die ihm noch geblieben waren, auf mich los. »He! Sie haben gesagt, er beißt nicht.«

»Er zwickt, aber beißen tut er nicht.«

Manchmal hasse ich diese Stadt.

»Die Bullen suchen jemand«, erklärte sie.

»Wen denn?«

»Keine Ahnung. Hab' es auch bloß gehört. Hat mit irgendeiner Arznei zu tun. Deshalb die Bombe.«

»Welche Bombe?«

»Na, der Mann, dieser Mann von der Arzneimittelfirma. Es hat ihn erwischt.« Sie schob die Brille hoch. »Man hat ihm eine Bombe in sein Auto gelegt, wegen dem Aids.«

»Was?«

»Na, wegen Aids. Das haben sie in den Nachrichten gesagt.«

»Wann?« Der Furstmann-Vorsitzende? Das konnte doch nicht wahr sein!

»Wie?«

»Sie suchen die Frau, die es getan hat. Jedenfalls soweit ich informiert bin.«

»Welche Frau?« Eileen? Die Bullen hatten bereits ihre Adresse.

»Es geht auf das Konto einer Terroristin. Sie arbeitet gleich da vorne, hier mitten in der Stadt. Eine Anwältin. Sie soll verhaftet werden.«

Mir blieb die Luft weg. Eine Anwältin. Arbeitet da vorne mitten in Philadelphia. Damit mußte ich gemeint sein. Was ging hier vor? Ich war wie vom Donner gerührt. Ich drehte mich um und rannte, fast automatisch trugen mich meine Beine weg von den Streifenwagen. Wohin sollte ich laufen? Ich wußte es nicht. Nur weg. Hinaus aus der Innenstadt, weit weg von der Polizei.

Ich lief erst im Joggingtempo, dann beschleunigte ich zu einem flotten Sprint. Mein Herz hämmerte dumpf, mein Puls raste. Das war kein Sport mehr, das war Flucht. Ich floh aus der Stadt, nichts wie weg aus dem Geschäftsviertel. Dämmerung senkte sich herab, und ich lief weiter, blieb nicht stehen, bis weit und breit kein Polizeiauto mehr zu sehen und ich völlig atemlos war. Keuchend torkelte ich in eine mit Graffitis besudelte Telefonzelle mit kaputtem Licht. Ich zog die Tür zu und gab mit zittrigen Fingern die Nummer meiner Kreditkarte ein.

»Wells«, meldete er sich, nachdem er den Hörer abgenommen hatte.

»Grady, was ist los?« Ich hätte mich gefreut, seine Stimme zu hören, wenn ich ihm hätte trauen können.

»Bennie! Bennie, wo sind Sie?« Seine Stimme klang eindringlich. »Die Polizei sucht Sie. Man hat in Ihrer Wohnung eine Schere mit Blutspuren gefunden. Die Untersuchung ergab, daß es sich um Marks Blut handelt. Laut Auskunft der Polizei ist es die Tatwaffe, Bennie. Vor mir liegt der Haftbefehl.«

»Was?«

»Warten Sie, es kommt noch schlimmer. Die Polizei will Sie wegen eines weiteren Mordes verhören, am Vorsitzenden von Fürstmann Dunn.«

»O Gott. Wurde er wirklich umgebracht?«

»Mit einer Autobombe, in der Zufahrt zu seinem Haus. Die

Bullen wissen, daß Sie sich gestern abend mit diesen Tierschutzaktivisten getroffen haben. Woher wissen die das?«

Mein Verstand setzte aus. Azzic mußte mir gefolgt sein, es sei denn, Grady log und hatte es der Polizei selbst erzählt.

»Bennie, sind Sie noch da? Sind Sie in Ordnung? Nach Überzeugung der Polizei haben Sie auch mit diesem Mord zu tun. Auf Ihren Hinweis hin hat Azzic Eileen festgenommen, sie ist jetzt Belastungszeugin. Sie behauptet, Sie steckten hinter dem Bombenanschlag und hätten es so eingerichtet, daß sie ihren Kopf für Sie hinhalten muß.«

»Das ist doch lächerlich!«

»Sie hat die Tat gestanden, einschließlich Ihrer Beteiligung an dem Verbrechen. Ihr Freund, Kleeb, ist auf der Flucht. Azzic ist im Moment gerade unten. Er verlangt, daß Sie sich stellen.«

»Aber ich war es nicht. Ich habe mit keinem der Morde etwas zu tun!« Es war verrückt und wurde immer verrückter.

»Dann kommen Sie nicht her, und sagen Sie nichts mehr. Vermutlich verfolgen sie alle eingehenden Anrufe zurück, vielleicht hören sie sämtliche Telefongespräche ab.«

Ich überlegte blitzschnell. »Gehen Sie in mein Büro, und holen Sie meine Aktentasche. Kommen Sie um Mitternacht zu dem mir liebsten Platz auf der ganzen Welt. Passen Sie auf, daß Ihnen niemand folgt. Verstanden?«

»Verstanden.«

Ich hängte den Hörer ein und fragte mich, ob ich gerade klug gehandelt hatte. Ich hatte mich einem Menschen ausgeliefert, bei dem ich allen Grund zum Mißtrauen hatte. Aber ich hatte keine andere Wahl. Konnte Grady überhaupt wissen, welchen Platz ich gemeint hatte? Konnten die Bullen den Anruf zurückverfolgen? Was war los? Wo war ich überhaupt? Die Straßenlampen waren kaputt, an der Straßenecke herrschte Dunkelheit. Draußen neben der Telefonzelle war ein verlassener Laden, dessen Fenster mit einzelnen graffitibeschmierten Brettern vernagelt waren. Ich versuchte ein Straßenschild zu entdecken, aber anscheinend hatte die jemand als Altmetall eingesammelt.

Ich hatte keine Ahnung, was ich tun sollte. Ich ließ mich gegen die Wand der dunklen Zelle fallen, neben einen zackigen Riß, der sich über die gesamte Länge der Kunststoffscheibe ausbreitete. Ich war verzweifelt, völlig am Ende. Der Vorsitzende von Furstmann war tot, weil ich mich von Eileen hatte reinlegen lassen. Jetzt hängte sie mir die Sache an. Aber noch jemand anderer versuchte das gleiche. Ich fragte mich, ob die Polizei genug Material hatte, um mich des Doppelmordes zu überführen. Ich hatte kein Alibi für den Manager, zur Tatzeit war ich joggen. Mit Sicherheit würde man die Todesstrafe fordern.

Ich sank auf den dreckigen Boden der Zelle und zog die Knie an die Brust. Ich war halb nackt und fror. Ich war die Hauptverdächtige für zwei Morde, die ich nicht begangen hatte. Und jemand hatte eine Mordwaffe in meine Wohnung gelegt. Mein Anwalt, meine einzige Verbindung zur Außenwelt, war ein Mann, von dem ich nicht wußte, ob ich ihm trauen konnte. Meine Welt brach auseinander, und ich war nicht stark genug, um die Teile zusammenzuhalten. Zum ersten Mal in meinem Leben fühlte ich mich hilflos.

Herzbeklemmend, verzweifelt hilflos.

18

Ängstlich hielt ich Ausschau nach Streifenwagen, aber es waren keine zu sehen, außer dem einen, der wie üblich über den Kelly Drive fuhr, die sich am Ostufer des Schuylkill River entlangschlängelnde Straße. Vielleicht hatten die Bullen die Abhörgenehmigung nicht bekommen, vielleicht hatten die Beweise oder die Zeit dazu nicht ausgereicht, vielleicht waren sie auch schlicht zu dämlich, um dahinterzukommen, wo mein Lieblingsplatz war. Oder vielleicht lagen sie auf der Lauer und beobachteten mich aus dem Hinterhalt. Mit einem flauen Gefühl in der Magengegend betrachtete ich forschend das Ufer.

Die Nacht am Fluß war windig, und feuchte Nebelschwaden wurden vom Wasser herübergeweht. Ich fröstelte unter dem Strauch im Azalea Garden, wo ich die Joggerin, die sich verschnaufen muß, spielte. Das war gar nicht so weit von der Wahrheit entfernt und außerdem die perfekte Tarnung, denn die Asphaltwege entlang der Ufer zogen sogar abends und nachts Inline-Skater und Läufer an.

Ich sah auf die Uhr: 23.30 Uhr. Zeit zu gehen. Ich nahm meine kleine Papiertüte und stand mit wackligen, steifen Knien langsam auf. Ich hielt Ausschau nach dem Streifenwagen, aber die Luft war rein.

In leichtem Trab lief ich an zerknüllten Pappbechern vorbei, die den Weg entlang der Bootshäuser verunzierten, den schmutzigen Hinterlassenschaften eines Dreimeilenrennens. Bootshäuser in leuchtenden Farben säumten den Weg, und mittendrin stand das der Penn's Universität. Ich erreichte die rote Tür, vergewisserte mich, daß mich niemand beobachtete, und gab die Kombination ein, mit der sich die Tür öffnen ließ. Ich schlüpfte hinein und zog die Tür hinter mir zu.

Der Vorraum des Bootshauses war geräumig, unbeleuchtet und leer. Er hatte zwei große Fenster zur Straße hin, deshalb riskierte ich es nicht, Licht zu machen. Ich brauchte es ohnehin nicht, ich fand mich hier blind zurecht. An den Wänden hingen Ruderfotos, und neben der Tür stand ein altes grünes Ledersofa. Links vom Flur befand sich der große Raum mit den Booten der Männer; rechts der später errichtete Anbau für die Frauenboote.

Ich ließ mich auf das Sofa fallen und atmete die vertrauten Gerüche nach Schmiere, Holzpolitur und menschlichem Schweiß ein. Ich war in Sicherheit, wenigstens vorübergehend.

Das Bootshaus war mein absoluter Lieblingsplatz. Ich lehnte den Kopf zurück. Hinter mir an der Wand hing ein Foto von mir aus der Collegezeit, als ich Mitglied einer der ersten Frauenmannschaften war; eine junge, kräftige, strahlende Blondine, die neben Skulls mit rot und blau bemaltem Ruderblatt stand. Ich brauchte mir das Foto nicht anzusehen, ich wußte auch so, daß ich darauf entschieden besser aussah als jetzt. Im schwachen Licht, das durch die Fenster fiel, glitt mein Blick über die anderen Bilder an der Wand. Verblaßte Fotos der Männer- und Frauen-Achter bei verschiedenen Regatten; entweder hielten die Mannschaften ihre Pokale hoch, oder sie warfen ihre winzigen Steuerleute ins Wasser. Das war Equipment Rudertradition, wie das Übergeben des Trikots an den Sieger, eine anschauliche Lektion in öffentlicher Demütigung. Jetzt, da ich nicht nur mein Trikot, sondern auch alles andere verloren hatte, empfand ich dieses Gefühl ziemlich drastisch.

Ich wurde wegen zweifachen Mordes gesucht. Sämtliche Nachrichten brachten die Meldung. Was dachte Hattie, und was war mit meiner Mutter? Was wird aus ihnen, wenn man mich ins Gefängnis steckte oder noch Schlimmeres? Ich gestattete mir noch zehn Sekunden Selbstmitleid, dann ging ich mit meiner Papiertüte in der Hand die Treppe hinauf, mein Leben zu retten.

»Bennie, sind Sie das?« flüsterte Grady.

Ich packte ihn am Jackenärmel, zerrte ihn in das Bootshaus und schloß die Tür hinter ihm. »Klar bin ich das.«

»Aber Ihre Haare, die sind ja kurz.«

»Kinnlang.« Ich hatte sie mit einer Schere aus der Werkstatt des Bootshauses abgesäbelt.

»Was ist denn mit der Farbe? Ich sehe es nicht richtig, es ist so dunkel hier drin. Sind sie jetzt schwarz?«

»Nein, rot. Helles Tarnungskupferrot.« Ich fuhr mir mit der

Hand durch die feuchten, frisch gefärbten Haare. Nach der Färbeaktion, einer heißen Dusche und frischen Kleidern fühlte ich mich wohler, eher Herr der Lage. »L'Oréal, acht Dollar in jeder Drogerie. Weil ich's mir wert bin.«

»Ist rot nicht irgendwie zu auffällig als Tarnung?«

»Ich bin über einsachtzig, Grady. Ich bin auffällig geboren. Außerdem hätte ich zwei Schachteln gebraucht, um von Blond auf Schwarz zu wechseln, und das bin ich mir nicht wert. Wie sieht's aus, haben Sie meine Aktentasche mitgebracht?«

»Hier.« Er reichte sie mir. »Woher haben Sie diese Sachen? Sind die gelb? Ist das nicht ein bißchen leuchtend?«

»Was sind Sie, von der Modepolizei? Das ist das einzige, was ich in meinem Spind hatte.« Ich öffnete den Reißverschluß meiner Aktentasche und lugte hinein. Die Computerausdrucke von Marks Terminkalender, Bill Kleebs Akte und ein Handy. Ich machte die Tasche zu, hütete mich aber, dankbar zu sein. Jemand wollte mir den Mord an Mark anhängen, möglich, daß Grady dieser Jemand war. »Sie sollten jetzt gehen, Anwalt. Danke für Ihre Hilfe.«

»Was? Ich bin gerade erst gekommen. Was haben Sie jetzt vor?«

»Weiß ich noch nicht, muß ich mir noch überlegen.« Ich mußte die Stadt verlassen und Bill Kleeb finden, aber ich hatte nicht die Absicht, Grady mehr zu erzählen als unbedingt nötig. »Sie müssen jetzt gehen, bitte.«

»Ich möchte Ihnen helfen.«

»Ich brauche keine Hilfe.«

»Warum sind Sie so komisch? Wußten Sie Bescheid über den Mord am Furstmann-Vorsitzenden?«

Mit dieser Anschuldigung konfrontiert, wich ich einen Schritt zurück. »Natürlich nicht. Haben Sie der Polizei gesagt, daß ich mich an jenem Abend mit meinem Mandanten getroffen habe?«

»Nein. Azzic wollte mich ausquetschen, aber ich berief mich auf die anwaltliche Schweigepflicht, und er ließ mich in Ruhe.«

Hmmm »Mir gefällt das nicht. Man sollte denken, die machen Ihnen die Hölle heiß.«

»Eigentlich schon. Ich dachte, die lassen mich gehen, um zu sehen, ob ich sie zu Ihnen führe.«

Mich fröstelte. »Und haben Sie?«

»Nein, nein. Falls sie mir gefolgt sind, habe ich sie abgehängt. Ich habe mit meinem Cousin einen Plan ausgeheckt. Er kam vorbei, nahm mein Motorrad und fuhr damit nach New Jersey. Mit einem Motorradhelm auf dem Kopf kann man uns nicht auseinanderhalten. Falls sie ihm gefolgt sind, sind sie jetzt in Marlton.«

Nicht schlecht, wenn es denn stimmte. »Gut. Danke. Würden Sie jetzt bitte gehen?«

»Warum wollen Sie mich unbedingt loswerden? Ich bin Ihr Anwalt. Lassen Sie mich meine Arbeit machen.«

»Das ist nicht die Arbeit eines Anwalts, das ist Beihilfe. Lassen Sie sich nicht noch tiefer in die Sache verwickeln, als Sie es ohnehin schon sind.«

Er schaute mir über die Schulter. »Was ist da eigentlich drin?«

»Boote, Harvard.«

Er schob sich an mir vorbei und verschwand im Männerraum des Bootshauses. Der riesige Raum war so lang, daß darin zwei Längen auf Gestellen aufgebockter Achter Platz hatten. Das Mondlicht schien bleich durch die Fenster in den Garagentüren und ließ die mit Schellack behandelten Oberflächen der Fiberglas-Skullboote funkeln. Gradys weißes Hemd reflektierte das Licht, und ich sah, daß er sich bewegte, konnte aber nicht erkennen, was er trieb.

Wie angewurzelt stand ich auf der Schwelle. Mir fehlte der Mumm, ihm nachzugehen. Niemand wußte, daß wir hier waren. Er könnte mich umbringen, und niemand würde es je erfahren. Ich steckte einen Schraubenzieher aus der Werkstatt hinten in meinen Bund, aber die Aussicht, mich damit verteidigen zu müssen, versetzte mich nicht gerade in Begeisterung. »Bitte gehen Sie, Grady«, rief ich und hoffte, meine Stimme würde nicht verraten, welche Heidenangst ich hatte. »Sie machen sich zum Komplizen nach begangener Tat.«

»Das ist ja lustig«, sagte er. Seine Stimme kam aus dem Dunkeln. »Die Boote haben Namen.« Meine Augen gewöhnten sich an die Dunkelheit, und ich erkannte den Umriß seiner großen Gestalt neben den Achtern. Mit den Fingerspitzen strich er über den Schriftzug auf einem der schnittigen Boote.

»Ja, das ist Amerika. Aber jetzt ist die Show vorbei. Zeit zu gehen.«

»Warum sind Sie denn so nervös? Draußen sind keine Bullen, ich habe mich vergewissert. Sehen Sie sich das an. Auf dem hier steht *Paul Madeira* und auf dem *Ernest Ballard IV.* Wer sind die?«

»Reiche weiße Typen. Sollten Sie nicht besser verschwinden?«

»Ich bin noch nie in einem Bootshaus gewesen. Warum führen Sie mich nicht herum? Das Rudern spielt in Ihrem Leben eine große Rolle. Ich würde gern mehr darüber wissen.«

»Hier gibt es nichts zu sehen außer Booten, Grady. Sie sind braun, sie schwimmen im Wasser. Boote in rauhen Mengen. Nichts zu sehen. Zeit zu gehen.«

»Führen Sie mich herum, oder ich erzähle Ihnen nichts von der Überraschung, die ich Ihnen mitgebracht habe.« Er kam auf mich zu, aber ich wich rasch in den Flur zurück und hielt mich auf Distanz.

»Überraschung? Ich brauche keine weiteren Überraschungen mehr. Ich hasse Überraschungen.«

»Dann mache ich die Führung eben allein. Herrje.« Als er

durch den Flur zum Anbau für die Frauenboote auf der anderen Seite ging, streifte er mich im Vorbeigehen. »Was ist hier drin?« rief er. »Noch mehr Boote?«

»Mädchenboote.«

»Sind die rosa?«

»Sie sind leichter. Und jetzt auf Wiedersehen.«

»Sie können wirklich sehr grob sein. Sind die Damenboote so schnell wie die Männerboote?«

»Wenn das richtige Mädchen rudert.«

»Sind Sie das richtige Mädchen?«

»Wollen Sie nicht endlich verschwinden?« Ich tastete nach dem Schraubenzieher, aber Grady drehte sich blitzschnell um und ertappte mich fast.

»Raten Sie, welche Überraschung ich mitgebracht habe, dann gehe ich. Ich gebe Ihnen einen Tip.« Sein erwartungsvolles Grinsen wirkte echt, zumindest im Dunkeln.

»Grady, mir ist nicht nach Spielen zumute. Das ist dieses blöde Mörder-Suchspiel. Das ist gar nicht komisch.«

»Kommen Sie schon, ein Versuch. Es ist größer als ein Brotkasten.«

»Ihr Ego?«

»Kaum. Es parkt draußen auf der Straße, vollgetankt mit Super.«

»Ein Auto? Sie haben mir ein Auto gebracht?« Mein Herz machte einen Sprung, aber gleich setzten wieder die Zweifel ein. »Woher wußten Sie, daß ich ein Auto brauche?«

»Ich wußte, daß Sie aus der Stadt müssen.« Er zog einen silbernen Schlüssel aus seiner Tasche und ließ ihn im Mondlicht hin und her baumeln. »Es ist ein brandneuer Wagen.«

»Wie haben Sie das angestellt?«

»Er gehört meinem Cousin. Ich habe ihn gegen das Motorrad getauscht. Er wollte es sich schon seit langem ausborgen.«

»Prima.« Ungeachtet meines Argwohns schnappte ich mir

den Schlüssel aus seiner Hand. »Und jetzt raus mit Ihnen.« Ich versuchte ihn in Richtung Tür zu schieben, aber er bewegte sich nicht von der Stelle.

»Ich möchte Sie begleiten, Bennie.«

»Kommt nicht in Frage.«

»Warum nicht? Warum wollen Sie alleine gehen?«

»Ich bin gern allein.«

»Nein, nein«, widersprach er ernst. »Etwas beschäftigt Sie. Sie verhalten sich mir gegenüber inzwischen sehr reserviert, das ist nicht zu übersehen. Sie trauen mir nicht, stimmt's?«

Mist. »Wie kommen Sie darauf.«

»Der Grund dafür ist, daß ich gelogen habe, was die Treffen mit Mark angeht, stimmt's? Sie brauchen nicht zu antworten, ich weiß, daß ich recht habe. Durch den Terminkalender sind Sie dahintergekommen, daß ich mich mit Mark getroffen habe. Ich habe in Ihre Aktentasche geschaut, Bennie, ich weiß Bescheid. Ich kann Ihnen sagen, warum ich gelogen habe. Lassen Sie es mich erklären.«

»Ich möchte, daß Sie gehen, Grady. Deutlicher kann ich nicht werden.« Ich ging um ihn herum zur Tür, aber er ergriff meinen Arm. Ich zuckte unter der Berührung zusammen.

»Ja, ich habe mich mit Mark getroffen. Zweimal. Beim ersten Mal sagte er, er verlasse die Firma und wolle, daß ich mit ihm gehe. Er behauptete, ich sei der einzige Mitarbeiter, den er zu übernehmen gedenke, abgesehen von Eve.«

»Was haben Sie ihm geantwortet?«

»Ich lehnte ab. Das zweite Mal trafen wir uns auf meine Veranlassung im Rittenhouse-Hotel. Ich versuchte ihm die ganze Sache auszureden.«

»Warum?«

»Was glauben Sie wohl?«

»Keine Ahnung«, sagte ich, obwohl mir plötzlich etwas schwante. Ich fühlte es. Es war spürbar in der zunehmenden Rauheit von Gradys Stimme und in der Art, wie er sich in der Dunkelheit zu mir beugte.

»Ihretwegen. Ich wollte nicht, daß er Ihnen weh tut. Ich weiß, wieviel Ihnen die Kanzlei bedeutet.«

Ich sagte nichts. Meine Kehle war wie zugeschnürt.

»Bennie, Sie können mir vertrauen. Ich werde Ihnen nie wieder etwas vorenthalten, das schwöre ich. Ich werde Ihnen nie weh tun, nicht um alles Geld der Welt.« In diesem Augenblick griff er in seine Jacke, und als seine Hand wieder zum Vorschein kam, sah ich das stählerne Funkeln einer Waffe.

Unwillkürlich schnappte ich nach Luft. Mein Herzschlag setzte aus. Grady war der Mörder. Er wollte mich umbringen. Ich griff nach meinem Schraubenzieher, aber Grady packte meine Hand und drückte mir die Waffe hinein.

»Hier. Sie gehört Ihnen. Behalten Sie sie.«

»Was? Wie?« Ich blickte auf die Waffe hinunter. Es war ein Revolver mit einem kreuzweise schraffierten Griff, der kalt und schwer in meiner Hand lag.

»Zu Ihrem Schutz. Er ist gesichert, aber geladen. Es ist meine Waffe von zu Hause. Erschießen Sie alles und jeden, die Ihnen ans Leder wollen. Wenn ich Sie schon nicht beschützen darf, dann soll wenigstens dieses Ding da Sie beschützen.«

Ich konnte gar nicht so schnell folgen. Ein Schraubenzieher war eine Sache, ein Revolver eine ganz andere. Ich hatte nie eine Schußwaffe in der Hand gehalten außer als Beweisstück, und selbst mit der orangefarbenen Nummer, die sie als Beweisstück gekennzeichnet hatte, weckten Schußwaffen in mir stets reichlich gemischte Gefühle. Ich habe gesehen, welche Verheerungen Waffen anrichten können, wie sie Gesichter, Köpfe, Herzen zerfetzen. Ich gab die Waffe zurück. »Nein, Grady. Behalten Sie sie.«

»Warum?« Er ließ die Waffe in seine Jackentasche gleiten. »Sie sind unklug.«

»Nein, bin ich nicht. Übrigens, ich habe meinen zuverlässigen Schraubenzieher.« Ich zog das Werkzeug aus dem Bund und hielt es hoch.

Grady lachte. »Sind wir nicht ein gutbewaffnetes Paar? Aber auf eine Entfernung von fünfundvierzig Metern ist der Schraubenzieher nicht sonderlich effektiv.« Er nahm das Werkzeug und warf es über seine Schulter.

»He, Sie da! Das ist meine Verteidigungswaffe.«

»Gegen mich brauchen Sie sich nicht zu verteidigen. Wenn ich Ihnen etwas antun wollte, hätte ich Ihnen dann die Waffe gegeben?« Er kam näher.

Mein Mund wurde trocken. Ich fühlte mich ausgeliefert und verletzbar, und diese Gefühle beruhten nicht darauf, daß er den geladenen Revolver hatte.

»Mark war nicht gut genug für Sie, Bennie.« Die Bitterkeit in seinem weichen, schleppenden Südstaatenakzent war unüberhörbar. »Er war nicht imstande zu geben, er konnte immer nur nehmen.«

»Ich möchte nicht über Mark sprechen.«

»Ich schon, denn ich möchte Sie verstehen. Sie waren zu verliebt, um ihn so zu sehen, wie er wirklich war. Ich dachte immer, wie es wohl wäre, wenn diese Frau mich so lieben würde. Ich fragte mich, wie diese Frau sein würde.« Er beugte sich vor und küßte mich sanft.

»Grady.« Ich wollte ihn wegschieben, aber er rührte sich nicht.

»›Grady‹ was? Warum geht es nicht? Wegen Mark? Fragen Sie sich mal, ob er hierhergekommen wäre? Hätte er Ihnen geholfen?«

»Lassen Sie das.«

»Nein. Fragen Sie sich das«, wiederholte er eindringlich. »Hat er je etwas für Sie getan? Hat er ein einziges Mal etwas getan, was Ihrer Liebe würdig gewesen wäre?«

»Wir haben zusammen die Firma aufgebaut.«

»Das hat *ihm* geholfen, Bennie, und als er anfing, das große Geld zu scheffeln, hat er Sie sitzenlassen. Er war Ihr Liebhaber, aber war er auch Ihr Freund? Hat er Ihnen mit Ihrer Mutter geholfen?«

Ich spürte, wie mir wider alle Vernunft Schamröte ins Gesicht stieg. »Woher wissen Sie über meine Mutter Bescheid?«

»Weil ich Bescheid wissen wollte. Mir fiel auf, daß Sie an manchen Vormittagen spät ins Büro kamen, und ich hörte Sie am Telefon mit den Ärzten sprechen. Ich weiß, daß sie vor einiger Zeit im Krankenhaus gewesen ist. Aber während dieser ganzen Zeit war Mark ständig im Büro. Er hat Sie nie begleitet. Ich wäre für Sie dagewesen. Warum Mark nicht? Warum hat er Ihnen nicht geholfen?«

»Das war nicht nötig.«

»Natürlich war das nötig. Wir alle konnten sehen, daß Sie erschöpft waren. Völlig gestreßt. Marshall und ich haben das gleich mitbekommen.«

»Ich habe ihn nie gebeten, mir zu helfen.«

»Warum mußte er darum gebeten werden? Daß er gebraucht wurde, war offensichtlich. Er hätte es einfach tun können. Einfach Flagge zeigen. Dasein.«

»So einfach ist das nicht«, hob ich an, aber er unterbrach mich und berührte meine Schulter.

»Wissen Sie, was Liebe für mich ist, Bennie? Ich glaube, es ist mehr als nur ein Zustand. Nicht nur ein Gefühl oder Worte, die man sagt. Es ist das, was man tut. Wenn man eine Frau liebt, liebt man sie jeden Tag, und man *tut* etwas. Man tut etwas für sie. Ich liebe dich, Bennie. Ich *tue* etwas. Ich schwöre es.«

Ich setzte zu einer Erwiderung an, aber er nahm mich in die Arme und küßte mich wieder, länger dieses Mal. Seine Jacke unter meinen Händen fühlte sich weich an, seine Arme unter dem leichten Wollstoff muskulös. Sein Mund war warm und freigiebig, und ich ließ mich von seinem Kuß forttragen, wollte ihn fühlen, ihn erproben. Ich konnte mich nicht erinnern, je so geküßt oder in den Armen gehalten worden zu sein. Es war ein Angebot, keine Forderung, und das machte es plötzlich unwiderstehlich.

Er schlüpfte aus seiner Jacke, und sein Körper fühlte sich genauso stark an wie meiner, nein stärker, weil er verliebt war. Er sagte es mir mit seinem Kuß, mit seiner Umarmung, mit seinen Hüften, die sich gegen meine drängten und mich auf das Sofa schoben. Ich fühlte, wie ich auf ihn reagierte, weil er mir das Gefühl vermittelte, als wolle er mir etwas schenken. Sich schenken.

Er legte mich auf das Sofa, sein Mund und sein Körper preßten sich gegen mich, und ich spürte, wie mein Körper sich ihm entgegenbog. Zurückgab. Ich konnte ihn nicht sehen, aber dafür waren meine anderen Sinne um so mehr sensibilisiert. Ich strich mit der Hand über sein kratziges Kinn, spürte, wie sich seine Muskeln unter seinem Hemd strafften. An seiner Wange atmete ich einen Hauch After-shave ein, der sich mit dem leicht moschusartigen Duft seiner Halsbeuge mischte.

Ich hörte das metallische Klirren seiner Gürtelschnalle, dann ein leises Fluchen, während er an seinem Reißverschluß herumfummelte. Meinen eigenen Atem, leise und erregt. Die Geräusche meines Verlangens und des seinen, hier in der Dunkelheit.

In der Mitte der Nacht.

19

Kurz vor Tagesanbruch machte ich mich auf den Weg und flitzte in einem brandneuen bonbongelben Chevy Camaro über die Schnellstraße. Nicht direkt unauffällig, aber von meinen roten Haaren bis zu meinem goldgelben Kostüm war ich ohnehin nicht besonders fluchtgerecht ausstaffiert. Auf dem speziell gewählten persönlichen Nummernschild stand JAMIE-16, der Vordersitz war übersät mit Grunge-Rock-CDs, und ein bananenförmiger Duftspender schwang wie ein Pendel am Rückspiegel. BANANAROMA verhieß die Aufschrift, und so roch es auch.

Ich befand mich auf der Flucht vor der Polizei auf dem Weg nach West-Pennsylvania, um Bill Kleeb zu suchen. Während Grady schlief, hatte ich Bills Akte noch einmal gelesen, anschließend geduscht und versucht, Bill über mein Handy anzurufen. Niemand hatte sich gemeldet, und ich hatte es aufgegeben. Die Polizei würde sicher unter Strafandrohung die Aufzeichnungen über meine Handytelefonate verlangen, und ich wollte nicht, daß sie wußten, wen ich anzurufen versuchte. Die Fahndung nach Bill lief parallel mit der nach mir.

Besorgt schielte ich in den Rückspiegel. Keine Bullen in Sicht und kaum Verkehr. Für die Pendler war es noch zu früh, aber die würden ohnehin stadteinwärts fahren und nicht hinaus. Ich wechselte die Spur und fuhr so schnell, wie ich mich eben traute, unter dem bewölkten Himmel dahin. Seitdem die jungfräulichen Reifen die Schnellstraße berührt hatten, fraß der Wagen mit leisem Brummen die Kilometer.

In meinem Hinterkopf lauerten stets meine Mutter und Hattie. Wann konnte ich es wagen, sie anzurufen? Hatte Hattie die Termine für die Elektroschocks vereinbart? Wie konnte ich ihr in meiner Situation helfen? Ich ließ sie allein, vielleicht für lange Zeit. Wieder warf ich einen prüfenden Blick in den Rückspiegel. Die von grauen Wolken verschleierte Skyline der Stadt lag weit hinter mir. Ich dachte an den schlafenden Grady, dem ich einen Zettel auf die Brust gelegt hatte. *Ich rufe an, wenn es geht. Paß auf dich auf.* Nicht überwältigend romantisch, aber ich war mir über meine Gefühle für ihn nicht ganz im klaren, und ich wollte mich nicht präziser äußern. Es war nicht der passende Zeitpunkt für den Anfang einer ernsthaften Beziehung. Zusammenkünfte mit einem Mann hinter kugelsicherem Glas entsprachen nicht meinem Geschmack, egal, wie herzzerreißend sich diese Gefängnisszenen in Fernsehserien darstellten.

Ich verdrängte Grady aus meinen Gedanken, warf meine karottenroten Strähnen zurück und trat aufs Gaspedal. Nach zwei Stunden lag Harrisburg hinter mir, und ich fuhr durch die Felder weiter nach Westen, nach Altoona in der bergigen Mitte des Staates. Dort verließ ich die Hauptstraße. Ein paar Bars, Rasthäuser und Verkaufsstände entlang der Straße erinnerten mich daran, daß ich Hunger hatte, aber ich wollte keine Zeit mit Essen verschwenden. Ich kam an ein paar TORO-Händlern vorbei und später an einem Schuppen, in dem Zementplastiken für den Garten verkauft wurden, für die mit einem handgeschriebenen Schild geworben wurde: SCHENKEN SIE BETON – DAS GESCHENK, DAS EIN LEBEN LANG HÄLT. *Wow.*

Stundenlang fuhr ich auf ein- und zweispurigen Straßen, über endlose Umwege und Umleitungen, bis ich auf die holperige Straße kam, die mich, wie ich hoffte, in Bills Heimatstadt bringen würde. Im Labyrinth staubiger Nebenstraßen, die kreuz und quer durch Mais- und Spinatfelder führten, verirrte ich mich zweimal. In frischer Luft und inmitten von Gemüse konnte ich mich nicht orientieren, ich brauchte Smog und Mülltonnen.

Links Apfel, rechts Heidelbeeren, erreichte ich endlich die unbefestigte Straße zur Kleeb-Farm. Auf dem Briefkasten stand Zoeller, aber die Adresse stimmte mit der in Bills Akte überein. Ich fuhr den Wagen rechts ran an ein Maisfeld und stellte den Motor ab.

Ich öffnete das Fenster und wartete eine halbe Stunde. Aufmerksam hielt ich Ausschau nach irgendwelchen Aktivitäten. Polizei, Presse, was auch immer. Alles schien ruhig, aber ich wartete lieber noch etwas länger. Wolken verdunkelten den Himmel, und die Luft wurde drückend schwül. Der frische Landgeruch schlug um. Es stank nach allem möglichen Mist und Dung. Trotzdem ließ ich das Fenster offen, denn der von draußen kommende Gestank war mir immer noch lieber als der fruchtige Mief im Bananamobil. Ich sehnte mich nach einem heißen Kaffee. Auf der Flucht zu sein nervte.

Die Farm, ein Schindelhaus, war frisch weiß gestrichen und sah nach Wohlstand aus. Hinter dem Gebäude auf der linken Seite standen zwei neue Pick-up-Modelle, eine schindelverkleidete Scheune und ein Silo. Auf einem hohen, grasbewachsenen Hügel weideten freilaufende Pferde und senkten beim Grasen graziös ihre langen Hälse. Für ein Stadtmädchen, das bei einer verrückten Mutter aufgewachsen ist, die reinste Idylle. Die einzigen Hügel, die ich in meiner Kindheit gesehen habe, waren aus Kleenex gewesen.

Ich sah auf meine Uhr. 12.15 Uhr. Hätte die Presse ein Interesse daran, hier aufzutauchen, wäre sie schon da. Ich stieg aus und reckte mich, die Aktentasche in der Hand. Den Wagen ließ ich neben den Maisreihen stehen. Ich wollte eher nach Rechtsanwältin aussehen als nach Rechtsbrecherin, und das Bananamobil entsprach nicht unbedingt dem Standardmodell einer Doktorin der Rechte.

Ich mußte das Vertrauen von Bills Eltern gewinnen. Alles, was ich brauchte, war ein bißchen Glück.

Und jede Menge Kaffee.

»Gott, ist der gut«, lobte ich schlürfend. Es war meine zweite Tasse.

»Vielen Dank«, strahlte Mrs. Kleeb – Mrs. Zoeller, seit ihrer Wiederverheiratung. Sie hatte ein rundes, sanftes Gesicht, das wie ein mütterlicher Ballon über ihrem rosa Trainingsanzug schwebte. Ihre welligen Haare hatten eine ähnliche Rotschattierung wie die Bills, waren aber im Laufe der Jahre dünner und an den Wurzeln grau geworden.

»Ehrlich, das ist ein wundervoller Kaffee.« Ich bemerkte, daß Mr. Zoeller mir über seinen weißen Kaffeebecher hinweg einen merkwürdigen Blick zuwarf.

»Dann sind Sie also wirklich Bills Anwältin«, meinte Mrs. Zoeller. Es klang, als glaubte sie es endlich, nachdem ich ihnen inzwischen die ganze Geschichte erzählt hatte. Mr. Zoeller, der neben ihr am Eßtisch saß, hatte während meines Redeschwalls kein Wort gesagt, sondern lediglich zuvor meinen Ausweis und Bills Akte zu sehen verlangt. Regungslos betrachtete er die Großaufnahme von Bills zerschlagenem Gesicht, und ich gewann stark den Eindruck, er hätte nichts dagegen, wenn sein junger Stiefsohn auf Lebenszeit im Gefängnis verschwände. Ich setzte meine Tasse ab. »Ja, ich bin wirklich Bills Anwältin, trotz meiner neuen Haarfarbe.«

»Sie haben gute Arbeit geleistet.« Mrs. Zoeller nickte bekräftigend.

»Vielen Dank. Wer hat gesagt, ich wäre eine Trantüte?«

Sie lächelte. »Sie benehmen sich wirklich nicht wie eine Rechtsanwältin, zumindest nicht wie die Anwälte, die ich gesehen habe. Im Fernsehen, meine ich.«

»Ellie, bitte«, mahnte Mr. Zoeller, und eine verlegene Mrs. Zoeller legte ihre Hand auf meine.

»Oh, das war selbstverständlich als Kompliment gemeint. Selbstverständlich.«

»Meine Frau plappert immer so unüberlegt daher.« Mr. Zoeller runzelte die Stirn. Er war ein großer, bulliger Mann. Die Ärmel seines Polohemds waren auf seinen fleischigen, sonnenverbrannten Armen hochgerutscht und gaben einen Rand weißer Haut frei. »Sie meint es nicht so.«

»Ich habe es als Kompliment aufgefaßt. Kein Grund zur Entschuldigung.«

Mrs. Zoeller errötete leicht. »Ich meinte nur, daß ich diesen anderen Anwalt von Bill, den neuen, nicht mag. Celeste. Er ruft uns immer wieder an, weil er will, daß wir was unterschreiben, wegen einem Buch oder so.«

»Eine Freigabe«, erläuterte Mr. Zoeller. »Er will, daß wir eine Freigabe unterschreiben.«

Mrs. Zoeller schüttelte den Kopf. »Ich glaube nicht, daß ihm Bills Wohlergehen am Herzen liegt. Er sieht nur Dollarzeichen. Aber Bill hat mir von Ihnen erzählt. Er sagte, es sei völlig ausgeschlossen, daß Sie jemanden umgebracht haben.«

»Da hat er recht.«

»Er sagte, daß er Ihnen vertraut hat. Ich glaube, er mag Sie wirklich.«

Ich war gerührt. »Ich mag ihn auch. Er ist ein netter Junge, aber das alles überfordert ihn.«

»Ich weiß, ich weiß.« Mrs. Zoeller fuhr sich mit den Fingernägeln über die Stirn und hinterließ eine winzige rote, wellenförmige Linie. »An allem ist Eileen schuld. Ich habe ihn vor ihr gewarnt. Als ich das Mädchen das erste Mal sah, sagte ich zu Gus: ›Die ist halb verrückt, das schwöre ich.‹ Habe ich das nicht gesagt, Gus?«

Mr. Zoeller antwortete nicht, sondern starrte unentwegt auf meine Zulassung für das Gericht in Pennsylvania. Was konnte daran so interessant sein? Oberstes Gericht ID Nr. 35417?

Mrs. Zoeller schüttelte unentwegt den Kopf. »Ich versuchte ihm das klarzumachen, aber er war so in sie verliebt, daß er für nichts zugänglich war. Hielt sie für klug und aufregend. Weltgewandt, vermute ich. Er sah nicht, was sich direkt unter seiner Nase befand. So ist er eben. So war er immer.«

Ich nickte bekräftigend.

»Und dieses Mädchen hat eine Vergangenheit, das kann ich Ihnen sagen. Er wußte alles darüber, aber es war ihm egal.«

»Mrs. Zoeller, ich kann Bill helfen, wenn Sie mich lassen.

Sagen Sie mir, wo er ist. Ich weiß, er ist für den Mord an diesem Manager nicht verantwortlich.«

Sie zog die Stirn kraus. »Oh, also, ich weiß nicht. Was meinst du, Gus?«

Er antwortete nicht, konzentrierte aber seine Aufmerksamkeit nicht mehr auf meine Zulassung, sondern auf das mitten auf dem Tisch liegende weiße Zierdeckchen. In der folgenden Stille wurde mir plötzlich das laute Ticken einer Großvateruhr in der Ecke bewußt. *Tick, tick, tick.*

»Mrs. Zoeller«, erklärte ich. »Ich weiß, es fällt Ihnen schwer, mir zu vertrauen, schließlich geht es um Bills Leben, aber Sie haben keine Wahl. Ich bin die einzige, die ihn aus dem Schlamassel herausholen kann.«

»Er ist der einzige, der Sie aus dem Schlamassel herausholen kann«, bemerkte Mr. Zoeller barsch.

»Eine Hand wäscht die andere, ich brauche Bill tatsächlich so sehr wie er mich. Doch das ändert nichts an der Tatsache, daß er mich braucht. Ich bin die einzige, die beweisen kann, daß der Mord an diesem Manager Eileens Idee war. Wenn sie es ohne seine Mithilfe getan hat, und davon bin ich überzeugt, kann ich zumindest dafür sorgen, daß die Mordanklage gegen ihn fallengelassen oder mittels einer Absprache zwischen Staatsanwaltschaft und Verteidigung zumindest eine Verringerung des Strafmaßes erreicht wird.«

»Wie soll denn das gehen?« Mrs. Zoeller zog eine feine Augenbraue hoch. »Sie verstecken sich doch.«

»Ich kenne viele Strafverteidiger. Ich werde dafür sorgen, daß Ihr Sohn den besten bekommt, den ich kenne, und dem Betreffenden erkläre ich, daß Bill die Wahrheit sagt. Ich kann Bill helfen, ohne selbst in Erscheinung zu treten.«

»Aber wenn er unter Mordanklage gestellt wird?« Ihre Stimme begann leicht zu zittern. »Müßten Sie dann nicht vor Gericht und als Zeugin aussagen?«

»Bis es soweit kommt, wenn überhaupt, ist die Sache für mich ausgestanden. Ich habe ein Leben, das ich wiederaufnehmen möchte, und auch eine Mutter.« Das war ziemlich abgedroschen, aber es war mir nicht zu banal. Nicht, wenn der Einsatz so hoch war.

»Oje. Ihre Mutter.« Mrs. Zoeller legte eine Hand auf ihre Brust. »Sie muß sich schreckliche Sorgen um Sie machen.«

»Sie ist verrückt vor Sorge.« Verrückt, verrückt, verrückt.

Tick tick, tick.

»Mrs. Zoeller, Sie können mir vertrauen. Ich glaube an meine Arbeit. Ich glaube an das Gesetz, ob jemand reich ist oder arm, Polizist oder Gangster. Und damit ist meine Ansprache zu Ende.«

Sie lächelte zurückhaltend und sah ihren wortkargen Ehemann an. »Gus, was meinst du? Glaubst du, du solltest Bennie zu Bill bringen?«

Herrje. »Nein, einen Moment, Mrs. Zoeller. Sagen Sie mir, wo Bill ist, ich werde allein gehen.« Ich wollte Mr. Herzlichkeit keinesfalls in die Nähe seines Stiefsohnes lassen. Sofern ich mich nicht völlig täuschte, war er mit ein Grund für Bills Schwierigkeiten.

»Warum? Es ist weit und schwer zu finden. Und Sie sagten, Sie hätten sich bereits auf dem Weg zu uns verirrt.«

Bitte einen Gedankenblitz. »Die Polizei könnte Sie und Mr. Zoeller überwachen. Sie kennt Ihren Wagen, aber meinen kennt sie nicht. Sie wollen sie doch nicht zu Bill führen, oder? Sagen Sie mir, wo er ist. Ich gehe allein.«

Wieder sah sie Mr. Zoeller an, der angelegentlich seine Fingernägel inspizierte. »Gus? Soll ich?«

Er drehte die Hand um und ließ sie warten.

Tick, tick, tick.

»Gus?« fragte sie noch einmal, und ich begriff, daß es familiären Mißbrauch in vielen Formen gab. »Liebling?«

»Bleibt dir überlassen. Er ist dein Sohn.«

Sie wandte sich erneut an mich. »Noch etwas Kaffee, meine Liebe?«

»Sehr gern«, antwortete ich.

Und sie lächelte.

Tick.

20

Mit den Anweisungen für die Fahrt, die ich mir aufgeschrieben hatte, und mit der von Mrs. Zoeller aufgezeichneten Karte kehrte ich zum Bananamobil zurück. Bill hatte sich in einer Hütte verkrochen, die seinem Onkel gehörte und als Jagdhütte diente. Die Zoellers gingen davon aus, daß sich diese Spur nicht bis zu ihnen zurückverfolgen ließ und Bill Eileen nichts von der Hütte erzählt hatte. Ich war mir dessen nicht so sicher. Mir erschien es mehr als wahrscheinlich, daß Eileen nicht nur davon wußte, sondern möglicherweise sogar dort gewesen war. Ein junger Mann und ein junges Mädchen sollten sich entgehen lassen, in einem ungestörten Unterschlupf auch unterzuschlüpfen? Dies war immer noch Amerika, oder nicht?

Ich studierte die Karte. Die Hütte lag in einer gottverlassenen Ecke an der Staatsgrenze, etwa sieben Stunden weiter nördlich von hier, so weit westlich wie Pittsburgh. Ich brauchte Benzin, etwas zu essen und mehr Kaffee. Schließlich landete ich in einem Minimarkt weit weg von Zoellers Farm, falls doch irgendwo Bullen herumlungerten.

»Hübscher Wagen, Jamie«, meinte der Teenager, der mich bediente und mir zwei aufgequollene Hot dogs verkaufte.

»Jamie?«

»Ihre Autonummer.«

»Oh. Klar.« Ich eilte zurück zum Wagen und fuhr los.

Ich fuhr durch in felsige Gebirge gesprengte Tunnels und über Hauptstraßen, die serpentinenförmig in grasbewachsene Hügel geschnitten worden waren. Es begann zu regnen, und ich rauschte über eine schmale, schnurgerade Landstraße nach der anderen nassen schmalen, schnurgeraden Landstraße. Als ich die Hot dogs und den furchtbaren Kaffee hinuntergewürgt hatte, tobte das schlimmste Unwetter, das der Diskjockey im Radio je erlebt hatte. Im Westen grollte Donner, und mein Magen grollte ebenfalls, aber nicht vom Proviant. Schließlich hielt ich es nicht mehr länger aus und telefonierte von meinem Handy aus.

»Geht es ihr gut?« fragte ich, kaum daß Hattie abgenommen hatte.

»Bitte? Bennie? Sind Sie das?«

»Ja. Geht es ihr gut?« Grauer Regen hämmerte gegen die Windschutzscheibe. Wegen des Unwetters und der atmosphärischen Störungen konnten wir uns kaum verstehen.

»Es geht ihr gut! Gut!«

»Wann bekommt sie die Elektroschocks?« Es war nichts mehr zu verstehen, und ich wartete, bis das Knistern nachließ.

»... Samstag morgen, um elf! Bennie? Sind Sie noch da? Alles in Ordnung?«

Weiteres Geknister. Es war zum Verrücktwerden. Als es aufhörte, brüllte ich: »Warum schon so bald? Kann das nicht warten, bis ich zurück bin?«

»Kümmern Sie sich um sich selbst! Ihrer Momma geht es gut!«

»Sie sollen warten, Hattie! Sie schaffen das nicht allein!«

»Sie kann nicht warten!« rief sie, dann brach die Verbindung endgültig zusammen.

Es war undenkbar, daß mich die Bullen hierher verfolgt hatten, ich hätte mich selbst nicht verfolgen können. Ich hatte mich endgültig und hoffnungslos verfahren. Mit ausgeschalteter Zündung und eingeschalteter Innenbeleuchtung saß ich im Bananamobil. Der Regen prasselte auf das Dach, und ich drehte die handgemalte Landkarte unschlüssig in den Händen, mal so herum, dann wieder andersherum. Das einzige, was ich wußte, war, daß ich mich mitten im Wald befand, in völliger Dunkelheit, in einem Unwetter.

Im Märchenwald gab es keine Straßenbeleuchtung, denn es gab keine Straßen, nur schmale, unmarkierte Wege schlängelten sich hindurch. Vor einer Stunde hatte ich ein Naturschutzgebiet passiert, und seitdem kurvten die Straßen um verlassene Teiche und an endlosen Baumreihen vorbei. Bäume boten noch weniger Anhaltspunkte als Mais, sie sahen alle gleich aus. Unten braun und oben grün. Ich sehnte mich nach einem Gefährten.

Ich nahm die Landkarte zur Hand, ein Werbegeschenk der Firma Keystone, die ich im Handschuhfach entdeckt hatte, und verglich sie mit Mrs. Zoellers Karte. Ich hätte Mrs. Zoeller angerufen, wenn die Anrufe nicht aufgezeichnet würden. Aber ich wollte keinesfalls eine schwarz auf weiß nachweisbare Spur hinterlassen, schon gar keine, die der Theorie der Polizei in die Hände spielte, ich sei Eileens und Bills Komplizin. Außerdem sollte ich imstande sein, mich selbst zurechtzufinden. Fasziniert starrte ich zuerst auf die eine, dann auf die andere Karte. Verdammt. Ich mußte dicht dran sein.

Mist. Ich hatte wirklich das Gefühl, dicht dran zu sein; ich mußte einfach ein bißchen herumfahren, bis ich auf die Hütte stieß. Ich warf die Karten auf das senfbeschmierte Einwickelpapier der Hot dogs, machte die Innenbeleuchtung aus und legte den Rückwärtsgang ein. Als ich das Fernlicht einschaltete, fiel es durch die Bäume auf ein winziges Schild. 149. Was? Mit der Handkante wischte ich ein Guckloch in die beschlagene Windschutzscheibe. 149 Cogan Road. Das war sie! Die Hütte. Heiliger Strohsack!

Ich schaltete den Motor aus und stieg aus dem Wagen, eine CD von Eddie Vedder als Schutz gegen den Regen über den Kopf haltend. Der Regen klatschte durch die Äste auf mein Kostüm. In Lederpumps stapfte ich durch das Unterholz und ertastete mir mit ausgestreckter Hand den Weg durch die Finsternis. Hätte ich vorausschauend gedacht, hätte ich die Scheinwerfer angelassen, aber hätte ich vorausschauend denken können, würde ich nicht wegen Doppelmordes gesucht.

In einem gelben Quadrat fiel Licht aus der Hütte, schimmerte durch die Bäume und leitete mich auf meinem mühevollen Weg. Zum Glück hörte ich keine Geräusche von herumkriechenden Tieren. Ich liebe die Tierwelt, wenn man sie an der Leine führt und wenn sie ein Gesicht hat, das man küssen kann. Ich beschleunigte meine Schritte und prallte prompt gegen einen Ast. Ein Schwall Regenwasser ergoß sich auf meine gepolsterte Schulter.

Mist. Ich kletterte über einen umgestürzten Baumstamm, meine Schuhe waren bereits durchnäßt. Die Hütte befand sich in Sichtweite, aber ich konnte nur gerade mal ihre Umrisse erkennen. Bald sah das erleuchtete Fenster größer aus, näher. Ich stapfte durch Matsch und welke Blätter und gelangte nach zehn Minuten auf eine Lichtung. Da stand sie. Eine eingeschossige Holzhütte, verwittert und baufällig und etwa sieben Meter lang.

Mir wurde leichter ums Herz. Da drin war Bill, das hieß, ich konnte die Sache klären. Ich marschierte zur Tür, die ebenfalls aus Holz war und eine Z-förmige Verstrebung hatte, die sie eindeutig auch brauchte. Ich trat auf den schäbigen Fußabtreter und klopfte.

»Bill?« rief ich leise, denn ich war paranoid, ich hätte selbst in Timbuktu nicht geschrien. Keine Antwort.

»Ich bin's, Bennie. Lassen Sie mich rein.« Ich klopfte noch einmal, diesmal lauter. Wieder keine Antwort.

»Ihre Mutter schickt mich. Ich möchte Ihnen helfen.« Ich griff nach dem Türknauf, aber da war keiner, nur ein Metallriegel und ein Haken. Ich gelangte zu dem Schluß, daß Sicherheit hier oben in der gesunden Luft kein Thema war.

Vorsichtig drückte ich die Tür auf. Plötzlich krallte sich etwas in meinen Knöchel. »Aaah!« kreischte ich. Wild fuchtelnd und tretend schüttelte ich es ab. Die CD fiel klappernd zu Boden.

»Miau!« ertönte ein dünnes, hohes Quietschen, und ich senkte den Blick. Im gelben Lichtschein, der aus dem Zimmer fiel, kauerte ein gelbbraunes Kätzchen mit magerem Rücken. Himmel. Ich schluckte, hob das Kätzchen hoch und befahl meinem Herzen, mit dem Gehämmere aufzuhören. Ich ging durch die Tür in die Hütte.

»Bill, sehen Sie mal, wer Sie besuchen kommt«, rief ich, aber kein Laut außer dem Plätschern des Regens auf das Haus. Regungslos stand ich im leeren, totenstillen Wohnraum. Die Möblierung bestand aus einem ramponierten Sofa, einer Lampe mit einer schwachen Glühbirne und einer spartanischen Kochzeile. An einer Allerweltsgarderobe an der Wand hingen Jagdklamotten. Es gab keinen Fernseher, kein Telefon, kein Radio. Bill war nirgends zu sehen. Niemand war zu sehen. Nichts sah ungewöhnlich aus, trotzdem überlief mich eine Gänsehaut.

»Miau?« Das Kätzchen sprang aus meinen Armen und bog den Schwanz wie ein Fragezeichen.

»Frag mich nicht, Miezekatze.«

Das Kätzchen trottete in einen dunklen, angrenzenden Raum, meiner Vermutung nach das Schlafzimmer. Ich folgte dem Tier mit einem unguten Gefühl und tastete an der Schlafzimmerwand nach dem Lichtschalter.

Ich knipste das Licht an und schnappte nach Luft. Der Anblick war entsetzlich. Ausgestreckt auf dem Bett, bekleidet mit Shorts und T-Shirt, lag Bill.

Tot.

21

Bills Augen in dem erstarrten Gesicht standen weit offen, und seine Haut zeigte das unverwechselbare Grauweiß einer Leiche. Ein mittlerweile eingetrockneter Blutstrom hatte sich aus seiner Nase und über seine kindlichen Sommersprossen ergossen, hatte sein Hemd braun verfärbt und ein schäbiges, als Tagesdecke dienendes Plaid so stark durchtränkt, daß es steif geworden war. Ich konnte es nicht fassen, erst recht nicht, als mein Blick weiter an seinem Körper hinabglitt.

Wie eine Aderpresse war ein rosa Luftballon um seinen Oberarm geschlungen. Fröhlich leuchtete er neben der immer noch in seiner Armbeuge steckenden tödlichen Spritze und war auf bizarre Weise fehl am Platz. Der Ballon spannte sich stramm um den Arm, so daß Bills Unterarm als einziger Körperteil noch Blut in sich hatte und rot und grotesk zum Umfang einer Keule angeschwollen war. Die Finger waren formlos und aufgedunsen. Neben ihm auf dem Bett lag eine kleine Plastiktüte.

Ich wich zur Schlafzimmertür zurück. Ich konnte den Anblick nicht ertragen, war aber unfähig, den Blick abzuwenden. Bill, drogensüchtig? Eine Überdosis? Konnte das sein?

»Miau?« fragte das Kätzchen. Es war auf das Bett gesprungen und rieb sich heftig an Bills zu bleichem Bein.

Bill war nicht der Typ, der Drogen nahm. Hatte er völlig den Mut verloren oder einen Fehler gemacht? Vielleicht hatte ihn die Sache mit Eileen und dem Manager erst dazu gebracht. Ich dachte an Mrs. Zoeller. Bill war ihr einziges Kind. Wäre ich doch nur früher gekommen. Hätte ich mich doch nur nicht verfahren.

Warum hatte er sterben müssen?

Ich zwang mich zur Ruhe, ich mußte nachdenken. In der Erinnerung sah ich Bill vor mir auf dem Polizeirevier, die Arme im

Overall schlaff und weiß. Seinen Armen war doch nichts anzusehen gewesen? Ich hatte einmal einen Mandanten gehabt, der früher heroinabhängig gewesen war und mir einmal seine Arme gezeigt hatte. Sie waren derart mit Narben übersät, daß sie so holperig aussahen wie ein schlechtgepflasterter Weg.

»Miau?« sprach die Katze und marschierte auf dem Bett auf und ab.

Gegen meine Gefühle ankämpfend, beugte ich mich über Bills Leiche, und sofort stieg mir der Geruch nach Blut und Fäkalien in die Nase. Seine Arme lagen steif neben dem Körper. Ich betrachtete sie aufmerksam. Keine Einstichspuren, weder auf dem einen noch auf dem anderen Arm. Es ergab keinen Sinn. Hatte sich Bill das erste Mal Heroin gespritzt? Wie groß war die Wahrscheinlichkeit? Was war mit Eileen, hatte sie etwas damit zu tun? Wen kannte Bill noch?

»Miau!«

Ich blickte mich im Schlafzimmer um. Da standen ein leerer Nachttisch und ein billiges Sideboard, auf dem ein paar Taschenbücher und ein Kamm lagen. Nichts verriet, was hier vorgefallen war. Neben der Kommode ging es in das Badezimmer, und ich lugte hinein. Eine Tube Zahnpasta und eine Tube Clearasil lagen auf einem winzigen, schmuddeligen Becken. Kein Badschränkchen, nur eine Toilette und ein alter Spiegel ohne Rahmen, dessen Silberschicht abblätterte.

Ich drehte mich wieder zum Schlafzimmer um und betrachtete die auf dem Bett liegende Leiche des armen Bill. Ich fühlte mich wie in einem Alptraum. Es sah so aus, als hätte er sich auf das Bettende gesetzt, sich seinen ersten Schuß Heroin gespritzt, sei hintenübergefallen und an einer Überdosis gestorben.

»Miau! Miau!«

»Ach, halt die Klappe«, fuhr ich das Tier an, bereute es aber sofort. Immerhin war es Bills Kätzchen. Ich hob es vom Bett. Es fühlte sich zerbrechlich und mager an, aber ich merkte, daß ich es an mich drückte. Das Gefühl war tröstlicher, als ich erwartet hatte, genauer gesagt, ich hatte überhaupt keine Ahnung gehabt, wie sehr ich des Trostes bedurfte. Ich warf noch einen letzten Blick auf Bill, ließ einen vergeblichen Blick durch die Hütte schweifen, nahm die CD an mich und ging.

Auf dem mühsamen Weg zurück durch den Wald klammerten sich die zarten Krallen des Kätzchens in meinem Kostüm fest. Als ich endlich im Dunkeln den Camaro aufleuchten sah und zielstrebig auf das Auto zugehen konnte, hatte der Regen uns völlig durchnäßt. Hals über Kopf lief ich zum Wagen, konfus, aufgewühlt und unausgesetzt an Bill denkend. Ich mußte Mrs. Zoeller anrufen. Zum Teufel mit den Telefonaufzeichnungen, ihr Sohn war tot. Bei der Vorstellung, wie sie die Nachricht aufnehmen würde, wurde mir ganz anders. Im Wagen löste ich die Krallen des Kätzchens und wählte die Nummer der Zoellers.

»Mörderin!« schrie sie, kaum, daß ich die Nachricht über die Lippen gebracht hatte.

»Bitte?« Ich war wie betäubt.

»*Mörderin!*« Das Wort kam heraus wie ein Schmerzensschrei.

»Nein ...«

»Sie haben ihn umgebracht! Bill? Bill? O Gott, Bill!«

»Nein, warten Sie. Ich habe ihn nicht umgebracht, niemand hat ihn umgebracht. Er hat eine Überdosis genommen. Ich habe die Nadel gesehen!«

»Eine Überdosis? Bill hat nie in seinem Leben Drogen genommen! Nie! Sie haben ihn umgebracht und dafür gesorgt, daß es so aussieht, als sei er drogensüchtig!«

»Nein! Er muß ...«

»Nie! Mit einer Nadel? Nie!« Sie begann zu schluchzen. »Bill wurde ohnmächtig ... wenn er Blut sah, sein Leben lang! Niemand ... konnte ihm eine Nadel in den Arm stechen, ohne daß er sich vorher hingelegt hatte, nicht einmal die Krankenschwester in der Schule!«

In dem kalten, dunklen Wagen blieb mir fast das Herz stehen. Sie sprach aus, was ich mir nicht einmal zu vermuten erlaubt hatte. Erst Mark ermordet, und jetzt Bill? Wie paßte der Manager von Furstmann Dunn ins Bild? Ich fühlte mich krank.

»Sein Stiefvater hat deshalb immer ... Heulsuse zu ihm gesagt, aber das war er nicht! Das war er nicht! Sie haben ihn umgebracht! Sie haben gesagt, Sie würden ihm helfen, aber Sie wollten zu ihm, um ihn ... um ihn ... umzubringen!«

»Mrs. Zoeller, warum hätte ich das tun sollen? Das ergibt doch keinen Sinn!«

»Bill wußte, daß Sie diesen Manager ermordet haben! Er wollte die Polizei verständigen ... und Sie haben ihn umgebracht! Gus? Gus, ruf die Polizei an! Ruf 911 an!«

Ich legte auf, meine Hand zitterte. Ich stieß den Wagenschlüssel in das Zündschloß und brauste los.

Ich mußte hier weg. Schnell. Noch schneller. Holpernd und schleudernd jagte ich durch den Wald zur Straße, die mich hoffentlich hinausbringen würde. Das Fernlicht schwenkte im Bogen an feuchten Baumstämmen vorbei, wenn ich die Kurven nahm. Endlich verwandelten sich Staub und Steine unter meinen Reifen in Asphalt, und ich rollte zügig voran. Hinaus aus den Wäldern. Nur weg. Im Rückspiegel war nichts zu sehen, und ich drückte auf die Tube.

Die nächsten paar Stunden auf dem nässeglatten Highway bestanden nur aus dunklen Regenschleiern und Angst. Zwecks eventuell auftauchender Bullen behielt ich ständig den Rückspiegel im Auge, gleichzeitig versuchte ich, alles zu überdenken, was ich gesehen und gehört hatte. Bill kippte beim Anblick von Blut um, und er hatte keine Einstichspuren in den Armen. Es war Mord, der aussehen sollte wie Tod durch Oberdosis. Wer hatte das getan? Bestand eine Verbindung zu Mark? Nach meinem Gefühl ja, aber ich wußte nicht, inwiefern. Ich war entschlossener denn je, die Sache aufzuklären.

Ich stellte das Autoradio an, um die Nachrichten zu hören. Ob über den Mord berichtet wurde? Die Polizei hatte nicht genug Beweise, um mich als Täterin zu überführen, oder doch? Trotz der gelben Warnschilder beschleunigte ich. Ich wußte, wo ich hinwollte. Ich hatte es fast im gleichen Moment entschieden, als ich den Wagen angelassen hatte. Ich hatte mich draußen im Westen immer fehl am Platz gefühlt. Die Natur, die Wälder, das Landesinnere. Da draußen war ich verloren. Da paßte ich nicht hin mit meinem Maßkostüm und meinen Pumps. Da war ich nicht in meinem Element, ein Ruderer ohne Wasser.

Ich mußte nach Philadelphia zurück. Das war einerseits das gefährlichste Pflaster, auf dem ich mich bewegen konnte, andererseits der einzige Ort, an dem ich über einen gewissen Vorteil verfügte. Ich habe mein Leben lang dort gelebt. Kannte die Umgebung, die Gepflogenheiten, die Slangs. Dort konnte ich mich unsichtbar machen, ich wußte schon, wie. Was ist anonymer als eine Großstadt? Welcher Mensch ist leichter zu übersehen als eine Anwältin im Kostüm?

Ich mußte dahin, wo das Wetter meiner Kleidung entsprach. Ich fuhr mitten hinein in die Nacht und das Unwetter und die Angst, ein Lonely Rider mit einem Ziel vor Augen.

22

Es war 6.15 Uhr, Freitag morgen. Ich war die ganze Nacht durchgefahren.

In der Tiefgarage des Silberkugelgebäudes machte ich Bestandsaufnahme. Haare, Kostüm und Schuhe waren trocken. Ich hatte eine Aktentasche, ein Handy und ein Kätzchen. Und einen Plan.

Ich kämmte meine neue Frisur mit den Fingern, legte ein bißchen Lidschatten auf und nahm mein Telefon und meine Aktentasche. »Drück mir die Daumen«, bat ich das Kätzchen, aber es machte keine diesbezüglichen Anstalten. Ich schlug die Wagentür zu und schloß sie ab.

6.20 Uhr. Ich kannte den Ablauf in der Silberkugel noch aus meiner Zeit bei Ächz & Stöhn. Oben in der Anmeldung saß mit Sicherheit ein Wachmann hinter dem Tresen, dessen Schicht um sechs Uhr begonnen hatte. Ich stand vor den Aufzügen und drückte den Aufwärtsknopf. Im Foyer mußte ich aussteigen und mich eintragen, die Aufzüge fuhren nicht von der Garage bis nach oben durch. Der Wachmann war also mein erster Test als rothaarige Charakterdarstellerin.

Ich stieg in den Aufzug, und als er hielt, holte ich tief Luft und betrat die Eingangshalle wie eine Schlafwandlerin, was mir keine großen schauspielerischen Fähigkeiten abverlangte.

»Miss!« rief der Wachmann hinter dem ersten Pult, ein junger Schwarzer mit regelmäßigen Gesichtszügen.

»Ja?« Ich drehte mich um und versuchte meiner Rolle gemäß zerstreut, erschöpft und geplagt auszusehen. Mit anderen Worten, die typische unterdrückte Mitarbeiterin einer großen Anwaltsfirma.

»Sie müssen sich eintragen.« Er deutete auf eine Kladde auf seinem Tisch.

»Oh, Entschuldigung.« Mit klappernden Absätzen schleppte ich mich über den weißen Marmorboden. Der Tresen war ebenfalls aus weißem Marmor und schloß den Wachmann ein wie eine firmeneigene Höhle. An den Höhlenwänden prangten allerdings keine primitiven Zeichnungen, sondern die Bilder der modernen Menschheit: flackernde Sicherheitsmonitore und ein Computerverzeichnis aller Namen der zum Betreten des Gebäudes Berechtigten. Meiner stand nicht darauf; ich mußte das von oben arrangieren. »Ich bin anscheinend noch nicht richtig wach«, stellte ich verschlafen fest. »Haben Sie einen Stift?«

»Klar.« Mit einem leichten Lächeln reichte er mir einen Kugelschreiber. »Mir geht's genauso. Gott sei Dank ist Freitag.« Seine rote Uniform stand an den Schultern eckig ab, und seine Mütze war zu groß für seinen Kopf.

»Ich habe in letzter Zeit zuviel gearbeitet«, jammerte ich und hielt den Kugelschreiber untätig in der Hand. Ich brauchte einen Namen. Verdammt.

»Wo arbeiten Sie? Bei Grun?« Auf seinem Namensschild stand Will Clermont, und neben ihm auf dem Tresen lag eine zusammengefaltete *Daily News* neben einem Becher Kaffee, der mit einem Deckel verschlossen war. Er roch nach Haselnuß. Ah, die Zivilisation.

»Ja, bei Grun. Woher wußten Sie das?«

»Die arbeiten alle zuviel.« Wieder lachte er, und ich begriff, daß er sich an diesem grauen Morgen einsam fühlte und froh war, mit jemandem reden zu können, und sei es mit einer Anwältin. Das kam mir sehr gelegen. Ich brauchte Informationen.

»Wie kommt es, daß ich Sie noch nie gesehen habe, Mr. Clermont? Sie müssen die Frühschicht haben.«

»Stimmt. Sagen Sie Will zu mir.«

»Dann sind Sie um drei fertig, was, Will? Wie die Banker, ha?«

»Ganz richtig. Ich bin so rechtzeitig daheim, daß ich meine Fernsehfreundin sehen kann, meine Oprah. Ich finde sie jetzt zu mager, aber trotzdem mag ich sie, ehrlich.«

Ich schüttelte den Kopf. »Drei Uhr, Sie sind vielleicht ein Glückspilz. Ich komme immer erst spät raus, deshalb kenne ich nur die Leute von der Spätschicht. Dieser Gutaussehende, wie heißt er doch gleich?«

»Sie meinen Dave?«

»Dave, richtig. Seinen Nachnamen habe ich vergessen.«

»Ricklin.«

»Er fängt um drei an, stimmt's? Er ist nett.«

Wills dunkle Augen leuchteten auf. »Sie mögen Dave nur, weil er groß ist wie Sie.«

Ich machte mir in Gedanken einen Vermerk. »Ha, ich würde mit ihm fertig werden, egal, wie groß er ist. Mit ihm und dem anderen, wie heißt er doch gleich?«

»Jimmy? Schwarz, ein bißchen stämmig?«

»Richtig. Stämmig.«

»Aber nicht zu stämmig.«

Hoppla. »Nicht in Ihren Augen. Sie halten schließlich auch Oprah Winfrey für zu dünn.«

»Ist sie auch! Bevor sie abgenommen hat, hat sie besser ausgesehen!« Er schob mir das Buch hin. »Wie dem auch sei, vergessen Sie nicht, sich einzutragen.«

»Nein, nein.« Sobald mir ein Name eingefallen ist. Ich nahm das Revolverblatt näher in Augenschein. ANWÄLTIN DREHT DURCH! schrie die Schlagzeile. Mir schnürte es die Kehle zu. Darunter stand, EXKLUSIVINTERVIEWS IM INNENTEIL, VON LARRY FROST. Ich senkte den Kopf, kritzelte in das Buch und wandte mich in Richtung der Aufzüge. »Tja, ich muß jetzt gehen. Bis später.«

»Und schön wach bleiben«, rief er mir nach. Als der Aufzug kam, bemühte er sich gerade, meinen Eintrag zu entziffern.

Ich machte, daß ich hineinkam, und drückte auf den Knopf. Aber auch nachdem sich die Türen geschlossen hatten, fühlte ich mich nicht wohl in meiner Haut. Ich stand in den Zeitungen, vermutlich mit Bild. Dennoch hatte ich den ersten Test bestanden und noch dazu die Namen der Wachmänner erfahren. Vielleicht funktionierte mein Plan tatsächlich. Während mich der Aufzug geräuschlos nach oben zu Grun entführte, rüstete ich mich für den nächsten Schritt.

Mit einem hydraulischen *Swuusch* öffneten sich die Türen

auf der zweiunddreißigsten Etage, dem Verliererstockwerk. Jede große Anwaltsfirma hat ein Verliererstockwerk. Dort trifft man die Anwälte mit geringer Wattleistung, die leichter Fusseln anziehen als Mandanten und zuviel Zeit mit ihren Familien verplempern. Bei Grun lagen dic Büros der Verlierer auf dem gleichen Stockwerk wie die Konferenzräume, beides nach Einschätzung der Firma gleich produktiv.

Niemand saß in den Büros, und zum ersten Mal erschien mir das Verliererstockwerk wie der Himmel auf Erden und nicht wie die Hölle einer großen Firma. Alles lag verlassen da, alles stand zu meiner freien Verfügung. Keiner der Verlierer kam so früh ins Büro, Verlierer eben, deshalb lieh ich mir ein Büro, einen Computer und ein Büroverzeichnis und begab mich an die Arbeit. Besser gesagt, Linda Frost begab sich an die Arbeit.

Sie fand das Namenverzeichnis von Gruns New Yorker Büro und suchte die Leute heraus, die sie brauchte. Anschließend setzte sie einen Brief an das Personalbüro in Philadelphia auf mit der Information, daß eine neue Mitarbeiterin, Linda Frost, heute am Freitag aus dem New Yorker Büro eintreffen würde, um sich auf einen Prozeß in einer sehr wichtigen Aktiensache, RMC gegen Consolidated Computers, vorzubereiten. In dem Schreiben wurde die Personalabteilung aufgefordert, Ms. Frost einen Ausweis von Grun und einen Passierschein für das Gebäude auszustellen, ihr einen Schlüssel auszuhändigen und sie in das Computerverzeichnis aufzunehmen, das in der Eingangshalle auslag. In Anbetracht der traditionell hervorragenden Kommunikation zwischen Gruns Zentrale in Philadelphia und den Zweigbüros brauchte die Personalabteilung zwei oder drei Jahre, um hinter den Schwindel zu kommen.

Obendrein datierte Ms. Frost das Schreiben mit Datum letzter Woche, druckte es aus und steckte es in einen firmeninternen Umschlag mit dem Vermerk Vertraulich. Sie frankierte den Umschlag, zerknitterte ihn und riß eine Ecke ein, damit es aussah, als sei er in der internen Post verlorengegangen. Anschließend legte sie ihn in den nächsten Postausgangskorb. Bestimmt brachte das den gewünschten Effekt, nämlich, daß sich die Personalabteilung sofort nach Erhalt des Schreibens eiligst an die Arbeit begab, da sie offensichtlich etwas vermasselt hatte. Wieder einmal.

Nachdem das erledigt war, tippte Ms. Frost eine Aktennotiz an die Rechnungsabteilung und bat um einen Mandantencode und eine Fall-Nummer für RMC gegen Consolidated Computers. Sie bezeichnete den Fall als »Transfer« des New Yorker Büros, damit nicht der für neue Mandanten zuständige Ausschuß eingeschaltet wurde, dessen Aufgabe darin bestand, die Mandanten auszusieben, die es sich nicht leisten konnten, sich von Grun übervorteilen zu lassen. Außerdem schrieb die fleißige Ms. Frost einen Vermerk an die für die Vergabe der Büros zuständige Abteilung, daß sie in der oben erwähnten vertraulichen Rechtssache für »absehbare Zeit« Konferenzzimmer D im zweiunddreißigsten Stock zur alleinigen Verfügung für sich reserviere.

Dann ließ sie noch eine Anweisung an die Materialabteilung los, mit der sie einen Computer und Büromaterial bestellte und anordnete, alles zur Prozeßvorbereitung in Konferenzzimmer D zu bringen. Ein gesondertes Schreiben ging an die Kantine mit der Bitte, jeden Tag zur Mittagspause ein Sandwich, eine Diätcola und eine Tüte Vollmilch heraufzuschicken, die Kosten dafür sollten auf Rechnung RMC gegen Consolidated Computers verbucht werden.

Die letzten Schreiben verschickte ich per E-Mail. In einer Nanosekunde besaß ich eine neue Identität, ein Büro und eine Stellung. Ein völlig neues Leben inklusive Bürgerrechte. Stimmt, nur vorübergehend und nur gültig innerhalb der Silberkugel, also eine Art firmenbezogene Green Card. Aber für den Augenblick versteckte ich mich in aller Öffentlichkeit in voller Größe.

Aber halt, eine Flanke war noch offen. Ich lehnte mich in dem Verlierersessel zurück und dachte kurz nach. Könnte sein, daß sich andere Anwälte für den Rotschopf, der da plötzlich im Konferenzzimmer saß, interessierten. Vielleicht erkundigten sie sich oder gingen aus Neugierde sogar hinein. Ein Anwalt ist keine Insel. Hmmm. Auf eine leere Seite im Monitor schrieb ich unter heutigem Datum:

> AN: ALLE PARTNER UND MITARBEITER VON GRUN
> VON: LINDA FROST
> BETR: HILFE
> Ich bin Mitarbeiterin des New Yorker Büros und arbeite zur Zeit in Konferenzzimmer D im zweiunddreißigsten Stock an der Sache RMC gegen Consolidated Computers, einer komplizierten Aktienangelegenheit mit umfangreicher Aktenarbeit. Es handelt sich um einen trockenen, eher technischen Fall, trotzdem würde ich mich über ein wenig Hilfe sehr freuen, denn der Prozeß findet in zwei Wochen am Mittleren Bezirksgericht von Pennsylvania statt. Ich kann nicht versprechen, daß Sie Ihre Zeit in Rechnung stellen können, da dieser Mandant, was Rechnungen angeht, extrem sensibel ist. Jeder, der mir bei diesem schwierigen Fall helfen möchte, ist herzlich eingeladen, jederzeit vorbeizuschauen.

Perfekt. Daraufhin würde jeder Anwalt, der sein Geld wert war, schreiend in die andere Richtung laufen. Ich könnte mich schimmelig warten, bevor ich einen Partner oder Mitarbeiter dieser Firma zu Gesicht bekäme. Wahrscheinlich würde man mir das Essen unter der Tür durchschieben, als hätte ich das Ebola-Virus. Ich drückte den SEND-Knopf im E-Mail-Menü, und ein Gefühl der Befriedigung erfaßte mich. Ich war wieder im Geschäft.

23

Ich verbrachte den Vormittag im Konferenzraum D, arbeitete und sah den Lohnsklaven zu, die mir einen Computer, ein Telefon und Büromaterial brachten. Ich dankte ihnen ausreichend, um höflich, aber nicht erinnernswert zu sein. Zwischen ihren Gastspielen beschäftigte ich mich mit Marks Unterlagen, die ich im hintersten Winkel des Konferenzzimmers ausgebreitet und durch alte Akten aus einem anderen Konferenzzimmer vor unbefugten Blicken geschützt hatte. Die Tür blieb verschlossen, so daß das Zimmer gegen die um neun Uhr eintrudelnden Verlierer schalldicht abgeschottet war. Wußten die nicht, daß der Tag um diese Zeit bereits halb vorbei war?

Mein bester Freund Sam Freminet war hundertprozentig in Allerherrgottsfrühe munter zur Arbeit erschienen, saß längst an seinem riesigen gläsernen Schreibtisch in seinem gläsernen Büro etliche Stockwerke über mir an der Goldküste, dem exakten Gegenstück zum Verliererstockwerk, und machte Umsatz. Die Goldküste war die Heimat von Gruns Schwergewichtlern, Regenmachern, Leistungsträgern und Mega-Tausendsassas: die Büros der hochkarätigen Ressortleiter und Chefs, ganz zu schweigen vom Thronsaal des Großen und Mächtigen. Achten Sie nicht auf diesen Mann hinter dem Mandanten.

Ich überflog die Computerausdrucke von Marks Konto und stieß auf zwei weitere Barzahlungen an Sam Freminet, jede über tausend Dollar, erfolgt in den Monaten vor Marks Ermordung. Die Mittagssonne fiel schräg auf die Papiere, aber ich ließ mich nicht ablenken. Ich wunderte mich, warum Sam mit der goldenen Kreditkarte von der Goldküste Barzahlungen von Mark entgegengenommen hatte. *Sam?*

Ich gab meinem neuen Computer Saft und probierte herum, bis mir einfiel, wie man die Liste der neuen Fälle aufruft, die jeden Monat neu angelegt wurde. Angeblich diente diese Liste dazu, die Partner auf etwaige Interessenkonflikte aufmerksam zu machen, aber der wahre Grund, der dahintersteckte, war, daß sie damit kundtun konnten, SEHT EUCH AN, WAS ICH AN MANDANTEN RANSCHAFFE! ICH ZAHLE FÜR DICH MIT, DU PFEIFE! Und dann natürlich die Zeiten, die man berechnen konnte, ICH MACHE VIEL MEHR STUNDEN ALS DU, FÜR MEINEN GELDSACK BRAUCHST DU EINEN KRAN.

Ich wählte Nummer 4 aus dem Menü.

Welcher Anwalt? fragte der Computer.

Ich gab Sam Freminet ein.

Suche von Mr. Freminet eröffnete neue Fälle, sagte der Computer. *Bitte warten.*

»Aber klar doch«, antwortete ich, einfach um mit jemandem zu reden. Ich dachte an Grady, schob den Gedanken aber ganz schnell beiseite. Ich konnte keinen Kontakt zu ihm aufnehmen. Meine Mutter fiel mir ein. Konnte ich es riskieren, sie anzurufen?

Die von Ihnen gewünschte Information wird gleich bereitgestellt. Bitte warten.

Ich erwartete fast, ein leises *Rülps* zu hören ... Vielleicht verfärbte sich der Monitor gleich grün.

Es folgt die von Ihnen gewünschte Information. Sie ist vertraulich und darf ohne schriftliche Genehmigung des Vorstands nicht an Dritte weitergegeben werden.

»Du kannst mich mal«, erwiderte ich und überflog die lange Liste von Sams neuen Fällen. Einundzwanzig Firmenkonkurse: Rugel Industries, Lafayette Snacks Inc., Zaldicor Medical, Quaker Realty Trust, Genezone Ltd., Atlantic Partners. Scheinbar alle solide, geprüft und mit Genehmigt gekennzeichnet, hatten sie den für neue Fälle zuständigen Ausschuß mit Erfolg passiert. Neue Geschäfte, jedes einzelne eine Bluttransfusion, die die juristische Person am Leben erhielt. Sam leistete hervorragende Arbeit. Warum brauchte er Bargeld von Mark? Und warum, bei diesem Einkommen, sollte er sich um das Honorar des Testamentsvollstreckers reißen?

Vielleicht zahlten die Mandanten nicht oder konnten nicht bezahlen. Schließlich waren sie bankrott. Vielleicht hatte Sam viele Außenstände, und der Große und Mächtige enthielt ihm seine Ausschüttung aus der Partnerschaft vor. Ich benötigte weitere Informationen, und zwar Sams monatliche Einnahmen und seine Ausschüttung aus der Partnerschaft.

Auf der Suche nach diesen Zahlen klickte ich in den Menüs herum, aber nichts zu machen. Sie steckten im Computer, aber ich hatte diese Aufstellungen nie zu Gesicht bekommen, weil sie geheim waren. Zu diesem Menü hatten Mitarbeiter keinen Zugang, Grun war in bezug auf Informationen so freizügig wie der Kreml. Folglich mußte ich den Computer davon überzeugen, daß ich Partner war, vorzugsweise Sam, denn hinter seinen Zahlen war ich her. Ich brauchte sein Paßwort. Nach kurzem Überlegen tippte ich:

Dagobert Duck.

Falsches Paßwort, antwortete der Computer.

Ich versuchte: Foghorn Leghorn.

Falsches Paßwort.

Kater Sylvester.

Falsches Paßwort.

»Du leidest wohl unter Verstopfung«, sagte ich und wurde emsiger.

Eine halbe Stunde später hatte ich das Paßwort immer noch nicht. Zum Glück konnte man die Versuche so oft wiederholen, wie man wollte, und so konnte ich jede Comic-Figur durchgehen, die mir einfiel. Anschließend versuchte ich es mit Fernsehcharakteren, von denen ich wußte, daß Sam sie mochte: Gilligan, Little Buddy, Maynard G. Krebs, Jeannie, Master, Major Nelson, Lucy, Ethel, Little Ricky. Immer noch nichts.

Eine Frau aus Gruns Kantine brachte mir ein Thunfischsandwich, als ich gerade in der Rock-'n'-Roll-Phase war. Jerry Garcia, Bootsie, RuPaul. John Tesh, auf gut Glück. Ich hatte das halbe Sandwich verschlungen, da war ich bei den Musicals angelangt. Rodgers, Hammerstein, Andrew Lloyd Webber. Auf Stephen Sondheim setzte ich insgeheim große Hoffnungen, aber Pech gehabt.

Mist. Wenn ich noch ein einziges Mal *Falsches Paßwort* lesen mußte, würde ich einen Schreikrampf bekommen. Ich fühlte mich aufgebläht, eingesperrt. Das war der Golden Retriever in mir, ich brauchte Bewegung. Ich machte Gymnastik, lief um den Konferenztisch und umrundete ihn mehrmals. Ich joggte zum Fenster. Als es an der Tür klopfte, trabte ich gerade auf der Stelle. In letzter Sekunde gelang es mir, mich auf den Stuhl fallen zu lassen. »Herein!«

»Ms. Frost?« fragte ein junger Bote. »Das kommt von der Personalabteilung.« Er reichte mir einen Umschlag und schnüffelte. »Wonach riecht's hier?«

»Wonach soll's hier riechen?«

»Irgendwie nach Turnhalle.«

»Thunfisch«, antwortete ich und wedelte den Jungen freundlich aus meiner Höhle. Ich öffnete den Umschlag und schüttete den Inhalt auf den Konferenztisch, auf dem er sich kullernd verteilte, als handelte es sich um kostbare Smaragde und Rubine. Ein Grun-Ausweis, ein Passierschein für das Gebäude und ein Schlüsselsortiment für die Firma. Und eine LEXIS/NEXIS-Karte. Wunderbar, damit konnte ich Online und im Computer die Zeitungen lesen und erfahren, wie dicht mir die Bullen inzwischen auf den Fersen waren. Während ich die Musicals eingegeben hatte, hatte ich mich stets vage mit diesem Gedanken beschäftigt.

Ich setzte mich auf meinen Stuhl und gab meine neue LEXIS-Nummer ein. Dann ging ich in NEXIS und hämmerte als Stichwort »Rosato« in den Computer, begrenzte die Suche allerdings auf die letzte Woche, in der ich erst richtig Berühmtheit erlangt hatte.

Auf Ihre Anfrage wurden 345 Artikel gefunden, gab der Computer zur Auskunft.

»Phantastisch«, murmelte ich und forderte den ersten an, denn das mußte der neueste sein. Die Überschrift sagte alles: FLÜCHTIGE ANWÄLTIN DES DRITTEN MORDES VERDÄCHTIG.

Ich las ihn und die nächsten Seiten. RADIKALE ANWÄLTIN AUF MORDTOUR. FRAU AUF DER FLUCHT. Aus den Interviews mit »hochgestellten Quellen aus dem Polizeipräsidium« erfuhr ich allerdings auch nicht mehr über die Anstrengungen der Polizei, mich zu finden, als ich ohnehin schon wußte. Keine Erwähnung von Zielfahndung, keine Aussagen von Azzic. Die Schlußfolgerung war bei allen die gleiche: Sie kann flüchten, sich aber nicht verstecken. Tatsächlich?

Ich drückte die Taste, um den nächsten Artikel aufzurufen.

UND NIEMAND BEGREIFT ES, lautete die Überschrift. Verfasser war Larry Frost, mein lange vermißter Cousin, und sein Artikel bestand aus einer Sammlung von Interviews mit den Mitarbeitern von R & B. Ein Zitat der »Rosato-Mitarbeiterin« Renee Butler, die sagte, sie fühle sich von mir »hintergangen«. Bob Wingate, der »das alles nur noch vergessen« wollte und eine wenig aussichtsreiche Jobsuche gestartet hatte. Eve Eberlein stand für einen Kommentar nicht zur Verfügung, beschäftigte sich aber, wie verlautete, mit der weiteren Verteidigung im Wellroth-Prozeß. Jennifer Rowlands hatte eine Stellung bei einer anderen Kanzlei in Philadelphia angenommen. In einer Nebenspalte SILBERSTREIFEN VOR DUNKLEN WOLKEN ÜBER ANWALTSKANZLEI gaben Jeff Jacobs und Amy Fletcher ihre Verlobung bekannt. Du lieber Gott.

Ich drückte wieder auf die Taste, und der nächste Artikel erschien. Die Schlagzeile versetzte mir einen Tiefschlag.

HEUTE TRAUERFEIER FÜR ANWALT

In der Ethical Society fand heute die Trauerfeier für Mark Biscardi, Esq., aus Philadelphia, Partner der Anwaltskanzlei Rosato & Biscardi, statt. An der Trauerfeier und der anschließenden Beerdigung, organisiert von Eve Eberlein, Esq., einer Mitarbeiterin der Kanzlei, nahmen zahlreiche Mandanten und Freunde des Anwalts teil. Den Nachruf hielt Sam Freminet, Esq., von Grun & Chase.

Ich lehnte mich zurück, als drücke mich ein Gewicht nach hinten. Mark war tot, wahrhaftig und unwiederbringlich tot. Und ich war nicht einmal bei seinem Begräbnis gewesen. Ich fiel in eine Art Dämmerzustand und dachte an ihn und an Gradys Worte in jener Nacht im Bootshaus. Ließ mir alles wieder und wieder durch den Kopf gehen. Hatte Mark mich wirklich geliebt? Liebte mich Grady?

Das Herz tat mir weh. Ich saß nur da und starrte auf den Artikel im Computer, bis das Licht im Monitor das hellste im Raum war, ein Leuchtfeuer der modernen Zeit. Ich sah auf die Uhr. 19.45 Uhr.

Auf dem Flur schien alles ruhig, die Verlierer waren nach Hause gegangen. Die Reinemachefrauen machten ihre Runde ungefähr um zwanzig Uhr, aber das Schild, das ich an die Tür gehängt hatte, hielt sie vom Eintreten ab. Um diese Zeit mußte die Luft draußen rein sein, besonders an einem Freitagabend. Es gab viele offene Fragen, die sich nicht von einem Stuhl aus beantworten ließen.

Aber alles der Reihe nach. Ich stand auf, entkrampfte die Beine und schaltete den Computer aus. Dann nahm ich alles, was ich brauchte, und ging das Risiko ein, Konferenzraum D zu verlassen.

Eine gewöhnliche Schachtel läßt sich zur Katzentoilette umfunktionieren. Füllen Sie sie mit vom Reißwolf zerkleinertem Papier, fügen Sie ein Kätzchen hinzu, und schon haben Sie alles, was Sie brauchen. Ein anheimelnder Moment für einen Heimwerker. Zufrieden saß ich auf dem Vordersitz des Bananamobils, und mein kleines braunes Fellbündel kratzte durch die Papierspaghetti mit den juristischen Zitaten. Die Verwendung des Wagens als Katzenklo und die Nutzungsänderung der Schriftsätze der Grun-Anwälte bereiteten dem Kätzchen keinerlei Schwierigkeiten.

Anschließend schmierte das Kätzchen ein Stückchen Thunfisch auf dem Vordersitz herum und ignorierte eisern meine Versuche, es soweit zu bringen, ein wenig davon zu fressen oder von der Milch zu trinken, die ich ihm mitgebracht hatte. Ich streichelte es beim Spielen, und es hob das grazile dreieckige Köpfchen und blickte zu mir auf. Porzellanblaue Augen, feuchte rosa Nase. Es war niedlich, obwohl es kein Golden Retriever war, und verdiente einen Namen.

»Wie wär's mit Kater Sylvester?« fragte ich.

Das Kätzchen blinzelte nur. Falsches Paßwort.

»Gilligan? Little Buddy?«

Es wirkte gelangweilt, kletterte auf meinen Schoß und rollte sich zu einem Knäuel zusammen.

»Samantha? Endora? Tabitha?« Ich wußte nicht einmal, ob es ein Junge oder ein Mädchen war. Ich drehte das Kätzchen um und war gerade dabei, ebendies festzustellen, als direkt neben meinem Ohr ein energisches Klopfen am Wagenfenster ertönte.

Verblüfft drehte ich den Kopf und befand mich genau in Augenhöhe mit einem Gummiknüppel. Einer Waffe in einem schwarzen Halfter. Runden verchromten Handschellen, die an einem breiten Gürtel hingen. Fast gelähmt vor Angst sah ich auf und starrte direkt auf das funkelnde Dienstabzeichen eines Polizisten der Stadtpolizei Philadelphia.

24

»Aussteigen, Miss«, befahl der Bulle.

Mein Herzschlag setzte aus. Ich hatte keine Wahl. Blitzartig sah ich das Frauengefängnis vor mir. Gleich darauf meine Mutter, allein und hilflos. Ich hielt mich an der Katze fest und öffnete die Wagentür.

»Das ist sie! Genau das ist sie!« triumphierte eine alte Frau hinter ihm, eine merkwürdige Erscheinung, mit gestrichelten Augenbrauen und hochrotem Lippenstift im Stil Gloria Swansons. Die Linie ihres Haaransatzes wich eigenartig zurück, und sie trug ein weißes Haarnetz auf den platinweißen Haaren. Mit einem knochigen Finger, der in einem scharlachrot lackierten Nagel endete, deutete sie auf mich. »Das ist sie, die mit den roten Haaren!«

Mit einem Wink seiner großen Hand brachte der Bulle sie zum Schweigen und starrte mich mit ernster Miene an. »Ich habe ein paar Fragen an Sie, Miss.«

»Ja, Officer.« Mein Herz begann zu hämmern. Rasch musterte ich sein rötliches Gesicht, aber es war keiner, gegen den ich Klage geführt hatte. Bleib ruhig, befahl ich mir. Du bist Linda Frost.

»Ist das Ihr Wagen?«

»Ja.«

»Ich sagte Ihnen doch, das ist sie!« Die alte Dame wurde lauter.

»Kann ich Ihre Fahrzeugpapiere sehen?«

»Sie sind oben in meinem Büro.«

»Ihren Führerschein?«

»Er ist ebenfalls oben. Ich kann ihn holen, wenn Sie es wünschen.« Wenn er mich gehen läßt, renne ich um mein Leben.

»Das wird nicht nötig sein. Wie heißen Sie?«

»Linda Frost.« Ich klemmte das Kätzchen unter den Arm, grub in meiner Blazertasche nach dem Grun-Ausweis und reichte ihn ihm so beiläufig wie möglich. »Ich arbeite hier in diesem Gebäude, bei Grun & Chase. Ich bin Anwältin.«

Die alte Dame krallte ihre Finger in die Uniform des Polizisten. »Sie war es, Officer! Verhaften Sie sie, bevor sie sich davonmacht!«

Ich verkrampfte mich innerlich, während der Polizist in aller Ruhe meinen Ausweis studierte. »Sie heißen Linda?«

»Ja.«

»Und wer ist dann Jamie?«

»Jamie?«

»Auf dem Kennzeichen steht Jamie 16, und Sie behaupten, es sei Ihr Wagen. Wenn Sie Linda heißen, wer ist dann Jamie?«

Oh-oh. »Äh, die Katze.«

»Sie haben den Wagen nach Ihrer Katze getauft?« fragte er langsam.

»Ja, sicher. Klar. Warum denn nicht?« In der Tat.

»Verhaften Sie sie! Verhaften Sie sie!« kreischte die alte Frau schrill wie ein Papagei.

Bei diesen Tönen zuckte der Bulle zusammen. »Aber das ist eine ganz junge Katze, ein Kätzchen. Wie haben Sie es angestellt, daß Sie das Kennzeichen so schnell bekommen haben?«

»Alle meine Katzen heißen Jamie. Jamie 16 ist gestorben, darum habe ich jetzt dieses kleine Kätzchen, Jamie 17. Das Kennzeichen habe ich für meinen neuen Wagen übernommen.«

Er blinzelte irritiert. »Sie haben *siebzehn* Katzen?«

»Nein, nicht gleichzeitig. Hintereinander. Wenn eine Jamie stirbt, hole ich mir eine neue Jamie.«

»Sie hatten bereits siebzehn Katzen? Wie alt *sind* Sie?« Der Polizist wirkte ehrlich verwirrt, und ich konnte ihm deshalb nicht böse sein. Gott, ich war eine miserable Lügnerin. Die meisten Anwälte sind weitaus bessere Lügner als ich.

»Nein, Officer. Sehen Sie, ich habe mit Jamie 15 angefangen, weil fünfzehn meine Glückszahl ist. Ist sie nicht niedlich? Ich liebe alle meine Jamies.« Ich hielt ihm die sich windende Katze wie eine Trophäe entgegen.

»Lassen Sie das!« kreischte die alte Frau. »So hält man keine Katze, um Gottes willen!« Unvermutet hechtete sie nach vorn und entriß mir das Tier.

»He!« platzte ich heraus. »Was soll das? Was tun Sie?«

Die Frau verzog sich hinter den Polizisten, ihre spitzen Nägel umschlossen das Kätzchen wie eine eiserne Jungfrau. »Sie haben sie den ganzen Tag im Wagen gelassen! Sie kümmern sich nicht richtig um sie. Hätte ich nicht die Polizei gerufen, wäre sie tot!«

Also deshalb der Polizist. »Nein, der Katze ging es gut. Hier unten ist es nicht heiß. Und ich habe das Fenster einen Spalt offengelassen.«

»Sie können kein so kleines Baby den ganzen Tag lang im Auto lassen!«

»Das ist kein Baby, das ist eine Katze.«

»Das ist ein *Kätzchen*!«

»Na und?« Einen Golden Retriever kann man den ganzen Tag in einer Garage lassen, kein Problem. Mit einem Golden Retriever ist nichts ein Problem. »Außerdem geht es Sie nichts an.«

»Und ob!«

»Wer sind Sie? Von der Haustierpolizei?« Ich war wütend. Aufdringliche Hexe. »Und jetzt geben Sie mir meine Katze zurück.«

»Nein.« Sie wich weiter hinter den Polizisten zurück und drückte das Kätzchen an sich. »Jetzt gehört es mir! Ich behalte es!«

»Das tun Sie nicht!« Ich angelte nach dem Kätzchen, aber der Polizist trat zwischen uns.

»Bitte, meine Damen.« Seine Stimme klang matt. »Ms. Frost, haben Sie die Katze im Auto gelassen?«

»Ja, aber …«

»Das war keine gute Idee. Außer Mrs. Harrogate hier hat sich noch eine Frau über das Miauen beschwert. Der Wachmann hat Sie deshalb gesucht.«

Phantastisch. KÄTZCHEN ÜBERFÜHRT MÖRDERIN. KATZE FINDET FLÜCHTIGE. »Tut mir leid. Ich dachte nicht, daß ich so lange oben bleibe. Ich ging nur in mein Büro, um eine Akte zu holen, und wurde am Telefon aufgehalten.«

»Das ist eine Lüge!« keifte die Alte. »Dieses arme Baby hat den ganzen Nachmittag geweint! Ich hatte um drei Uhr einen Termin bei meinem Anwalt. Das Kätzchen hat geweint, als ich kam, und es hat immer noch geweint, als ich ging. Sie eignen sich nicht dazu, eine Katze zu halten!«

»O doch!«

»Nein, tun Sie nicht! Und es ist albern, allen Ihren Katzen den gleichen Namen zu geben!«

»Aufhören!« donnerte der Bulle und hielt beide Hände hoch. »Es reicht!«

Erschrocken erstarrten wir beide und schwiegen, ich mehr beeindruckt als sie, denn ich hatte ein bißchen mehr zu verlieren. Diese Todesstrafengeschichte und all das.

»So, jetzt klären wir das«, entschied der Bulle. »Miss Frost, es gibt Gesetze gegen Grausamkeit an Tieren. Verordnungen. Sie haben die Katze den ganzen Nachmittag im Wagen gelassen. Wenn Sie so nett wären und Mrs. Harrogate die Katze überließen, könnten wir alle nach Hause gehen.«

Unmut und Erleichterung gleichermaßen ergriffen von mir Besitz. Ich hatte es fast geschafft. Der Bulle wollte weg. Bald befand ich mich wieder in Sicherheit.

»Bei mir hätte sie ein schöneres Zuhause«, gackerte die Frau. »Ich würde mich *gut* um sie kümmern.«

Der Bulle stemmte die Hände in die Hüften. »Na, kommen Sie schon, Miss Frost, ich habe nicht die ganze Nacht Zeit. Warum überlassen Sie die Katze nicht Mrs. Harrogate? Sie sagt, sie kümmert sich gut um sie. Sie, als Anwältin, haben lange Arbeitszeiten. Was meinen Sie?«

»Lassen Sie mich nachdenken«, erwiderte ich, obwohl mir klar war, es wäre nicht die schlechteste Lösung. Ich befand mich auf der Flucht, ich konnte keine Katze halten. Welcher Ausgestoßene besitzt ein Haustier? Und dabei war es noch nicht einmal meines.

»Nun, Miss Frost?« Der Polizist sah auf seine Uhr, und ich traf die mir einzig mögliche Entscheidung.

»Geben Sie mir meine Katze zurück«, forderte ich.

Ich steckte Jamie 17 unter meinen Blazer und schmuggelte sie in den Aufzug. Als sich die Türen zur Empfangshalle öffneten, winkte ich den beiden Wachmännern von der Nachtschicht grüßend zu. »Hey, Dave«, rief ich. »Wie geht's, Jimmy?«

»Hallo!« sagte Dave grinsend, und Jimmy winkte zerstreut, während ich zu den anderen Aufzügen hinüberging. Ich war eingestiegen, bevor sie darüber nachdenken konnten, woher sie mich kannten.

Auf dem Verliererstockwerk stieg ich aus und setzte Jamie 17 im Konferenzzimmer ab, wo ich ihr eine neue Toilette bastelte und ihr ein bißchen Diätcola in einen Heftklammernspender goß. Dann schloß ich die Tür, richtete das VERTRAULICH-Schild gerade und ging. Ich mußte Detektivarbeit erledigen.

Mit dem Aufzug fuhr ich zur Goldküste hinauf und wartete in dem feudalen Empfangsbereich, bis sich die Lifttüren wieder mit einem *Swuusch* geschlossen hatten. Wie erwartet, sah alles verlassen aus, aber ich lauschte, um mich zu vergewissern, daß tatsächlich alles absolut ruhig war. Im Flur herrschte Totenstille. Kein Telefon, kein Fax, nicht einmal ein *Rülps*. Sämtliche

Staradvokaten saßen im Restaurant, im Konzert oder besuchten ein Baseballspiel; sie hockten überall, wo man in irgendeiner Form Kriegsrat halten und die Anwesenheit berechnen konnte. Sie verdrückten nicht nur die Ente à l'orange auf Spesen, sondern stellten auch noch die Zeit, die sie dazu brauchten, in Rechnung. Verweigern Sie die zweite Tasse entcoffeinierten Kaffee, sie kostet Sie 350 Dollar!

Ich wandte mich nach links den Flur hinunter und nahm im Vorbeigehen vom Schreibtisch einer Sekretärin einen gelben Anwaltsblock mit, damit ich, falls man mich erwischte, wenigstens ein bißchen offiziell aussah. Möglichst unauffällig schlich ich an den Flickenquilts und Pastell-Landschaften vorbei und warf einen Blick in die Büros, um ganz sicherzugehen, daß sich wirklich niemand darin aufhielt. Die Büros hatten gewaltige Ausmaße, denn ein Goldküsten-Ego verlangte nach vielen Quadratmetern, und die Einrichtung jedes Büros verriet den Fetisch des jeweiligen Büroinhabers. Ich schob mich an einer Schar Lockenten und einem halben Dutzend imitierter Fabergé-Eier vorbei, passierte auf Zehenspitzen eine Flotte von Modellsegelbooten und einen geheimen Vorrat an Glenfiddich, bis ich endlich bei Wile E. Coyote und Tweety anlangte.

Die Tür stand offen, Sams Büro war leer. Ich warf einen raschen Blick über die Schulter, bevor ich hineinschlüpfte und die Tür hinter mir zuzog. Ich mußte Sams Honorarabrechnungen überprüfen, und wenn ich sie nicht vom Computer bekam, mußte ich sie mir eben so beschaffen. Wenn es je eine unsinnige Durchsuchung und Beweissicherung gegeben hat, dann diese, aber es galt, Marks Mörder zu finden.

Ich legte den gelben Block hin und marschierte an Sams Schreibtisch vorbei zu dem schicken Nußbaumsideboard dahinter. Plüschausgaben von Dagobert Duck, Schweinchen Dick und Elmer Fudd saßen darauf. Die polierte Oberfläche reflektierte ihre starren Mienen.

»Guckt nicht so, Leute, ich du nur Häschen jagen.«

Ich öffnete das oberste Schubfach. Darin befanden sich alphabetisch geordnete Akten: Asbec Commercial Realty, Atlantic Partners Inc., Aural Devices Ltd. In der überwiegenden Mehrzahl handelte es sich um Konkurse, lediglich zwei Nachlaßsachen waren darunter. Ich suchte unter Biscardi nach Mark, aber es gab keine Akte. Hatte Sam Marks Akte mit nach Hause genommen? Bewahrte Sam seine Abrechnungsunterlagen bei sich zu Hause auf?

Ich schloß das Schubfach und öffnete das zweite. Noch mehr vom gleichen. Konkurse, ein paar Erbschaften. Eine Steuersache. Keine Rechnungen und keine Biscardi-Akte.

Mist. Ich richtete mich auf und überlegte. Draußen vor den Fenstern leuchteten die Quecksilberdampflampen, die die Market Street entlang zum Bahnhof und weiter zum Schuylkill River führten. Ich durfte jetzt nicht ans Rudern denken. Ich mußte den Schreibtisch meines besten Freundes durchwühlen.

Entschlossen drehte ich mich um und ging die Sachen durch, die neben Dagobert Duck auf der gläsernen Schreibtischplatte lagen, als da waren Nachrichtenzettel und Korrespondenz, Dagobert-Kugelschreiber und Möhren-Bleistifte. Keine Abrechnungsunterlagen. Verdammt. Ich ließ den Blick durch das Büro schweifen.

Ein Schränkchen neben der schwarzen Ledercouch an der Wand harrte noch der Durchsuchung. Auch dieses, eine kleinere Ausgabe des Sideboards, war aus Nußbaum. Davor lag die Riesenausgabe einer weiteren Comic-Figur. Ich ging durch das Zimmer, schob das Spielzeug beiseite und befaßte mich mit dem obersten Schubfach. Korrespondenz.

Ich schloß es und zog das zweite auf. Ableger der Korrespondenz.

Ich versuchte es mit dem dritten Fach. Weitere Korrespondenz. Ich kam keinen Schritt voran. Ich schloß das Schubfach, setzte mich mit untergeschlagenen Beinen auf den dicken Teppich und dachte nach. Die Honorarlisten waren die persönlichsten Unterlagen eines Grun-Anwalts. Vielleicht bewahrte Sam sie gar nicht als Papierausdruck auf, sondern hatte sie allesamt durch den Reißwolf gejagt. Oder er hatte sie bei sich zu Hause. Ich versuchte mich zu erinnern, wo Sam in seiner Wohnung Akten aufbewahrte, aber ich war über ein Jahr lang nicht dort gewesen. In letzter Zeit hatten wir uns immer in Restaurants getroffen.

Mein Blick fiel auf das Riesenspielzeug, und ich setzte es wieder an seinen angestammten Platz vor dem Schrank. Seine riesigen Augen blickten mich unter der Krempe eines übergroßen Stetsons hervor grimmig an. Ich strich den röter als roten Schnauzbart zurecht. Die Hände in den Halbhandschuhen aus Stoff hielten einen sechsschüssigen Revolver. Ich hatte Yosemite Sam noch nie leiden können.

Was?

Natürlich! Yosemite Sam! Den hatte ich total vergessen. Ich lief zum Computer auf Sams Schreibtisch, rief das Menü auf und gab den Namen ein.

Die von Ihnen verlangte Information über die Abrechnungen, antwortete der Computer.

»Fu-funktioniert!« flüsterte ich und ließ die erste Seite ablaufen, die zweite und die nächste. Tabelle um Tabelle lief ab, ausgehende Rechnungen und eingegangene Zahlungen, ein Haufen Geld floß zu Grun, alles Abrechnungen von Sam. Er holte den letzten Dollar aus den Konkursen heraus, in der Größenordnung von 50000 Dollar im Monat. Yosemite Sam machte seine Sache prima. Er mußte einer der einträglichsten Partner dieser Firma sein. Warum nahm er dann Geld von Mark, und warum in bar?

Ich hatte noch immer keine Antwort. Ich beendete meine Arbeit am Computer und lehnte mich zurück. Und da entdeckte ich etwas auf Sams Schreibtisch. Ich schob die Papiere beiseite und starrte auf die Steuben-Schale. Sie war voller Büroklammern, Bugs-Bunny-Reißnägel und Gummibänder. Aber da war noch etwas. Etwas, das mir vorhin entgangen war. Ich griff in die Schale und angelte etwas kleines Farbiges heraus. Es zuckte zwischen meinem Daumen und Zeigefinger wie ein rosafarbener Wurm.

Ein dünner rosa Luftballon. Von der gleichen Beschaffenheit und Farbe, wie der, den ich in der Hütte an Bills Arm gesehen hatte. Mein Mund wurde trocken. Was hatte das zu bedeuten? Ich starrte in die Schale. Ein Stückchen grünen Gummis ragte ein wenig hervor. Ich fischte auch diesen Ballon heraus. Danach einen gelben Ballon und noch einen rosaroten, einen roten und einen hellblauen, bis ich alle wie todbringendes Konfetti auf dem Schreibtisch verteilt hatte. Fix und fertig mit den Nerven, stand ich im stillen Büro meines Freundes. Suchte nach einer Erklärung, wie Sam mit Bills Tod in Verbindung stehen könnte. Es schien unmöglich, aber ich hielt das Verbindungsglied in der Hand.

Ich steckte den rosaroten Ballon in meine Jackentasche, schob die anderen an ihren ursprünglichen Platz zurück, schlüpfte aus dem Büro und legte von der Goldküste ab.

25

Nach dieser Entdeckung genehmigte ich mir eine nächtliche Dusche im Umkleideraum der Firma. Der rosarote Luftballon beschäftigte mich unaufhörlich, aber ich brachte keine schlüssige Verbindung zwischen Bill und Sam zustande, wenn es denn eine gab. Mein Verstand war zu müde. Das heiße Wasser machte alles noch schlimmer, ich wurde richtig schläfrig.

Wie lange hatte ich in den letzten paar Tagen geschlafen? Ich gab meine Zählversuche beim Abtrocknen auf, kleidete mich an und legte mich auf eine Einzelliege im sogenannten Ruhebereich. Ich stellte meine Laufuhr auf fünf Uhr früh, aber trotz meiner Müdigkeit war ich kaum eingedöst, als der Wecker piepste. In einer Alptraum-Geburtstagsparty hatte ich rosarote Luftballons gesehen.

In der Küche der Firma genehmigte ich mir einen schlammigen Kaffee und einen Frühstücksbagel. Sams mögliche Verbindung mit Bills Tod machte mir schwer zu schaffen, aber erst einmal stand ich einem weit banaleren Problem gegenüber. Ich hatte nichts anzuziehen. Das gelbe Leinenkostüm trug ich inzwischen zwei Tage hintereinander, und es sah langsam aus wie ein Akkordeon und roch unangenehm. Am Montag würden sich selbst die Verlierer anfangen zu wundern.

Um neun Uhr, mit Kaffee und einem halbaufgegessenen Bagel vor mir, saß ich wieder in meinem Konferenzzimmer und telefonierte mit einer professionellen Einkäuferin, die in einem Kaufhaus auf Bestellung Besorgungen für vielbeschäftigte Leute übernahm. Ich gab mich ihr gegenüber als beruflich total überlastete Anwältin Linda Frost aus und bestellte Kleider und Schuhe, mit Lieferung sobald wie möglich an Grun & Chase, und erteilte ihr sogar die Vollmacht, das auszusuchen, was sie »Happening«-Klamotten nannte.

Nachdem ich aufgelegt hatte, tippte ich eine Aktennotiz an die Buchhaltung und gab Anweisung, die Rechnung des Kaufhauses zu bezahlen und den Betrag über RMC gegen Consolidated Computers für »verschiedene geschäftlich bedingte Geschenke« zu verbuchen. Die Kleider würden bezahlt, sobald sie eintrafen, und ich hätte mein Happening. Ich hob Jamie 17 hoch und ging.

Auf dem Verliererstockwerk war ich sicher, Verlierer arbeiteten nicht am Samstag, aber sobald ich diese Etage verließ, war die Jagdsaison eröffnet. Ich steckte Jamie 17 in meine Handtasche, flitzte unter dem Sicherheitsgitter durch, das an den Wochenenden herabgelassen wurde, und drückte auf den Aufzugsknopf. Kaum hatte sich die Tür geöffnet, sprang ich hinein. Sogar im Aufzug war ich nervös und fühlte mich schutzlos preisgegeben.

Es war immerhin möglich, daß mich einer der Wachmänner unten erkannte, vielleicht ein neuer von der Wochenendschicht. Irgend jemand auf der Straße, der mein Bild in der Zeitung gesehen hatte, könnte auf mich aufmerksam werden. Und was war mit der Polizei? Ob sich ein Bulle in der Nähe aufhielt, vielleicht in der Tiefgarage?

Ich ging ein gewaltiges Risiko ein, aber mir blieb nichts anderes übrig. In meiner Handtasche fummelte ich nach meiner Sonnenbrille und setzte sie auf.

Es gab nur einen Weg, und der führte abwärts.

Tief in den Fahrersitz des Bananamobils gekauert, wartete ich gegenüber vom Stadtkrankenhaus auf der anderen Straßenseite. An der Granitfassade grimassierten Wasserspeier, aber ich schätzte, daß die mich mit Sonnenbrille kaum erkennen würden. Meine Mutter hatte erst in ungefähr einer Stunde ihren Termin, aber ich wollte sichergehen, daß sie nicht von der Polizei überwacht wurde.

»Stimmt's, Jamie 17?«

Das Kätzchen schnurrte nur zur Antwort und war augenblicklich auf meinem Schoß eingeschlafen. Ein Wunder, wenn man bedachte, daß es fast eine halbe Dose Diätcola geschlabbert hatte. Das arme Ding hätte sich inzwischen eigentlich im Koffeinrausch befinden müssen, oder es hätten ihm die winzigen Stalagmitenzähne ausfallen müssen. Traurig, aber wahr, ich entpuppte mich wirklich als schlechte Mutter. Ich streichelte es und wartete auf meine eigene Mutter.

Sie fuhren superpünktlich in einem Taxi vor. Zuerst kletterte

Hattie heraus; orangefarbene Haare leuchteten auf, türkisfarbene Hosen und ein weißes T-Shirt mit tiefem rundem Ausschnitt folgten. Sie streckte eine Hand aus, und langsam kam meine Mutter ans Tageslicht.

Als sie ausstieg, schaute sie zum Himmel hinauf. Vor Erstaunen und Verwirrung stand ihr der Mund offen. Sie wirkte unendlich zerbrechlich, eine Geistererscheinung in Hauskleid und Turnschuhen. Hattie legte ihre starken Arme um sie und trug sie fast die grauen Stufen zum Krankenhauseingang hinauf, wo die beiden aus meinem Blickfeld verschwanden.

In einer Art Schockzustand saß ich im Wagen. Hattie hatte recht gehabt. Meine Mutter war praktisch vor meinen Augen gestorben, und ich hatte es nicht gesehen. Ich bekämpfte den dringenden Wunsch, ihnen unverzüglich nachzugehen, und zwang mich, nach Polizisten Ausschau zu halten. Ich wartete und wartete. Kein Streifenwagen, kein Zivilfahrzeug.

Trotzdem blieb ich sitzen, völlig in einer Erinnerung versunken. Es ist Thanksgiving, ein Essen bei meinem Onkel, als die Familie noch miteinander Kontakt hat. Wir sitzen alle um einen dampfenden Truthahn und Lasagne, alle mit Ausnahme meiner Mutter. Sie marschiert in einem enggezogenen Kreis im Wohnzimmer herum und schlägt dabei fortwährend mit einer Kleenex-Schachtel gegen ihren Oberschenkel, eine Verrückte, die protestiert. *Es ist schon spät, es ist schon spät,* sagt sie wieder und wieder, aber alle ignorieren sie. Alle, die um den Tisch sitzen und fröhlich Chianti und Brokkoli kreisen lassen. Lebhafte italienische Feiertagsstimmung vor vollgehäuften Tellern.

Abgesehen davon, daß eine von uns mit dem Kleenex tanzt.

Und die Leute, die um den Tisch herum sitzen, plappern weiter und reichen das Essen herum, als sei alles ganz normal. Ihre Stimme wird lauter, *es ist schon spät, es ist schon spät, istschonspät,* aber die anderen sprechen ebenfalls lauter und übertönen den Lärm, den sie vollführt. Mittlerweile würge ich nur noch an dem köstlichen Essen, deshalb lege ich meine Gabel hin und gehe zu ihr, packe sie in ihren dicken Wollschal und ihren Mantel und rufe uns ein Taxi. Ich bin nicht alt genug, um selbst zu fahren, aber ich bin alt genug, um zu wissen, daß diese Leute, die so tun, als sei alles in Ordnung, in Wahrheit noch verrückter sind als sie. Sie haben die Wahl, meine Mutter nicht, und sie wählen den Wahnsinn.

Ich schüttelte die Erinnerung ab, stieg aus dem Bananamobil und überquerte die Straße. In aller Öffentlichkeit, mitten in der Stadt. Zum ersten Mal seit Tagen machte ich mir keine Sorgen um mich, sondern mußte mich um einen anderen Menschen sorgen. Merkwürdig, aber irgendwie empfand ich das als eine Erleichterung. An der Treppe zum Eingang des Krankenhauses streckte ich dem Wasserspeier die Zunge heraus, bevor ich hinaufging.

Ich entdeckte Hattie in einer der Wartezonen. Ansonsten war kein Mensch zu sehen. Ich setzte mich zu ihr, ließ aber zwei Stühle zwischen uns frei. »Mögen Sie Katzen?« fragte ich mit verstellter tieferer Stimme.

»Ja.«

»Möchten Sie eine?« Ich öffnete meine Handtasche und zeigte ihr Jamie 17.

»Bennie, wo haben Sie diese Katze her?« fragte sie mit weit aufgerissenen Augen.

Ich lachte, wohl noch überraschter als sie. »Woran haben Sie gemerkt, daß ich es bin?«

»Ich erkenne Sie, egal, was für eine Perücke oder Sonnenbrille Sie aufhaben. Und jetzt stecken Sie diese verflixte Katze weg. Was denken Sie sich dabei, einfach eine Katze ins Krankenhaus mitzubringen?«

»Was stellen Sie sich vor? Glauben Sie, ich lasse sie im Wagen?« Ich nahm meine Sonnenbrille ab und steckte sie neben Jamie 17 in meine Handtasche.

»Wo, zum Teufel, sind Sie gewesen?« fragte Hattie. Sie beugte sich zu mir herüber, und in ihrer Umarmung atmete ich den Duft von Talkumpuder und versengten Haaren ein. »Ich wußte, daß Sie kommen würden, so verrückt wie Sie sind.« Kopfschüttelnd ließ sie mich los.

»Machen Sie sich keine Sorgen, mit mir ist alles in Ordnung. Wo ist Mom? Haben sie sie schon geholt?«

»Sie ist drin, die Ärztin hat sie geholt. Nicht ihr üblicher Arzt, eine andere.«

»Warum nicht der übliche?«

»Am Wochenende führt jemand anderer die Behandlungen durch. Ich wollte nicht bis Montag warten, bis es ihr Arzt hätte machen können.« Hattie blickte auf ihre Uhr, eine schmale, goldfarbene Timex, die ihr gutgepolstertes Handgelenk einschnürte. »Sie muß erst noch einmal untersucht werden, damit alles kontrolliert wird. Es wird noch eine Weile dauern, bis sie mit der Behandlung anfangen. Die Ärztin gibt uns Bescheid.«

»Hatte sie Angst?«

»Was denken Sie denn? Sie hat doch vor allem und jedem Angst.«

Ich schluckte schwer. »Hat sie sich gewehrt?«

»Nein. Sie war ein Schatz, nachdem ich ihr gesagt hatte, es müsse sein. Daß Sie gesagt hätten, es sei richtig.«

Mir sank das Herz. »Hat sie nach mir gefragt?«

»Ich habe ihr gesagt, Sie müßten arbeiten. Und wo haben Sie wirklich gesteckt?«

»Wenn ich es Ihnen sagen würde, müßte ich Sie anschließend umbringen«, antwortete ich, aber sie lachte nicht.

»Dieser Detective, der große, ist vorbeigekommen und hat Sie gesucht. Wollte mich über Sie ausquetschen. Wann Sie gekommen sind, wann Sie gegangen sind.«

»Was haben Sie ihm gesagt?«

»Was glauben Sie wohl? Nichts. Ich habe ihm gar nichts gesagt. Ich habe diesen Mann auf der Stelle hinausgeworfen.«

»Prima. Sie haben ihm nichts von Mom erzählt?«

»Ich sagte, sie sei krank, eine Grippe. Ich wollte nicht, daß er über sie Bescheid weiß. Aber er sucht Sie, Bennie, klar.«

»Zuerst einmal muß er mich finden, und wenn, dann habe ich dieses Kätzchen, das mich beschützt. Ich würde ihm empfehlen, sich vorzusehen. Wir beide sind gefährlich.«

»Ich mache mir Sorgen um Sie. Ich mache mir wirklich Sorgen.«

»Das ist nicht nötig.«

Verärgert runzelte sie die Stirn. »Es ist allein meine Sache, ob ich mir Sorgen mache oder nicht. Meine Sache. Bennie, diese Polizisten, die spielen keine Spielchen.«

»Ich weiß. Die Jungs sind überhaupt nicht komisch.«

»Was haben Sie vor? Sie können sich nicht ewig verkriechen.«

Ich erzählte ihr die ganze Geschichte in Kurzform, und sie hörte so aufmerksam zu wie immer, so daß ich beim Erzählen Klarheit in meine Gedanken bringen konnte. Irgend etwas sagte mir, Yosemite Sam sei die Verbindung. Plötzlich ging weiter unten im Flur eine Tür auf, und eine kurzhaarige Frau in einem langen weißen Kittel trat heraus und kam auf uns zu.

»Das ist sie. Das ist die Ärztin«, flüsterte Hattie, und wir beide standen auf. Die Tasche mit Jamie 17 stellte ich hinter mir ab. »Wie geht es ihr?« fragte ich die Ärztin, als sie vor uns stand. Auf ihrem Kittel war mit roten Schnörkelstichen DR. TERESA HOGAN eingestickt; ihr Gesicht sah verhärmt und streng aus. Vermutlich verhärtet man, wenn man ein Leben lang Menschen mit Elektroschocks behandelt.

»Wer sind Sie?« fragte Dr. Hogan an mich gewandt.

Herrje. »Äh, ich?«

»Sie ist meine Tochter«, platzte Hattie heraus, und ich sah sie erstaunt an. Die Lüge war gut, wenn man vom Offensichtlichen absah.

Die Ärztin blinzelte. »Ich glaube, ich verstehe nicht ganz.«

Ich räusperte mich. »Mein Vater war weiß, Frau Doktor. Nicht, daß Sie das irgend etwas angeht.«

»Entschuldigen Sie.« Kaum aus der Fassung gebracht, wandte sie sich an Hattie. »Wir können anfangen. Auf Mrs. Rosatos Karteikarte ist vermerkt, daß Sie während der Behandlung anwesend sein möchten.«

»Nein!« Hattie schüttelte entschieden den Kopf. »Ich nicht! Nein, nein.«

Es war mein Wunsch gewesen. Ich hatte das verlangt, als die Behandlung noch reine Theorie gewesen war. Aber jetzt, da es tatsächlich soweit war, war ich mir nicht sicher, ob ich es durchstehen würde.

Dr. Hogan nickte. »Gut, bei einem meiner eigenen Patienten hätte ich einem solchen Ansinnen ohnehin nie zugestimmt. Es ist absolut überflüssig, und man kann vorher nie sagen, wie ein Außenstehender reagiert.«

Ich traf meine Entscheidung. Wenn ich die Behandlung befürworten konnte, konnte ich auch dabei zusehen. »Es war mein Wunsch, Frau Doktor. Ich möchte dabeisein.«

»Sie?« Sie zog die Augenbrauen hoch. »Sie sind nicht einmal eine direkte Verwandte.«

»Ich stehe Mrs. Rosato sehr nahe. Ich bin ihre Anwältin.«

»Ich bezweifle, daß sie im Krankenhaus eine Anwältin braucht.«

»Hören Sie, jeder, der im Krankenhaus ist, braucht einen Anwalt.«

Sie verschränkte die Arme. »Ich finde das keineswegs komisch.«

»Ich mache keine Scherze. Ich bin bei der Behandlung dabei.«

Dr. Hogan machte so blitzartig auf dem Absatz kehrt, daß ihr Kittel wie ein Windrädchen wirbelte, und ich übergab Hattie die Handtasche mit Jamie 17 mit so elegantem Schwung wie ein versierter Angriffsspieler einem Mannschaftskameraden den Football. Auf halbem Weg den Flur entlang holte ich den weißen Mantel ein und folgte ihm dicht auf den Fersen durch eine Tür, deren Schild WACHSTATION mir fast gegen die Nase schlug.

Dahinter befand sich ein großer Raum, in dem Patienten in Reihen nebeneinanderlagen, anscheinend Frischoperierte, die noch unter Narkose standen. Sie dämmerten in verschiedenen Stadien der Betäubung in Krankenhausstahlbetten. Die meisten waren ältere Leute, und ich wünschte mir, meine Mutter befände sich darunter. Diese Menschen hatten Krankheiten, die man heilen konnte. Tumoren, die man herausschneiden konnte, Wunden, die man nähen konnte. Sie wußten gar nicht, wie froh sie sein konnten.

»Treten Sie bitte ein«, forderte mich Dr. Hogan auf und stieß eine breite, vom Aufwachraum abgehende Tür auf.

Ich wollte ihr in das dahinterliegende Zimmer folgen, blieb aber wie angewurzelt auf der Schwelle stehen. Mitten im Raum lag meine Mutter in einem blauen Klinikhemd regungslos auf einem schmalen Tisch mit Rollen. Eine Sauerstoffmaske bedeckte ihr Gesicht, ein Schlauch für intravenöse Infusionen steckte in ihrem Arm, und oberhalb eines Fußknöchels war eine Blutdruckmanschette angelegt. Elektroden verbanden sie mit einem Apparat, der einen schmalen Streifen Millimeterpapier ausspuckte und offensichtlich die Daten ihrer körperlichen Funktionen aufzeichnete. Am liebsten hätte ich sie hochgehoben und wäre, so schnell ich konnte, mit ihr davongelaufen.

»Kommen Sie nun?« fragte Dr. Hogan.

»Ja. Entschuldigung.« Ich trat über die Schwelle und schloß die Tür.

»Sie können sich wieder ins Wartezimmer setzen, wenn das alles zuviel für Sie wird. Ich versichere Ihnen, wir kommen sehr gut ohne Sie zurecht.«

»Nein, danke.« Als ich mich im Zimmer umblickte, verkrampfte sich mein Magen, und die Knie wurden mir weich. Der in einem frostigen Blau gestrichene Raum wirkte kalt. Die Luft roch nach Chemikalien, an der Wand standen Eisenregale mit Flaschen und Medikamenten. Zwei weitere Ärzte standen am Kopf meiner Mutter, deren weiße Kittel verrieten, daß es sich um Anästhesisten handelte.

»Meine Herren«, erklärte Dr. Hogan, an die beiden Ärzte gewandt, »das ist Mrs. Rosatos Anwältin, und sie ist der Meinung, sie müsse bei der Behandlung anwesend sein.«

»Hallo«, grüßte einer der Ärzte, und ich nickte zurück, während er die Sauerstoffmaske vom Gesicht meiner Mutter nahm. Die Maske hinterließ einen blaßrosa Ring, der sich wie eine Totenmaske auf ihrem Gesicht abzeichnete.

Dr. Hogan beugte sich vor und injizierte etwas in den intravenösen Schlauch. »Fangen wir an, meine Herren.«

»Was geben Sie ihr da?« fragte ich.

»Atropin.«

»Wozu ist das?«

»Es hemmt die Schleim- und Speichelabsonderung und hält die Atemwege frei. Es verhindert auch ein Langsamerschlagen des Herzens, die Vagusschwäche.«

Ich gab mir Mühe, nicht selbst schwach zu werden, und sah zu, wie Dr. Hogan den Monitor überprüfte, anschließend eine weitere Spritze aufzog und diese ebenfalls in den intravenösen Schlauch injizierte. »Was ist das?«

Dr. Hogan straffte sich und runzelte verärgert die Stirn. »Methohexital. Ein schnell wirkendes Narkotikum. Bei dieser Behandlung in jedem Krankenhaus üblich.«

»Warum braucht sie das?«

»Sie hat dann keine Beschwerden, das ist doch einleuchtend, oder? Darf ich jetzt, mit Ihrer Erlaubnis, weitermachen?«

Ich drängte nicht weiter. Nur Ärzte verstehen eine Frage als Angriff auf ihre Autorität, und anscheinend konnte eine Ärztin genauso arrogant sein wie ein männlicher Kollege. Es spielte ohnehin keine Rolle, wichtig war nur eines. Ich ging zu dem schmalen Tisch und ergriff die kühle, blau geäderte, knochige Hand meiner Mutter.

Dr. Hogan berührte kitzelnd das Augenlid meiner Mutter. »Für den Fall, daß Sie sich darüber wundern, ich mache das, um festzustellen, ob das Betäubungsmittel bereits wirkt. Das Augenlid ist locker, also ist die Narkosewirkung eingetreten.« Erneut kontrollierte sie die Monitore. Anschließend bereitete sie eine weitere Spritze vor, die sie ebenfalls injizierte. »Das ist Succinylcholin. Ein Muskelrelaxans zur Verhinderung von Krämpfen.«

»Aber ich dachte, wir wollten einen Krampfanfall auslösen.« Mehr zu meinem als zu ihrem Trost drückte ich die Hand meiner Mutter.

»Es ist ein paralysierend wirkendes Mittel«, antwortete der Anästhesist, der mich gegrüßt hatte. »Es führt zu Muskelerschlaffung, damit der Körper sich bei der Behandlung nicht selbst verletzt.«

Manche Dinge weiß man besser nicht. Ich blickte auf meine Mutter hinab, die vor meinen Augen rasch in einen Lähmungszustand geriet. Sie lag sehr still, aber plötzlich lief ein wellenähnliches Zucken durch die Muskeln ihres winzigen Körpers. »Was ist das? Was ist los?« fragte ich in Panik und hielt ihre Hand krampfhaft fest.

»Das ist absolut normal«, versicherte Dr. Hogan. »Es hört in einer Minute auf. Das ist nur ein Anzeichen dafür, daß das Medikament zu wirken beginnt. Jetzt treten Sie bitte von der Patientin zurück.«

Ich drückte ein letztes Mal die Hand meiner Mutter und wich zurück. Was dann geschah, ging so schnell und war so grauenhaft, daß es mir nur als entsetzliches, schemenhaftes Ineinandergleiten von Handlungen und Effizienz vor Augen stand.

Die Anästhesisten schnallten ein Gummiband um die Stirn meiner Mutter. Dr. Hogan steckte ein dickes graues Kabel in den blauen Apparat zu ihrer Linken. Am Ende des grauen Kabels befand sich ein schwarzer Plastikgriff. Oben am Griff leuchtete ein roter Knopf. Ich wußte, wozu das dienen mußte. Ich hatte das Gefühl, als stünde ich kurz vor einem Herzanfall.

Einer der Anästhesisten schob meiner Mutter einen braunen Gummimundschutz zwischen die Lippen. Dr. Hogan drückte Gel aus einer weißen Tube auf den Scheitel meiner Mutter und rief. »Tisch nicht mehr berühren.« Sie beugte sich über Mutters Kopf, und einer der Anästhesisten drückte einen aufblinkenden Knopf am Apparat. Er blinkte grün wie eine Ampel. Los. Aber ich dachte, stopp. Hört auf. Hört sofort auf. Wagt es bloß nicht. Dr. Hogan preßte das schwarze Ding auf den Kopf meiner Mutter, berührte den roten Knopf und drückte ihn eine Sekunde lang. Sofort zog das Gesicht meiner Mutter Fratzen. Sie biß auf den Mundschutz, ihre Züge verzerrten sich. Ich spürte, wie sich mein Gesicht in Übereinstimmung ebenfalls verzerrte. Ihr habt kein Recht dazu. *Ich* habe kein Recht dazu.

»Der Anfall dauert nur eine Minute«, sagte jemand, dessen Stimme von weit her zu kommen schien. Ich konnte nichts daran ändern, ich konnte nur zusehen. Ich konnte gar nichts tun. Die Einleitung des Stroms endete, und der Anfall begann. Der Körper meiner Mutter lag völlig starr, nur der Fuß unter der Blutdruckmanschette ruckte und zuckte. Es war gräßlich. Unerträglich. Es erinnerte mich an den als Aderpresse benutzten Ballon an Bills Arm. Ich konnte mich nicht mehr beherrschen. »Soll das so sein? Ihr Fuß, meine ich?«

»Ja. Eine tonisch-klonische Reaktion«, antwortete der Anästhesist. »Die Manschette verhindert, daß das Muskelrelaxans in den Fuß gelangt. So können wir den Verlauf des Anfalls verfolgen. Es dauert nur eine Minute. Es geht ihr gut.«

Aber es war meine Mutter, nicht seine, die sich mitten in einem heftigen Kampf mit einem medizinisch herbeigeführten Schock befand. Ein Sturm ging durch ihr Gehirn, durch ihren Körper. Ich wollte weinen. Ich wollte schreien. Ich konnte nicht glauben, daß das richtig sein sollte, aber es war zu spät, etwas dagegen zu tun.

»Es ist vorbei, bevor Sie es richtig merken«, setzte er hinzu.

Und das stimmte, gnädigerweise. Gerade als ich dachte, gleich reiße ich die verdammten Elektroden herunter, endete das Zucken in ihrem Fuß. Ihr ganzer Körper lag still. Der Anfall war vorüber. Sie schien zu ruhen.

Ich hatte das Gefühl, meinen ersten Atemzug zu tun. Mein Magen würde nicht durchhalten. Holt die Bullen, steckt mich in den Knast, nichts könnte mich so erschüttern wie das eben Erlebte.

»Sie schläft jetzt«, teilte Dr. Hogan mit. »Sie wird etwa eine halbe Stunde schlafen. Wenn sie aufwacht, hat sie vielleicht Kopfschmerzen, ähnlich wie bei einem Kater. Möglich, daß ihr der Kiefer weh tut. Eventuell ist sie auch verwirrt und desorientiert.«

Ich suchte nach Worten. »Kann ich irgend etwas für sie tun, damit sie ...«

»Nein. Lassen Sie sie einfach ausruhen.« Dr. Hogan betrachtete das Millimeterpapier, das aus dem Apparat herauskam. Die schwarze Kurve verlief wie die Zacken eines Hochgebirges. »Ein guter Anfall.«

Ein guter Anfall? Mir wurde übel, und ich flüchtete aus dem Zimmer.

26

Ich war völlig durcheinander, und mir war immer noch schlecht, aber ich hatte eine Aufgabe zu erledigen. Ich stopfte mir zwei Kaugummis in den Mund, um den Gallegeschmack loszuwerden, und versuchte, das Entsetzen über das, was ich meiner Mutter angetan hatte, zu verdrängen. Für den Moment war es mir egal, ob ihr die Behandlung geholfen hatte, ich war lediglich erleichtert, daß sie sie nicht umgebracht hatte.

Ich setzte meine Sonnenbrille auf und rollte mit dem Bananamobil die Pine Street hinunter. Prachtvolle Reihenhäuser aus der Kolonialzeit, viele mit der schwarzen Gußeisentafel des Denkmalschutzamts versehen, säumten die Straße. Aber ich machte keine Besichtigungstour, ich versuchte das Kennzeichen LOONEY 1 nicht aus den Augen zu verlieren.

Ich schlängelte mich durch den Stadtverkehr und spionierte meinem besten Freund hinterher. Es gab keine Rechtfertigung für diese zweite Verletzung von Sams bürgerlichen Freiheiten, ausgenommen schiere Notwendigkeit. Wie bei meiner Mutter. Ich mußte dahinterkommen, was es mit dem rosaroten Luftballon auf sich hatte.

Sam steuerte seinen roten Porsche Carrera nach links in die Sixteenth Street, ohne den Blinker zu setzen. Männer setzen nie den Blinker, Frauen schon; mehr sage ich dazu nicht. Ich riß den Wagen schnell nach links und hätte fast eine Fußgängerin umgefahren, die tollkühn genug war, mir bei meiner Überwachung in die Quere zu kommen, und verlangsamte das Tempo vor der Ampel.

Der Porsche bog um die Ecke, fuhr vor dem Restaurant The Harvest an den Straßenrand und ließ einen Mitfahrer aussteigen. Einen jungen Mann im weißen Oberhemd und der schwarzen Fliege eines Kellners. Sams kubanisches Alibi. Die Wagentür schlug mit einem überteuerten *Ta-tschock* zu, und der Wagen fuhr an.

Ich hinterher in der Erwartung, Sam kehre zu seiner Wohnung zurück, aber der Porsche fuhr auf die Eighteenth und weiter über die Vine Street zur Interstate 95. Seltsam. Energisch schob ich meine verrutschte Sonnenbrille hoch und beschattete Sam, nicht ohne immer wieder prüfend in den Rückspiegel zu schauen und mich zu vergewissern, daß ich nicht beschattet wurde.

»Miau«, meldete sich Jamie 17. Sie hob den Kopf von ihrer Mahlzeit, einem Riegel Snickers, den ich auf dem Fußboden des Wagens gefunden und in Stücke gebrochen hatte.

»Was willst du?« fragte ich, aber sie marschierte auf dem Vordersitz auf und ab, leicht schwankend, wenn der Wagen über Unebenheiten fuhr. Ich drückte auf ihren gebuckelten Rücken, aber sie weigerte sich, sich hinzulegen. »Sei brav, oder Mommy nimmt dich nie mehr mit auf Überwachung.«

»Miau«, beharrte sie nachdrücklich, und ich hoffte, es handelte sich nicht wieder um ein dringendes Bedürfnis. Ihre letzte Mission hatte derart in der Schachtel gestunken, daß ich das Zeug in mein Make-up-Täschchen schaufeln und aus dem Fenster werfen mußte, um nicht zu ersticken.

Wir fuhren die I-95 Richtung Norden, ich und Jamie 17 hinter Sam, an endlosen Reihen Reklametafeln vorbei in die häßlichen Industriegebiete von Philadelphia. Riesige, leere Lagerhäuser mit eingeschlagenen Fenstern bröckelten vor sich hin. Die Autobahnschilder waren voller Graffiti. Hattie hatte eine Zeitlang hier gewohnt, aber die Vorstellung, daß diese liebe Frau in einer dieser schäbigen Straßen aufgewachsen war, fiel schwer. Sie hatte sich sogar freiwillig erboten, Jamie 17 zu nehmen, aber ich wußte, sie hatte mit meiner Mutter alle Hände voll zu tun.

»Miau!«

»Bitte.« Ich nahm sie hoch und setzte sie auf meinen Schoß. Bei dieser Übung überholte ich beinahe den Carrera. Sam hatte die Autobahn verlassen und fuhr fast parallel zu mir die Ausfahrt hinunter. Scheiße. Ich zog den Wagen heftig aufs Bankett und machte eine Vollbremsung. Der Carrera donnerte mit aufheulendem Motor die Rampe der Ausfahrt hinunter, und ich riskierte mein Leben, indem ich auf dem von Schlaglöchern übersäten Bankett bis zur Ausfahrt zurücksetzte. Unbeeindruckt von diesem Manöver schlief Jamie 17 ein.

Ich trat aufs Gaspedal und schoß die Ausfahrt hinunter. Wohin fuhr Sam? Ich war noch nie hier gewesen, obwohl mein Beruf mich in die schäbigsten Randbezirke der Stadt führte. Ich bretterte zum Ende der Auffahrt und schaute erst nach rechts, dann nach links. Himmel. Ich hatte ihn verloren.

Ich riß die Sonnenbrille herunter, spähte angestrengt durch die zunehmende Dunkelheit und entschied mich für links. Der Tag war fast vorüber, die Helligkeit reichte gerade noch aus, um zu erkennen, daß es sich um eine der übelsten Gegenden handelte, die man sich vorstellen konnte. Ich gab Gas und fuhr an einem verlassenen Backsteinreihenhaus nach dem anderen vorbei, ein schmerzlicher Kontrast zu den Kolonialhäusern an der Pine Street. Diese Reihenhäuser würden nie in die Denkmalschutzliste aufgenommen werden, sie waren bereits Geschichte.

Die meisten der leerstehenden Häuser waren mit Blechplatten versperrt oder mit Sperrholzbrettern vernagelt. Bei den nicht verbarrikadierten starrten die zwei Fenster im obersten Stockwerk leer und schwarz wie Augenhöhlen in einem Schädel auf die Straße. Die Vorderveranden, sofern noch vorhanden, hingen gefährlich durch, und auf jede dritte Häuserzeile folgte ein unbebautes Grundstück, auf dem Schutt, Flaschen und Müll verstreut lagen. Vor einem Häuserblock spielten Kinder auf dem Gehweg Gummitwist, eine Höchstleistung, vergleichbar der eines Olympiateilnehmers. Aber diese

Kinder würden nie an der Olympiade teilnehmen. Sie konnten von Glück sagen, wenn sie es schafften, aus dieser Gegend herauszukommen.

Auf der Suche nach Sam bog ich um die Ecke und fragte mich, wann meine Heimatstadt zu einem Kriegsschauplatz geworden war. Schlagartig konfrontiert mit der gleichen Erkenntnis, die sich mir schon im Roundhouse und bei der Mordkommission aufgedrängt hatte. Nur wußte ich jetzt, auf welcher Seite ich mich befand. Ich sah nicht so aus wie sie, fühlte mich aber ebenso fremd, zumindest so entfremdet, wie sich eine ehemalige Blondine fühlen kann. Ich überlegte gerade, auf welche Seite Sam gehören könnte, da sprang die Ampel auf Grün.

Ich fuhr los. Im Rückspiegel tauchte ein Streifenwagen auf. O nein. Ruhig bleiben. Er reihte sich nur einen Wagen hinter mir in die Fahrzeugkolonne ein, hinter einen roten TransAm mit getönten Scheiben. Meine Finger umklammerten das Lenkrad. Ich rutschte tiefer in den Schalensitz, und Jamie 17 hob ihren dreieckigen Kopf von den Pfoten.

»Es ist nur die Hitze«, beruhigte ich sie, und weniger ängstlich als ich, schlief sie sofort weiter. Ich hatte keine Papiere für das Bananamobil, keinen Führerschein, nichts, was mich als Linda Frost auswies außer dem Grun-Ausweis.

Der TransAm bog scharf nach links ab in eine Seitenstraße, damit gab es keinen Puffer mehr zwischen mir und den Bullen. Der Streifenwagen kam näher und schloß die Lücke. Vor Angst sträubten sich mir die Nackenhaare. Die Bullen hingen an meiner Stoßstange, als ich zur nächsten Ampel kam, die prompt auf Rot schaltete. Ich traute mich nicht, das Rotlicht zu überfahren. Quietschend bremste ich ab und wünschte, wieder blond zu sein. Polizisten lieben Blondinen, besonders junge Bullen wie die beiden, die, ganz die tapferen Jungs, hinter mir auf den Vordersitzen nebeneinandersaßen.

Die Ampel wurde grün, und ich gab Gas und versuchte, nicht

in Panik loszurasen. Ich wußte, ich wirkte nervös, ich war nervös. Die Bullen hingen an mir dran, als sich die Straße auf zwei Spuren verbreiterte. Ich sah, wie der Polizist auf dem Beifahrersitz in den Funk sprach. Erkundigte er sich nach meinem Kennzeichen? Lieber Gott.

Die Ampel an der Ecke schaltete von Gelb auf Rot. Verdammt noch mal! Ich wählte die linke Spur, damit sie so wenig wie möglich von meinem Gesicht zu sehen bekamen, falls sie neben mich fahren sollten.

Genau das geschah. Ich kam zur Ampel. Sie fuhren rechts neben mich. Ich starrte stur geradeaus, spürte aber ihre Blicke auf mich gerichtet. Sie musterten mich, sie mußten sich wundern. Was hatte eine aufgetakelte Rothaarige in einem neuen Banana in dieser Gegend zu suchen?

Ich mußte etwas unternehmen. Verstecken, aber in aller Öffentlichkeit in voller Größe. Bisher hatte es geklappt. »Officer«, rief ich laut und beugte mich zu dem Polizisten auf dem Fahrersitz hinüber. »Sie schickt der Himmel! Bestimmt können Sie mir helfen. Ich habe mich rettungslos verfahren.«

»Das scheint mir allerdings auch so«, erwiderte er lächelnd. Auch sein Partner lachte und legte das Mikrofon weg. »Wo wollen Sie denn hin?«

»Auf die I-95. Ich war mit meiner Katze beim Tierarzt, aber auf dem Rückweg muß ich die falsche Ausfahrt erwischt haben.« Ich hielt Jamie 17 am Genick hoch, und sie miaute aufs Stichwort. »Ist sie nicht niedlich?«

Er nickte ohne jede Begeisterung. »Fahren Sie bis zur nächsten Ampel, dann links. Und dann geradeaus bis zur 95.«

»Danke.«

Die Ampel schaltete auf Grün. Die Bullen zogen ihren Wagen vor meinen. Ich atmete auf, setzte Jamie 17 wieder auf den Beifahrersitz und fuhr, wie eine Blöde winkend, hinter den Polizisten her. Gemeinsam erreichten meine Polizeieskorte und ich die nächste Ampel, und sie fuhren geradeaus. Ich bog wie befohlen links ab und fuhr eine Straße entlang, die immer düsterer und verlassener zu werden schien, je weiter ich kam.

Plötzlich sah ich ihn. Da, auf der rechten Seite. Am Randstein nach einer Reihe weniger spektakulärer Wagen parkte der leuchtendrote Porsche. Auf dem Kennzeichen stand LOONEY 1.

Ich bremste ruckartig. Kein Mensch saß im Wagen. Ich blickte hinter mich. Keine Bullen weit und breit.

Ich parkte in einer Lücke auf der linken Straßenseite ein, schloß Fenster und Türen, streichelte Jamie 17 und beobachtete den Porsche. Das Kätzchen schnurrte leise, völlig in Einklang mit sich und der Welt inmitten dieser höllischen Gegend.

Tief in meinen Vordersitz versunken, behielt ich den Porsche im Auge. Ich hatte keine Ahnung, in welchem Gebäude Sam verschwunden sein könnte. Es war dunkel, die meisten Straßenlampen brannten nicht, und ich konnte kaum erkennen, was sich um den Wagen herum tat. Ich ließ mich noch tiefer in den Sitz sinken. Die Bullen waren kurz davor gewesen, eine Überprüfung über Funk zu starten. Eine Welle der Erschöpfung überflutete mich. Immer noch hatte ich den gallebitteren Geschmack im Mund. Müde lehnte ich den Kopf gegen die Nackenstütze.

Um diese Zeit waren keine Kinder mehr draußen, es fanden keine Hüpfspiele mehr statt. Alles war ruhig und still. Von einem Hydranten am anderen Ende der Straße tröpfelte Wasser herab, das in dem schmutzigen Rinnstein unter dem Porsche versickerte. Ich fragte mich müßig, ob ich die Waffe, die Grady mir angeboten hatte, nicht hätte behalten sollen, aber ich war zu müde, um mich weiter damit zu beschäftigen. Wo blieb Sam? Ich schaute auf die Uhr. 21.15 Uhr. Ich schloß die Augen und wartete, eine Hand auf Jamie 17 gelegt. Seit Tagen hatte ich kaum geschlafen. Ich wußte nicht, wie lange ich noch durchhielt.

Als ich das nächste Mal auf die Uhr sah, war es 23.30 Uhr.

Ich war eingeschlafen. Erschrocken fuhr ich hoch. Ich betastete meinen Körper, meine Brust. Ich war heil. Jamie 17 spazierte im Wagen herum und kratzte in ihrer Schachtel. Die Straße war immer noch dunkel, aber der Porsche war verschwunden.

»Verdammt!« Heftig schlug ich auf das Lenkrad. Ich ließ den Motor an, schaltete die Scheinwerfer ein und fuhr aus der Parklücke. An der Stelle, an der Sams Wagen gestanden hatte, schaute ich blinzelnd zu den verlassenen Häusern hoch. Schließlich fiel mein Blick auf den Gehweg.

Da lag Sam. Zusammengesunken, gestürzt, die schemenhafte Gestalt eines im Bordstein liegenden Mannes. Obwohl ich ihn nicht deutlich sehen konnte, wußte ich gleich, wer es war.

»Sam!« rief ich entsetzt. Ich lenkte den Wagen an den Straßenrand, riß an der Handbremse und sprang aus dem Wagen.

»Sam! Sam!« Ich kniete neben ihm nieder und berührte seine Stirn. Sie war schweißbedeckt, voller Blut und Straßenschmutz. Prüfend legte ich mein Ohr an seine Brust und lauschte auf seinen Herzschlag.

Plötzlich flatterten seine Augenlider, und er grinste dämlich. »›Überfallen und verprügelt.‹ 1965«, ließ er sich vernehmen, bevor sich seine Augen wieder schlossen.

»Es will mir nicht in den Kopf, daß man mein Auto gestohlen hat«, stöhnte Sam, während ich ihm einen Eisbeutel auf das Auge drückte.

»Du hast größere Probleme als dein Auto.«

»Nein, ganz und gar nicht. Wie soll ich porschelos zurechtkommen?«

»Viele von uns schaffen das. Das kannst du auch.«

»Nein, kann ich nicht. Man kann mir mein Geld stehlen, man kann mir meine Uhr stehlen, man kann mir sogar mein Knochenmark stehlen. Aber man darf mir nicht meinen Porsche stehlen.« Seufzend setzte sich Sam in seinem winzigen

Badezimmer auf den Deckel der Toilette. Der Korb mit der Schmutzwäsche quoll über, und neben der Toilette türmten sich in einem dreckigen Haufen Handtücher mit dem Abbild des Tasmanischen Teufels. Die weißen Fliesenwände waren grau und schmuddelig, den Duschvorhang sprenkelten dunkle Schimmelflecken. Sams adrette Frisur starrte vor Blut, und sein rosafarbenes Polohemd war zerrissen und fleckig. Schwer zu sagen, wer sich in schlechterem Zustand befand, Sam oder sein Badezimmer.

»Was hattest du vor, in dieser Gegend?«

»Ich hatte vor, guten Tag zu sagen und wieder zu verschwinden.«

»Du bist dort hingegangen, um guten Tag zu sagen? Da, halt mal den Eisbeutel.« Ich nahm seine Hand und legte sie auf das Plastikbrett.

»Du könntest schon etwas netter fragen.«

»Könnte ich, will ich aber nicht.« Ich drückte einen schmutzigen Waschlappen in dem mit angetrockneten Zahnpastaklecksen übersäten Waschbecken aus und drehte den Heißwasserhahn auf. Jamie 17 beobachtete jede Bewegung. Sie sah niedlich aus, wie sie anmutig auf dem feuchten, mit wild durcheinanderliegenden Sachen bedeckten Waschtisch saß. »Darum warst du also in Beirut? Um einen Freund zu besuchen?«

»Ja.«

»Wie heißt dieser Freund?«

»Mike.«

»Mike? Wie kommt's, daß ich noch nie von ihm gehört habe?«

»Es ist ein neuer Freund.«

»Mike der Neue Freund. Ist das eine Comic-Figur oder eine real existierende Person?«

»Eine real existierende Person.«

Ich wartete darauf, daß das Wasser heißer würde. »Und diese

real existierende Person läßt dich in deinem Blut auf dem Bürgersteig liegen? Nachdem ein paar andere Freunde dich verprügelt und deinen Wagen gestohlen haben?«

»Es ist kein guter Freund.«

»Nein, ganz und gar nicht. Mike der Schlechte Neue Freund. 1952.« Dampf stieg vom Leitungswasser auf. Ich machte den Waschlappen naß und preßte ihn auf Sams wunde Stirn.

»Aua!« Er zuckte zurück und ließ den Eisbeutel auf den Boden fallen.

»Aua, was?« brüllte ich. »Aua, für wie dumm hältst du mich eigentlich? Aua, warum hast du mich angelogen? Aua, was für eine Sorte Freund bist du?«

»Was? Was?« Wie ein benebelter Betrunkener tastete er nach dem Eisbeutel, aber ich empfand kein Mitleid.

»Du lügst, Sam. Du lügst, was den Grund angeht, der dich in diese Gegend geführt hat. Du lügst, was das Geld und Mark angeht. Du lügst in einem fort!« In dem gefliesten Badezimmer warf meine Stimme ein lautes Echo, und Sam hielt sich die Ohren zu.

»›Mit Eidotter sollst du dich bekleckern.‹ 1979, glaube ich.«

»Das ist nicht komisch, Sam. Man hätte mich fassen können, als ich dir geholfen habe. Und ebenso unten im Haus, als ich versuchte, dem Portier eine plausible Erklärung zu liefern!« Ich warf den Waschlappen auf den Waschtisch, und Jamie 17 hüpfte hoch. »Sag mir, was Sache ist. Was hattest du dort zu suchen?«

»Hast du ein tragbares Golfloch der Firma Acme Markets? Eine Acme-Weltraumwaffe? Ein Acme-Deluxe-Hochsprungtrampolin? Oder wie wär's mit Federschuhen in jeglicher Ausführung oder jeglichen Modells?«

Meine Wut tickte wie eine Comic-Zeitbombe. »Ich will die Wahrheit wissen, Sam.«

»Ooh. ›Nichts als die Wahrheit.‹ Das war Schweinchen.«

Bevor ich wußte, wie mir geschah, explodierte ich, packte Sam an beiden Armen und drückte ihn mit Leichtigkeit gegen die Wand. Sosehr mich mein Gewaltausbruch selbst überraschte, sowenig hatte ich die Absicht, Sam loszulassen. »Das hier ist kein Comic, Sam. Ich will die Wahrheit wissen.«

»Bennie, bitte!« krächzte er, seine blauen Augen blickten verstört und verschwommen ohne Brille. Er wehrte sich, aber er war zu schwach, um sich aus meinem Griff herauszuwinden.

»Du steckst in echten Schwierigkeiten, Sam. Und ich auch. Was, zum Teufel, hattest du in dieser Gegend zu suchen?«

»Ich will es nicht sagen. Ich will nicht, daß du es erfährst. Ich will nicht, daß irgend jemand ...«

»Geht es um Drogen?« Ich verstärkte meinen Griff, bis Tränen in Sams Augen traten. Es war kein Schmerz, es war etwas anderes. Erniedrigung. Ich wollte aufhören, aber ich konnte nicht. Ich mußte es wissen. Nicht nur um Sams willen, auch wegen Bill.

»Schon gut, schon gut.« Eine Träne rollte aus einem Augenwinkel über seine fleckige Wange. »Ja, um Drogen. Heroin.«

Heroin. Das Wort schnitt tief in mein Innerstes. Blitzartig sah ich Bill vor mir, tot, mit einer Spritze im Arm. Die Luftballons auf Sams Schreibtisch. Hatte Sam Bill umgebracht? Und Mark? Wie betäubt ließ ich seinen Arm los, und Sam sank auf die Toilette.

»Bennie«, flüsterte er heiser und begann zu schluchzen. »Es tut mir leid. So leid.«

27

In Jeans und Unterhemd und mit Jamie 17 auf dem Schoß hing Sam auf seiner braunen Ledercouch herum. Die Couch war das einzige noch vorhandene Möbelstück in dem einstmals eleganten Wohnzimmer. Die supermoderne Stereoanlage, an die ich mich erinnerte, war fort, ebenso der Videorecorder und der großformatige Fernseher. Das schicke Kosta-Boda-Kristall war zusammen mit der Wand teurer Erinnerungen an berühmte Cartoon-Zeichner, darunter eine Hommage an Mel Blanc, die mich 350 Dollar gekostet hatte, verschwunden. Alles von Wert war verkauft worden, damit Geld für Drogen ins Haus kam. Außer ein paar schlappen Comic-Figuren, darunter der eines Konkursanwalts, war nichts geblieben.

»Und wie lange nimmst du das Zeug schon?« fragte ich ihn.

»Fast zwei Jahre.«

»Heroin?« Ich konnte es immer noch nicht glauben.

»Eine männliche Droge. Auch mal ein bißchen Koks, wenn ich tief sinke.«

Ich schüttelte den Kopf. Ich konnte nicht fassen, daß diese gespaltene Persönlichkeit mit der Person identisch war, die ich meinen besten Freund zu nennen pflegte. Wie konnte mir das entgangen sein? War es möglich, daß Sam auch ein Mörder war?

»Du solltest dein Gesicht sehen. Du hattest keine Ahnung, stimmt's?« fragte er.

»Null. Ich komme mir so blöd vor.«

»Dazu besteht kein Grund. Ich hab's championmäßig versteckt. Die ganze Zeit langärmelige Hemden. Und die Jacke behalte ich immer an, auch im Sommer.«

»Und ich dachte, du seist eben ein förmlicher Anwalt.«

Er lächelte leicht. »Verbirgt die Spuren. Und das Blut, wenn es Flecken gibt.«

Es schien logisch. Auch seine Magerkeit und Launenhaftigkeit in der letzten Zeit paßten plötzlich ins Bild. Und das, was ich stets als Spieltrieb angesehen hatte, entpuppte sich als Entwicklungsstörung. »Aber es ist Wahnsinn, selbstzerstörerisch ...«

»Da gebe ich dir recht. Halt mir also bitte keine Moralpredigt.«

»Wie hast du es geschafft zu arbeiten? Wie hast du es geschafft, dich zu konzentrieren?«

»Ich bin nicht immer down. Die meiste Zeit bin ich oben, ganz oben, dann gelingt mir alles. Dann mache ich jedem etwas vor.«

»Wieviel Geld hat dich das gekostet?«

»Ein verdammtes Vermögen.«

»Nein, sag es mir genau.«

Er räusperte sich. »Tja, ich habe die Investmentfonds verkauft, von denen ich dir erzählt habe, und South Beach kann ich mir nicht mehr leisten. Ich bleibe zu Hause unter der Höhensonne, sie muß hier irgendwo herumstehen. Aktien sind keine mehr da, Microsoft habe ich verkauft, kurz bevor sie durch die Decke gingen. Aber auf Bill Gates stehe ich immer noch. Kannst du mir das verübeln?«

»Also wieviel?«

»Mein gesamtes Monatseinkommen, Monat für Monat, und ein bißchen was dazu.« Er schloß kurz die Augen. »Ich habe mein Konto überzogen, und mein linkes Ei schulde ich American Express. Ferner habe ich vier Kreditkarten, mit denen ich bis über beide Ohren verschuldet bin. Eine Karte habe ich sogar einem meiner Partner geklaut, der sie nach dem Mittagessen auf dem Tisch hat liegenlassen.«

Ich biß mir auf die Zunge. »Ist Heroin so teuer?«

»Du bekommst das, wofür du bezahlst. Je reiner es ist, desto besser und teurer ist der Schuß. Ich bezahle auch Ramons Bedarf, und ein paar seiner Freunde möchten auch noch was abhaben.«

Ich zählte zwei und zwei zusammen. »Stiehlst du Geld von den Mandanten?«

»Nicht mehr als jeder andere Anwalt.«

»Sam ...«

»Okay, nicht so, daß man es merkt. Ich berechne zuviel Spesen, ein bißchen hier, ein bißchen da. Beträge ohne Quittung.« Sein Gesicht leuchtete auf. »Aber deine Masche mit Consolidated Computers ist verdammt brillant, Bennie. Auf die Idee bin ich noch nie gekommen, einen Mandanten zu *erfinden* und über diese Akte abzurechnen. Das ist natürlich eine ganz große Sache, okay.«

Mein Gesicht wurde heiß. Dabei hatte ich ihm noch nicht einmal die Anschaffung meiner neuen Garderobe gebeichtet. »Wie hältst du das durch, Sam?«

»Was?«

»Die Heuchelei, alles, was damit zusammenhängt.«

»Darf ich kein Geheimnis für mich behalten? ›Zieh deine Schlußfolgerungen, Mann!‹ 19 ...«

»Schluß jetzt mit den Comics.« Sein Geschwätz machte mich ungeduldig. »Ich will nie wieder auch nur einen einzigen derartigen Spruch aus deinem Mund hören. Verstanden?«

»Was?« Er blinzelte ungläubig. »Du verlangst, daß ich aufhöre? Kalter Entzug?«

»Du hast mich verstanden.«

»Das kann ich nicht, Doktor. Ich bin so geboren. Es liegt an den Genen, ich kann nicht anders.«

»Du wolltest eben erklären, wie du es geschafft hast, ein Doppelleben zu führen.«

»Das ist nichts Neues für mich, Bennie, darin habe ich jede Menge Übung. Ich bin schwul, falls du das vergessen haben solltest. Was glaubst du, wie ich mich damit über Wasser halte? Ich habe meine Partner soweit gebracht, daß sie glauben, ich würde jede bumsen, durch deren Adern noch Blut fließt. Die halbe Firma beneidet mich.«

»Heißt das, bei Tag brillanter Anwalt, bei Nacht Drogensüchtiger?«

Er streichelte Jamie 17. »Das ist eine naive Frage. So hat man Heroin nicht im Griff. Nur am Anfang, später hat es dich im Griff. Es schleicht sich an dich heran, besonders so guter Stoff. Nein, ich bin Vollzeit-Junkie. Es ist ein harter Job, aber jemand muß ihn tun.«

Ich schwieg abwartend. Er wollte mir etwas sagen, sich eine Last von der Seele reden, ich spürte es. Vielleicht lief seine Beichte darauf hinaus, daß er ein Mörder war.

»Ich habe in meinem Büro gefixt, in der Tiefgarage, auf der Männertoilette, sogar im Waschraum des Konkursgerichts. Ich bin bei mehr Besprechungen hinausgegangen, um zu drücken, als ich zählen kann.«

»Drücken?«

»Einen Schuß verpassen.«

»Warum hat niemand etwas bemerkt?«

»Ich sagte, ich hätte einen Anruf zu erledigen. Welcher Anwalt muß nicht telefonieren? Scheiße, wenn ich im Waschraum war, wollte ich die Zeit wirklich nutzen und entweder einen Bekannten oder einen Mandanten anrufen. Ich hatte also das Handy am Ohr und die Nadel im Arm.«

»Das muß ein Alptraum sein, Sam.« Ich empfand Mitleid mit ihm.

»Ist es. Aber weißt du, was komisch ist? Wenn ich einen Schuß brauche, gleich, auf der Stelle, würde ich alles dafür tun – *alles dafür geben, alles verkaufen* – alles.«

»Sag das nicht. Heroin tötet.« Ich dachte an Bill.

»Aber es ist die Wahrheit, Bennie. Wenn ich meinen Wagen hätte, wäre ich in einer Minute dort. Sollen sie mich zusammenschlagen, aber bitte erst, nachdem ich mir einen Schuß verpaßt habe. Erst danach.«

»Hast du deshalb das Geld von Mark genommen, ich meine die Barabhebungen von seinem Konto?«

»Ja.«

»Hast du ihm gesagt, wofür du es brauchst?«

»Natürlich nicht. Ich erzählte ihm, daß ich es für ihn investiere. Ein paar Börsentips von einem reichen Mandanten. Ich erzählte ihm, ich könne sein Vermögen verdoppeln.«

»Du hast ihn betrogen? Einen deiner ältesten Freunde?«

Sam wandte den Blick ab. Einen Moment lang sprach keiner von uns ein Wort. Keiner mußte es.

»Sam«, brach ich schließlich das Schweigen, »glaubst du, Mark hat gemerkt, daß du süchtig bist, obwohl du ihm nichts gesagt hast?«

»Ich bin nicht süchtig, ich werde chemisch genötigt.«

»Laß die Witze. Mark hat dich zu seinem Testamentsvollstrecker bestimmt, folglich gehe ich davon aus, er wußte es nicht. Was meinst du?«

Sam wirkte ernüchtert. »Er hat das Testament vor drei Jahren aufgesetzt, und damals nahm ich keine Drogen. Er hätte etwas ahnen können, aber gesagt hat er nie etwas. Außerdem, mir ist es gelungen, dich zu täuschen, und du warst immer klüger als er. Immer schon.«

Ich holte tief Luft. »Sam, hast du Bill Kleeb umgebracht, diesen Jungen, den ich vertreten habe? Den Tierschützer?«

»*Was?* Nein!«

»Ich habe ihn tot aufgefunden. Eine Überdosis Heroin. Hast du absolut nichts damit zu tun?«

»Nein, natürlich nicht. Was soll das? Ich habe niemanden umgebracht. Das könnte ich nie. Die einzige Gewalt, für die ich eine Schwäche habe, ist die in Comics. Wenn einer explodiert und in der nächsten Blase mit einem über Kreuz geklebten Pflaster lebendig wiederauftaucht.« Er formte mit den Zeigefingern ein kleines X. »Wie ein Flicken auf einem platten Reifen.«

»Aber die Luftballons auf deinem Schreibtisch, wozu hast du die?«

»Ganz ehrlich? Ich benutze sie zum Abbinden.«

»Du meinst deinen Arm?«

Er verdrehte die Augen. »Nein, meinen Schwanz. Natürlich meine ich meinen Arm. Und sieh mich nicht so an. Ich kenne einen, der sich da rein fixt, um sämtliche Spuren zu vertuschen. Er ist Arzt.«

»Als ich Bill fand, war sein Arm mit einem rosaroten Ballon abgebunden.«

»Und?« Dann dämmerte es ihm. »Darum glaubst du, ich hätte es getan?« Er lachte, aber es kam heraus wie das Ausatmen verbrauchter Luft und schreckte Jamie 17 auf. »Ich bin nicht der einzige Junkie, der Luftballons zweckentfremdet.«

»Ist es üblich, Ballons zu verwenden?«

»Alles, was seinen Zweck erfüllt, ist üblich.« Er legte einen seiner schlanken Finger an die Schläfe. »Denken wir mal nach. Ich habe einen Gürtel benutzt, ein Gummiband, einen ledernen Schnürsenkel. Sogar eine Hermès-Krawatte. Die mit den Jongleuren.«

»Aber er war identisch mit den Luftballons auf deinem Schreibtisch. Sogar die gleiche Farbe.«

»Du kriegst sie bei Woolworth! Du solltest die Typen sehen, die diese Ballons kaufen. Keiner von denen bläst die auf, glaub mir das. Ich habe mit dem Tod von niemandem irgend etwas zu tun.«

»Aber du warst wütend auf Bill, weil er gegen die Aids-Forschung demonstriert hat.«

»Ich kannte den Jungen nicht einmal! Ich würde ihn doch deshalb nicht umbringen! Dann müßte ich jeden Republikaner umbringen, der mir über den Weg läuft.«

Trotzdem. Mir war leicht übel. »Wo warst du vorgestern nacht?«

»Wo ich jede Nacht bin. High mit Ramon, meinem kleinen Speedy Gonzales.«

»Wirklich?«

»›Heute hier, morgen Souvenir.‹ 19 ... Ach, wen kümmert's?«

»Sam ...«

»Es ist mein Ernst. Ich sage die Wahrheit.«

Ich sah ihn an. Dem Zusammenbruch nahe, hockte er auf der durchgesessenen Mitte der Couch. »Sam, hast du Mark umgebracht? Wegen des Honorars?«

»Nein, Bennie, das habe ich dir bereits an jenem Tag in meinem Büro gesagt!«

»Da hast du mir auch gesagt, du würdest das Geld nicht brauchen, und dabei bist du drogensüchtig.«

»Das heißt nicht, daß jeder Mord in der Stadt auf mein Konto geht!« Er beugte sich eindringlich vor und schien für diese Bewegung die ganze Kraft, die noch in seinem Körper steckte, mobilisieren zu müssen. »Du hast es immer noch nicht begriffen, Bennie. Wenn du an der Nadel hängst, brauchst du das Geld sofort. In dieser Sekunde, in diesem Augenblick. Ich brauche das Geld nicht in einem Jahr oder wann immer Marks Testament rechtsgültig wird.«

»Was ist mit dem Anwaltshonorar, das gleich fällig werden kann, mit den Einnahmen daraus?«

»Zu spät. Ich brauche Bares, Bares, Bares, und das ständig. Man kauft Dope nicht auf Rechnung, *chica*.«

»Mit dem Honorar als Treuhänder hättest du jedes Jahr ...«

»Ich bin doch nicht in der Lage, ein Treuhandvermögen zu verwalten! Ich kann nicht einmal mein eigenes Leben verwalten!« Seine Augen funkelten. »Ich habe Mark nicht umgebracht. Ich schwöre es bei Gott.«

Ich überlegte. Log Sam, oder log er nicht? Er machte einen leidenden Eindruck. Er war mein Freund gewesen, solange ich denken konnte. Ich wußte es nicht mit Sicherheit, aber ich hatte das Gefühl, ihm trauen zu können, wenigstens im Moment. Zumindest konnte ich von seinem Insiderwissen profitieren und in der Sache mit Bill weiterkommen. Folglich erzählte ich ihm die ganze Geschichte, daß es auf Bills Arm keine Spuren gegeben hatte, das, was Mrs. Zoeller gesagt hatte. Als ich endete, fragte ich ihn nach seiner Meinung.

»Für mich klingt das nach einer abgekarteten Sache«, erklärte er. »Obwohl, eines muß ich dir sagen – der letzte Mensch, der glaubt, daß du ein Junkie bist, ist deine eigene Mutter.«

»Oder deine beste Freundin.«

Er sah traurig aus. »Es tut mir wirklich leid, Bennie. Ich wollte dich nie in Schwierigkeiten bringen.«

»Weiß es deine Mutter?«

»Glaubst du, ich will sie umbringen? Sie weiß, daß ich schwul bin, das reicht nun wirklich.«

Ich dachte an Sams Lebensumstände, ein schwuler Mann, der vielleicht sogar Nadeln mit anderen teilte und dabei Blut austauschte. »So, wie es aussieht, glaube ich, du willst dich selbst umbringen.«

Sams gepeinigte Augen sahen mich an. Er widersprach nicht.

Später verfrachtete ich ihn ins Bett, das inzwischen nur noch aus einer nackten Matratze mit Blick auf den Rittenhouse Square bestand, einer der teuersten Aussichten der Stadt. Wo der Nachttisch gestanden hatte, türmten sich Pizzakrusten, überquellende Aschenbecher und anderer Müll.

Sam fiel sofort erschöpft in Schlaf, und ich machte mich daran, aufzuräumen. Jamie 17 leistete mir Gesellschaft. Ich ging von Zimmer zu Zimmer, fegte und saugte wie in meiner eigenen Wohnung nach der Durchsuchung durch die Bullen. Innerhalb von ein paar Tagen war ich von der schlampigen Chaotin zum wahren Putzteufel mutiert, und ich haßte jede einzelne Minute dieses Daseins.

Im Laufe der Nacht wachte Sam auf. Seine Litanei steigerte sich zu intensivem Überreden, danach verlegte er sich auf inständiges Bitten, dann auf Schreien. Ich nahm ihn in die Arme, bestellte etwas zu essen für ihn und stellte ihn unter die verschimmelte Dusche, während Jamie 17 irgendwo herumtollte. Alles, nur um ihn über die Nacht zu bringen. Ich brachte ihn soweit, seine sämtlichen Drogenutensilien aus den Verstecken zu holen; eine stattliche Anzahl blutiger Nadeln, Löffel und Gegenstände, die er als sein »Werkzeug« bezeichnete. Ich stellte die Wohnung auf den Kopf, und er schrie, weinte und flehte mich an, aufzuhören. Aber ich beachtete ihn nicht, und schließlich gab er auf.

Ich verlor jegliches Zeitgefühl, und an irgendeinem Punkt war ich soweit, daß ich den Telefondienst einer Drogenberatungsstelle anrief, während Sam im Hintergrund tobte. Sie blieben an meiner Seite – während Schweißausbrüchen, Schüttelfrösten und Übelkeit – waren da, wo immer sie sein mochten, und gleichzeitig bei mir. Am anderen Ende der Leitung saß eine freundliche, verständnisvolle Seele, die in der dunklen Nacht bei mir und Sam ausharrte und nichts weiter wollte als helfen.

Als der Morgen dämmerte, war Sam in den tiefsten Schlaf gefallen, den ich je erlebt hatte. Er schlief tiefer als Jamie 17 zu seinen Füßen, obwohl Ramon in der Zwischenzeit zweimal anrief. Bei seinem dritten Anruf klang der Kellner höchst nervös. Es war klar, daß er nicht anrief, weil er sich nach Liebe sehnte. Ich legte den Hörer neben den Apparat.

Als der Morgen endlich anbrach, erhob ich mich von meinem Nachtlager auf dem Holzfußboden, streckte die Glieder und schaute aus dem Fenster über den Platz. Jeder Muskel meines Körpers schmerzte, aber der Anblick, der sich mir bot, war herrlich. Sonntagmorgenruhe. Die Straßenlampen um den Platz brannten noch und leuchteten schwach im morgendlich grauen Dunst. Die grünen Holzbänke waren leer, nicht einmal Obdachlose saßen darauf. Zu meiner Linken glitzerte die Innenstadt von Philadelphia, aber das vom Dunst verhüllte Silberkugelgebäude schien weit weg. Rechts südlich des Platzes standen die teuren alten Reihenhäuser, und dort lag unsere Seitenstraße, die von R & B. Ich dachte an Mark, an Grady.

Grady. Ich fragte mich, wie es ihm wohl ging. Ich schaute zum Telefon, das mit abgenommenem Hörer neben Sam und Jamie 17 auf dem Boden stand. Es war ein Risiko, aber ich wollte mit ihm sprechen. Eine Frau auf der Flucht braucht ihren Anwalt, oder? An dem Morgen, an dem ich ihn zurückgelassen hatte, hatte die gleiche Stimmung geherrscht wie heute. Wie lange war das her? Die Wahrheit lautete schlicht, er fehlte mir. Ich nahm den Hörer und rief bei ihm zu Hause an.

»Hier bei Wells«, meldete sich eine leise flüsternde Frauenstimme.

Sie traf mich bis ins Mark. Meine Hand umklammerte den Hörer. Seine alte Freundin? Eine andere Frau?

»Hallo?« sagte die Frau. Ich konnte sie kaum verstehen.

Tschüs, dachte ich und legte auf.

28

Den Sonntagmorgen verbrachte ich damit, mich um Sam zu kümmern, der weinte, schlief, duschte und in einer Endlosschleife einen Cartoon von Foghorn Leghorn brabbelte. Ich hätte gern die Zeitungen gelesen, um festzustellen, was der Polizei Neues zu meiner Person eingefallen war, aber Sam bekam schon lange keine Zeitungen mehr in seine Eigentumswohnung geliefert, weil er die Aborechnungen nicht bezahlt hatte. Ich versuchte, nicht an Grady zu denken, was mir nicht sonderlich schwerfiel, denn ich hatte mit Sam, der schwor, er wolle clean werden, alle Hände voll zu tun.

»Ernsthaft?« fragte ich und machte ihm eine Scheibe Toast, das einzig Eßbare, was ich in seiner Wohnung hatte auftreiben können.

»Ich bin soweit, um damit aufzuhören. Jawohl.«

»Du hast es halb geschafft, Sam.«

»Ich amoke nicht mehr. Das stammt übrigens von 1953.«

»Hör mit diesen Comics auf.« Ich legte den Toast auf einen frisch abgespülten Teller und stellte ihn vor Sam hin, der sich mit den Ellenbogen auf den Küchentresen stützte. »Du weißt, was ich dir gesagt habe.«

»Schon gut, schon gut.« Mit zitternder Hand winkte Sam ab. Seine Augen hinter der Brille waren blutunterlaufen, seine Haut hatte eine safrangelbe Tönung, und ohne den üblichen Maßanzug wirkte er fast magersüchtig. »Ich dachte, du magst die Sprechblasen, Ben. Warum bist du auf einmal so gereizt?«

»Meiner Meinung nach benutzt du die Cartoons als Fassade. Du versteckst dich hinter deinem Humor, weil du der Wirklichkeit nicht ins Gesicht sehen willst. Dein Verhalten heute nacht hat mir das klargemacht.«

Er verdrehte die Augen. »Hat Ramon angerufen?«

»Vergiß Ramon. Er hat einen schlechten Einfluß auf dich.«

»Natürlich, darum mag ich ihn ja. Er hat also angerufen?«

»Das spielt keine Rolle. Ich lass' dich nicht mehr mit ihm spielen.«

»Sorgst du jetzt für mein Wohlergehen einschließlich Verpflegung?«

»Bingo.«

»Ich kann nur hoffen, du kümmerst dich besser um mich als um Jamie 17. Sie ist zu mager.« Mit den Augen folgte er der Katze, die auf dem Boden hin und her marschierte und sich an seinem Barhocker rieb.

»Ich habe ihr gestern einen Riegel Snickers gegeben«, verteidigte ich mich.

»Sie braucht richtiges Katzenfutter.«

»Sobald es dunkel wird, gehe ich hinaus und kaufe euch beiden etwas zu essen.« Ich streifte die Toastkrümel von den Händen. Nach meiner Putzorgie letzte Nacht sah die kleine Küche blitzblank aus, aber so kahl, als würde sie nie benutzt.

»Ich danke dir für alles. Für alles, was du heute nacht für mich getan hast.«

»Vergiß es.«

»Nein, ich weiß, du hast genug Probleme. Das muß wirklich das letzte sein, was du noch brauchst.«

»Es macht mir nichts aus, dir zu helfen, aber ich bin keine Expertin. Der Mann von der Drogenberatung sagte, du solltest dich zu einer Entziehungskur anmelden. Er sagte ferner, die Anwaltskammer habe einen Service für Anwälte mit Drogenproblemen eingerichtet, es gibt wohl recht viele.«

»Nein. Niemals.« Sams Blick verfinsterte sich. »So gehe ich die Sache nicht an.«

»Seiner Ansicht nach ist Eagleville sehr gut, das ist nicht weit von hier.«

»Ich brauche das nicht. Ich mache es allein. Ich habe es schon halb geschafft, das hast du selbst gesagt.«

»Allerdings sagte er auch, es sei ein Verhaltensmuster. Eine Gewohnheit.«

Sam lief rot an. »Ich gehe in keine verwichste Entzugsklinik. Ich denke nicht daran, alles zu verlieren, was ich mir bei Grun aufgebaut habe. Nicht deswegen. Nein. Ich weiß zu schätzen, was du für mich getan hast, ich weiß, es war verdammt scheußlich, aber zwinge mir bitte keine Klinik auf. Das war's, Leute.«

»Aber du brauchst eine Therapie ...«

»Willst du mir auch ein paar Schocks verpassen lassen? So wie deiner Mutter?«

Das saß. Ich wußte nicht, was ich sagen sollte. In meiner Kehle bildete sich ein Kloß.

»Scheiße.« Gereizt rieb er sich die Stirn. »Scheiße, tut mir leid.«

Willst du mir auch ein paar Schocks verpassen lassen? Über diesen Satz kam ich nicht hinweg. Er hatte seine eigene Halbwertszeit und klang immer noch nach, er hing zwischen uns in der Luft. Es stimmte. Ich hatte meiner Mutter einen Schock verpassen lassen. Einen gigantischen Einstellknopf in ihrem Gehirn gedrückt. Sie neu aufladen lassen. Wie es ihr wohl ging? Wir wohnten keine zehn Minuten von hier. Ob ich es wagen konnte, sie am hellichten Tag zu besuchen?

»Bennie, ich habe es nicht so gemeint. Ich war wütend.« Sam griff nach meiner Hand, aber ich entzog sie ihm und eilte zur Wohnungstür. Ich wollte weg. Vielleicht etwas zu essen kaufen, vielleicht bei meiner Mutter vorbeischauen, wenn kein Risiko bestand.

»Ich komme wieder«, teilte ich ihm mit.

»Bennie, es tut mir leid. Geh nicht.«

»Du und die Katze, ihr braucht etwas zu essen. Warte hier, und geh nicht ans Telefon.«

»Ich habe es nicht so gemeint.« Unsicher stand er auf und folgte mir fast taumelnd zu Tür. »Bennie ...«

»Kümmere dich um die Katze.« Ich zog die Tür hinter mir ins Schloß.

In der grellen Sonne draußen vor dem Haus suchte ich nach meiner Sonnenbrille. Ich war nervös, kam mir exponiert vor. Zu viele Menschen auf dem Rittenhouse Square. Ein Jogger lief in mich hinein, und ich zuckte zurück.

»Paß doch auf, Mensch!« rief der Portier. »Alles in Ordnung, Miss?« Er eilte herbei, ein älterer Mann mit kastanienbrauner Mütze und einer Jacke mit Epauletten.

»Nichts passiert.«

»Sind Sie sicher?« Seine wässerigen Augen sahen mich besorgt an. »Ich dachte, er hätte sie umgerannt. Hat er Sie umgerannt?«

»Es ist nichts passiert.«

»Die dürfen das gar nicht, es ist verboten unter dem Baldachin. Der Teil des Gehwegs gehört zum Haus, das ist kein öffentliches Eigentum. Er ist privat, nicht öffentlich, verstehen Sie, was ich meine?«

»Ja. Vielen Dank, aber ich habe es eilig.«

»Das sind doch Jogger, warum nehmen sie dann immer den kürzesten Weg? Eigentlich sollte man annehmen, die wollen laufen, habe ich nicht recht?« rief er mir schon im Weggehen nach.

Aber ich war schon wieder unterwegs. Hinter der dunklen Sonnenbrille hervor betrachtete ich prüfend die Straße. Kein Streifenwagen, auch kein Zivilfahrzeug war in Sicht. Stadtbewohner, die das schöne Wetter genießen wollten, bevölkerten den Platz. Jogger zogen ihre Runden, und Verliebte schmiegten sich auf den Parkbänken, über ihre Zeitung gebeugt, aneinander. Rasch bog ich in die Seitenstraße von Sams Apartmenthaus ein und eilte am Feinkostgeschäft an der Ecke vorbei, weil ich dort immer einkaufte.

Ich ging die sonnendurchflutete Twenty-Second Street hinunter, vorbei an den exklusiven Boutiquen, die in diesem noblen Viertel ihre Kundschaft hatten. Den Kopf hielt ich ständig gesenkt und hoffte inständig, niemandem zu begegnen, den ich kannte. Mein Ziel war der Supermarkt in der Spruce Street, riesengroß und anonym, in dem ich nie einkaufte.

Ich mußte nur noch eine Querstraße weiter, aber mir war bereits warm in meinem zerknitterten Kostüm. Meine Augen hinter der Sonnenbrille flitzten unentwegt von links nach rechts und musterten die auf beiden Straßenseiten parkenden Wagen. Kein Polizeifahrzeug. Ich bog um die Ecke. Und da stand ein Streifenwagen.

Lieber Gott. Mir blieb die Luft weg. Ein weißer Streifenwagen mit den türkisen und goldenen Streifen der Stadtpolizei. Der Motor lief, aber es saß kein Polizist im Auto. Der Wagen parkte vor einem chinesischen Restaurant. Vielleicht holte die Besatzung nur Kaffee, vielleicht aber auch nicht. Suchten mich die Bullen in der Nähe des Hauses meiner Mutter oder im Zentrum? Das Geschäftsviertel war klein genug.

Ich hetzte am Supermarkt vorbei und verzichtete auf die Besorgungen. Mein Instinkt riet mir zu laufen, mich zu verstecken. Ich beschleunigte meine Schritte und lief um die Ecke, nur raus aus dem Blickfeld des Streifenwagens. Ich fiel in leichten Trab und versuchte, meine Eile durch Blicke auf die Uhr zu kaschieren. Ich war eine Frau in einem Leinenkostüm, die es an einem Sonntag eilig hatte. Zu spät dran für die Kirche? Zu spät dran zum Mittagessen?

Ich joggte andeutungsweise und gab mir Mühe, keinen allzu gehetzten Eindruck zu erwecken. Ich wußte nicht, wo ich hin sollte. Zu Sam zurück konnte ich nicht, es war zu riskant. Zum Haus meiner Mutter war es zu weit, selbst wenn ich mich dort hätte verkriechen können. Es gab keinen Ort, wo ich hätte hingehen können. Meine Angst wuchs.

Ein paar Blocks weiter die Straße hinauf erhob sich die Silberkugel. Ein glänzender Gebäudekörper. Grün. Warum nicht? Nicht schlechter als alles andere. Ich war immer noch Linda Frost. Eine New Yorker Anwältin, die am Sonntag arbeitet? Das war fast schon ein Naturgesetz.

Ich behielt mein Tempo bei und lief an einkaufenden Städtern und Touristen vorbei zur Silberkugel. Ich schwitzte, aber mein Atem ging nicht zu schwer. Dem Himmel sei Dank für die Stadiontreppen und das Rudern. Dem Himmel sei Dank, daß ich mich immer noch in Freiheit befand. Wenn ich es mir recht überlegte, glaubte ich vielleicht doch an Gott. Ich verlangsamte zu einer einer Anwältin angemessenen Gangart und marschierte durch die Drehtür in das Grun-Gebäude. Und verlor schlagartig meinen eben gewonnenen religiösen Glauben.

Am Empfangstresen standen zwei Bullen in Uniform und sprachen mit dem Wachmann.

29

Ich konnte mich nicht einfach umdrehen und wieder hinausmarschieren. Ich konnte nicht weglaufen. Für den Bruchteil einer Sekunde wußte ich nicht, wie ich mich verhalten sollte. Aber dann.

Rollengemäß. Arrogant schritt ich auf den Empfangstresen zu. Ich war Linda Frost aus New York. Eine hochkarätige Anwältin, die es in ein Provinznest verschlagen hatte. Seit Wochen hatte ich kein anständiges Tiramisu zu essen gekriegt; ich konnte kein äthiopisches Restaurant auftreiben. Wie sollte mir das Leben noch lebenswert erscheinen? Mit steif ausgestrecktem Zeigefinger schob ich meine Sonnenbrille hoch und griff nach dem Eintragungsbuch, ohne nach links oder rechts zu schauen.

»Sein Büro ist im fünfunddreißigsten Stock?« fragte einer der Bullen gerade den Wachmann, Will, den ich an meinem ersten Tag hier kennengelernt hatte.

»So steht's im Verzeichnis.« Sich vergewissernd, blickte Will hinter sich. »Mr. Sam Freminet. Er arbeitet bei Grun, ist einer von den Partnern. Ich sehe ihn morgens häufig. Er kommt immer sehr früh.«

Sam. Sie suchten nach Sam. Das Herz schlug mir bis zum Hals, aber so lässig wie möglich schrieb ich meinen Namen in das Buch.

»Vielleicht nimmt Miss Frost Sie mit hoch«, ließ sich Will vernehmen. »Sie brauchen eine Sicherheitskarte, sonst kommen Sie nicht durch die Tür. Miss Frost ist auch Anwältin bei Grun.«

Was? Ich schluckte, schrieb aber weiter, blind gegen die Bedürfnisse aller, nur nicht gegen meine eigenen. Eine typische New Yorkerin eben.

»Miss?« fragte der Polizist. »Miss?«

Ich blickte auf. Ich mußte. »Ja.«

»Würde es Ihnen etwas ausmachen, uns mit hinaufzunehmen, Miss?« Der Bulle war ungefähr vierzig, hatte hellblaue Augen, dichte blonde Augenbrauen und einen buschigen blonden Schnurrbart. Garantiert sexy, aber nicht mein Typ. Ich verklagte Typen seines Schlags.

»Es handelt sich um eine polizeiliche Ermittlung«, fügte der andere Bulle, groß, dünn und schwarz, hinzu. Beide trugen Chromabzeichen und Namensschilder, aber ich hatte zu große Angst, um ihre Namen zu entziffern.

»Wir wären Ihnen wirklich sehr verbunden«, betonte der Blonde erwartungsvoll.

Schluck. »Ich nehme Sie mit.« Ich machte auf dem Absatz kehrt wie ein Roboter und führte die Polizei zu den Fahrstühlen. Ich mußte gegen die Panik ankämpfen. Meine Kehle war wie zugeschnürt. Am liebsten wäre ich weggelaufen, aber ich drückte auf den Knopf und rief mir ins Gedächtnis, daß ich nicht des dreifachen Mordes schuldig war, sondern ins Büro ging, um ein bißchen Geld für die Vorbereitung einer Verhandlung abzukassieren.

»Eine Schande, daß Sie an einem so schönen Sonntag arbeiten müssen«, bemerkte der blonde Bulle. Er zog sich die Mütze mit der Lässigkeit eines Werfers aus der obersten Baseball-Liga vom Kopf

»Da kann man nichts machen. Ich muß einen Prozeß vorbereiten.«

Hinter meiner dunklen Sonnenbrille musterte ich sein regelmäßiges Gesicht und entschied, ihn nicht aus einem meiner Prozesse zu kennen. Er schien die Taxierung jedoch zu würdigen, und wenn ich es nicht besser gewußt hätte, hätte ich gesagt, er fände Gefallen an mir. BULLE VERKNALLT SICH IN FLÜCHTIGE ANWÄLTIN.

Als der Aufzug kam, stieg ich sofort ein. Mit klirrenden Handschellen an den schweren Ledergürteln kamen sie hinter mir her. Jeder hatte ein Funkgerät mit einer dicken Gummiantenne dabei, und beide trugen Dienstrevolver mit abgenutzten Holzgriffen. Angesichts der Waffen wich ich etwas zurück, als die Aufzugstüren huschend zugingen und uns hermetisch in der Kabine einschlossen.

»Wir müssen in den fünfunddreißigsten«, erinnerte mich der Blonde.

»Oh, natürlich.« Ich drückte auf den Knopf und registrierte mit Erleichterung, daß meine Hand nicht zitterte.

»Kennen Sie Sam Freminet, Miss Frost?«

»Nein, ich arbeite normalerweise nicht im Büro Philadelphia.« Unverwandt hielt ich den Blick auf die orangerot aufleuchtenden Ziffern gerichtet: *3. Stock, 4. Stock.* In der Kabine herrschte drückende Hitze, anscheinend wurde die Klimaanlage über das Wochenende abgeschaltet. »Gibt es ein Problem mit Mr. Freminet, Officer?«

»Sagen Sie Bob zu mir. Bob Hall.«

»Wie Sie wünschen. Bob.«

»Schön. Wir haben seinen Wagen gefunden, verlassen. Ausgeweidet bis auf die Knochen.«

8. Stock, 9. Stock. »Sehr bedauerlich.«

»Mehr als bedauerlich. Es handelt sich um einen Achtzigtausend-Dollar-Wagen.«

»Himmel.« Kein Wunder, daß Sam geweint hatte.

»Im Kofferraum fanden wir eine Aktentasche mit Unterlagen von Mr. Freminet. Aber das Autokennzeichen ist abmontiert worden, wir konnten ihn also nicht über die Zulassung oder über die anderen Papiere ausfindig machen. Haben Sie eine Ahnung, wo er wohnt? Er steht nicht im Telefonbuch, und die Zulassungsstelle kann uns vor Montag keine Auskunft geben.«

»Nein. Nicht die leiseste.« *13. Stock, 14. Stock.* Mach schon, beeil dich. Als ich noch hier gearbeitet habe, waren die verdammten Aufzüge immer viel zu schnell gewesen.

»Im Büro müßte es ein Adressenverzeichnis geben, nicht wahr? Wir müssen ihn benachrichtigen.«

»Ich weiß es nicht. Ich bin aus dem New Yorker Büro.«

»New Yawk, Sie machen Witze!« Das Gesicht des Blonden leuchtete auf. »Ich bin im Big Apple aufgewachsen!«

»Wirklich.« Phantastisch. *21. Stock, 22. Stock.*

»Klar, ich komme aus Queens. Richmond Hill, ist aber lange her.« Er betrachtete mich eingehender, als überlege er, ob wir zusammen im Französischkurs gewesen waren.

»Queens, ah ja.«

Sein Blick glitt an meinem Körper hinab und wieder hinauf, verharrte auf meinem Gesicht und schien angesichts meiner Sonnenbrille Argwohn zu schöpfen. Ich betete, daß er mich nicht erkannte, denn zweifellos hing mein Porträtfoto inzwischen in der Bildergalerie GESUCHT WEGEN MORDES. Heutzutage befanden sich die Frauen in allen Bereichen auf dem Vormarsch.

»Ich wette, ich kann raten, aus welcher Ecke Sie kommen«, behauptete er. »Larchmont oder Mamaroneck, habe ich recht?«

Mama-was? »Nein.« *23. Stock, 24. Stock.*

»Aus welcher Ecke New Yorks dann?«

»Oh, ich stamme ursprünglich nicht aus New York. Ich arbeite nur dort.«

Seine breiten Schultern sackten herab. »Und woher kommen Sie ursprünglich?«

Jetzt standen wir wieder am Anfang. Die schlechteste Lügnerin der ganzen Anwaltskammer. Ich schielte zu dem schwarzen Bullen hinüber. Aus welchem Staat kam er ganz bestimmt nicht? »Iowa. Grinnell, Iowa«, antwortete ich.

Der schwarze Bulle zuckte die Achseln, und ich schenkte ihm ein aufblitzendes, angespanntes Lächeln. *30. Stock.*

»Nehmen Sie Ihre Sonnenbrille nie ab?« erkundigte sich der Blonde.

»Geht schlecht.« *31. Stock, 32. Stock.* Ich rang um Luft und eine anständige Lüge. »Ein Kater. Ein ausgewachsener, schlimmer Kater. Ein *mörderischer* Kater.«

»Verstehe.« Auf dem Gesicht des Polizisten erschien sein anmaßendes Lächeln. »Lange ausgewesen gestern nacht, ha?«

»Sie haben es erfaßt.« Ich sah ihn mit einem ebenbürtigen Grinsen an.

»Obwohl Sie am nächsten Tag arbeiten müssen?«

33. Stock, 34. Stock. Beeil dich, beeil dich, beeil dich! »Sie wissen doch, wie das ist.« Wie denn? Hilfe!

Er grinste durchtrieben. »Nein, wie ist das denn?«

35. Stock. »Wir sind da!« Die Aufzugstüren glitten mit ihrem charakteristischen *Swuusch* auseinander und öffneten sich auf das todschicke Foyer. Der Anblick der Goldküste machte mich so glücklich, daß ich am liebsten den hauchdünnen Perserteppich geküßt hätte. Der Luftzug der Klimaanlage blies mir voll ins Gesicht und wehte das Doppelaroma von Geld und Macht zu uns herüber.

»Muß schön sein«, seufzte der schwarze Polizist. Er roch es auch.

Zu beiden Seiten des Empfangsbereichs blockierten Eisengitter die Flure. Ich fummelte in meiner Handtasche nach meiner Sicherheitskarte und steckte sie in den neben dem Tor eingelassenen Metallkasten. Ein lautes *Klick* ertönte, und das Tor begann sich zu heben. Fast hätte ich applaudiert.

»So, das hätten wir, meine Herren«, piepste ich. »Die Namensschilder befinden sich neben den Bürotüren, heutzutage hat jeder ein Namensschild. Ich bin in meinem Büro, trinke schlechten Kaffee und arbeite.« Ich mußte mir mein Geplapper selbst anhören, deshalb schloß ich den Mund.

Der Schwarze nickte, und der Blonde streckte eine große Hand aus. »Orangensaft«, verkündete er mit bedeutungsvoller Stimme.

»Bitte?« Meine Hand war immer noch feucht von kaltem Schweiß, deshalb zog ich sie lieber zurück.

»Orangensaft. Jede Menge Orangensaft. Das ist das Beste bei einem ausgewachsenen Kater.«

»Das hat mein Freund auch gesagt«, antwortete ich, um jeden Gedanken an eine gemeinsame Zukunft im Keim zu ersticken. Ich war Grady schließlich treu, richtig? »Also, auf Wiedersehen«, rief ich, ging zu den Fahrstühlen und drückte auf den Knopf. Ich beobachtete die Bullen, die hinten im Flur verschwanden, und wäre fast mit einem Satz in den Aufzug gesprungen, als er endlich kam.

Himmel. Das war knapp gewesen. Die Bullen arbeiteten sich über Sam an mich heran. Unweigerlich mußten sie herausfinden, wo Sam wohnte und ihn zwangsläufig aufsuchen. Sie würden stets nur einen Schritt hinter mir sein, ob durch Zufall oder mit System. Sie würden mich jagen. Bis sie mich erwischen.

34. Stock.

Mir war gar nicht wohl. Azzic bekäme bald Wind von der Sache mit Sams Wagen und würde weitere Fragen stellen. Ich konnte nicht länger bei Grun bleiben. Ich mußte weg.

33. Stock.

Ich zog gründlich Bilanz. Ich hatte noch mein Handy, doch das Bananamobil saß mit Jamie 17 bei Sam fest. Aber Jamie 17 war bei Sam jetzt besser aufgehoben, denn ich befand mich wieder auf der Flucht. Wie sollte ich ohne Wagen wegkommen? Philadelphia war eine Stadt. Hier gab es Züge, Busse, U-Bahnen. Los!

32. Stock.

Die Türen öffneten sich, und ich hüpfte auf den Verliererflur. Die Klimaanlage lief sehr schwach, und im Foyer roch es nach Katzenscheiße. Die Karte öffnete mir den Weg durch das Sicherheitstor, und noch während es hochrasselte, schlüpfte ich darunter hindurch. Ich eilte zu meinem Konferenzzimmer und trat ein.

Meine neue Garderobe war eingetroffen, alles in Plastiktüten eingepackt, komplettiert mit einem Schuhkarton. Ich sammelte Kleider, Aktentasche und Unterlagen zusammen und wollte gerade hinaus, da klopfte es an der Tür. Mist. Ich hielt den Atem an. Waren das die Bullen?

»Wer ist da?« fragte ich

Es klopfte erneut, lauter diesmal.

Aber keine Antwort. Was sollte das? Das offiziell nicht zugelassene Eröffnungsspiel der Bullen, zusetzen, bis man mürbe wird? Ich setzte mein frostiges Linda-Frost-Gesicht auf und öffnete die Tür.

Den Anblick hätte ich nie erwartet, nicht in einer Million Jahre.

30

Er war kleiner, als ich ihn in Erinnerung hatte, aber sein runzliges Gesicht hinter der Hornbrille mit transparenten Acetatbügeln sah so sauer aus wie eh und je. Der kahle Kopf, gesprenkelt mit Sommersprossen, hatte die elliptische Form eines Eis. Obwohl Sonntag war, trug er seine übliche Uniform, ein weißes Button-down-Hemd, einen Schlips aus Rips und einen Khakianzug von Brooks. Der Große und Mächtige. Den Kopf leicht nach rechts geneigt, stand er höchstpersönlich auf der Schwelle zu Konferenzzimmer D.

»Mr. Grun«, sagte ich entgeistert.

»Bitte?« Er griff an sein Ohr.

»Mr. Grun!«

Er lächelte, seine Lippen waren unerwartet feucht-rosa. »Ja. Woher kennen Sie mich?«

Herrje. »Äh, ich habe ein Foto von Ihnen gesehen. Im Firmenverzeichnis.«

»Freut mich, Sie kennenzulernen.« Seine Stimme zitterte, klang aber noch erstaunlich kräftig. Er streckte mir eine Hand hin, die sich in meiner trocken und zerbrechlich anfühlte. »Sie müssen Miss Frost sein.«

»Ja. Stimmt.«

Er schlurfte in das Konferenzzimmer, nach vorn gebeugt durch die schiere Bewegung und reine Willenskraft, und ließ sich auf einen Stuhl fallen, fast im gleichen Moment, in dem ich die Sitzgelegenheit unter dem Tisch hervorgezogen hatte. »Danke«, sagte er.

»Gern geschehen.«

»Also, Sie müssen Miss Frost sein«, wiederholte er und schielte zu mir herauf. Sein haarloser Kopf zuckte in dem steifen Kragen wie der einer Schildkröte. »Irgendwie kommen Sie mir bekannt vor.«

Mein Herz setzte einen halben Schlag lang aus. »Oh. Wir haben uns nie kennengelernt.«

»Ihren Vater, kenne ich den?«

»Nein.« Den kenne nicht einmal ich.

»War er bei Piper, Marbury?«

»Nein, er war kein Anwalt«, gab ich zur Antwort, obwohl ich keine Ahnung hatte, was er war. Ein Drückeberger, laut meiner Mutter.

»Aber Sie kommen mir sehr bekannt vor. Wie heißt er?«

»Frost, genau wie ich.«

»Und der Vorname?«

Jack? Nein. David? Noch schlechter. »Grinnell. Grinnell Frost. Wie die Stadt in Iowa.« Bitte, lieber Gott, bringe mir bei, besser zu lügen.

»Grinnell Frost.« Langsam schüttelte er den Kopf. »Nein, ich glaube nicht. So, Sie sind also vom New Yorker Büro zu uns gekommen. Ich mag das New Yorker Büro sehr.«

»Ich ebenfalls.«

»Wir haben ein paar sehr gute Anwälte dort.«

»Ja, haben wir.«

»Die Stadt New York mag ich allerdings nicht so sehr.«

»Ich auch nicht.« Aber ich habe jetzt keine Zeit, darüber zu plaudern.

»Die Menschen dort haben keine Manieren.«

»Nein, das stimmt. Sie ignorieren alle anderen um sich herum.«

»Sie sind immer in Bewegung.« Er fuchtelte mit einer zittrigen Hand in der Luft. »Zu schnell.«

»Viel zu schnell.«

»Und die Straßen sind schmutzig.«

»Sehr.«

»Richtig dreckig.«

»Und laut.« Noch nie war ich mit ihm so sehr einer Meinung gewesen. Noch nie war ich mit irgend jemand so sehr einer Meinung gewesen, trotzdem hegte ich den dringenden Wunsch, wie ein Blitz zur Tür hinauszustürmen.

»Sie arbeiten sehr viel, Miss Frost.«

»Ja, tue ich.«

»Ich habe Ihren Aufruf gelesen im Zusammenhang mit dem Computerfall, den Sie vorbereiten.«

»Wirklich?« O Scheiße.

»Ja. Tut mir leid, daß es so lange gedauert hat, bis ich Sie gefunden habe. Ich komme nicht jeden Tag ins Büro und bin nicht immer ganz auf dem laufenden mit meiner Post. Die Lieferungen für die Loseblattsammlung sind wohl für die Katz, fürchte ich. Sind Sie mit den Blättern auf dem laufenden, Miss Frost?«

»Ich gebe mir Mühe.«

»Das müssen Sie, das ist ganz wesentlich. Sie müssen die aktuellen Gerichtsurteile kennen und verfolgen, wie sich die Rechtssprechung entwickelt. Sie wissen, was Cardozo gesagt hat.«

Hau ab, die Bullen kommen? »Natürlich.«

»Das Recht ändert sich schubweise.« Er hielt einen für diese Jahreszeit sehr braunen Finger hoch, und mir fiel ein, daß er ein Ferienhaus in Boca Raton hatte. »Jetzt habt ihr jungen Leute die Firma. Jetzt läuft die Firma ohne mich.«

Das Bedauern in seiner Stimme war nicht zu überhören. »Aber nicht so gut, da bin ich sicher.«

»Das ist sehr freundlich von Ihnen, Miss Frost«, meinte er, starrte aber an mir vorbei. Die leuchtenden Fenster reflektierten sich weiß in seiner Zweistärkenbrille, so daß es aussah, als sei er blind. »Wie Sie wissen, habe ich diese Firma aufgebaut. Zusammen mit meinem Freund. Er ist inzwischen verstorben.«

»Mr. Chase?«

»Er ist gestorben.«

»Das wußte ich nicht«, antwortete ich, aber ich wußte es. Ich warf einen Blick auf die offene Tür hinter ihm. Draußen war die Luft immer noch rein.

»Ist schon lange her.«

»Verstehe.«

Er seufzte. »Wie auch immer, nächste Woche kommt es für Sie darauf an.«

Für mich kam es jetzt schon darauf an. »Ja.«

»Sie baten um Hilfe. In Ihrer Notiz.«

»Hilfe?« Dumm, dumm, dumm. Hilfe!

»Diese Notiz war sehr unklug, Miss Frost.« Seine Stimme nahm jene Spur von Strenge an, an die ich mich noch gut erinnerte. »Sie scheinen uns hier im Hauptbüro nicht sehr gut zu kennen. Niemand hier wird Ihnen helfen, wenn er den dafür benötigten Zeitaufwand nicht berechnen kann.«

»Nein?« Was du nicht sagst.

»Heutzutage nicht mehr. Zu meiner Zeit haben wir einander alle geholfen. Wir dachten nicht an das Honorar, wenn wir einem Kollegen geholfen haben. Damals haben wir zusammen Mittag gegessen. Wir tranken sogar zusammen Tee und aßen eine Kleinigkeit dazu. Wir waren Partner damals. Wahrhaftig. Richtige Partner.«

»Teestunde? Bei Grun?«

»O ja.« In der Erinnerung verzogen sich seine Lippen zu einem zittrigen Lächeln. »Mr. Chase hat Tee zubereitet, und wir tranken alle gemeinsam Tee und aßen Pralinés dazu. Nur ein einziges, am Nachmittag. Chase, ich und McAlpine. Später Steinman.«

»Schokolade?« Für einen Moment vergaß ich die Bullen, so fasziniert war ich.

»Ja, Schokolade. Also Steinman, der liebte Schokolade mehr als wir anderen alle zusammen. Mußte jeden Tag welche haben.«

»Welche Sorte, Mr. Grun?« Sagen Sie *helle Schokolade.* Hatte das so angefangen?

»Immer die gleiche. Wir alle, jeder von uns, mochten die gleiche Sorte.«

Sagen Sie *helle.* Das also steckte dahinter. Keine Tyrannei, sondern Kameradschaft. Kollegialität. Ich fühlte mich schrecklich. Ich hatte ihn völlig verkannt, und das jahrelang.

»Mögen Sie Schokolade, Miss Frost?«

Dieses Mal mußte ich nicht erst überlegen. »Ich liebe Schokolade, Mr. Grun.«

»Welche Sorte, helle oder dunkle?«

»Helle, ausschließlich.« Unerklärlicherweise wurden meine Augen feucht.

»Die dunkle, die ist zu bitter.«

»Da gebe ich Ihnen recht.«

Er lächelte zittrig. »Helle Schokolade ist eine wunderbare Sache.«

»Das stimmt.«

»Manche Dinge sind so gut, die lassen sich einfach nicht verbessern.«

»Golden Retriever zum Beispiel.«

Wieder lächelte er. »Sind Sie Hundeliebhaberin, Miss Frost?«

»Ja.«

»Was mich angeht, ich liebe Katzen.«

Ich dachte an Jamie 17, die ich bei Sam gelassen hatte. Sie fehlte mir tatsächlich. »Die sind auch in Ordnung.«

»Ich hatte einmal eine Katze, meinen Tiger. Sie war gestreift. Sie aß gerne Rahmkäse. Hat ihn mir direkt vom Finger geleckt.« Er nickte. »Wir haben einander geholfen, damals. Es spielte keine Rolle, ob man die Zeit bezahlt bekam. Nicht im mindesten. Warum sich bezahlen und den Freund im Regen stehen lassen, eh?«

Warum, eben.

»So baut man eine große Anwaltskanzlei auf. Nicht mit Fällen, nicht einmal mit Mandanten. Mit Freundschaft. Auf dieser Basis wächst sie, mit dem guten Ruf. Gewinnt an Stärke. Sie wird ... organisch, auf diese Weise.«

Ich dachte an R & B. Mark hatte recht gehabt. Die Kanzlei war futsch, sobald unsere Beziehung futsch war.

»Der eigentliche Wert liegt in der Freundschaft, im Kern.« Er atmete tief ein. »Nun, da bin ich. Ich las Ihren Aufruf. Ich dachte, ich könnte Ihnen vielleicht helfen. Hätten Sie eventuell Verwendung für mich, Miss Frost?«

O nein. Ich wußte nicht, was ich sagen sollte.

»Ich habe viele Wirtschaftsfälle bearbeitet. Fünfundzwanzig habe ich vor dem Obersten Bundesgericht der Vereinigten Staaten ausgefochten.«

»Fünfundzwanzig?« Ich dachte an meinen einen popligen Starfall.

»Aktenarbeit macht mir nichts aus. Mir gefällt es, wenn ich ordentlich zu tun habe.«

Aber es gab keine Akten, es gab noch nicht einmal einen Fall. Ich wußte nicht, was ich tun sollte. Die Situation erinnerte mich an meine Mutter, und mir kam die Erleuchtung. Es würde mich zwar aufhalten, aber ich konnte jetzt nicht einfach weglaufen und ihn seinem Schicksal überlassen, er käme sich nur noch überflüssiger vor, als er sich ohnehin schon fühlte. »Natürlich könnte ich Ihre Hilfe brauchen, Mr. Grun. Es wäre mir eine Ehre.«

»Nun ja, vielen Dank.« Er nickte huldvoll.

»Zuerst möchte ich Sie über die Fakten in Kenntnis setzen.«

»Keine Akten?«

»Nein. Wenn Sie erlauben, würde ich Ihnen gern meine Beweisführung für die Verhandlungseröffnung vortragen.«

»Wie Sie wünschen.«

»Es ist eine Geschworenenverhandlung, deshalb ist mir sehr an einer guten Eröffnung gelegen.«

»Kluges Mädchen. Geschworene fällen ihre Entscheidung nach der Eröffnung. Zeigen Sie Respekt. Sprechen Sie nicht von oben herab zu ihnen. Tragen Sie Blau, ich habe das immer getan.«

»Das werde ich«, versprach ich und begann mit meiner Geschichte. Einer Gutenachtgeschichte, in der es einer aufstrebenden Computerfirma nur um Gerechtigkeit ging, aber all die mächtigeren Computerfirmen belogen die kleine Chipfirma und die Regierung. Ich erfand die Geschichte beim Erzählen, entnahm die Hälfte der in meiner eigenen Zwangslage gesammelten Erfahrung, die andere Hälfte meinem bißchen Wissen über das Wertpapiergesetz.

Er hörte aufmerksam zu und wurde mit der Zeit immer ruhiger und schließlich sehr ruhig. Er zuckte nicht einmal zusammen, als die Nachmittagssonne in einem leuchtenden Quadrat über sein Gesicht wanderte. Er war in einen tiefen Schlaf gefallen, der nur alten Männern und Golden Retrievern eigen war. Ich packte meine Unterlagen zusammen, nahm Kleider und Aktentasche, hinterließ eine kurze Notiz für ihn und ging.

Rasch schlüpfte ich unter dem Sicherheitsgitter durch und fuhr mit dem Aufzug, in dem die Luft immer noch erstickend war, in die Empfangshalle. Irgendwo weit weg von der Silberkugel war ich in Sicherheit, irgendwo außer Sicht. Mir standen jede Menge Orte zur Auswahl. Der Flughafen, der Bahnhof. Es mußte nur ein Ort sein, wo ich in Ruhe nachdenken und mein Zeug verstauen konnte.

29. Stock.

Ich mußte Marks Mörder finden. Etwas, das Grun gesagt hatte, ließ mich nicht mehr los. Es beschäftigte mich, aber ich konnte es nicht in Worte kleiden.

25. Stock.

Etwas von Anwaltskanzleien. Kollegialität. Ich dachte an Mark, tot, und R & B, nicht mehr existent. Die Mitarbeiter. Wer hatte die blutige Schere in meiner Wohnung deponiert? Im Kopf ging ich die Ereignisse der letzten Tage durch.

15. Stock.

Hattie hatte etwas gesagt. Wer hatte noch Sachen in meine Wohnung gebracht? Renee Butler. Sie behauptete, Bücher zurückgebracht zu haben, die ich ihr geliehen hatte. Hatte sie mir die Schere untergeschoben?

10. Stock.

War Butler die Mörderin? Wenn ja, hatte sie mir ganz schön

was vorgemacht. Und sie schien Mark zu mögen, aber vielleicht hatte sie die Tat wegen Eve begangen, zu deren Vorteil. Aber wie hatte sie Bill gefunden? Und warum ihn umgebracht?

Erdgeschoß. Die Aufzugstüren öffneten sich. Ich wollte eben aussteigen, konnte mich aber in letzter Sekunde noch bremsen.

Mitten in der Halle standen drei Polizisten. Nicht der Blonde und nicht der Schwarze, andere. Unter ihnen ein Mann in einem dunklen Anzug, dessen schnarrende Stimme ich noch im Traum erkennen würde. Detective Meehan von der Mordkommission. Mein Herzschlag setzte aus. Der Weg zum Ausgang war mir versperrt. Ich hatte zu große Angst, um noch länger Linda Frost zu spielen, und das Spiel würde sowieso nicht mehr funktionieren, nicht mit Meehan. Das wäre das Ende.

Ich mußte aus dem Gebäude hinaus. Der Lastenaufzug am Ende der Halle stand offen. Ich hatte ihn einmal benutzt, um an meinem letzten Arbeitstag bei Grun meine Sachen hinauszubringen.

Er führte in den Keller und in die Tiefgarage.

Ich schlüpfte aus dem Fahrstuhl, schob mich rasch an der Marmorwand entlang zum Lastenaufzug und drückte auf den erstbesten Knopf.

31

Auf der untersten Ebene der Tiefgarage stieg ich aus dem Lastenaufzug. Meine Gedanken überschlugen sich. Hatten die Bullen Sam gefunden? Suchte Meehan nach mir? Wo war Azzic? Ich mußte verschwinden, aber ich wollte die Stadt nicht verlassen. Ich mußte an Renee Butler dranbleiben.

Ich lud mir mein Gepäck auf die Schulter und eilte auf der Suche nach dem zum Ausgang führenden Treppenhaus durch die fast leere Garage. Plötzlich heulten Polizeisirenen, ein Höllenlärm. Ich fing an zu laufen und rannte durch die Garage. Die einzigen Geräusche waren meine Absätze, mein keuchender Atem und das Sirenengeheul.

Ich mußte einen Weg nach draußen finden. Als ich an einem reservierten Parkplatz vorbeihastete, fiel mein Blick nach links. In Spiralen wand sich eine Ausfahrtrampe korkenzieherartig nach oben. Entschlossen nahm ich den Aufstieg in Angriff. Ich jagte hinauf und immer weiter hinauf, bis mir schwindlig wurde und die grellen gelben Pfeile, die mich leiteten, vor meinen Augen verschwammen.

AUSFAHRT. Das rote Neonschild blinkte auf der anderen Seite des Tiefgaragenstockwerks. Ich peilte es an und hatte fast das Kassenhäuschen erreicht, als ich meinen Lauf abrupt abbremste. In der Kabine stand ein uniformierter Polizist und sprach mit der Kassiererin und einem Wachmann in roter Jacke. Ich machte auf dem Absatz kehrt und hetzte zu den Parkplätzen zurück. Irgendwo mußte ich mich verstecken, aber wo? Die Sirenen heulten lauter.

Zwischen einem blauen Taurus und einem Kombi ging ich in die Knie und bewegte mich in der Hocke in Deckung der parkenden Autos vom Kassenhäuschen weg. Ich hatte keine Ahnung, was ich tun sollte, wenn ich am Ende der Wagenreihe angelangt war. Ich saß in der Falle. Keuchend kauerte ich mich zusammen und kniete auf dem groben Zementboden mit einem Knie in ausgelaufenem Motoröl. Die Sirenen heulten lauter. Jeden Augenblick mußten noch mehr Bullen auftauchen. Ich versuchte mein Glück am Türgriff des Ford, aber er war abgeschlossen. Hektisch sah ich mich um. Nirgendwo ein Weg nach draußen. Da sah ich es.

Zwei Parkplätze weiter, in der Garagendecke. Ein großes viereckiges Loch zwischen den Deckenträgern. Ein schwarzes Rechteck in dem rußigen Beton mit der massiven feuerfesten Verkleidung. Unerwartet wie ein tragbares Golfloch von Acme! Hätte ich nicht eine Heidenangst gehabt, hätte ich laut herausgelacht.

Ich mußte bis zu diesem Loch und dem fast darunter parkenden dunkelgrünen Wagen kommen, aber zwischen diesem Wagen und mir klafften nur freie Parkplätze. Kein Auto gab mir Deckung. Völlig ungeschützt mußte ich einen freien Raum überqueren. Die Sirenen heulten. Meine Kehle war wie zugeschnürt. Ich mußte schleunigst hier weg, bevor man mich entdeckte. Zentimeterweise schlich ich ans Ende der Wagenreihe und lugte hervor. Der Polizist und der Wachmann standen immer noch in der Kabine. Ich wartete, bis mir der Bulle den Rücken zuwandte, und sprintete zu dem grünen Wagen hinüber.

Entsetzlich keuchend, mehr aus Angst denn vor Anstrengung, erreichte ich mein Ziel. Alles blieb ruhig, folglich ging ich davon aus, daß mich niemand gesehen hatte. Erleichtert lehnte ich mich an den Wagen, einen Range Rover, der sich robust anfühlte. Das würde er auch sein müssen. Die Öffnung in der Garagendecke befand sich schräg über ihm.

Ganz langsam richtete ich mich auf und spähte durch die getönte Autoscheibe zur Kabine. Der Bulle scherzte mit der hübschen Kassiererin. *Jetzt.*

Ich richtete mich zu voller Größe auf und warf Kleider und Aktentasche auf das Autodach. Anschließend benutzte ich den Türgriff als Trittleiste und erklomm über die Seite des Riesenschlittens das mit Speziallackierung und Sonnendach ausgestattete Dach. Oben angekommen, warf ich mich sofort der Länge nach hin und atmete nur noch flach. So weit, so gut. Keine Stimmen, keine Rufe. Ich schaute zu der Öffnung hinauf. Die Rettung. Ich schätzte die Entfernung vom Dach zum Loch ab. Sie entsprach ungefähr meiner Größe. Ich könnte es schaffen. Vielleicht.

Nervös schaute ich zum Kassenhäuschen hinüber. Die kleine Gruppe begann aufzubrechen. Mir blieb keine Zeit mehr. Ich nahm meine Handtasche und warf sie wie einen Basketball in die dunkle Öffnung. Die Tasche landete im Loch, und ich warf die Segeltuchaktentasche gleich hinterher. Ein leiser Aufschlag. Nichts fiel wieder heraus. Es müßte mit dem Teufel zugehen, wenn ich nicht auch noch darin Platz fände.

Die Sirenen heulten. Sie befanden sich direkt vor dem Gebäude. Ich traute mich nicht, zum Kassenhäuschen hinzusehen. Ich hakte sämtliche Kleiderbügel hinten in meinem Kragen ein, krabbelte auf die Füße und machte einen Hechtsprung zu der dunklen Öffnung. Mit beiden Händen hielt ich mich an den ausgezackten Kanten fest und hievte mich mit aller Kraft hoch, bis meine Brust endlich durch war. Auf die Ellenbogen gestützt, robbte ich vor, bis sich meine Beine ebenfalls in der Öffnung befanden. Den letzten Meter warf ich mich auf dem Bauch nach vorn. Endlich war ich in voller Größe in meinem Versteck verschwunden.

Ich hatte keine Ahnung, welchem Zweck dieses Loch diente, aber es stank. Ohne in der pechschwarzen Dunkelheit die Hand vor Augen sehen zu können, robbte ich weiter und wünschte, ich hätte einen Kugelschreiber mit eingebauter Taschenlampe oder sonst etwas Nützlicheres als ein Hundefoto an meiner Schlüsselkette. Ich kroch tiefer ins Dunkel. Der Gestank wurde strenger. Ich kam bei meiner Handtasche und der Aktentasche an. Bei diesem Loch schien es sich um eine Art Tunnel zu handeln. Einen sehr übelriechenden Tunnel. Nach knapp einem Meter wurde der Gestank unerträglich, und ich kroch in etwas Kühles. Krümeliges. Widerliches.

Was war das? Ich schob etwas von dem Zeug mit der Hand zusammen und hielt es mir, auf die Arme gestützt, unter die Nase. Ich konnte absolut nichts sehen, aber es roch nach Scheiße. Wieder schnüffelte ich und merkte, daß es genau das war. Mist. Angeekelt zuckte ich zurück, aber ich konnte nicht hinaus. Warum verteilte man Dung in einer Tiefgarage? Mir fiel der von Menschenhand geschaffene Wald im Atrium des Gebäudes ein. Das Wurzelsystem mußte sich zwischen Erdgeschoß und Garage befinden, offensichtlich wurde es von diesem engen Gang aus versorgt. Ich saß tief in der Scheiße, kein Witz.

Plötzlich hörte ich Männerstimmen. Mein Herz hämmerte, ich vergaß den Gestank. Die Stimmen kamen näher. Ich hielt den Atem an. Direkt unter mir erzählte ein Wachmann einen dreckigen Witz. Die Pointe interessierte mich nicht. Die Stimmen entfernten sich, bis sie schließlich ganz verklangen. Erleichtert atmete ich durch.

Von da an ging alles seinen Gang. Ich verbrachte die Nacht im Mist und sah auf den leuchtenden grünen Digitalziffern meiner Uhr zu, wie die Minuten verstrichen. Um 5.30 Uhr hatte ich noch kein Auge zugetan, ich fühlte mich viel zu verletzbar. Ich hatte Angst. Meine aufgeschürften Knie brachten mich fast um, und mein Rücken war total verkrampft. Meine Haare stanken nach Dung, und in meinem Mund hätte man Champignons züchten können. Aber die Sirenen waren verklungen, ich war in Sicherheit. Segensreiche Stille senkte sich herab. Trotzdem, ich mußte aus diesem Tunnel heraus, bevor der Arbeitstag begann.

Über die Schulter warf ich einen Blick zu dem hellen Rechteck des Tunneleingangs. Ich versuchte, mich umzudrehen, aber es war zu eng, also packte ich meinen Kram und kroch rückwärts Richtung Licht. Am Ausstieg angekommen, schob ich die Beine über die Öffnung hinweg und stemmte mich, so gut es ging, hoch, um hinunterblicken zu können. Der grüne Range Rover stand noch da. Wo waren die Bullen? Ich krümmte mich zusammen wie ein Schlangenmensch und spähte hinaus.

Keine Bullen und Wachmänner in Sicht, nur eine ältere Kassiererin, offensichtlich die Frühschicht, feilte ihre Fingernägel vor einem tragbaren Fernsehgerät, das in der Kabine flimmerte. Zeit zu gehen.

Ich sammelte meine Sachen zusammen und ließ sie vorsichtig auf das Schiebedach des Wagens plumpsen. Niemand eilte herbei, deshalb holte ich tief Luft und ließ mich aus dem Loch fallen. Mit einem eindeutig nicht katzengleichen Bums landete ich auf dem Dach des Rovers und warf mich gleich flach auf den Bauch. Ein Seitenblick auf die Kassiererin ergab, daß sie weiterhin fernsah. Ich glitt an der von ihr abgewandten Seite am Rover hinab, schnappte im letzten Moment meine Sachen vom Dach und landete als aromatisch duftender Haufen auf dem Garagenboden.

Ich zwang mich zur Ruhe, blieb einen Augenblick sitzen und blinzelte in die plötzliche Helligkeit. Ich befand mich in einem desolaten Zustand. Mein Kostüm starrte vor Schmutz. Meine Strumpfhose war zerrissen, ein Knie blutig und völlig verdreckt. Ich roch nach Scheiße. Ich sah aus wie eine Obdachlose, und so fühlte ich mich auch.

Das brachte mich auf eine Idee. Der Ausgang. Der nächste Schritt. Ich mußte eine Obdachlose spielen, eine stinkende Ruine von Frau mit Plastiktüten und einer schmierigen Segeltuchtasche. Ich riß die Kleidertüten auf und verteilte, heftig gegen den Ekel ankämpfend, Dung auf meine Haare und auf die Kleider, die ich am Leib trug. In zwei Minuten war ich fertig. Nachdem ich mich vergewissert hatte, daß keine Bullen in Sicht waren, schlurfte ich Richtung Ausgang. Das Herz unter meiner dreckigen Bluse klopfte zum Zerspringen.

Ich stolperte voran. Mit jedem Schritt näher zum Kassenhäuschen schlug mein Herz schneller, aber ich hatte keine andere Wahl. Ich konnte nicht geduckt vorbeischleichen, und ich durfte nicht rennen, sonst hätte die Kassiererin mit Sicherheit die Polizei gerufen.

Sie wandte sich vom Fernseher ab und entdeckte mich. Ihre Papiernagelfeile verharrte mitten in der Luft. Augenblicklich wurden ihre zusammengekniffenen Augen noch schmaler. Sie war kein Dummkopf, und was sie sah, gefiel ihr nicht.

Trotzdem torkelte ich weiter, und als ich dicht genug am Häuschen war, kam mir die nächste verrückte Idee.

32

Verstecken, in aller Öffentlichkeit in voller Größe. Langsam wurde mir das zur zweiten Natur.

Ich torkelte genau auf das Kassenhäuschen zu, zog schlurfend die Füße nach und zerrte meine zerrissenen Plastiktüten hinter mir her. Direkt vor dem Fenster blieb ich stehen und hämmerte gegen das zerkratzte Plexiglas.

»He, he, he«, kreischte ich die Kassiererin an. Ich wußte, wie man sich verrückt anhört, es steckte mir im Blut. »Ham Sie was für mich? Ham Sie was für mich? Hamsewasfürmich?«

Erschrocken fuhr die Kassiererin zurück.

»Ich weiß, daß du Kohle hast, Schätzchen! Ich weiß, daß du Kohle hast, Schätzchen.« Donnernd hämmerte ich an die Scheiben und hinterließ einen stinkenden Schmutzfleck. »Gib mir was, gib mir was, gibmirgibmirgibmir!«

»Hau ab, oder ich rufe die Polizei!« schrie sie hinter ihrem dicken Glas.

Hoppla. Leicht bekloppt winkte ich auf Wiedersehen und stolperte weiter, überquerte den holperigen Mittelstreifen an der Einfahrt zur Tiefgarage und wankte auf der falschen Seite die aus dem Gebäude hinausführende betonierte Auffahrt hinauf. Beim Aufstieg atmete ich leichter, Adrenalin kribbelte in mir. Ich erreichte das obere Ende der Rampe, trat auf den Gehsteig hinaus und sog lächelnd die von der Seitenstraße heranwehende Nachtluft ein. Ich war auf Achse. Und ich war frei, auch wenn ich nach Scheiße roch.

Bald wurde mir allerdings klar, daß nicht ich allein diesen unangenehmen Gestank ausströmte. Schemenhaft ragten große rostige Müllcontainer in der Dunkelheit auf, unter deren Deckeln üppig Müll herausquoll. Aus der Tiefgarage kommend, blickte man auf die Rückseite des gegenüberliegenden Bürogebäudes. Der Gehsteig war mit Schmutz und altem Kaugummi übersät. Ein Obdachloser lehnte wie eine zusammengesunkene Marionette an der Hauswand und schlief, und ich unterdrückte einen Anflug von Schuldgefühl. Ich mußte zusehen, daß ich hier wegkam. Es wurde Tag, es dämmerte schon fast. Wie ein Vampir brauchte ich einen Unterschlupf, bevor es hell wurde. Ich lief über die Straße zur Rückseite eines Bürogebäudes und schlüpfte in die düsteren Schatten.

IIIIII! Wie aus dem Nichts raste ein Streifenwagen mit kreischenden Sirenen die Straße entlang, in schnellem Wechsel zuckten rote, weiße und blaue Lichter auf dem Wagendach. In der Dunkelheit drückte ich mich gegen die Hauswand und fiel fast auf den Rücken. Ich hatte mich an eine offene, mit blasiger, schlachtschiffgrauer Farbe gestrichene Tür gelehnt. NUR FÜR BETRIEBSPERSONAL stand darauf, aber sie war offen. Entweder war über das Wochenende eingebrochen oder sie war nur nachlässig ins Schloß gezogen worden. Am anderen Ende der Straße ertönte eine zweite Sirene. Rasch schob ich mich durch die Tür und schloß sie hinter mir, bevor der Streifenwagen an mir vorbeijagte.

Ich stand in einem heißen, schmutzigen Flur, in dem es durchdringend nach Urin roch. Auf Toilettentour durch Philadelphia. Nachdem die Tür geschlossen war, herrschte Dunkelheit, doch am anderen Ende des Ganges leuchtete ein schwaches Licht, und darauf ging ich zu. Ein rumpelndes, mechanisch erzeugtes Geräusch kam von dort.

Mit meinem Gepäck, das immer schwerer und schwerer zu werden schien, tastete ich mich vorsichtig an der Wand entlang, gestrichenem Sinterstein, der sich unter meinen Fingerspitzen kühl und rauh anfühlte.

Der Flur endete vor einer weiteren Tür, nur zu erkennen an dem schwachen, ihren Umriß nachzeichnenden Lichtschein, der durch den Spalt zwischen Tür und Rahmen fiel. Ich probierte den Knauf, und er drehte sich problemlos. Nicht verschlossen. Bevor ich die Tür öffnete, zögerte ich einen Moment. Kein Geräusch drang zu mir heraus, aber wie sollte ich mich verhalten, wenn sich auf der anderen Seite Leute aufhielten? Eine schlechte Lüge erzählen. Was könnte schlimmer sein als die Polizei? Mit angehaltenem Atem öffnete ich die Tür.

Ein leeres Treppenhaus, beleuchtet. Kein Ausgang. Ich hatte keine Wahl, ich konnte nur abwärts, erst über einen Treppenabsatz, dann über den nächsten, jeweils zehn Betonstufen. Immer weiter hinunter auf das lauter werdende Rumpeln und die sich steigernde Hitze zu. Ober jedem Treppenabsatz hing eine schummrige Glühbirne in einem Drahtkäfig. Das Sirenengeheul wurde schwächer, je weiter ich hinabstieg, aber ich war immer noch höllisch nervös. Vielleicht hätte ich doch bei Grun bleiben sollen. Vielleicht hätte ich Grady die Waffe nicht zurückgeben sollen. Der Dummkopf hatte mir den Schraubenzieher abgenommen. Auch die Treppe endete vor einer grauen Tür, die allerdings weniger verwittert war als die Außentür und angelehnt. Ein gelber Lichtstrahl fiel durch den Spalt. Lauschend blieb ich stehen. Kein menschliches Geräusch; kein Radio, keine Schritte, keine schmutzigen Witze. Lediglich das unablässige Dröhnen irgendeiner Maschine war hier unten im Kellergeschoß zu hören. Meine Bluse war feucht, ich war mit den Nerven fast am Ende. Die Hitze nahm weiter zu. Langsam stieß ich die Tür einen Spalt weit auf.

Nichts. Wieder ein Flur, aber besser beleuchtet als der, in

dem ich stand. An der Wand hing ein verblichenes Schild: ERGEBNISSE ZÄHLEN! ARBEITEN SIE MIT SORGFALT! Ich lugte um die Tür. Der Flur lag verlassen vor mir. Die Luft schien wärmer, dicker. Schweißperlen bildeten sich auf meiner Stirn. Mich kribbelte es im Nacken, als stünde jemand direkt hinter mir. Argwöhnisch schielte ich über die Schulter. Nichts.

Nichts und niemand außer mir und dem Maschinenlärm. Falls Wartungsleute bei der Arbeit waren, hielten sie sich zumindest nicht hier in diesem Bereich auf. Aber ich mußte davon ausgehen, daß sie jederzeit auftauchen konnten. Ich zwang mich weiterzugehen und schlich den Flur entlang. Es wurde heißer und heißer. Das Atmen fiel schwer.

Ein scharrendes Geräusch erklang, und ich erstarrte. Ich sah gerade noch rechtzeitig genug hinter mich, um einen kleinen grauen Schatten an der Wand entlanghuschen zu sehen. Tierwelt, ohne Leine. Mein Weg führte in die entgegengesetzte Richtung zu einer offenstehenden Tür, aus der der Maschinenlärm drang. Ein Schild vermeldete TRANSFORMATOR. Ich trat ein.

Sofort schienen meine Innereien zu vibrieren, und ein Kribbeln wie von statischer Elektrizität durchlief mich. Das kam nicht von der Angst, das kam von etwas anderem. Ein Niederfrequenzsummen erfüllte den Raum. Suchend schaute ich mich nach seinem Ursprung um, aber es kam von überall her. Riesige graue Metallkästen umschlossen den Raum auf allen Seiten vom Boden bis zur Decke. HOCHSPANNUNG, war auf einem der Kästen zu lesen, auf dem zusätzlich ein roter Blitz abgebildet war. LEBENSGEFAHR. Ich hatte genug Lebensgefahr. Ich mußte schleunigst hier raus.

Eilig durchquerte ich diesen Raum und landete in dem daran anschließenden, in dem der Maschinenlärm am lautesten dröhnte. Auf der geöffneten Tür stand KÜHLRAUM, aber für einen Kühlraum war es dampfend heiß hier drin. In diesem Raum konnte man sich unmöglich verstecken, alles lag offen da. Schweiß durchtränkte mein Kostüm und verstärkte den ohnehin schon widerlichen Geruch. Ich wischte mir mit dem Rock über das Gesicht, damit mir der Schweiß nicht in die Augen lief. Vor einer hohen braunen Anlage blieb ich stehen.

Sie sah aus wie ein Blechschrank, DUNHAM-BUSH stand darauf. Die runden Thermometer zeigten fünfeinhalb Grad Celsius an. Ich schätzte, daß das Gerät zur Kühlung von Wasser diente, vielleicht für die Klimaanlage. Rohre und Leitungen in verschiedenen Farben liefen an der Decke entlang, die Farben hatten anscheinend etwas zu bedeuten. Rot bedeutete Hitze, Blau bedeutete Wasser, und auf einem gelben Rohr stand KÜHLUNGSRÜCKLAUF. Plötzlich ertönte ein klirrendes Geräusch. Entsetzt flitzte ich neben den großen DUNHAM-BUSH-Kasten und sah, daß sich dahinter ein weiterer Raum befand, ein winziges, verlassenes Kämmerchen, dessen verbeulte Metalltür offenstand.

Vor der Wand dieses Kabuffs stand ein durchhängendes Feldbett, daneben lag eine Zeitung auf dem Boden. Neben einem schmutzigen grauen Lumpenmop hing ein zerknittertes Poster, das den größten Teil der Anatomie einer Brünetten enthüllte. Ein weiteres unvermutetes *Pling* ertönte, und blitzschnell duckte ich mich hinter die Tür. Ich wartete auf das Geräusch von Schritten, aber vergeblich. Vielleicht erzeugte irgendeine Maschine dieses Klirren, und es war fester Bestandteil dieser unaufhörlichen Kakophonie. Sobald sich meine Nerven etwas beruhigt hatten, wagte ich mich hinter der Tür hervor und legte meine Sachen auf das Feldbett.

Es roch schwach nach Marihuana. Zwei leere Coladosen thronten auf einer Orangenkiste am Kopfende des Feldbettes. Ich hob die Zeitung vom Boden auf. Sie war so alt, daß noch nichts über mich darin stehen konnte, der Raum war also vermutlich schon längere Zeit nicht mehr geputzt worden.

Ich konnte hier mein Rückzugslager aufschlagen, zumindest vorübergehend. In Gedanken stellte ich mir vor, wie die Streifenwagen auf der Jagd nach mir oben über mich hinwegrasten. Ich befand mich im Untergrund. Buchstäblich.

Ich ließ mich neben meine Sachen auf das schmale Feldbett sinken und zwang mich, mich mit dem nächsten Schritt zu beschäftigen. Für meine Verhältnisse befand ich mich so gut wie in Sicherheit, und kaum ließ die Anspannung ein wenig nach, stellte sich Erschöpfung ein. Ich sackte in mich zusammen und schloß die Augen. Langsam glitt ich hinüber und wäre fast eingedöst. Ein Blick auf die Uhr: 6.15 Uhr. Wer immer Frühschicht hatte, konnte jede Minute eintrudeln. Ich durfte jetzt nicht schlafen, ich mußte weiter.

Ich stellte mir vor, ich wäre rudern auf dem Fluß. Im hellen Sonnenschein schnitt ein schlanker brauner Rumpf eine Spur in glattes blaues Wasser. Obwohl ich bereits erschöpft war, holte ich alle Reserven aus mir heraus. Mit kraftvollen Schlägen zur Ziellinie. Das Rudern hatte mich gelehrt, daß man immer noch zehn Schläge hatte, auch wenn man glaubte, bereits das Letzte aus sich herausgeholt zu haben. Reserveenergie. Man mußte nur sämtliche Kräfte mobilisieren. Ausdauernd sein.

Ich stand auf und streckte mich. Ich war groggy, desorientiert und erschöpft. Heute hatte meine Mutter den Termin für ihre zweite Behandlung, aber ins Krankenhaus zu gehen war zu riskant. Ich mußte sie Hatties Obhut überlassen.

An dem speckigen Becken wusch ich mir mit einem ausgetrockneten Stück Lava-Seife den Mist vom Gesicht, seifte meine Haare ein und trocknete sie mit Papiertüchern. Anschließend erneuerte ich mein Make-up, warf meine Kleider in eine schmutzige Ecke unter dem Feldbett und tat das gleiche wie jeder andere in Amerika an einem Montagmorgen.

Ich machte mich fertig für die Arbeit.

33

Das Bürohaus befand sich auf der der Silberkugel entgegengesetzten Seite der Stadt, aber ebensogut hätte es auf dem Mond liegen können. Die winzige Eingangshalle roch nach abgestandenem Zigarrenrauch, und der narbige Boden fühlte sich unter meinen neuen Pfennigabsätzen rauh und grob an. Eine billige Hinweistafel mit weißen Buchstaben auf schwarzem Grund nannte nur drei Mieter: Rechtsanwaltsbüro Victor Celeste, Esquire; Celeste Vermögensverwaltung; und Celestial Enterprises Inc.

Vor den Aufzügen in der Eingangshalle stand lediglich ein normaler grauer Schreibtisch. Ein angejahrter Wachmann saß über den Tisch gebeugt und las die Sportseiten. Dabei fummelte er an einem Plastikhörgerät herum, das so überdimensional war, daß es kaum in seinem Ohr Halt hatte. Zwischen den Lippen des Mannes hing eine Zigarette, die ihm bei meinem Anblick fast aus dem Mund fiel.

»Guten Morgen, Miss«, brachte er heraus und blinzelte angesichts meines heißen weißen Tops und des schwarzen Lederkostüms, dessen Rock ich zu einer geradezu unanständigen Länge hochgekrempelt und mit schwarzen Nahtstrümpfen kombiniert hatte. Die Einkäuferin hatte »Happening« versprochen, was ich inzwischen als aufgetakelt interpretierte. Mein neues Ensemble hatte ich mit meiner dunklen Sonnenbrille, einem Helm neuer roter Haare und einem mit Hilfe der rotesten Lippenstiftprobe vom Drugstore-Tresen wundengleichen Mund komplettiert. In dieser Aufmachung hoffte ich, wie ein professionelles Callgirl und nicht wie eine Amateurdetektivin auszusehen.

»Gleichfalls einen schönen guten Morgen, Sir«, schnurrte ich und tänzelte an ihm vorbei, als hätte er keinesfalls das Recht, mich aufzuhalten.

»Äh, Miss, einen Moment. Einen Moment. Bitte.«

»Wollen Sie was von mir?« Elegant drehte ich mich auf meinen Stilettos und lächelte anzüglich. Jedenfalls hoffte ich, daß es anzüglich und nicht mürrisch wirkte. Eifrig versuchte ich, mich an die Leinwandhuren zu erinnern, die ich in Filmen gesehen hatte, schließlich hatte Hollywood so viele positive Bilder erfolgreicher Geschäftsfrauen produziert.

»Miss ... haben Sie einen Termin oder so was? Sonst kann ich Sie nicht reinlassen.«

»Mein Name ist Linda. Ich bin eine Freundin von Mr. Celeste. Eine *persönliche* Freundin, wenn Sie verstehen, was ich meine.« Die Hand auf die Hüfte gelegt, nahm ich eine Julia-Roberts-Pose ein.

»Nur Linda?« fragte er und beugte sich in seinem quietschenden Stuhl vor. Ich konnte nicht sagen, ob er hellhörig geworden war oder schlicht nichts hörte.

»Linda, das genügt. So nennt mich Mr. Celeste.

Der Alte drückte seine Zigarette aus. »Eh, Mr. Celeste ist noch nicht da. Niemand ist bis jetzt da.«

»Ich weiß. Ich sollte erscheinen, bevor Mister Celeste ins Büro kommt. Er möchte, daß ich alles seinen Wünschen entsprechend vorbereite.« Ich schwenkte meine neue schwarze Handtasche durch die Luft, als wären damit alle weiteren Erklärungen überflüssig. Sie enthielt ein Handy und drei zerdrückte Tampax. Partytime.

»Oh. Oh, ich verstehe.« Er hüstelte nervös. »Wie wollen Sie denn in sein Büro hinein? Ich habe keinen Schlüssel.«

»Selbstverständlich hat mir Mister Celeste einen gegeben.« Ich präsentierte meinen Schlüssel von Grun. »Sein Büro ist im ersten Stock, nicht wahr?« Ein Hauch Judy Holliday, der Nostalgie zuliebe.

»Gut, aber woher soll ich wissen, daß Sie ihn nicht bestehlen?« Das fragte der Wachmann nur halb im Scherz.

»Sehe ich aus wie eine Diebin?« Ich zog einen Schmollmund. Ganz Marilyn. Wenn sie so groß gewesen wäre wie ein Haus.

»Eh, nein, ganz und gar nicht. Aber, also ich meine, ich habe Sie noch nie gesehen ...«

»Weil Mister Celeste sonst immer zu *mir* kommt.« Ich drehte mich um und drückte auf den schmierigen Aufwärtsknopf des Aufzugs, die perfekte Verkörperung des cleveren Straßenmädchens wie Jane Fonda in *Klute*.

»Davon weiß ich nichts«, maulte der alte Wachmann und erhob sich langsam hinter seinem Schreibtisch. »Mr. Celeste hat mir nicht gesagt, daß Sie eine Verabredung mit ihm haben.« Er kam zum Aufzug geschlurft und starrte mich an.

»Tja, wenn ich nicht oben bin und alles vorbereitet habe, werden Sie Mister Celeste erklären müssen, warum ich seinen Wünschen nicht nachgekommen bin.« Mit schwindsüchtigem *Pling* landete der Aufzug im Erdgeschoß, und die Türen öffneten sich rasselnd. Hastig trat ich in die Kabine und drückte auf den Knopf.

»Einen Moment, Miss. Linda. Ich darf meinen Posten nicht verlassen.« Die Türen begannen sich zu schließen, aber der Wachmann schob seine geäderten Hände dazwischen, um sie wieder auseinanderzudrücken. Ich keuchte entsetzt. So viel berufliches Engagement war mehr, als ich erwartet hatte. Ich wollte nicht Zeugin werden, wie die Türen seine Hände zerquetschten.

»Lassen Sie mich hinauf, bitte! Mister Celeste wird wirklich böse, wenn ich nicht auftauche! Er rechnet fest mit mir. Er sagte, es sei *wirklich* wichtig!«

»Drücken Sie auf den Öffnungsknopf!« rief er und preßte wie ein Spartakus im Ruhestand die Türen auseinander. Die Lücke begann breiter zu werden. Hektisch drückte ich den Knopf zum Türeschließen. Plötzlich gab der Aufzug ein ohrenbetäubendes, anhaltendes Piep von sich.

PPPPPIIIEEEEPPPP!

»Wenn Mr. Celestes Wünschen nicht entsprochen wird, Mann, dann hat er vielleicht eine Laune! Er hat auch eine große Kanone! Wußten Sie das?«

PPPPPIIIIEEEEPPPPPPPPP!

»Eine was?« schrie der Wachmann.

PPPPPPPPPIIIIIIIIEEEEEEEEEPPPP!

Anscheinend ließen die Dezibel sein Hörgerät Amok laufen, denn er zog eine Hand aus der Tür und hielt sein taubes Ohr zu. Die Aufzugstüren ruckten aufeinander zu. Langsam schloß sich die Lücke. Die Fingerspitzen des Wachmanns wurden weiß.

»Mister Celeste hat eine Kanone!«

PIEP!

Oben stand ich vor einer altmodischen Bürotür, einer Holztür mit strahlenförmig verlaufendem Milchglas, und überlegte, wie ich hineinkommen sollte. Als Schnüfflerin war ich noch schlechter denn als Nutte. Eine Absolventin der Laß-die-Dinge-einfach-auf-dich-zukommen-Kriminalschule. Womit sollte ich das Schloß knacken? Ich hatte keine Haarklammern, denn die sind zusammen mit den hochgesteckten toupierten Locken aus der Mode gekommen. Ich traktierte das Schloß mit dem unnützen Zeug, das an meiner Schlüsselkette hing; zuerst mit meinem Wohnungsschlüssel, dann mit meinem in Plastik eingeschweißten niedlichen Hundefoto. Beides erwies sich gleichermaßen als sensationell erfolglos.

Verdammt. Argwöhnisch blickte ich den Flur hinunter, bevor ich einen Stöckelschuh auszog und mit dem Absatz das Glas zerbrach. Der Lackpumps als Einbruchswerkzeug. Ich zog den Schuh wieder an und verschwand blitzschnell im Büro.

Die Tür öffnete sich auf ein winziges Wartezimmer. In einer Ecke sammelte ein Plastikrhododendron Staub. Eine abgewetzte Stoffcouch stand herum, und auf dem Schreibtisch der

Sekretärin thronte eine alte Computerkiste. Absolut Low-Tech, was mich nicht weiter überraschte. Anwälte wie Celeste schrieben nur im Notfall etwas nieder, Schriftliches kostete zuviel Zeit. Ihre Honorarverträge ließen sie in großer Zahl drucken, denn sie kassierten stets ihre vierzig Prozent. Entschlossen marschierte ich durch das Wartezimmer in Celestes Büro.

Das typische Büro eines Winkeladvokaten. Sie sehen alle gleich aus. Ein pompöser Schreibtisch vor einer billigen Wandverkleidung, und überall Akten aus braunem Manila-Papier. Regale mit juristischen Büchern, die noch aus der Studienzeit stammten, überholt und unangetastet, denn wichtig war allein das Telefon. Celeste bearbeitete hundertprozentig hauptsächlich Pleiten-Pech-und-Pannenfälle, Schäden durch unsachgemäße Arbeit und explodierende Coca-Cola-Flaschen. Die Umwandlung chronischer Krankheit in ein gesundes Auskommen. Bis Eileen Jennings seinen Weg kreuzte und Celeste merkte, daß er mit ihr einen Volltreffer landen konnte.

Ich mußte ihre Akte finden. Soweit möglich, hatte ich alle Anhaltspunkte verfolgt, die auf Marks Mörder hätten hinweisen können. Folglich nahm ich nun den Mord an Bill als Ausgangspunkt meiner Überlegungen, denn ich hatte das starke Gefühl, daß es zwischen den beiden Morden eine Verbindung gab. Und ich mußte mehr über Eileen wissen, um mehr über Bill zu erfahren. Deshalb begann ich mich durch die Akten auf Celestes Schreibtisch zu wühlen.

Zehn Minuten später steckte die Akte neben den Tampax in meiner Tasche, und ich hüpfte in den Aufzug. Erst als die Stahltüren im Erdgeschoß aufglitten, fiel mir ein, daß ich unserem siebzigjährigen Schwarzenegger eine glaubwürdige Geschichte auftischen mußte. Warum verließ ich die Party vor Eintreffen von Mr. Celeste?

»Linda.« Überrascht sah er hinter seinem Schreibtisch auf. »Sie gehen schon?«

»Ich muß.« Rasch marschierte ich zum Ausgang.

»Aber Mr. Celeste muß jeden Augenblick eintreffen.« Langsam stand er auf

»Ich muß weg. Ich muß mich beeilen. Bin gleich zurück. Habe meine, meine ... Zange vergessen.« Ohne mich umzudrehen, donnerte ich durch die schmutzige Glastür.

Draußen blinzelte ich in die dunstige Sonne und schwankte auf meinen Stilettos den Gehweg entlang. An diesem Montagmorgen erwachte die Stadt nur langsam zum Leben, trotzdem hielt ich mich sicherheitshalber im Schatten der Häuser für den Fall, daß sich irgendwelche Bullen in der Gegend herumtrieben. Ich hatte mich feingemacht, hatte aber keine Ahnung, wo ich hingehen sollte. Irgendwo mußte ich in Ruhe Eileens Akte lesen, aber vor Einbruch der Nacht konnte ich nicht in mein Kämmerchen im Untergrund zurück, tagsüber liefen da mit Sicherheit Leute herum. Mir kam eine Idee.

Rasch ging ich an den heruntergekommenen Blocks der Locust Street entlang, schlüpfte in das erste griechische Restaurant, an dem ich vorbeikam, und verdrückte mich rasch auf die Toilette, um meinen Rock herunterzurollen und mir den Lippenstift abzuwischen. Anschließend setzte ich die Sonnenbrille wieder auf und verließ die Toilette, um dahin zu gehen, wo alle hingehen, die in Ruhe lesen wollen. Dort würde mich die Polizei nie suchen, es war viel zu öffentlich. Ich kam an, als gerade aufgemacht wurde.

Die Jenkins Memorial Law Library wurde nur von zwei Anwaltstypen des juristischen Kastensystems aufgesucht: den Brahmanen, die in die Bibliothek gingen, um sich über die Gesetze eines anderen Staates zu informieren, und den Unberührbaren, die sich keine eigene Bibliothek mit juristischen Büchern leisten konnten. An diesem Vormittag hielten sich Vertreter beider Extreme in der Bibliothek auf, und die Privilegierten und die Unterprivilegierten beäugten einander mißtrauisch über die Marmorbüsten hinweg. Ich mied sie allesamt und stöckelte über den dicken Teppich nach hinten zu den Metallregalen, wo ich eine leere Lesenische fand. Dort ließ ich mich häuslich nieder, streifte die hochhackigen Schuhe ab und begann zu lesen.

Die Akte war ein Durcheinander mit kindlich anmutendem Gekrakel vollgekritzelter Seiten. Anscheinend hatte Celeste nur wenige Gespräche mit Eileen geführt, und seine Notizen mit Abkürzungen gespickt: *Abgeschl. HS. Cheerl. Alko. Vater MDienst.* Überall an den Rändern und sogar quer über die handschriftlichen Notizen standen Anmerkungen wie:

Apfel 35
Orange 30
Brot 100
Snickers – (klein) 150
Schaumgebäck 150??? (Überprüfen)
Toast Margarine 80
Eiscreme – Großpackung, aber nur zur Hälfte????

Celestes Kalorienzählerei war bei weitem penibler als seine Aufzeichnungen von Eileens Befragung. Ich brauchte volle zwei Stunden, um die Gespräche zu rekonstruieren, und bekam nicht den geringsten neuen Anhaltspunkt. Bei den weiteren Notizen handelte es sich lediglich um Telefonnummern in Los Angeles und New York, neben die Namen wie William Morris gekritzelt waren. Offenkundig keine Zeugen, sondern Film- und Verlagsagenten. Celestes Bemühungen, Eileens Geschichte ihres erbärmlichen, unbedeutenden Lebens zu verhökern. Verärgert legte ich die Akte weg und holte das aus der Tasche, von dem ich mir erhoffte, daß es sich als Goldmine entpuppen würde.

Die Tonbänder. Vier Plastikkassetten, die meiner Vermutung

nach die ungekürzte Eileen wiedergaben. Sie waren weder numeriert noch klebten beschriftete Etiketten darauf. Unschlüssig drehte ich sie in den Händen. Ich hatte die Gunst der Stunde genutzt und sie mitgehen lassen. Mir blieb keine andere Wahl, ich mußte unbedingt hören, was darauf gesprochen wurde.

In meiner Nische sammelte ich meine Tasche und die Unterlagen zusammen, dann streifte ich auf der Suche nach der Audiokabine durch die Bibliothek. Endlich entdeckte ich die Tür mit dem dicken Glasfenster. In einer Konsole in der Kabine war ein Kassettenrecorder fest eingebaut. Ich setzte mich, stülpte die Kopfhörer über und legte eine der Kassetten ein.

Eileen kicherte über irgend etwas, was Celeste vorher gesagt haben mußte, und schon allein dieses Geräusch reizte mich. Diese Stimme – hoch, sorglos, kokett. Und gefährlich, gerissen. Eileen hatte einen Mann umgebracht und mir den Mord in die Schuhe geschoben. Ich drehte die Lautstärke auf. Die Befragung lief nach dem Frage-und-Antwort-Schema ab:

F: Erzählen Sie mir etwas über Ihre Beziehungen, Eileen. Die Beziehungen, die Sie geprägt haben.
A: Nur die heißen Sachen jetzt, stimmt's? (kicher, kicher)
F: Stimmt.
A: Na ja, Bill natürlich, aber er war nicht der erste.
F: Kleeb, meinen Sie. Wer dann?
A: Oh, ein Junge von zu Hause. Als ich so, na, etwa vierzehn war?
F: Das ist sehr jung.
A: Nein. Bei mir nicht. Ich war reif.
F: Wer war es?
A: Auch ein Junge von einer Farm. Ich stehe auf Bauernjungs, irgendwie.
F: Und warum, Ihrer Meinung nach?
A: Kräftige Muskeln. Tätowierungen. Kein Verstand. (ki-

cher, kicher) Ich war sogar vor Urzeiten einmal verheiratet.

F: Das wußte ich gar nicht.

A: Das weiß kein Mensch.

F: Wann war das?

Du meine Güte. Wie in der Talkshow. Ich versuchte mich zu konzentrieren, aber es fiel mir nicht leicht. Ich bemühte mich, diesem selbstgefälligen Geplapper zu folgen, aber ich hatte die ganze Nacht nicht geschlafen. Und ich hatte meinen Kaffee nicht gehabt. Harte Arbeitsbedingungen für Detektive, keine Zange und kein Koffein.

A: Mit achtzehn. Er war zwanzig. Ein älterer Mann.

F: Zwanzig? Ein richtiger Methusalem.

A: Ein was?

F: Vergessen Sie's. Erzählen Sie mir von Ihrer Ehe. Das ist eine gute Hintergrundinformation, die hilft, die Person zu charakterisieren.

A: Glauben Sie wirklich, meine Geschichte wird ein Film der Woche?

F: Ich säße nicht hier, wenn ich nicht davon überzeugt wäre. Also weiter, ja? Ich möchte die Bänder gleich anschließend an den Agenten weitergeben.

A: Bekomme ich eine Kopie?

F: (seufzend) Ich mache Ihnen eine. Aber jetzt erzählen Sie weiter, bitte.

A: Na ja, mein Mann, er war (unverständlich) ...

F: Was war er?

A: Er war ... gewalttätig. Er hat mich geschlagen, wenn er getrunken hat.

F: Wirklich.

A: Äh ... Ja. Der ganze Scheiß.

F: Haben Sie Beweisfotos, Polaroids zum Beispiel?
A: Nein.
F: Waren Sie wegen der Mißhandlungen im Krankenhaus?
A: Nein.
F: (enttäuscht) Und wie oft hat er Sie geschlagen?
A: Einmal in der Woche oder zweimal, über einen langen Zeitraum.
F: Und schließlich haben Sie sich scheiden lassen. Sie haben sich aufgerafft, sich von ihm scheiden zu lassen, stimmt's?
A: Nein, ich habe ihn bloß verlassen. Die Anwälte haben nichts gebracht. Ich bekam Gerichtsbeschlüsse, einen nach dem anderen, aber er kam einfach wieder. Und hat mich geschlagen. Die Gerichte konnten nichts dagegen machen. Die halbe Zeit ist nicht einmal die Polizei gekommen.

In meinem Kopf begann es zu hämmern. Ich rieb mir die Augen, um wach zu bleiben. Ihre traurige Geschichte stieß bei mir auf taube Ohren. Sie war ein Opfer, deshalb quälte sie selbst. Für Mord gibt es für mich keine Entschuldigung. Ein unschuldiger Mann war durch ihre Hand gestorben. Vielleicht auch Bill.

Ich veränderte meine Sitzposition. Dabei fiel mein Blick zufällig auf eine an der Wand hängende Skizze von Daumier. Ein Anwalt, der seine Hand in die Tasche eines Mandanten schiebt oder gerade herauszieht, aber meine Aufmerksamkeit weckte etwas anderes. In dem über das Bild gelegten Glas spiegelte sich etwas. Eine Person. Ein Mann in einer dunklen Anzugjacke zwischen den Bücherregalen, der sich lesend über ein Buch beugte. Ich konnte weder seinen Kopf sehen noch sein Gesicht erkennen, aber sein Rücken kam mir bekannt vor. Rasch senkte ich den Kopf, um nicht entdeckt zu werden.

F: Sie wurden nie von ihm geschieden?
A: Nein.
F: Dann sind Sie heute noch mit ihm verheiratet?
A: Nein. Ich habe gehört, daß er gestorben ist. Er wurde erschossen.
F: (beeindruckt) Kein Quatsch? In einer Bar? Oder von einer Gang oder so was?
A: Nein, nein. Es war ein Jagdunfall. Er hat immer getrunken, wenn er zur Jagd ging, und seine Kumpels auch. Idiotische Scheißkerle, allesamt.

Zur Jagd. Blitzartig sah ich die Hütte im Wald vor mir. Bills erkaltete Leiche. Bestand da eine Verbindung? Mein Blick fiel auf die Daumier-Skizze. Wie im Spiegel sah ich, daß die gebeugte Gestalt eine Seite in ihrem Buch umblätterte. Wer war das bloß? Hatte er mich erkannt? War es ein Bulle? Ich versuchte mich an die in Zivil arbeitenden Polizisten zu erinnern, die ich kannte.

F: Okay, machen wir weiter.
A: Die Gerichte waren schuld, müssen Sie wissen. Die haben den Scheißdreck verbockt.
F: Eileen, ich habe Ihnen gesagt, Sie sollen bei der Bandaufnahme nicht so reden.
A: Tut mir leid, aber so ist es nun mal. Ich ging zur Rechtsberatungsstelle, damit ich so was kriege, so was, was ihn von mir fernhält.
F: Eine einstweilige Verfügung?
A: Ja, genau. Aber die Gerichte, diese Richter, die haben keine Ahnung, wie es im Leben zugeht.

Der Mann hatte das Buch ins Regal zurückgestellt und kam über den Gang zwischen den Regalen auf meine Kabine zu. Ich duckte mich und tat so, als müßte ich husten.

A: (aufgeregt) Das ist mir egal, die haben von nichts 'ne Ahnung.
F: Wer war Ihr Anwalt?
A: In der Beratung?
F: Ja.
A: Irgend jemand von der Beratungsstelle.
F: Können Sie sich an den Namen erinnern?

An der Glastür der Kabine ertönte ein energisches Klopfen. Mir zog sich der Magen zusammen. Ich wußte nicht, was tun. Also drehte ich die Lautstärke auf und hoffte, er würde weitergehen.

A: Wozu brauchen Sie den Namen?
F: Für den Fall, daß wir für den Fernsehfilm eine Einverständniserklärung brauchen. Man braucht eine Einverständniserklärung, wenn es sich um tatsächlich existierende Personen handelt.
A: (nach kurzem Zögern) Oh. Also, es war ein Mädchen. Ah ... Renee. Renee was weiß ich. Glaube ich jedenfalls. Genau kann ich Ihnen das erst später sagen. Aber ich habe sowieso keine Ahnung, wo sie jetzt ist.

Wer? Was? Renee? Könnte es sein, daß Renee Butler Eileens Anwältin gewesen ist? Ich traute meinen Ohren nicht und drückte im gleichen Moment auf den Rückspulknopf, als hinter mir die Tür aufging.

34

»Bist *du* das?« fragte er bestürzt.

»Bist *du* das?« fragte ich nicht weniger bestürzt, denn es war Grady, mein Anwalt und untreuer Liebhaber. Beiläufig ging mir durch den Kopf, ob diese beiden Faktoren mein Leben lang zusammentreffen würden. Vielleicht bestand darin mein Problem.

»Bennie!« Rasch schloß er die Tür hinter sich. Seine grauen Augen waren voller Erleichterung auf mich gerichtet.

»Grady, wie, zum Teufel, geht es dir! Übrigens, kennst du den? Der ist gut. Woran merkt man, daß ein Mann lügt?«

»Bitte?«

»Er bewegt die Lippen.«

Verständnislos runzelte er die Stirn. »Wovon sprichst du? Wo bist du gewesen? Was treibst du *hier*? Ich habe mir Sorgen um dich gemacht.«

»Aber natürlich. Deshalb hast du auch bereits am nächsten Morgen so dringend Trost gebraucht.«

»Wovon sprichst du?« fragte er gedehnt und ging in die Hocke, so daß er sich Auge in Auge mit mir befand.

»Wovon ich *rede*?« Obwohl er mein dunkelblaues Lieblingshemd und Khakihosen trug, rollte ich meinen Stuhl von ihm weg nach hinten. Ich hätte wissen müssen, daß er mich betrügen würde. Niemand konnte in einem Arbeitshemd so aussehen und nicht betrügen. »Ich *rede* von dieser Frau. War es deine alte Freundin? Wieder rückfällig geworden?«

»Von wem sprichst du? Ich treffe mich nicht mehr mit ihr. Das habe ich dir gesagt.«

»Und wer war an deinem Telefon, Grady? In aller Herrgottsfrühe. Du hast bestimmt noch geschlafen.«

»War das am Sonntag?«

»Könnte sein.«

Seine Stirn glättete sich, er lächelte. »Das war Marshall. Sie hat mir gesagt, jemand hätte angerufen und wieder aufgelegt. Sie kam vorbei und blieb über Nacht. Auf der Couch, selbstverständlich.«

»Marshall?« Ich merkte selbst, daß ich mich dämlich anhörte, und kam mir noch dämlicher vor, als ich mich anhörte. »Sie hat so leise gesprochen, ich habe ihre Stimme nicht erkannt.«

»Sie war völlig durcheinander und wollte wissen, was an der Beschuldigung gegen dich dran ist. Sie ist weggelaufen, weil sie befürchtet hat, du könntest den Mord begangen haben. Sie dachte, du hättest Marks geheime Dateien entdeckt, denn sie wußte, daß er dabei war, eine neue Firma zu gründen. Wir haben bis spät nachts miteinander gesprochen, deshalb ist sie bis Sonntag geblieben.«

»Marshall, so.« Mein Gesicht fühlte sich heiß an. Ich hatte mich also in beiden geirrt, als ich sie aller möglichen Schandtaten verdächtigt hatte. Ich wollte das Thema wechseln. »Was machst du überhaupt hier?«

»Eine Sekunde, du warst eifersüchtig.«

»War ich nicht.«

»Warst du doch.« Er grinste.

»Laß gut sein, Grady, sag mir, was du hier treibst.«

»Ich hatte ein paar Recherchen zu machen, und das ging nicht im Büro. Dort wimmeln überall Bullen herum. Einen Mann haben sie jetzt ständig postiert für den Fall, daß du zurückkommst.« An den Armlehnen zog er meinen Stuhl näher zu sich heran. »Übrigens, diese Aufmachung gefällt mir.«

»Schwarzes Leder?«

»Was glaubst du, warum ich Motorrad fahre?« Seine Hände glitten auf meine Knie zu, aber ich schob sie weg.

»Dafür haben wir jetzt keine Zeit. Was hast du recherchiert?«

»Gar nichts.«

»Blödsinn. Was hast du herausgefunden?«

»Laß uns nicht jetzt darüber sprechen.« Er beugte sich vor und gab mir einen flüchtigen Kuß hinter das Ohr, aber ich entzog mich ihm.

»Was geht vor?«

»Ist doch egal.«

»Sag es mir, oder du bist entlassen.«

Er seufzte. »Die Bullen haben den Camaro in Sams Garage entdeckt. Jemand hat sie verständigt, weil der Wagen keine Anwohnerplakette hatte. Sie verfolgten die Spur zu meinem Cousin und stellten fest, daß er den gleichen Nachnamen hat wie ich. Jetzt versuchen sie zu beweisen, daß ich dir zur Flucht verholfen habe.«

»O nein.« Mir sank das Herz. »Könnte ihnen das gelingen?«

»Vermutlich schon. Azzic persönlich hat bei Jamie angerufen, aber Jamie hat ihm nicht gesagt, daß er mir den Wagen geliehen hat. Er behauptete, der Camaro sei ihm vor dem Haus meines Onkels gestohlen worden.«

»Hat er ihn bei der Polizei in New Jersey als gestohlen gemeldet?«

Grady verzog den Mund. »Nein. Aber er kann aussagen, er hätte es vergessen.«

»Bei einem neuen Wagen?« Schuldgefühl überschwemmte mich. »Ich hätte dich da nie mit hineinziehen dürfen.«

»Jetzt reicht's.« Er berührte meinen Arm. »Ich habe mich selbst mit hineingezogen. Ich liebe dich, erinnerst du dich?«

Das verstärkte nur mein schlechtes Gewissen. »Man wird dich wegen Beihilfe festnehmen. Es kommt bestimmt genug zusammen, wenn die Bullen in Sams Apartmenthaus herumfragen. Sie werden herausbekommen, in welcher Verkleidung ich unterwegs bin, falls sie das nicht jetzt schon wissen.«

»Ich werde schon fertig mit allem, was sie mit mir anstellen. Aber was treibst du überhaupt hier? Was hörst du da für Bänder?«

Grady hatte bereits den Kopfhörer auf seinen blonden Haarschopf gestülpt. Seine Augen weiteten sich, kaum daß er auf den Abspielknopf gedrückt hatte.

Wie Fremde standen wir auf den entgegengesetzten Seiten der Aufzugskabine. Auf diesem Abstand hatte ich hartnäckig bestanden. Ich wollte die Distanz aus vielerlei Gründen, aber Grady sah keinerlei Veranlassung dazu.

»Bennie? Was ist los mit dir? Was empfindest du für mich?«

»Ich werde wegen Mordes gesucht, und ich verwachse so langsam mit meiner Sonnenbrille. Über dieses Thema sollten wir sprechen, wenn all das aus der Welt geschafft ist.« Und vielleicht weiß ich dann sogar die Antwort.

Er beobachtete die im Aufzug aufleuchtenden Stockwerkanzeigen. »Du gehst also wieder in dieses Kellerloch zurück?«

»Früher oder später.«

»Bist du sicher, daß ich nicht mal kurz vorbeischauen kann, um nach dir zu sehen?«

»Zu riskant.«

»Hast du genügend Geld?«

»Jetzt schon, dank deiner fortgesetzten Beihilfe.« Er hatte mir vierzig Dollar gegeben, alles, was er bei sich hatte.

»Bist du sicher in diesem Versteck?«

»Sicherer als in der Kabine mit dir.«

Er lächelte. »Wie finde ich dich wieder?«

»Gar nicht, jedenfalls eine Zeitlang. Es ist zu gefährlich«, sagte ich sachlich. Ich war schließlich die Chefin, oder nicht? »Wenn wir das alles hinter uns haben, können wir es probieren. Miteinander, meine ich.«

»Ja, Sir.«

»Gut. Das höre ich gern.«

»Du hörst das viel zu gern.«

Wir kamen im Erdgeschoß an. Die Aufzugstüren öffneten sich, und eine Herde Anzüge drängelte sich an uns vorbei in die Kabine. Die Menge machte mich unruhig, mehr Gradys als meinetwegen.

»Wir können nicht zusammen hinaus«, flüsterte ich, während wir uns in der Halle zum Ausgang schoben. Eine Glaswand und Drehtüren trennten uns von der überfüllten Chestnut Street.

»Ich gehe zuerst.« Seine Augen beobachteten die Straße so unruhig wie meine. »Um nachzusehen, ob die Luft rein ist.«

»Nein. Laß mich zuerst gehen, du folgst später. Warte zehn Minuten.«

»Kein Mensch erkennt dich, Bennie. Ich habe dich kaum erkannt. Laß mich zuerst hinaus. Ich gebe dir ein Zeichen, wenn es nach Ärger riecht.«

»Nein, und jetzt auf Wiedersehen. Paß auf dich auf.« Ich ließ ihn an der Drehtür stehen, die mich auf einen von Anwälten wimmelnden Gehsteig hinausbrachte, die in das Gebäude hineinströmten. Sie kehrten nach dem Mittagessen in die Jenkins-Bibliothek zurück, die Bäuche gefüllt mit Corned-beef-Tagesgerichten. Scheiß auf das Cholesterin, lebe volles Risiko.

Ich schob meine Sonnenbrille zurecht und bereitete mich gerade darauf vor, gegen den Strom zu schwimmen, als eine von der Menge eingekeilte ältere Frau aus dem Gleichgewicht gestoßen wurde. »O du meine Güte!« kreischte sie und fiel mir direkt in die Arme.

Die Menge um uns teilte sich so gleichgültig wie Forellen. Ich befand mich auf der Flucht, mein Job bestand darin, davonzulaufen, und da stand ich nun mit einem Armvoll alter Dame.

»Mein Rücken, mein Rücken! Bitte helfen Sie mir, ich habe ihn mir verrenkt«, stöhnte sie.

»Schon gut, schon gut.« Vorsichtig führte ich sie aus dem Fußgängergewimmel zur Hauswand. Sie fühlte sich so zerbrechlich an wie meine Mutter, nichts als spröde Knochen in einer dünnen Hülle aus Haut.

»Mein Rücken, ich muß mich hinlegen. Bitte.« Ihr Gesicht war schmerzverzerrt, also hockte ich mich ergeben an die Granitwand und bettete ihren Kopf in meinen engen Rock. Auf ihrem rosaroten Uniformkittel stand auf einem über ihrer Brust eingenähten Stück Stoff »Raumpflege«, aber sie trug kein Namensschild. In einer Welt der Namensschilder bleiben die Menschen, die hinter uns aufräumen, namenlos.

»Wie heißen Sie?« fragte ich.

»Eloise«, brachte sie unter Schwierigkeiten über die Lippen. »Tut schrecklich weh, mein Rücken.« Ihre Stirn war am stahlgrauen Haaransatz feucht, und ihre Hand krampfte sich in meinen Jackenärmel. Weil ich sonst nichts für sie tun konnte, kniete ich da und hielt sie in den Armen, eine anwältliche Pietà.

Plötzlich kam Unruhe in die Menge außen am Gehsteig. Vorne auf der Straße erklang Lärm, gleich darauf erschallten laute Rufe. Die Menge brach in aufgeregtes Geschnatter aus und wich zur Wand zurück, vor der die alte Frau lag.

»He!« schrie ich und boxte einen Mann in die Wade.

Urplötzlich ertönte das Geheul von Polizeisirenen, keine drei Meter von der Stelle entfernt, an der ich kauerte. Mein Herz begann zu hämmern. Am Bordstein kreischten Bremsen. Reifen quietschten. Befehle wurden gebrüllt. Waren sie hinter mir her? Ich sah nichts außer einer Versammlung ausgelatschter Schuhe und schwarzer Nylonsocken. Was spielte sich da vorne ab?

Die Menge wich weiter zurück und schob sich gefährlich auf uns zu. Ich hielt Eloise in den Armen, sowohl zu ihrem als auch zu meinem Trost. Zwischen ihren Fußknöcheln blitzte das Weiß eines an den Straßenrand fahrenden Streifenwagens auf, gleich darauf folgte noch einer. Uniformierte Polizisten sprangen aus den Wagen. Aus dem ersten hüpfte mit fliegender Krawatte Detective Azzic.

Großer Gott. Die Angst überwältigte mich fast. Mein Instinkt befahl mir wegzurennen. Es juckte mich geradezu unwiderstehlich in den Füßen, in jedem Muskel meiner Beine. Adrenalin strömte in mein Blut und befahl meinem Körper unmißverständlich zu fliehen. *Los, lauf. Mach, daß du wegkommst.*

»Mein Rücken, er schmerzt so sehr«, ächzte Eloise. »Es tut wirklich furchtbar weh.«

Was machen mit Eloise? Ich konnte sie nicht auf dem Bürgersteig liegen lassen, die Menge hätte sie zertrampelt. Außerdem, wenn ich aufstand und loslief, schnappten mich die Bullen mit Sicherheit. Nein. Rühr dich nicht von der Stelle. Die Menge schirmte mich vor den Blicken der Bullen ab. Ich kauerte mich zusammen, damit niemand mein Gesicht sehen konnte.

Und da kam mir die Erleuchtung. Sie waren nicht hinter mir her. Sie waren hinter Grady her, und ich konnte nicht das Geringste dagegen tun.

Im nächsten Moment schob sich eine Phalanx uniformierter Polizisten aus dem Gebäude. In ihrer Mitte, die meisten überragend, ein gleichmütig aussehender Grady. Seine Hände waren mit Handschellen auf den Rücken gefesselt, und die Bullen zerrten ihn an den Ellenbogen zum Wagen. Der Anblick schnitt mir ins Herz. Ein Uniformierter schlenkerte Gradys Rucksack an einem Riemen. Sie schubsten Grady auf den Rücksitz eines Streifenwagens, Azzic kletterte vorne auf den Beifahrersitz.

»Weitergehen, Leute«, befahl einer der Bullen und zerstreute die Gaffer. »Es gibt nichts zu sehen, absolut nichts zu sehen.«

Zwinkernd schielte Eloise zu mir herauf. »Kopf unten behalten, meine Liebe. Gleich sind sie verschwunden.«

35

Zehn Minuten später, meine Komplizin hatte ich inzwischen wieder auf die Beine gebracht, eilte ich auf Stöckelabsätzen die Chestnut Street entlang und versuchte, in der Menge der Mittagspause machenden Menschen unterzutauchen. Hinter der Sonnenbrille huschten meine Augen unablässig von links nach rechts. Die Chestnut Street durfte nur von öffentlichen Verkehrsmitteln und Einsatzfahrzeugen befahren werden, die Polizeiautos waren folglich leicht auszumachen. Keines war in Sicht, trotzdem war ich außerordentlich nervös. Es wollte mir einfach nicht in den Kopf, wie schnell und unvermutet die Bullen vor der Bibliothek aufgetaucht waren. Die Polizei mußte Grady beschattet haben. Vielleicht beschattete man auch mich bereits. Ich verkrampfte mich innerlich. So unauffällig wie möglich zockelte ich mit dem Menschenstrom über den Gehsteig, aber in meinem Kopf überschlugen sich die Gedanken.

Man hatte Grady also festgenommen, zweifellos wegen Begünstigung. Entweder hatte Azzic die Spur des Bananamobils bis zu ihm zurückverfolgt, oder es war ihm egal, ob er die Beschuldigung aufrechterhalten konnte, weil es ihm lediglich darum ging, den Druck auf mich zu erhöhen. Mit seinem Vorgehen ruinierte er einen hervorragenden Anwalt. Die ganze Entwicklung war nicht gerade beruhigend. Sie holten auf.

Ich beschleunigte meine Schritte, so gut ich konnte, und kämpfte gegen die aufsteigende Panik an, die mir fast die Luft nahm. Ich dachte an die Eileen-Bänder. Wie lange dauerte es, bis Celeste den Diebstahl bemerkte? Eileens Schnellhefter hatte auf seinem Schreibtisch ziemlich weit oben gelegen. Es war die heißeste Sache, die er momentan laufen hatte. Wie lange, bis er die Polizei benachrichtigte? Wie lange, bis Azzic dahinterkam, daß ich etwas damit zu tun hatte? Die Zeit wurde knapp. Kein Zweifel, daß sich der Wachmann an meine Aufmachung erinnerte. *Zange?* Du meine Güte.

»He, Baby«, hauchte eine Stimme an meinem Arm, und ich zuckte zusammen. »Wie geht's?« Ein kleiner Mann mit Tätowierungen trippelte neben mir her und taxierte mich lüstern. »Hast du Lust, mal ein bißchen Zeit mit einem richtigen Mann zu verbringen, Baby?«

Mir wurde bewußt, wie ich aussehen mußte. Eine übergroße

Hure, die nicht in Stöckelschuhen laufen konnte. »Ich *bin* ein richtiger Mann, Süßer. Und jetzt verpfeif dich.«

Ich schwankte weiter. Das Gedränge ließ nach. Die Busse fuhren spärlicher. Alle kehrten an ihre Arbeit zurück, ich fühlte mich sehr exponiert. Ich mußte mich verkriechen, aber es war nach wie vor zu riskant, durch die Stadt in meinen Keller zu gehen. Trotzdem, ich mußte von der Straße herunter, bevor mich noch ein Tätowierter anquatschte.

In einer rußigen Rauchwolke schnaufte ein Bus heran und bremste mit hydraulischem Kreischen an der Haltestelle an der Ecke. Besser ging's nicht. *Los.* Ich hastete über die Straße, stieg in den Bus und steckte mit zitternder Hand das Fahrgeld in den Automaten. Ruckend fuhr der Bus an, und ich tastete nach der glatten Haltestange und musterte die Mitfahrenden. Polizisten schienen nicht im Bus zu sitzen, die Gesichter in den Polstersitzen sahen beruhigend ausdruckslos drein. Viele Fahrgäste hatten Kopfhörer eingestöpselt. Niemand schien mich zu beachten.

Ich entschied mich für einen Platz in der letzten Reihe, in der nur ein Teenager in einem Raiders-Shirt ganz rechts außen saß, und ging nach hinten durch. Erschöpft ließ ich mich neben das schmutzige Fenster links außen sinken und zwang mich zur Ruhe. Atme gleichmäßig, normal. Ich wischte mir den Schweiß von der Stirn. Unentwegt mußte ich an Grady denken. Wo war er jetzt? In einer Arrestzelle? Hatte er einen Anwalt gerufen? Wen? Ich konnte weder ihm noch mir selbst helfen, die einzige Möglichkeit bestand darin, diese scheußliche Sache aufzuklären. In meiner Handtasche fischte ich nach dem Casio-Kassettenrecorder, den Grady in seinem Rucksack dabeigehabt hatte. Er hatte ihn mir gegeben, damit ich unabhängig von der Bibliothek wäre, und damit hatte er weise vorausgedacht. Ich versuchte, mir nicht ständig Sorgen um ihn zu machen, entwirrte das lange Kopfhörerkabel, legte eine Kassette mit Ton

Eileen ein und stülpte den klitzekleinen Kopfhörer auf die Ohren. Jetzt unterschied ich mich in nichts von den meisten anderen Leuten im Bus.

Ich drückte den Startknopf.

F: Wo arbeitete diese Anwältin?
A: In einer Beratungsstelle. Ich mußte nichts dafür bezahlen.
F: Wie Sie sehen, man bekommt das, wofür man bezahlt.
A: Aber schuld waren die Gerichte, nicht die Anwältin. Die Anwälte dort, die waren gut.
F: Erzählen Sie mir was über ihren nächsten Freund.
A: Das war Deron.
F: (lachend) Deron, aha? Ein netter jüdischer Junge.

Die nächsten vier Stunden hörte ich mir auf den Rundfahrten durch meine Heimatstadt solchen Mist an. Die Chestnut Street hinunter, über die Sixth, dann die Walnut hinauf in den Westen Philadelphias und wieder zurück. Der Raiders-Fan saß zwei Runden lang im Bus, und er war nicht der einzige, der ziellos durch die Gegend fuhr, vielleicht weil der Bus eine Klimaanlage hatte. Während dieser Zeit füllte sich die letzte Reihe und leerte sich wieder. Fahrgäste kamen und gingen. Niemand sprach mich an oder schenkte mir auch nur einen zweiten Blick.

Der Tag ging in einen bewölkten Abend über, die Bänder gingen ihrem Ende entgegen, und aus Eileens geistlosem Gequassel ergaben sich keine neuen Anhaltspunkte. Wenn überhaupt, waren die Bänder nur von Bedeutung wegen der Dinge, die nicht gesagt wurden. Eileen erwähnte Bill Kleeb kaum, er war lediglich eine Fußnote in ihrer faszinierenden Lebensgeschichte. Kein Wort über Drogen oder Sam. Auf dem letzten Band, aufgezeichnet bei einer Befragung im Gefängnis, erzählte sie ihre konstruierte Geschichte über den Mord am Vorsitzenden von

Furstmann Dunn. Nach ihrer Version war sie wie eine Idiotin auf mich hereingefallen, die harmlose Naive, die einer verrückten, radikalen Anwältin auf den Leim ging. Früher haben wir Schwindler wie Eileen zu Knast verknackt, heute bieten wir ihnen Buchverträge an.

Ich spulte das Band zurück und hörte mir noch einmal den Teil über Renee Butler an, erfuhr aber nicht mehr, als ich ohnehin schon wußte. Wieder und wieder spielte ich das Band ab, während Fahrgäste, vollbepackt mit Aktentaschen und Einkaufstüten, nach Feierabend auf ihrem Heimweg aus- und einstiegen.

Ich war nirgendwo hingegangen und doch vorangekommen. Ich kreiste Renee ein und überlegte, welche Fragen als nächstes beantwortet werden mußten. In welcher Rechtsberatungsstelle hatte sie gearbeitet? Ich kannte jede öffentliche Rechtsberatung an der Ostküste und konnte mich nicht erinnern, daß in ihrem Lebenslauf eine Tätigkeit bei irgendeiner dieser Stellen erwähnt gewesen wäre. Wir hatten sie direkt von der Universität weg engagiert, möglich also, daß es sich um die Beratungsstelle der Universität handelte, in der Studenten arbeiteten.

Es könnte passen. Möglich, daß Renee Eileen dort kennengelernt hatte. Aber warum sollte Renee Mark umbringen und mir den Mord anhängen? Ich erinnerte mich an unsere Unterhaltung in ihrem Büro. Vielleicht war ihr Zorn auf mich an jenem Tag nur gespielt. Ein guter Angriff ist die beste Verteidigung. Es ergäbe einen Sinn, denn wenn sie gegen mich als Zeugin aussagte, konnte sie bei dieser Gelegenheit den letzten Nagel einschlagen. Auf einmal heulte rechts von mir eine Sirene. Zwei Streifenwagen rasten auf den Bus zu, der quietschend abbremste, bis er völlig stillstand. Ich drückte mich tief in den Sitz und atmete flach. Ein Mann, der aussah wie ein Abteilungsleiter, betrachtete forschend mein Gesicht. Die Streifenwagen jaulten an meinem Fenster vorbei und jagten die Straße hinunter. Geschafft, aber mein Puls weigerte sich, zu normaler Frequenz zurückzukehren. An der nächsten Haltestelle stieg der Abteilungsleiter aus, aber nicht ohne mir vorher einen eigenartigen Blick zuzuwerfen. Hatte er vor, die Bullen zu verständigen? Ich konnte es nicht darauf ankommen lassen. Meine Haltestelle kam eigentlich erst drei Straßen weiter, aber kaum war der Mann außer Sicht, stand auch ich auf und verließ den Bus.

Ich hatte keine Zeit zu verlieren. Obwohl sich bereits Dunkelheit auf die Stadt gelegt hatte, eilte ich mit ständig gesenktem Kopf durch die Straßen bis zu meinem Unterschlupf und marschierte durch die Tür für Betriebsangehörige, als gehöre mir der Laden. Der Trident-Kaugummi, den ich in das Schloß gestopft hatte, hatte wie ein zuckerfreies Sesam-öffne-dich gewirkt. Im Flur wühlte ich in meiner Handtasche nach der Kugelschreiberlampe, die ich zwischendurch statt Lippenstift im Warenhaus erstanden hatte.

So schnell ich konnte, hastete ich den Gang entlang, immer hinter dem zittrigen winzigen Lichtpunkt her. Als die Flure heißer und heißer wurden, schwollen meine Füße in den Stöckelschuhen an, und mein Seidentop wurde feucht. Ich zog die Schuhe aus, ging durch den Transformatorraum und schlich, für den Fall, daß sich noch Wartungspersonal, vielleicht die Abendschicht, in der Nähe aufhielt, auf Zehenspitzen um die grauen Kästen herum.

Flink huschte ich in mein kleines Kabuff, schloß die Tür und knipste das Licht an. Nichts hatte sich seit gestern verändert, der Geruch nach Marihuana war fast verflogen. Wer immer sich für eine Pause in diesen Raum zurückgezogen haben mochte, mußte in letzter Zeit härter gearbeitet haben, und das fand ich prima. Ich bin sehr für die amerikanische Produktivität.

Denn schließlich hatte auch ich einen Job zu erledigen. Ich griff unter das Bett nach meinen Kleidern und zog mich um.

Als Outfit wählte ich einen marineblauen Hosenanzug mit von den Knien an ausgestellten Hosenbeinen wie in den Siebzigern, der mir von allen meinen Sachen am ehesten für einen Einbruch geeignet schien. Anschließend schob ich meine geschwollenen Zehen in die schweren schwarzen, klobigen Schuhe, von deren Innenseite mich der Schriftzug *Dr. Martens Luftpolstersohle* anlachte. Was dachte sich diese Einkäuferin? Man müßte mir etwas bezahlen, damit ich diese Dinger am hellichten Tag trug. Ich schnürte die Schuhe, griff nach der Kugelschreiberlampe und marschierte in die Nacht hinaus.

Federte luftgepolstert zu einem Einbruch.

36

Renee Butlers Reihenhaus, ein für Philadelphia typisches Trinity – so genannt, weil diese schmalbrüstigen Häuser mit einem einzigen Raum auf jeder Ebene über drei Stockwerke gingen –, sah aus wie eine winzige Klinkersteinschachtel mit blaßweißen Fensterläden; langstielige purpurrote Stiefmütterchen und immergrüne Ranken überwucherten weiße Blumenkästen. Eindeutig ein Frauenhaus, und seine Bewohnerinnen, Renee und Eve, gaben heute abend eine Party.

Ich postierte mich in einer schmalen dunklen Gasse, die von der anderen Straßenseite abging, und starrte enttäuscht hinüber. Nicht einmal ich besaß die Leichtfertigkeit, während einer Hausparty einzubrechen. Was war das für eine Party? So kurz nach Marks Tod?

Durch die offenen Fenster drang Musik, ein synkopischer Jazzrhythmus, kein gängiger Pop. Merkwürdig. Niemand tanzte, durch die Fenster sah ich schwatzende Menschen mit eisgekühlten Drinks in den Händen. Im Fenster im ersten Stock entdeckte ich einen Ober, der förmlich mit Hemd und Krawatte bekleideten Gästen Horsd'œuvres reichte. Ein Ober? Was lag an? Das war nicht die Art von Party, die Mitarbeiter von R & B normalerweise gaben. Aber andererseits, es gab kein R & B mehr.

Im Erdgeschoß drehte plötzlich jemand seinen Kopf. Renee. Sie hatte ihre widerspenstigen Haare zu einem glänzenden Knoten geschlungen, an ihren Ohren baumelten riesige Silberreifen. Ein langer Dashiki hüllte ihre Figur ein, und es sah aus, als sei sie schlanker geworden. Unvermittelt trat sie ans Fenster und schob es hoch.

Rasch wich ich in den Durchgang zurück und wartete sicherheitshalber ab. Abgesehen von der Party war es still in der Straße, einer jener kopfsteingepflasterten Seitenstraßen Philadelphias, die sogar für ein Auto zu schmal sind. Neugierig schob ich nach einer Weile wieder den Kopf vor, um Renee zu beobachten.

Sie plauderte mit einem gutaussehenden Mann im Anzug. Wer war das? Wer waren diese Leute? Auf der Straße näherten sich Stimmen, und ich drückte mich gegen die Wand des Eckhauses. Ein Paar tauchte auf, der Mann führte die Frau am Ellenbogen. Sie kicherte, weil sie mit ihren Pumps Probleme auf dem Kopfsteinplaster hatte. Im Näherkommen erkannte ich Bob Wingate mit einem richtigen Schlips und die stets quirlige Jennifer Rowland. Ich drehte mein Gesicht zur dunklen Gasse hin, um nicht gesehen zu werden.

Es nahmen also weitere Mitarbeiter von R & B an dieser ausgelassenen Fete teil. Wußten sie von Gradys Verhaftung? Ich wartete, bis ich hörte, daß die Eingangstür geschlossen wurde und Wingates Stimme im Innern des Hauses verklang. Dann lugte ich wieder um die Ecke.

Im ersten Stock entdeckte ich Eve in einem enganliegenden hellbraunen Kleid, flankiert von einem hochgewachsenen Mann. Er kehrte dem Fenster den Rücken zu, aber als sie sich vorbeugte, um ihm etwas zuzuflüstern, erhaschte ich einen Blick auf sein silberbebrilltes Profil. Dr. Haupt von Wellroth. Neben ihm stand Kurt Williamson, der Justitiar der Firma, mit einem in Chiffon gehüllten alten Drachen, vermutlich seiner Frau. Um sie herum hatte sich wie eine Pilzflechte ein Kreis untertäniger Speichellecker gebildet.

Aber natürlich. Das war keine gewöhnliche Mitarbeiterparty. Die Gesichter waren älter, die Haare silbern und die Paare verheiratet. Bei den Gästen handelte es sich um Mandanten aus dem Kreis der Großindustrie. Kein Wunder, daß sich kein Mensch amüsierte.

»Ruhe, bitte!« rief jemand im Haus. Die Musik endete abrupt, und die Konversation verebbte. Sämtliche Köpfe wandten sich Dr. Haupt zu, der sein Glas zu einem Trinkspruch hob, den ich nicht verstehen konnte. Eve strahlte, und alle nippten an ihrem Champagner. Endlich begriff ich. Das Joint-venture mußte zustande gekommen sein. Alle applaudierten, und Eve beugte die Knie zu einem neckischen Knicks. Nur Renee, die ihre Mitbewohnerin nicht aus den Augen ließ, lächelte kaum hinter ihrem Kelchglas.

Was ging hinter ihren dunklen Augen vor? Ich mußte es herausfinden, hatte aber keine Ahnung, wie, wenn ich mich nicht im Haus umsehen konnte. Ich brauchte dringend einen Plan B. Im Kopf ging ich durch, was ich bisher wußte. Es bestand eine Verbindung zwischen Renee Butler und Eileen Jennings, und diese Verbindung mußte von der Rechtsberatungsstelle der Universität resultieren. Wenn ich nicht wie geplant weiterkam, dann eben auf andere Weise.

Von welcher Seite aus man es auch betrachtete, die Party war zu Ende.

Ich räusperte mich, straffte die Schultern und wappnete mich für die Begegnung mit dem was weiß ich wie vielten Wachmann innerhalb einer Woche. Ich hatte alte, junge, schwarze und weiße kennengelernt und war inzwischen zu dem Schluß gelangt, daß es auf der Welt zu viele Wachmänner und zu wenig Sicherheit gibt. Zu viele Polizisten und zu wenig Sicherheit. Wie könnte es anders sein, wenn ein Mädchen wie ich auf der Flucht sein mußte?

Ich stieß die Glastüren zur juristischen Fakultät auf und stand meinem neuesten Exemplar von Wachmann gegenüber. Der hier war in Zivil; klein, bebrillt, hinter einem Holzpult sitzend und Aktienrecht lesend. Demnach mußte es sich um einen Jurastudenten im zweiten Jahr handeln. Er hob den Kopf und blinzelte durch von einem dicken Horngestell eingefaßte Gläser. Nicht gerade der bestaussehende Wachmann, aber ich vermutete, der gewitzteste. Mist. Ich mußte seinen wunden Punkt aufspüren. Ein Student im zweiten Jahr? In diesem Land? Ein Kinderspiel.

»Ich habe ein Problem und Sie auch«, begann ich und lehnte mich müde an das Pult, eine schauspielerische Leistung, die mir in meinem Zustand nicht schwerfiel.

»Ich habe ein Problem?«

»Ich bin Partner bei Grun & Chase. Sie kennen die Firma.«

»Klar kenne ich die.« Er schluckte sichtbar und schlug den dicken roten Wälzer zu. Dabei zerquetschte er sich den Zeigefinger, den er zur Markierung der Stelle, die er gerade gelesen hatte, zwischen die Seiten geklemmt hatte. Falls es weh tat, ließ er es sich nicht anmerken. Keine Gefühle? Er wird sich gut in einem Anzug machen. »Jeder kennt Grun & Chase«, fügte er hinzu.

»Natürlich. Was ich sagen wollte, ich habe gestern hier Einstellungsgespräche geführt und leider sämtliche Bewerbungsunterlagen und meine gesamte Akte in der Beratungsstelle vergessen. Ich nehme an, Sie haben einen Schlüssel und können mich hineinlassen.«

»Sicher.«

»Schön. Dann machen wir das.«

»Äh, ich wußte gar nicht, daß in der Beratungsstelle Einstellungsgespräche stattfinden.«

»O doch, tun sie. Mit den Studenten, die dort arbeiten.«

»Komisch.« Herausfordernd hob er den Kopf. Seinen dunkelbraunen Haaren hatte man einen altmodischen Schnitt verpaßt aus der Zeit, als der neueste Frisurenstil noch einen Namen hatte. Meiner Schätzung nach hatte seiner »Karneval« geheißen.

»Was ist komisch?« erkundigte ich mich.

»Wir haben Sommer. Ich wußte gar nicht, daß auf dem Campus im Sommer Einstellungsgespräche abgehalten werden.«

Schnell nachdenken. Dumm. »Es handelte sich nicht um die üblichen Gespräche. Es ging um *ausgewählte* Studenten im zweiten Jahr. Studenten, die in der Beratungsstelle arbeiten. Mit Ihnen habe ich nicht gesprochen, oder?« Arrogant blitzte ich ihn mit dem schiefen, Grun-patentierten Sollte-ich-dich-kennen-Seitenblick an.

»Nein, ich, äh, wußte nichts von solchen Gesprächen.«

»Alles sehr vertraulich. So ist es uns am liebsten.«

»Ich arbeite auch nicht in der Rechtsberatung.«

»Zu schade.«

»Und ich gehöre ohnehin nicht zu den *Ausgewählten*, vermute ich.« Er wandte den Blick ab, und die schmalen Schultern in seinem T-Shirt sanken mutlos herab. Er erinnerte mich ein bißchen an Wingate. Vorübergehend wurde er mir sympathisch.

»Haben Sie schon mit Grun gesprochen?«

»Ja, im Laufe des Jahres. Aber man hat mich nicht zurückgerufen.«

»Wie sind Ihre Noten?«

»Nicht auszeichnungsreif.«

»Okay, aber sind sie gut?«

»Na ja, sie sind nicht so schlecht.« Er biß sich auf die Unterlippe.

»Nicht so schlecht?« Wenn dieser Knabe nicht bald lernte, sich besser zu verkaufen, fraßen sie ihn bei lebendigem Leib. »Sie meinen, sie werden besser.«

»Sie werden besser, richtig.« Er schob die Brille am Steg hinauf.

»Haben Sie irgendwelche Erfahrung? Grun schätzt Erfahrung, alle anderen Firmen auch. Praktische Erfahrung, wissen Sie.«

»Im ersten Sommer habe ich im Büro meines Vaters gearbeitet und dabei jede Menge praktische Erfahrung gesammelt. Also, ich bin ein sehr praktischer Mensch. Ich gehe Probleme immer auf sehr *praktische* ...«

»Ich habe verstanden. Haben Sie nach dem Examen einen Job in Aussicht?«

»Nein«, antwortete er. Sein Gesicht lief rot an, als sei das eine Riesenschande, und das war es nach der an der juristischen Fakultät herrschenden Denkweise tatsächlich auch.

»Wo arbeiten Sie jetzt, in diesem Sommer?«

»Äh, hier.«

»Sogar tagsüber?«

Er schluckte. »Ich bekam keinen Job in einer Kanzlei.«

Ich sah ihn an, und er sah mich an. Wir wußten beide, was das bedeutete. Nach seinem Examen hatte er mindestens hundert Riesen Schulden, ohne Hoffnung, sie zurückzahlen zu können. Dieser Junge brauchte Hilfe. Ich war so gerührt, daß ich fast selbst auf meine Masche hereingefallen wäre. »Was ist mit Ihren Noten passiert?« fragte ich. »Waren Sie nicht fleißig?«

»Doch schon, ich habe wirklich schwer geschuftet. Aber bei den Prüfungen, da war ich irgendwie ... blockiert.« Er schüttelte den Kopf und biß sich wieder auf die Unterlippe. »Vielleicht bin ich einfach nicht gut genug, um Anwalt zu sein. Vielleicht bin ich dafür nicht geschaffen.«

»Vielleicht halten Sie von Haus aus nicht viel von sich.«

»Ja. Das sagt mein Vater auch.«

»Das heißt nur, daß Sie sich nicht zum Prozeßanwalt eignen. Es gibt aber viele andere Tätigkeitsbereiche für einen Anwalt.«

»Aber Prozesse sind das coolste ...«

»Vergessen Sie, was cool ist. Was ist Ihr Lieblingsfach?«

»Steuerrecht.«

»Steuer?« Es war fast unvorstellbar. Was war bloß los mit der jungen Generation? Steuer, nicht Verfassungsrecht? »Ihnen *gefällt* Steuer wirklich?«

»Es ist wie ein Puzzle, ein riesiges Puzzle, wenn man alles richtig zusammensetzt, ergibt es einen Sinn.« Verloren in der Schönheit und Zauberwelt der Steuergesetzgebung, lächelte er zum ersten Mal.

»Wie haben Sie in diesem Fach abgeschnitten?«

»Mit einer Auszeichnung. Das war meine allerbeste Note.« Er grinste stolz, ich erleichtert.

»Warum nehmen Sie nicht an einem weiterführenden Steuerkurs teil, an der New Yorker Uni beispielsweise? Machen Sie den Magister in Steuerrecht. Wenn Sie mit einer guten Note abschließen, kommen Sie bei jeder Firma unter. Dann haben Sie Zeit mit der Rückzahlung des Studienkredits, und Ihnen bleibt noch ein Jahr, um eine Stellung zu finden.«

»Glauben Sie, ich könnte das schaffen?«

»Sicher.«

»Ist es noch nicht zu spät, um sich anzumelden?«

»Nicht, wenn Sie es gleich machen.«

Er strahlte. »Dann probiere ich es!«

»Na prima.« Ich lebte selbst richtig auf, bis mir bewußt wurde, daß seine Miene von Überschwang zu Verständnislosigkeit wechselte.

»Einen Augenblick. Warum geben Sie mir diesen Tip?«

Darauf war ich nicht gefaßt. »Weil Sie mir sympathisch sind.«

Er lehnte sich auf seinem Stuhl zurück und bedachte mich hinter seiner Hornbrille hervor mit einem finsteren Blick. »Sie arbeiten nicht bei Grun, stimmt's? Das kann gar nicht sein, dafür sind Sie zu freundlich.«

Ich zögerte. In der Eingangshalle herrschte Totenstille. Außer uns beiden war niemand da. Plötzlich fühlte ich mich unendlich erschöpft. Ich hatte in drei Tagen gerade mal zwanzig Minuten geschlafen. Vielleicht sollte ich es einmal mit der Wahrheit probieren, einfach zur Abwechslung. Ich hatte die Nase voll, und dieser Junge hatte ein Gesicht, dem ich vertraute. Wie Wingate.

»Wollen Sie die Wahrheit wissen?« fragte ich. »Ich bin kein für Einstellungen zuständiger Partner, ich bin keine Hure, *und* ich bin keine Mörderin.«

»O-kay. Was sind Sie dann?«

»Das ist eine lange Geschichte. Ich erzähle sie Ihnen unterwegs.«

Er zögerte und überlegte. Schließlich zog er die mittlere Schublade auf. Vielleicht hielt er doch nicht so wenig von sich.

37

Wir gingen über den strahlend weißen Flur der juristischen Fakultät. Alles war sachlich und modern, mit Ausnahme der goldgerahmten Ölporträts an den Wänden. Ein toter Anwalt neben dem anderen. Ich trabte hinter dem Jurastudenten her, der, wie sich herausstellte, während er mich durch die Flure zu der Beratungsstelle im Untergeschoß führte, Glenn Milestone hieß. Vor dem Beratungszentrum angelangt, schloß er die Tür auf. Sie öffnete sich auf ein neues Büro, das mehr Geld gekostet hatte, als seine mittellosen Klienten in ihrem ganzen Leben je verdienen würden.

»Sie schwören, daß Sie nichts mitnehmen?« erkundigte sich Glenn zum fünfzigsten Mal.

»Ich schwöre es bei Gott. Und Sie verpfeifen mich nicht bei den Bullen, richtig?«

»Ich schwöre es. Aber ich verziehe mich lieber, ich will nichts damit zu tun haben.« Er schob den Schlüssel in die Tasche seiner ausgebeulten Shorts und wandte sich um.

»Danke.« Ich verfolgte seinen Abgang und vergewisserte mich anschließend durch Blicke nach allen Seiten, daß mich niemand beobachtete. Kein Mensch weit und breit. Ich ging in das Büro und zog die Tür hinter mir zu.

Die Beratungsstelle war so eingerichtet, daß die Kinder Büro spielen konnten, und ich erwartete fast, Spielzeug-Registrierkassen mit Monopoly-Geld in Weiß und Rosa und habsüchtigem Gelb vorzufinden. An den kleinen Empfangsbereich schloß sich ein Flur an, von dem eine Reihe Büros abgingen. Alle sahen gleich aus, mit Stahlschreibtischen an der Wand und gepolsterten Stühlen davor. Den Aktenraum, den ich suchte, entdeckte ich endlich ganz hinten im Flur. Ich schaltete das Licht ein.

Die Akten waren alphabetisch geordnet. Mich interessierten die Js, und ich zog das betreffende Schubfach mit einem Ruck heraus. Die angehenden Anwälte führten ihre Akten sauber. Schnell blätterte ich durch die Jacksons, James', Jimenez' und Jones'. Keine Jennings. Einen Augenblick stand ich ratlos mitten im Raum.

Renee hatte ihr Examen vor drei Jahren gemacht, es könnte also sein, daß die Akten ihrer Mandanten archiviert worden waren. Wo bewahrten die kleinen Anwälte die alten Akten auf? Ich blickte mich um, aber da standen weder Kartons noch Archivschränke. Vielleicht befanden sie sich unbeschriftet in den

Hängefächern. Ich öffnete die Schubladen, eine nach der anderen, und jede glitt mit einem glatten, effizienten Geräusch heraus. Kein Hauptgewinn. Ausschließlich laufende Fälle, Kreditanträge, Klageschriften, Klagebeantwortungen und andere Schriftsätze. Verdammt.

Mit einem Knall schob ich die letzte zu und überlegte mit gefletschten Zähnen, die Hände in die Hüften gestemmt. Irgendwo mußte ein Lagerraum sein. Kein Anwalt wirft Akten weg. Kein Anwalt wirft überhaupt irgend etwas weg. Ich dachte an meinen jungen Freund Glenn. Er bereitete mir reichlich Kopfschmerzen. Würde er mich verraten? Wie lange, bis er die Polizei verständigte? Wieviel Zeit blieb mir? Ich verließ den Aktenraum und eilte auf der Suche nach einem Lager durch die Beratungsstelle.

Ich überprüfte die Schränke in den Büros. Mäntel, Regenschirme und Rucksäcke. Kein Glück. Hinter einem der Büros befand sich eine kleine Kaffeeküche. Ich ging hinein. Neben einer verlassenen Kaffeemaschine stand eine Reihe von Teedosen mit verschiedenen Geschmacksrichtungen. Red Zinger, Ginseng Plus, Schlaftee, meine Güte. Ich würde keinen Jungen einstellen, der keinen Kaffee trinkt. Kein Feuer im Bauch. Ich schob den Kamillentee beiseite und öffnete die Schranktür.

BIERS GESCHÄFTSARCHIVE stand auf den Kartons. Bingo. Die gleichen haben wir bei Grun benutzt. Ich zog an einer herabhängenden Schnur, und das Schranklicht ging an. Trotzdem war es noch zu schummrig. Nach einigem Gewühle fand ich die Kugelschreiberlampe in meiner Handtasche, stellte mich in meinen klobigen Schuhen auf die Zehenspitzen und durchstöberte den ersten Karton. Alles alte Akten, allerdings nur der erste Teil des Alphabets. Ich glaubte, draußen Stimmen gehört zu haben, und wartete regungslos. Nichts. Mein Herz begann zu hämmern, als ich, die anderen Kartons mit einer Schulter abstützend, in den mittleren Karton eintauchte.

Hilliard. Jacobs. Jensen. Ein winziger Lichtkreis fiel auf jeden der Aktendeckel aus Manila-Papier. Endlich, Jennings. Mit zitternden Händen zerrte ich den Aktendeckel heraus und schaute hinein, um festzustellen, ob es tatsächlich Eileens Akte war. Scheidungsklage, stand auf den Papieren. Es handelte sich um einen Entwurf mit dem Betreff *Eileen Jennings gegen Arthur Jennings.*

Jawohl! Ich knipste die Kugelschreiberlampe aus. Aber betraf die Akte mit hundertprozentiger Sicherheit dieselbe Eileen Jennings? Ich zerrte den Ordner aus dem Karton und blätterte zum Ende des ersten Schriftsatzes. Er war in der sauberen Handschrift der angehenden Anwältin unterschrieben, die ihn aufgesetzt hatte:

Renee R. Butler, Rechtsberaterin

Renee *war* also Eileens Anwältin gewesen! Ich unterdrückte den Impuls, die Akte an Ort und Stelle zu lesen, und steckte sie in meine Handtasche, damit Glenn nicht sah, daß ich sie mitnahm. Einen Moment lang fühlte ich mich schuldig, weil ich mein ihm gegebenes Versprechen brach, aber was sollte ich tun? Gerade als ich mich umwandte, um zu gehen, flatterte ein Zeitungsausschnitt zu Boden. Ich hob ihn auf. Das Papier war leicht vergilbt, der fleckige Druck ließ auf ein Provinzblatt schließen:

ERMORDETER AUFGEFUNDEN

Heute morgen wurde ein Mann aus York, Arthur »Zeke« Jennings, in einer Gasse neben Bill's Schankstube an der Eighth und Main Street tot aufgefunden. Er starb an zahlreichen Stichwunden. Polizeichef Jeffrey Danziger teilte mit, die Polizei habe gegenwärtig noch keinen Verdächtigen.

Wie bitte? Der Zeitungsausschnitt mußte aus Eileens Akte gefallen sein. Das Papier in der Hand, spulte ich im Kopf Eileens Kassette zurück. Sie hatte behauptet, ihr Mann sei bei einem Jagdunfall erschossen worden, kein Wort davon, daß er in einer Gasse erstochen worden war. Warum? Und hatte Renee etwas damit zu tun? Irgendwie mußte sie mit drinstecken.

Draußen auf dem Flur erklang ein Geräusch, gleich darauf hatte ich den Eindruck, als ziehe jemand etwas Quietschendes hinter sich her. Ich schluckte mühsam. Jemand trat ein.

»Wer ist da?« rief eine Frauenstimme auf dem Flur des Beratungszentrums.

»Linda Frost«, antwortete ich.

»Wer ist Linda Frost?« Die Stimme nahm Gestalt an. Eine stämmige Schwarze, mindestens fünfzig, in T-Shirt und Jeans. Sie zog ein altes Wägelchen mit Putzmitteln und einem daran befestigten weißen Beutel hinter sich her und musterte mich mißtrauisch. »Was machen Sie hier?«

»Ich bin Partner bei Grun & Chase, einer großen Anwaltsfirma im Zentrum, und benötigte dringend ein paar Informationen über eine Studentin. Man hat mich eingelassen, damit ich die Unterlagen holen kann.«

»Mitten in der Nacht?«

»Wir wollen ihr morgen ein Angebot machen, und ich habe leider meine Unterlagen hier vergessen.«

»Tja, in dem Schrank da werden sie nicht sein. Die Studenten gehen nie hier rein. Hier werden nur alte Akten aufbewahrt.«

»Oh. Ich dachte, man hätte sie vielleicht hier reingelegt. Wissen Sie, für mich zurückgelegt. Nach dem Gespräch.«

»Sie hatten heute Einstellungsgespräche mit Studenten?«

»Ja. Richtig.«

Skeptisch stemmte sie eine Hand in ihre mollige Hüfte. »Wie heißt die Studentin, um die es geht? Vielleicht kenne ich sie. Ich kenne alle Studenten vom Beratungszentrum.«

»Ich glaube kaum, daß Sie die Betreffende kennen. Sie hat schon vor Jahren ihren Abschluß gemacht.«

»Im kommenden Dezember bin ich zehn Jahre hier.« Sie rollte ihr Putzwägelchen direkt vor die Tür und blockierte sie keineswegs unabsichtlich. »Wie heißt diese Studentin?«

Ich gab auf. Mir gingen die Lügen aus. »Renee Butler.«

»Oh, Renee!« Ein freudiges Grinsen leuchtete auf ihrem breiten Gesicht auf, in Sekundenschnelle verwandelte sich ihr Mißtrauen in strahlende Freundlichkeit. »Ich kenne Renee! So, so, so, Sie wollen Renee eine Stellung anbieten? Sie können froh sein, wenn Sie sie kriegen, jawohl, das können Sie. Sie ist klug, dieses Mädchen, und unglaublich nett. Sie hat allen geholfen, die hierhergekommen sind, und viele hatten Hilfe bitter nötig, das kann ich Ihnen sagen.«

»Das glaube ich gern«, antwortete ich überwältigt.

»Und kein bißchen arrogant ist dieses Mädchen, o nein. Bildet sich nichts darauf ein, daß sie Anwältin ist. Denkt immer an meinen Geburtstag, sogar heute noch. An jedem zwölften August schickt mir Renee eine Karte. Sie ist verdammt gescheit. Und stark.«

»Stark?«

»Sehr stark. Ist durchs Feuer gegangen.« Sie nickte bekräftigend. »Sie hatte eine sehr schwere Kindheit, müssen Sie wissen. Ihr Daddy hat sie und ihre Momma geschlagen. Sie mußte selbst zusehen, wie sie zurechtkam, und sie hat das ganz prima gemacht.«

Ich dachte an Eileens Ehemann und an die Prügel, von denen sie auf dem Band gesprochen hatte. Vielleicht wußte diese Reinemachefrau mehr darüber. »Renee sagte mir, sie habe hier am Zentrum vielen mißhandelten Frauen geholfen.«

»Das hat sie. Sie hat hart gearbeitet, ihr war keine Mühe zuviel.« Wieder nickte sie, und ich fragte mich, was diese Mühe alles beinhaltet hatte. Hatte Eileen ihren Mann umgebracht und

Renee die Mörderin gedeckt? Und was, wenn überhaupt, hatte das mit Bill oder Mark zu tun? Die Putzfrau schwieg und sah mich erwartungsvoll an. Ich konnte mir nicht vorstellen, daß sie noch etwas von Interesse wußte, also erhob ich mich steif, schloß die Schranktür und stellte die Red-Zinger-Dose zurück.

»Vielen Dank, daß Sie mir Ihre Zeit geopfert haben. Ich glaube, ich befürworte die Einstellung von Renee Butler. Aber jetzt muß ich gehen.«

»Was ist mit Ihren Unterlagen?« Langsam zog sie ihr Wägelchen von der Türschwelle, ich schob mich daran vorbei und atmete eine starke Duftwolke Ammoniak ein.

»Nach der Unterhaltung mit Ihnen brauche ich sie nicht mehr. Also, auf Wiedersehen.« So schnell es möglich war, ohne ihr Mißtrauen zu erregen, ging ich den Flur hinunter.

»Wenn Sie Renee sehen, richten Sie ihr Grüße von Jessie Morgan aus, ja?« rief sie mir nach.

»Gerne.«

»Und sagen Sie ihr, sie soll ihren dicken Hintern in Bewegung setzen und zu unserem nächsten Treffen kommen! Ich versäume nie ein Treffen. Ich habe in einem Jahr einundzwanzig Pfund verloren und nicht ein einziges Gramm wieder zugelegt!«

Ich stand bereits vor der Eingangstür des Beratungszentrums. »Treffen?« fragte ich auf der Schwelle.

»Die Weight Watchers! Letzten Montagabend hat sie sich nicht blicken lassen!«

Ich konnte ihr keine weitere Frage stellen. Glenn kam den Flur entlanggelaufen und mit ihm Azzic und drei uniformierte Polizisten.

38

Lauf! Nichts wie weg! Los! Ich drehte mich um und sprintete zum Ausgang Samson Street.

»Halt, Rosato!« schrie Azzic. »Sie sind verhaftet!«

In halsbrecherischem Tempo erreichte ich den Gehsteig. Mein Herz hämmerte wie wild. Meine einzige Hoffnung bestand darin, sie abzuhängen. Ich war immer die Schnellste meiner Mannschaft gewesen.

»Stehenbleiben, Rosato!« brüllte Azzic nicht weit hinter mir, aber unbeirrt stürmte ich die Straße entlang.

SCCRRIIIIIIII! Hinter mir heulte eine Streifenwagensirene los, der sich andere unisono anschlossen. Mist. Nicht einmal ich war schneller als ein Auto. Ich mußte irgendwohin, wo die Streifenwagen nicht hinkamen. Aber wohin? Blitzschnell ließ ich meine Studentenzeit Revue passieren. Meine Beine bewegten sich schneller. Mein Herz schlug heftiger. Wie aus einer Einspritzpumpe strömte Adrenalin in mein Blut.

»Rosato! Stehenbleiben! Sofort!«

Ich bog um die Ecke, rannte im Dunkeln über die Walnut Street und wich unter wütendem Hupen der Fahrer mehreren Taxis und einem Ford Explorer aus. Die Uniformierten befanden sich dicht hinter mir. Während ich Richtung Campus lief, hörte ich, wie sie sich gegenseitig Anweisungen zuschrien. Die Studenten, die sich auf dem Gelände aufhielten, sperrten Mund und Augen auf, als wir vorüberrannten. Unter dem ohrenbetäubenden Gekreisch der Polizeisirenen jagte ich an ihnen vorbei und bog scharf rechts ab in den Locust Walk, eine reine Fußgängerzone, an deren Beginn Betonpfosten die Autos fernhielten. Hier war ich vor den Streifenwagen sicher.

»Rosato! Geben Sie auf!«

Ich warf einen schnellen Blick über die Schulter. Keine Streifenwagen, aber ihre Sirenen heulten nicht weit entfernt. Anscheinend fuhren sie parallel zu mir die Walnut Street hinauf. Der Abstand der Uniformierten vergrößerte sich, aber Azzic holte auf. Im Laufen griff er in seine Jacke und zog mit geübtem Griff die Waffe heraus.

Schiere Todesangst packte mich. *Bitte erschieß mich nicht, ich habe es nicht getan.* In Panik blickte ich wieder nach vorn und schaltete den Turbo ein.

»Stehenbleiben oder ich schieße!« brüllte Azzic.

Eine Passantin kreischte. Im Geist sah ich vor mir, wie Azzic auf ein Knie sank und beidhändig auf meinen Rücken zielte. Ich lief ein paar Schritte im Zickzack, dann gab ich wieder Vollgas. Ich jagte den Walk hinauf zur Fußgängerbrücke über die Thirty-Eighth Street und nahm die steile Steigung mit Riesenschritten. Kraftvoll, mit trainierten Muskeln und angetrieben von eiskalter Angst, rannte ich die Böschung hinauf. Nach den Stadiontreppen war das fast eine leichte Übung. Ich ignorierte den Schmerz in meinen Oberschenkeln, das Stechen in der Lunge. Sogar meine Schuhe bewährten sich, sie federten elastisch wie Laufschuhe.

Eins, zwei, drei, atmen. Eins, zwei, drei, atmen. Knie hoch.

Ich gelangte oben an und raste auf der anderen Seite die Böschung hinunter. Mein Schwung trug mich den Hügel hinab. Ich beschleunigte sogar noch, durch das Training auf den Stadiontreppen war ich sicher auf den Beinen. Mein Atem ging leicht und frei, es steckte Kraft dahinter. Bald hörte ich Azzics Stimme nicht mehr. Ich merkte nichts von Anstrengung, ich merkte gar nichts. Ich lief, ich bewegte mich, ich war weg. Durchschnitt die Dunkelheit wie ein Skullriemen. Mit voller Kraft laufend, rudernd.

Niemand war schneller. Niemand ruderte besser. Eine kühle Brise wehte. Der Wind brauste an mir vorbei. Die Stadt war weit weg, auch die Polizei. Die Lichter der Stadt, die Straßenlaternen, die Autoscheinwerfer, alles nur winzige Punkte in der Dunkelheit entlang der Flußufer. Alles war weit weg. Es gab nur mich. Mein Herz klopfte zum Zerspringen, aber es tat, was ich es gelehrt hatte. Schweiß strömte über meinen Körper. Ich entschied mich für zehn kraftvolle Schläge, um noch Energie zulegen zu können.

Ein, zwei, drei Schläge, um das Boot vorwärts zu treiben. Es war ein Rennen, und ich, ein langbeiniger Wassergleiter, ließ es laufen, fühlte nur Geschwindigkeit und Gischt. Hörte nur den gleichmäßigen Ruderschlag, wenn die Riemen in das bewegte Wasser eintauchten, ein Schlag nach dem anderen. Kein Verzögern, kein Ruck, ein Lauf, wie er glatter nicht sein konnte, kräftig durchziehend und noch kräftiger. *Vier, fünf, sechs.* Schnell und noch schneller.

Ein Fliegen. Das Knarzen der Skulls. Die Feuchtigkeit des Spritzwassers. Die Bullen waren verschwunden. Azzic war verschwunden. *Sieben, acht, neun, zehn.* Endlich hatte ich den Rhythmus gefunden, ich konnte nichts mehr falsch machen.

In der Mitte des Flusses, in der Mitte der Nacht.

Nackt und völlig erschöpft ließ ich mich hinter der verschlossenen Tür meines Kämmerchens im Kellergeschoß zu Boden sinken. Ich hatte meine nassen Sachen ausgezogen, dampfte aber immer noch vor Hitze, Anstrengung und Angst. Im Zimmer war es stickig, meine Lunge brannte. Mir war schwindlig und übel. Ich konnte keinen klaren Gedanken fassen, in meinem Gehirn herrschte nur Nebel. Benommen blinzelte ich mir den Schweiß aus den Augen und paßte auf, daß beim Umblättern der Seiten keine Schweißtropfen die Akte aus dem Beratungszentrum benetzten.

Die Akte unterschied sich in nichts von anderen Anwaltsakten, abgesehen davon, daß sie penibel geführt worden war. Die Korrespondenzunterlagen, in einem eigenen Manila-

Schnellhefter obenauf, enthielten lediglich Formbriefe von Renee aus dem Beratungszentrum, keine Antwortbriefe von Eileen. Ich warf den Hefter beiseite, ohne darauf zu achten, wo er hinfiel.

Das Verzeichnis der Schriftsätze führte die von Renee eingereichten einstweiligen Verfügungen gegen Eileens Mann auf. Insgesamt zehn, ferner Vorladungen wegen Mißachtung des Gerichtsentscheids, wenn die jeweilige Verfügung gebrochen worden war. Gegen Eileens Mann wurden Geldstrafen erlassen, konnten aber nicht eingetrieben werden. Auch an Haftandrohungen fehlte es nicht, aber er blieb unauffindbar. Die Unterlagen erzählten ihre eigene Geschichte, sofern man zwischen den Zeilen lesen konnte. Den Gerichten gelang es nicht, Eileens Ehemann davon abzuhalten, sie zu schlagen. Sie wäre nie vor ihm sicher gewesen, egal, wohin sie sich gewandt hätte, egal, wohin sie gegangen wäre.

Es sei denn, er wäre tot.

Hatte Eileen die Angelegenheit selbst in die Hand genommen? Hatte Renee sie gedeckt oder die Tat sogar für sie begangen? War das möglich? Ich dachte an Renees Kindheit und die Prügel, die sie eingesteckt haben mußte. Väter konnten ihren Töchtern Schlimmeres antun, als sie zu verlassen. Renee hatte gesagt, sie habe Verständnis für meine enorme Wut, vielleicht, weil sie sie von sich selbst kannte. Und vielleicht hatte Eileens Wut die gleiche dissonante Saite in Renee angeschlagen. In meinem Kopf hämmerte es. Das Denken tat weh. Ich brauchte Schlaf, Ruhe und etwas zu essen, aber ich durfte jetzt nicht schwach werden.

Ich klappte die Schriftsätze zu und ging den Schnellhefter mit Renees Anmerkungen durch. Mit Sicherheit heulten oben auf den Straßen die Sirenen auf der Suche nach mir. Azzic und die Bullen durchkämmten die Stadt. Ich konnte mir nicht vorstellen, daß mich irgend jemand in das Gebäude hatte schlüpfen sehen, aber vielleicht irrte ich mich. Vielleicht befanden sie sich gerade jetzt nur ein Stockwerk über mir, betraten den Flur und gingen die Treppe hinab. Standen vor der Tür.

Noch nicht. Nicht jetzt. Ich war so nah dran.

Renee war in den Mord an Eileens Ehemann verwickelt. Ich wußte nur nicht, wie Mark in das Bild paßte. War Mark dahintergekommen? Hatte Renee ihn deshalb umgebracht? Beide Männer waren erstochen worden.

Meine feuchten Finger blätterten zu den Anmerkungen in einem der Schnellhefter. Ich mußte blinzeln, um besser sehen zu können, trotzdem wurden die Buchstaben nicht klar. Ich war benommen, vollkommen daneben. Die Anmerkungen waren mit Kugelschreiber auf gelbes Anwaltspapier gekritzelt, anscheinend Aufzeichnungen eines Gesprächs mit Eileen. Ich war so dicht dran, ich konnte es förmlich riechen. Ich konnte es nur nicht lesen. Mein Kopf brachte mich um, und die Handschrift war schrecklich. Ich hielt das Blatt hoch. Renee hatte doch sonst keine unleserliche Schrift, oder? Krampfhaft versuchte ich mich zu erinnern, aber mein Hirn funktionierte nicht.

Ich warf das Blatt beiseite und tobte durch die Akte. Ich fühlte mich krank, unzurechnungsfähig, dem Wahnsinn nahe. Wo war es? Was war es? Mark war tot. Bill war tot. Ich mußte die Antwort finden, ich war tot, wenn mir das nicht gelang. Sie mußte hier drin sein. Aus meiner feuchten Hand starrte mich die Klageschrift an. Seite für Seite riß ich heraus und verstreute sie achtlos, bis ich zur letzten kam. Mit den Unterschriften.

Da. Renee Butlers Unterschrift. Sie verschwamm vor meinen Augen, neckte mich wie ein Fisch, der dicht unter der Wasseroberfläche blieb. Angestrengt verglich ich die Unterschrift mit den krakeligen Aufzeichnungen. Ich blinzelte. Die Schriften besaßen keinerlei Ähnlichkeit. Wer hatte diese Aufzeichnungen verfaßt? Wer hatte noch an Eileens Fall gearbeitet? Ein zweiter Anwalt aus der Beratungsstelle? Wer?

Ich wühlte weiter in der Akte, bevor ich sie irgendwann entnervt auf den schmutzigen Betonboden warf. Eine Wasserwanze huschte vorbei, aber ich achtete nicht auf sie, sondern ging noch einmal Seite für Seite durch. Die Seiten flogen in alle Richtungen. Ich war kurz davor, den Verstand zu verlieren. Der Zeitungsausschnitt fiel mir wieder in die Hände, und ich las ihn noch einmal, dann warf ich ihn ebenfalls auf den Boden.

Denk nach. Denk nach. *Denk nach.* Angenommen, Renee hat Eileens Ehemann umgebracht, wie könnte dieser Mord mit Mark zusammenhängen? Wo war Renee an jenem Abend, an dem Mark umgebracht worden war? Was hatte die Putzfrau gesagt, kurz bevor die Bullen auftauchten? Und was hatte Hattie im Zusammenhang mit Renee gesagt, als sie einen Karton voller Sachen in meine Wohnung gebracht hatte?

Ich bekam kaum noch Luft. Mein Hirn qualmte. Ich hielt die Fäden in der Hand, kam aber nicht weiter. Ich sank vornüber und brach auf dem mit Papieren übersäten Boden zusammen, eine Verrückte in der Isolationszelle. Krampfhaft preßte ich die Augen zu und schrie mit geschlossenen Lippen, aus Angst und Erschöpfung jeden Nerv, jeden Muskel bis zum Zerreißen angespannt. Ein stummer Urschrei. Ein unhörbarer Schrei höchster Qual.

Und plötzlich stand alles klar und deutlich vor mir. Meine Augen öffneten sich. Wie elektrisiert fuhr ich hoch.

Die ganze Zeit hatte es sich direkt vor meinen Augen befunden, ich hatte es nur nicht gesehen.

Versteckt, aber deutlich sichtbar.

Jetzt mußte ich es nur noch beweisen, ohne umgebracht zu werden.

39

»Guten Morgen«, flötete ich in mein Handy. »Ist dort Leo der Löwe?«

»*Rosato!*« blaffte Azzic ungläubig. »Was, zum *Teufel* ...«

»Ich bin im Gericht. Zehnter Stock. Kommen Sie, oder lassen Sie's bleiben.« Ich legte auf, klappte das Telefon zu und sprang aus dem Taxi. Es war vollbracht, die Sache lief.

In Eile stürmte ich durch die Türen des Gerichtsgebäudes. Das Roundhouse war nur ein paar Blocks entfernt, und der Verkehr war bestimmt kein Thema. Azzic würde hierher fliegen. Ich schaute auf die Uhr: 9.30 Uhr. Meiner Schätzung nach blieben mir im Höchstfall zehn Minuten, um die Sache zu deichseln. Ich lief durch die Eingangshalle.

Lieferanten schoben kleine Transportwagen über den gewachsten Boden. Anwälte steckten vor der Verhandlung mit ihren Mandanten die Köpfe zusammen. Gerichtsangestellte schlenderten auf dem Weg zur Arbeit vorbei. Keine Polizisten, lediglich ein paar Deputies in blauen Jacken, die sich in der Nähe der Aufzüge miteinander unterhielten. Mit gesenktem Kopf reihte ich mich in die Schlange vor dem Metalldetektor ein. Sie war länger, als ich erwartet hatte. Mir wurde mulmig zumute, und ich schielte auf die Uhr. 9.35 Uhr.

Mein Blick fiel auf die Boulevardzeitung der jungen Frau vor mir. GESUCHT WEGEN DOPPELMORDES! schrie die Schlagzeile. Ich mußte zweimal hinschauen. Es war mein Gesicht, das mich von der ersten Seite anblickte. Ein lebensgroßes Bleistiftporträt, einschließlich neuer Frisur. Ich verkrampfte mich innerlich. Wenn mich jemand in der Halle erkannte, war ich so gut wie tot.

Ich hielt den Kopf gesenkt. Mein Herz klopfte zum Zerspringen. Ruhig bleiben, Mädchen. Niemand vermutete eine Mörderin freiwillig im Gerichtsgebäude, schon gar keine, die so gekleidet war wie ich, in klassischem rotem Blazer über schwarzem Strickkleid und mit eleganter Sonnenbrille. Es waren die einzigen busineßmäßigen Kleidungsstücke, die mir die Einkäuferin geschickt hatte. Ich sah darin nicht aus wie eine Frau auf der Flucht, ich sah aus wie eine Anwältin. Entschlossen straffte ich meine gepolsterten Schultern, setzte die Maske einer vielbeschäftigten berufstätigen Frau auf und schaute ungeduldig auf meine Uhr. 9.37 Uhr.

Die junge Frau vor mir legte ihre Handtasche und ihre Zeitung auf das Fließband auf der rechten Seite. Die Zeitung klappte auf und enthüllte mein Bild. In mir erwachte der unwiderstehliche Wunsch, davonzulaufen. Hatte jemand das Bild gesehen? Neben dem Fließband stand ein Deputy, aber er beobachtete konzentriert die auf dem Monitor vorbeiziehende Parade der Röntgenbilder. Falls er den Kopf drehte, fiel sein Blick unweigerlich auf die Titelseite. Es bedurfte nur eines Blicks.

»Miss? Gehen Sie bitte durch«, forderte mich ein älterer Deputy zu meiner Linken auf. Ich hatte ihn nicht einmal bemerkt.

»Sicher ... Entschuldigung«, stammelte ich und zwang mich, den Blick von der Zeitung zu wenden. Ich ging durch den Metalldetektor, während die Zeitung neben mir auf dem Fließband fuhr und mich gleichermaßen peinigte wie die falsche Anschuldigung, die sie hinausposaunte. Prüfend schielte ich zu dem Deputy auf dem Hocker, aber der starrte wie gebannt auf den Monitor. Die Frau nahm die Zeitung und ihre anderen Habseligkeiten und ging ihrer Wege. Zum ersten Mal atmete ich aus und schnappte rasch meine Handtasche, die auf dem Förderband heranfuhr.

»Ziemlich dunkel für 'ne Sonnenbrille, finden Sie nicht?« fragte einer der Deputies mit anzüglichem Grinsen.

»Bindehautentzündung«, gab ich zurück. Ich eilte an ihm vorbei und mischte mich unter die ungeduldig vor den Aufzügen wartende Menge. So beiläufig wie möglich schaute ich wieder auf die Uhr. 9.40 Uhr. Die Sekunden tickten fast greifbar vorbei. Der Aufzug brauchte ewig. Himmel. Ich hätte mir mehr Zeit zugestehen, etwaige Verspätungen mit einkalkulieren sollen. Draußen heulten Polizeisirenen, aber abgesehen von mir achtete keiner darauf. *Laßt mir nur noch fünf Minuten Freiheit.* Ich mußte nach oben und das Kreuzverhör meines Lebens abliefern. Um mein Leben.

Wo blieb dieser verdammte Aufzug? Zwei Anwälte begannen sich laut zu beschweren. Einer in einem dreiteiligen Anzug schien mich zu beobachten und zu versuchen, meine Aufmerksamkeit auf sich zu lenken. Erkannte er mich nach dem Bild in der Zeitung? Kannte er mich von einer anderen Gelegenheit? Ich drehte mich zu der grauen Marmorwand hin.

Bing! Der Aufzug kam, und ich schob mich mit der Menge hinein. Die Türen schlossen sich. Auf der funkelnden Rolex des neben mir eingekeilten Mannes las ich 9.42 Uhr. Die Rolex gehörte dem dreiteiligen Anzug, der es geschafft hatte, sich neben mich zu schieben. Er sah mich mit einem verstohlenen Lächeln an, aber ich starrte scheinbar fasziniert auf die Etagenanzeigen. Die Tafel leuchtete in gedämpft schmeichelndem Licht auf, und ich schwitzte jedesmal Blut und Wasser, wenn der Aufzug auf einem Stockwerk hielt, das nicht meines war.

9.43 Uhr. Wir waren im neunten Stock, nur noch eine Etage. Der Anwalt schob sich noch näher heran. »Entschuldigen Sie«, setzte er an, »aber kennen wir uns ...«

Bing! Zehnter Stock! Ich lief aus dem Aufzug, am Schild SITZUNG vorbei und schlüpfte in den Gerichtssaal. In der Tür blieb ich stehen, nahm die Sonnenbrille ab und überflog mit einem Blick die Szene.

Der Zuschauerraum war besser besucht als am ersten Tag.

Bob Wingate lümmelte neben Renee Butler. Ich hatte so sehr gehofft, daß sie da sein würde. Der Ehrenwerte Edward J. Thompson führte den Vorsitz, und Dr. Haupt saß steif im Zeugenstand. Eve Eberlein stand neben einem Projektor, der Bilder von Formeln auf eine weiße Leinwand vorne im Gerichtssaal warf. Den Projektor hatte ich nicht mit ins Kalkül gezogen. Aber um so besser.

Die Uhr an der Wand zeigte 9.44 Uhr. Zeit, anzufangen. Ich marschierte durch die Schranke des Gerichts und schob mein Blatt in den Projektor, bevor Eve die Möglichkeit hatte zu reagieren. »Euer Ehren«, meldete ich mich zu Wort, »verehrte Geschworene, würden Sie bitte einen Blick auf dieses Beweisstück werfen? Ich glaube, Sie werden zu der Überzeugung gelangen, daß es der Gerechtigkeit dient.«

»Bennie?« stotterte Eve. »Sind Sie das?«

»Sehen Sie bitte auf die Leinwand. Das ist Beweisstück A.«

Eve wirbelte herum und starrte auf die Leinwand. Vorne im Gerichtssaal leuchtete der stark vergrößerte Zeitungsausschnitt auf.

ERMORDETER AUFGEFUNDEN

Ich hörte, wie sie nach Luft schnappte, bevor sie sich zu mir umdrehte und mich anfuhr: »Was machen Sie hier? Ich bin mitten in einer Verhandlung!«

Vom Pult herunter fragte ein verwirrter Richter Thompson: »Miss? Miss? Geht es Ihnen nicht gut?«

»Ganz im Gegenteil, Euer Ehren«, antwortete ich. »Das ist meine einzige Chance, angehört zu werden, und es muß vor Gericht sein, damit mich auch die Polizei anhört.«

»Die Polizei? Welche Polizei?«

Ich drehte mich um. Im Gerichtssaal war es ruhig. Die Wanduhr tickte auf 9.45 Uhr. Keine Bullen. Die Geschworenen starrten mich an, alle starrten mich an. Röte schoß mir ins Gesicht. Diese verdammten Aufzüge. »Äh, sie ist unterwegs, Euer Ehren.«

Wie aufs Stichwort kam Azzic mit einem Kommando Uniformierter auf den Fersen durch die Türen des Gerichtssaals gesaust und stürmte den Seitengang herauf.

»Diesen Mann, von dem die Zeitung berichtet, haben Sie umgebracht, richtig, Eve?« rief ich. »Sie und Renee Butler haben ihn ermordet, und Sie haben auch Mark getötet!«

»Das ist empörend!« Eves hübsches Gesicht verzog sich in kontrollierter Wut, als sie sich mit den Polizisten konfrontiert sah. »Sie haben Mark umgebracht, nicht ich!«

Mitten im Gang blieb Azzic stehen und hielt mit seiner kräftigen Hand seine Männer zurück. Die Zuschauer wendeten wie bei einem Tennismatch die Köpfe hin und her.

»Sie und Renee«, fuhr ich fort, »Sie beide haben gemeinsam Eileens Ehemann umgebracht. Es ist sinnlos, es abzustreiten. Renee hat bereits gestanden. Sie hat mir sogar ihren Schlüssel gegeben.« Ich griff in meine Blazertasche und ließ ein Stück meines Spindschlüssels aufblitzen. Er war zu groß, aber es mußte reichen.

Einen Moment lang entgleisten Eves Gesichtszüge vor Überraschung. Ihr Blick suchte Renee im Zuschauerraum.

»Nein, nein!« Renee sprang auf. »Das ist nicht wahr! Das ist nicht mein Schlüssel!« Ihre Hände flogen an den Ausschnitt ihres Kleides und nestelten in den üppigen Stoffalten.

Ein paar Deputies stürmten in den Saal. Die meisten Zuschauer waren inzwischen auf den Beinen und drängten zu den Türen, sämtliche Gänge waren verstopft. »Was geht hier eigentlich vor?« verlangte Richter Thompson zu wissen, aber niemand achtete auf ihn, am allerwenigsten ich.

»Sie lügt, Eve.« Ich versuchte, eine gegen die andere auszuspielen. »Sie hat der Polizei alles erzählt. Die Polizei ist hier, um Sie zu verhaften. Sie haben Eileens Mann erstochen und die Mordwaffe in einem Schließfach hinterlegt. Renee trägt ihren Schlüssel für das Schließfach an einer Kette um den Hals, Sie den Ihren an Ihrem Amulettarmband. Ich habe mich an Ihre Bemerkung in dem Joint-venture-Gutachten erinnert, ›Schlüssel zu einer Schatztruhe‹. Daraufhin stellte ich Renee zur Rede und sagte ihr, was ich wußte. Sie hat alles gestanden.«

»Nein, nein, nein!« schrie Renee. Ihre Panik wuchs, fahrig griffen ihre Finger über ihrem Kleid nach dem Schlüssel. Azzic stand wie aus Stein gemeißelt und beobachtete die Szene in grimmigem Schweigen.

»Ordnung! Ich bitte um Ordnung!« brüllte Richter Thompson und schlug mit seinem Hammer zu. *Kräck! Kräck! Kräck!*

»Das ist lächerlich!« zischte Eve. »Ich verklage Sie wegen Verleumdung, wegen übler Nachrede!« Ihr mit Lippenstift bemalter Mund verzog sich höhnisch. Sie war zu gerissen, um sich durch Unbedachtheit selbst zu belasten. Ich hatte nichts anderes von ihr erwartet. Ich wußte, welche der beiden ein Herz hatte. Und wandte mich an Renee.

»Sagen Sie die Wahrheit, Renee! Eileens Mann geht auf Ihr Konto, aber Mark war allein Eves Idee. Der Polizei liegt eine Aussage von Jessie Morgan von der Beratungsstelle vor.«

»Jessie?« Renee erstarrte, ihre Augen weiteten sich und füllten sich mit Tränen. Ihre Hände stellten die hektischen Bewegungen ein, ihre Finger verharrten an ihrem Hals und griffen um ihre Kehle. Ich empfand ein wenig Mitleid, trotzdem ging ich direkt auf ihren wunden Punkt los. Sie hatte Mark umgebracht, und sie hatte mich verraten.

»Sie haben die Schere in meine Wohnung gelegt, Renee. Sie haben Eileen in Ihren Plan mit einbezogen und sie dazu gebracht, mich mit dem Mord an diesem Manager zu belasten. Ferner veranlaßten Sie Eileen dazu, Bill umzubringen, weil er sich nie auf einen Mord eingelassen hätte. Gestehen Sie. Sagen

Sie die Wahrheit. Das ist Ihre Chance. Sie müssen das Geheimnis nicht mehr länger mit sich allein herumschleppen.«

»Nein, nein, nein!« rief Renee. Ihr Gesicht verzog sich gequält. Sie schüttelte den Kopf und begann zu schluchzen. »Es war ... Eves Idee. Ich wollte Mark nicht umbringen. Er hat nichts ... gar nichts getan. Sie sagte, sie würde ihm alles sagen ... das mit Eileen, was wir getan haben. Sie wollte die Firma für sich. Die neue Firma, das Geld.«

Bei diesem Geständnis hätte ich freudig frohlocken sollen, aber eine Welle der Erschöpfung überschwemmte mich, und ich begann zu zittern. Tränen der Erleichterung stiegen mir in die Augen. Es war zu Ende.

Plötzlich lief Eve an den verdutzten Geschworenen vorbei zur Tür neben dem Richterpult. Azzic gab den uniformierten Polizisten ein Zeichen, und sie jagten den Gang entlang hinter ihr her. Deputies kletterten über die sich leerenden Bankreihen zu der weinenden Renee, die zusammengesunken sitzen geblieben war. Vergebens schlug Richter Thompson mit seinem Hammer auf das Pult. *Kräck! Kräck! Kräck!*

Azzic bahnte sich durch den Gang den Weg zu mir und starrte mich an. Für den Bruchteil einer Sekunde flackerte ein Anflug von Bedauern in seinen Augen auf, aber er verbarg es rasch.

Ein wenig befangen wischte ich mir die Augen. »Gute Polizeiarbeit, Azzic.«

Als ich aufblickte, war er fort.

40

Am nächsten Morgen genoß ich nach dem Aufwachen träge das Gefühl von Ruhe und Frieden. Ich zog die Steppdecke bis ans Kinn und machte müßig Bestandsaufnahme: Ich lag sicher in meinem eigenen Bett, Bear schnarchte neben mir an ihrem Lieblingsplatz, und ein Anwalt hantierte lautstark in meiner Küche herum. »He, du«, rief ich.

»Selber he.«

»Komm wieder ins Bett.«

»Ich habe zu tun.« Ein Topf machte *kläng,* gleich darauf hörte ich, wie Schranktüren geöffnet und geschlossen wurden.

»Was treibst du da?«

»Das geht dich nichts an.«

»Wann kommst du zurück?«

»Wenn ich Zeit und Lust habe.« Der Wasserhahn wurde auf- und wieder zugedreht.

»Aber *ich habe* jetzt Zeit und Lust.« Ich war weniger müde gewesen, als ich mir gestern abend eingebildet hatte, und heute morgen war ich noch weitaus weniger müde als gestern. Muß am Rudern liegen. Ein sinnvoller Sport.

»Hör auf, so chefig zu sein!«

»Ich kann's nicht ändern, ich bin die Chefin.«

»Bist du nicht, Partner.«

Ich lächelte. »Sind wir jetzt Partner? Darüber muß ich nachdenken.«

»Rosato & Wells, damit bin ich zufrieden. Ich weiß, wie bescheiden du bist.«

Einen Augenblick später hörte ich es. Ein Gluckern, das ich im Schlaf identifizieren könnte. Mein Herz machte einen Sprung. Ich hoffte wider alle Hoffnung. »Die Papiertücher sind ...«

»Ich habe sie gefunden«, fiel er mir ins Wort, und ich kuschelte mich in Erwartung der Köstlichkeit in die Decken. Das Leben war schön. Ein Mann mit solchen Fähigkeiten war schwer zu finden. Ich bezweifelte, daß ich mich noch weiter umsehen würde. Das Aroma seines perfekten Kaffees begleitete ihn beim Hereinkommen.

»Lieber Gott, du bist unverwüstlich!« bemerkte Grady,

nackt bis auf seinen Slip und den STUDMUFFIN-Becher, den ich bei der Mordkommission hatte mitgehen lassen, als ich Grady rausgeholt habe. Mein Honorar als Nervensäge. Nun waren wir quitt.

»Kaffee!« Ich setzte mich auf und griff gierig danach. Der erste Schluck rann mir durch die Kehle. Es war mein dritter Orgasmus in acht Stunden.

»Trink schnell. Wir haben noch etwas Wichtiges vor.« Grady setzte sich auf das Bett und grinste mich an.

»Wichtiger als Kaffee?«

»Absolut.«

»Was könnte denn wichtiger sein als Kaffee?« Ich hatte einen Rückfall und spielte die Rolle von Mae West, aber Grady runzelte nur die Stirn.

»Du glaubst, ich denke an Sex? Nichts liegt mir ferner.« Er hob seine Hose vom Boden auf und zog sie an. »Trink aus, und zieh dich an.«

»Was?«

»Es ist alles geregelt. Ich habe es ausgemacht, während du geschlafen hast.« Er suchte nach seinem Hemd. »Wir müssen weg.«

»Wohin denn?«

»Das wirst du schon sehen«, antwortete er in einem Ton, daß sogar Bear interessiert die Ohren spitzte.

Zehn Minuten später lag ich in einer von Hatties ungestümen Umarmungen und wurde fest an den Royal Flush glitzernder Spielkarten gedrückt, die sich als Muster um ihren Busen zogen. »Ich bin so froh, Sie zu sehen«, rief sie. »Gott sei Dank, Gott sei Dank.«

»Alles ist gut, alles ist vorbei.« Ich erwiderte ihre Umarmung, so fest ich konnte. Gestern abend war ich zu spät nach Hause gekommen, um vorbeizuschauen. Ohnehin befand ich mich noch nicht in der Verfassung, meine Mutter zu sehen.

Ich hatte eigentlich erst völlig ausgeschlafen zu ihr gehen wollen, aber Grady hatte andere Pläne gemacht. Ohne meine Erlaubnis.

»Kommt rein.« Hattie trat zurück und fuhr sich mit dem Ärmel ihres Sweatshirts über die Augen. »Kommt rein, alle beide. Sie ist in ihrem Zimmer.«

»Wie geht es ihr?«

»Das werden Sie noch früh genug sehen.« Hattie schloß die Wohnungstür und sah Grady mit einem so bedeutungsvollen Blick an, daß ich unwillkürlich lachen mußte.

»Habt ihr zwei euch verschworen?«

Sie lächelte. »Grady und ich sind mittlerweile schon alte Freunde.«

Er nickte. »Wir sind nicht einmal zwanzig Kilometer entfernt voneinander aufgewachsen, wußtest du das, Bennie? Hattie ist nahe der Grenze zu Georgia groß geworden, und ich wurde gleich hinter der Grenze in Murphy geboren.«

Hattie zerrte mich am Arm. »Wir hatten ein schönes langes Gespräch am Telefon. Und jetzt gehen wir zu Ihrer Momma. Sie ist wach.«

Grady nahm meinen anderen Arm. »Komm schon, Bennie. Ich möchte sie kennenlernen.«

Nur widerstrebend ließ ich mich von ihnen mitziehen. »Müssen wir das jetzt machen? Was soll ich ihr sagen? Entschuldigung, ich habe dich zur ...«

»Sagen Sie einfach, was Ihnen gerade einfällt«, gab Hattie zur Antwort. Sie und Grady zerrten mich ungeachtet meiner Proteste durch das Wohnzimmer, Bear trottete hinterher, die Nase dicht an den Fersen von Hatties abgetragenen Hauspantoffeln. »Wußten Sie, daß Ihre Momma alles über den Mord an Mark gewußt hat?«

»Sie wußte es?«

»Sie sagte, Sie selbst hätten ihr alles erzählt, spät am Abend.«

Wir standen vor dem Zimmer meiner Mutter, und Hattie drückte die nur leicht angelehnte Tür auf.

»Mein Gott«, hörte ich mich sagen. Der Anblick war so unerwartet.

Einc sanfte Morgenbrise blies durch das offene Fenster mit dem Fliegengitter und blähte die Vorhänge. Das Zimmer war hell und roch frisch, nur schwach nach Parfüm. Meine Mutter saß, ruhig wie stilles Wasser, in einem Stuhl neben ihrem Bett und las Zeitung. JOINT-VENTURE verkündete die Schlagzeile über den Fotos von Renee und Eve. Die Haare meiner Mutter waren zu ordentlichen Wellen gekämmt, sie trug Freizeithosen und eine gebügelte weiße Bluse. Sie schien mich nicht zu sehen, wie ich, von Staunen erfüllt, auf der Schwelle stand.

»Ist sie ... *geheilt?*« flüsterte ich.

»Nein, aber sie wird es schaffen«, antwortete Hattie leise. »Carmella, meine Liebe«, sagte sie laut, »sehen Sie mal, wer nach Hause gekommen ist.«

Meine Mutter hob den Blick von ihrer Zeitung, und ihre braunen Augen weiteten sich leicht vor Überraschung. »Benedetta.« Ihre Stimme brachte eine Saite zum Klingen, die irgendwann tief in meinem Innern verstummt war. Niemand außer meiner Mutter nannte mich Benedetta, und ich spürte, wie der Klang des Namens in mir nachhallte. Eine Resonanz in meiner Brust erzeugte. Mich zum Essen rief oder vom Spielen wegholte. Damit ich auf ihren Schoß kletterte. Benedetta.

»Benedetta, du bist frei«, sagte sie.

Meine Augen brannten. Ein Kloß bildete sich in meiner Kehle. Mir wurde leicht ums Herz. Sie wußte nicht, wie recht sie hatte, und ich auch nicht.

Bis eben.

41

Mahagoniregale voller Bände des Obersten Bundesgerichts zogen sich an den Wänden des riesigen, stillen Büros entlang. Sein Schreibtisch war eine niedrige englische Kommode, leer bis auf einen Waterford-Kelch mit vielen schönen weißen Federn. Drei Telefone standen auf den unterschiedlich polierten Oberflächen, aber den ganzen Morgen hatte nicht eines geläutet. Kein Computer weit und breit, aber eine Schachtel Godiva-Schokolade auf dem Couchtisch. Neben einem Kätzchen.

»Sie ist eine Süße«, meinte Grun. Wir saßen nebeneinander auf einer mit marineblauem Damast bezogenen Couch.

»Und sie geht bereits aufs Katzenklo.« Ich erwähnte nicht, daß sie zerrupfte Schriftsätze bevorzugte. Ich mußte das Glück packen, wo es sich bot.

»Sie erinnert mich an meinen Tiger. Ihr Fell hat eine ähnliche Färbung.«

»Ich dachte, Tiger wäre gestreift gewesen.«

»Unter den Streifen war sie braun. Bräunlich.«

»Also, die Katze gehört Ihnen, wenn Sie sie haben möchten. Sie braucht ein Zuhause, weil ihr Besitzer auf ... auf Urlaub ist.« Ich sagte ihm nicht, daß Sam eine Entziehungskur machte, alle in der Firma glaubten, er sei in Disney-World, Comic-Devotionalien tauschen.

»Glauben Sie, sie mag mich?« Er kitzelte Jamie 17 mit einem runzligen Zeigefinger, aber sie ignorierte ihn zugunsten eines schwarzen Montblanc-Füllers.

»Aber natürlich. Wie könnte sie nicht?«

»Sie mochten mich nicht«, stellte er schmollend fest.

»Ich sagte Ihnen bereits, das war, bevor ich Sie kennengelernt hatte.« Wir hatten den Vormittag gemeinsam verbracht. Ich hatte ihm die Tricks von Linda Frost gestanden, und der

Große und Mächtige hatte mir verziehen, zumindest, nachdem ich geschworen hatte, die Firma für die sexy Klamotten und den Thunfisch zu entschädigen.

»Ich glaube nicht, daß sie mich leiden mag. Sie beachtet mich überhaupt nicht.«

»Das kommt schon noch.«

»Ich bin zweiundachtzig, meine Liebe. Viel Zeit habe ich nicht mehr.«

»Sagen Sie das nicht.« Ich wollte nicht daran denken. Ich hatte für mein ganzes Leben genug Tod abgekriegt.

Grun sah Jamie 17 zu, die sich auf den Tisch fallen ließ und eine samtige Pfote nach dem Füller ausstreckte. »Sie ist wirklich ein verspieltes kleines Mädchen. Tiger war auch so. Sie war so klein, als wir sie bekommen haben.« Er hielt seine Hände fünfzehn Zentimeter auseinander. »Sie mochte Rahmkäse.«

»Ich erinnere mich, Sie sagten es mir.«

»Was mag denn dieses Kätzchen besonders gern?«

»Äh, Snickers und Diätcola.«

»Sie machen Witze.«

»Selbstverständlich.« Oje. »Sie mag Lachs. Nur das Beste für diese Kleine.«

Er zögerte. »Ich muß gestehen, ich wußte nicht, was ich von Ihrer Notiz halten sollte.« Er meinte den Zettel, den ich für ihn hinterlassen hatte, nachdem er im Konferenzzimmer eingeschlafen war. Er lag zerknittert auf dem Couchtisch zwischen uns, ein Blatt gelbes Papier, auf das ich nur ein paar Worte gekritzelt hatte: Bin Ihnen etwas schuldig.

»Na ja, ich war Ihnen etwas schuldig. Ich schuldete Ihnen eine Entschuldigung und ein Kätzchen. Jetzt haben Sie beides.«

»An die Entschuldigung kann ich mich nicht erinnern. Vielleicht könnten Sie sie noch einmal sagen. Ich bin recht alt, und meine Erinnerung läßt mich im Stich.« Er lächelte verschmitzt.

»Sie erinnern sich genau, Mr. Grun.«

»Vielleicht habe ich Sie nicht verstanden. Mein Gehör, besonders mein rechtes Ohr ...«

»Schon gut, okay. Es tut mir leid, daß ich gedacht habe, Sie seien ein tyrannischer Bastard.«

»Ich nehme Ihre Entschuldigung an.« Er kitzelte Jamie 17, und sie fuchtelte träge mit einer Pfote nach ihm. Er kitzelte sie wieder, wieder schlug sie spielerisch nach ihm, und endlich vergaß sie den Füller zugunsten eines der prominentesten Anwälte seiner Zeit.

»Sehen Sie, sie mag Sie, Mr. Grun. Sie müssen sie nehmen. Sie hat keinen anderen Platz.«

»Warum behalten Sie sie nicht?«

»Mein Hund mag sie nicht. Er ist eifersüchtig.« Wieder eine Lüge, und sie kam mir ganz leicht über die Lippen. Übung macht den Meister. »Sie hat kein Zuhause. Diese Katze braucht Sie.«

»Tja. Ich glaube, ich nehme sie.«

»Wunderbar!« sagte ich, obwohl es nicht die ganze Wahrheit war. Wir beobachteten beide die Katze, ich zum letzten Mal, aber daran wollte ich nicht denken. Vielleicht konnte ich sie besuchen. In Boca. Im Dezember.

»Bennie«, begann er, »wo werden Sie jetzt praktizieren? Hier bei Grun gäbe es einen Platz für Sie. Ich sorge dafür, daß Sie ein schönes Büro in der Nähe von diesem hier bekommen. Ich habe viele wichtige Mandanten, um die man sich kümmern muß, und in Anbetracht Ihrer langjährigen Erfahrung brächte Ihnen die Partnerschaft einiges ein.«

Es gab mir zu denken. Ein Büro an der Goldküste? Ein riesiger Honorarscheck? Hochkarätige Mandanten und Mitarbeiter von den Eliteuniversitäten? Aber es gab nichts zu überlegen. »Nein, danke, Sir. Ich gründe eine neue Kanzlei.«

»Verstehe.« Er nickte lächelnd und streichelte Jamie 17 den Rücken. »Sie sagten, das Kätzchen hat keinen Namen?«

»Nein, hat es nicht.«

»Eine Katze sollte aber einen Namen haben.«

»Wozu? Es ist doch nur eine Katze.«

»Ich bin entsetzt, Sie so etwas sagen zu hören!«

»Eine Katze ist kein richtiges Haustier, nicht so wie ein Hund. Ich wette, man könnte sie sogar einen ganzen Tag lang im Auto lassen.«

»Niemals! Katzen sind intelligente, sensible Geschöpfe!«

»Entschuldigung.« Wieder sahen wir beide Jamie 17 zu, die jetzt zur Schokoladenschachtel walzte und genüßlich schnupperte. Ihr Katzenhirn sagte ihr, das wäre Snickers, aber es war nur Godiva-Schokolade. »Wie soll sie denn heißen, Mr. Grun?«

»Ich gestehe, mir fallen keine schönen Namen ein.«

Ich tat so, als dächte ich scharf nach. »Wie wär's mit Jamie 17?«

»Das ist ein schrecklicher Name.«

»Entschuldigung.«

»Schrecklich.« Er runzelte seine runzlige Nase.

»Habe begriffen.«

»Ich könnte sie Tiger nennen, wie meine andere.«

»Nein. Es ist albern, allen Ihren Katzen den gleichen Namen zu geben.«

»Absolut richtig. Ich ziehe ihn zurück.« Er nickte. »Der Name, er muß zu ihr passen.« Er schwieg eine Weile. »Jetzt habe ich den absolut richtigen.«

»Und der wäre?«

»Denken Sie nach. Die Katze ist braun. Was ist noch braun?«

Scheiße? »Ich gebe auf.«

»Ich gebe Ihnen einen Hinweis. Wir beide lieben es.«

»Kaffee?«

»Nein, gebrauchen Sie Ihren Kopf.«

Er sah mich an, ich sah ihn an.

Und wir lächelten beide im gleichen Moment.

Dank

Man sagt mir immer, meine Danksagungen seien zu lang und zu gefühlsduselig, aber ich glaube, ein Dankeschön muß einfach lang und gefühlsduselig sein. Ehrlich gesagt meide ich Leute, deren Dankeschöns nicht lang oder gefühlsduselig genug sind. Das Leben ist kurz. Sagen Sie danke. Und mir bietet sich jetzt die Gelegenheit dazu.

Ganz herzlichen Dank an meine Herausgeberin Carolyn Marino, der dieses Buch gewidmet ist. Ihre Professionalität und ihr Urteilsvermögen sind von unschätzbarem Wert, und hätte ich sie beim Schreiben mit Handschellen an meinen Stuhl fesseln können, hätte ich es getan. Dank auch an ihre Assistentin Patricia Gatti für ihren enormen Arbeitseinsatz.

Ein herzliches Dankeschön an meine Agentin Molly Friedrich für die Verbesserungen, die diesem Manuskript zugute gekommen sind, und für ihre Vertretung. Molly hat mich mit der Hingabe einer Grizzlymutter umsorgt, ist allerdings viel hübscher, und ich bin froh, ihr Junges zu sein. Dank auch an Mollys Mitarbeiter, den tollen Paul Cirone und die angehende Autorin Sheri Holman. Danke schön auch an Linda Hayes für alles, was sie für mich und meine Bücher getan hat.

Dank an alle bei HarperCollins, besonders an Jack McKeown, Geoff Hannell und Gene Mydlowski. Wie immer Dank an Laura Baker, Publizistin und außergewöhnliche Braut. Dank an die Vertriebs- und Marketingabteilung und an die Vertreter und Außendienstler auf der Straße. Paßt auf euch auf, Leute.

Besonderer Dank an Robin Schatz vom Bürgermeisteramt Philadelphia. Robin hat alle meine pingeligen Fragen zu inzwischen vielen Büchern beantwortet, und für dieses Buch hat er mich in die Mordkommision im Roundhouse eingeschmuggelt, wo ich die netteste und professionellste Detective-Mannschaft überhaupt kennengelernt habe. Sie alle redeten mit der gleichen Mühelosigkeit über Recht und Gesetz wie über die fiktive Handlung und halfen mir bei mehr als einer Gelegenheit. Sie wissen besser als alle anderen, daß *Rudern ist kein Alibi* und die Figuren im Roman reine Erfindung sind. Vielen Dank, meine Herren.

Dank an Joseph LaBar vom Büro des Staatsanwalts und an Susan Burt, einen weiteren Profi, aber auf der anderen Seite des Zaunes. Für hervorragende Ratschläge in Nachlaßsachen Dank an Robert L. Freedman von Dechert, Price & Rhoads in Philadelphia, meiner Alma mater.

Für medizinischen und psychiatrischen Rat danke ich Dr. Daniel Kushon und Dr. Ginny Galetta.

Der Damenmannschaft der University of Pennsylvania danke ich, daß sie mir erlaubt hat, mich im Bootshaus herumzutreiben und mich so zu verhalten, als gehörte ich immer noch dazu. An Dana Quattrone von Benjamin Lovell Shoes Dank für die Information über Doc Martens.

Dafür, daß sie es geschafft haben, sich zu beherrschen und nicht lauthals loszulachen, als ich in ihrem Kellergeschoß herumgekrochen bin, gebührt mein Dank den Ingenieuren und Technikern am Commerce Square.

Eine ganz dicke Umarmung für den einmaligen Frank Scottoline, einen Architekten, der sich als sehr hilfreich entpuppt hat. Für Hilfe in kritischen Situationen und Auberginen mit Parmesan über jedes Pflichtgefühl hinaus ein ganz liebevolles Dankeschön an Mary Scottoline. Wer immer sagte, man bekommt das, wofür man bezahlt, kannte meine Eltern nicht.

Und schließlich Dank und Liebe an Fayne und meine Freunde, besonders an Kiki und Peter.

Den letzten Dank an Chuck Jones und eine Träne für Mel Blanc.